SIEBENMÜHLENTAL

Sybille Baecker wurde 1970 im Emsland geboren, sie studierte BWL in Münster und Neu-Ulm und arbeitete viele Jahre als IT-Prozessingenieurin in einem internationalen Unternehmen. Dann wechselte sie das Fach und wurde Pressereferentin des Volleyball-Landesverbands Württemberg in Stuttgart. 2008 veröffentlichte sie ihren ersten Kriminalroman. Heute lebt und arbeitet Baecker als Schriftstellerin in der Nähe von Tübingen. Durch ihre Krimiserie mit dem Kommissar und Whiskyfreund Andreas Brander wurde sie zur Fachfrau für »Whisky & Crime«. Ihre Veranstaltungen werden häufig von einem Whisky-Tasting begleitet.

SYBILLE BAECKER

SIEBENMÜHLENTAL

Schwaben Krimi

emons:

Lust auf mehr? Laden Sie sich die »LChoice«-App runter, scannen Sie den QR-Code und bestellen Sie weitere Bücher direkt in Ihrer Buchhandlung.

Bibliografische Information der Deutschen Nationalbibliothek
Die Deutsche Nationalbibliothek verzeichnet diese Publikation in der Deutschen Nationalbibliografie; detaillierte bibliografische Daten sind im Internet über http://dnb.d-nb.de abrufbar.

© Emons Verlag GmbH
Alle Rechte vorbehalten
Umschlagmotiv: iStockphoto.com/PieroAnnoni
Umschlaggestaltung: Nina Schäfer, nach einem Konzept
von Leonardo Magrelli und Nina Schäfer
Umsetzung: Tobias Doetsch
Gestaltung Innenteil: César Satz & Grafik GmbH, Köln
Lektorat: Hilla Czinczoll
Druck und Bindung: Prime Rate Kft., Budapest
Printed in Hungary 2022
ISBN 978-3-7408-0498-5
Schwaben Krimi
Originalausgabe

Unser Newsletter informiert Sie
regelmäßig über Neues von emons:
Kostenlos bestellen unter
www.emons-verlag.de

Für Frank

Dienstag

Der Motor der Cessna 172 D-EMYA lief ruhig. Ein gleichmäßiges dunkles Brummen, das er durch den Kopfhörer wie ein sanftes Schnurren wahrnahm. Sie hatten eine Flughöhe von dreitausend Fuß. Der Himmel über ihnen war azurblau und wolkenlos, die Sonne wärmte das Cockpit, es gab kaum Turbulenzen. Ideales Flugwetter. Obwohl er es auch mochte, wenn es mal ruppiger zuging und er stärker gefordert war. Aber heute war er nicht allein unterwegs. Die junge Frau, die neben ihm saß, strahlte über das ganze Gesicht. Sie genoss den Flug ebenso wie er.

Es tat ihm gut, so dahinzugleiten. Es rückte die Probleme und Sorgen, die unten auf ihn warteten, in eine angenehme Distanz. Unwillkürlich zog er bei dem Gedanken die Stirn in Falten. Er hatte das Richtige getan. Es ging schließlich auch um seinen Ruf, wenn nicht sogar um seine Existenz. Er hatte keine andere Wahl gehabt. Nun musste er es nur noch zu Ende bringen.

Er atmete tief durch. Um seine Probleme konnte er sich später kümmern. Jetzt wollte er die letzten Minuten mit der Frau an seiner Seite genießen. In der Ferne sah er die Landebahn des Flugplatzes am Rande der Schwäbischen Alb. Er warf einen Blick auf die Instrumente, keine Auffälligkeiten. Er funkte den Flugleiter an.

»Delta-Echo-Mike-Yankee-Alpha, Cessna eins-sieben-zwo, vier Meilen südlich des Platzes, zur Landung.«

»Yankee-Alpha, Wind drei-eins-null mit fünf Knoten, Piste null-zwo. Ein Flugzeug in der Platzrunde«, kam es vom Flugleiter zurück.

Er ließ den Blick über die Umgebung schweifen, entdeckte in der Ferne eine weitere Cessna, die ihre Kreise zog. Das musste Trisha mit ihrem Flugschüler sein.

»Yankee-Alpha, Piste null-zwo, Verkehr in Sicht«, bestätigte er.

Sie waren gleich auf der Gegengeraden zur Landebahn. Jetzt einfach weiterfliegen, auf und davon. Mit ihr. Es wäre so einfach.

»Yankee-Alpha, Gegenanflug zur null-zwo.« Er wollte den Landeanflug einleiten, entschied sich dann anders. Er legte die Hand auf den Oberschenkel der Frau neben sich. »Mach du.«

Sie zuckte zusammen, er spürte es unter den Fingern, die kurze Kontraktion ihrer Muskeln. Sie sah ihn erschreckt an. Er zog die Hand zurück, nickte ihr aufmunternd zu. »Tempo drosseln. Sinkflug einleiten.«

Sie folgte seinen Instruktionen. Ihre Unruhe übertrug sich auf das Flugzeug. Sie waren jetzt im Queranflug, mussten die Cessna in eine Linkskurve drehen, um auf die Gerade zur Landebahn zu kommen.

»Du machst das gut. Bleib in der Horizontalen ... Behalte das Ziel vor Augen. Tempo raus. Wir haben leichten Wind von Nordwest.«

Schon besser. Die Maschine sank stetig, während die Landebahn schnell näher kam.

»Halt die Nase etwas höher.« Er wollte ein Abnicken vermeiden, damit die Cessna nicht wieder Fahrt aufnahm – schön ruhig einschweben und das Baby absetzen, als wollte sie das Gras nur streicheln. »Zieh das Höhenruder noch ein Stück zurück.«

Er entdeckte kleine Schweißperlen auf ihrer Stirn. Sie presste die Lippen fest zusammen. Vermutlich waren ihre Augen hinter der Sonnenbrille vor Aufregung geweitet. Er lächelte. »Ich habe nicht vor, heute zu sterben. Entspann dich, du machst das gut.«

Sie gab ein hilfloses »Ha« von sich.

Das Tempo war jetzt deutlich reduziert. Das Flugzeug geriet durch den Seitenwind in eine leichte Schräglage. Er tarierte unauffällig aus. Sie hielt Kurs. Das war gut. Er hätte ihr gern über den angespannten Nacken gestrichen. Doch das musste warten.

Vor ihnen erstreckte sich die Landebahn. Eine grüne Wiese

mit wenigen Markierungen. Auf einer Bank vor dem kleinen Bürogebäude saß eine Person. Auf die Distanz konnte er nicht erkennen, wer es war. Vor dem Hangar parkten zwei Maschinen. Eine Piper 28 und eine Aquila, die Neue: leicht und leise. Zumindest leiser als die Cessna. Aber er mochte seine Skyhawk. So viele wunderbare Stunden hatte er schon in dem Flugzeug verbracht. Allein – und seit einigen Wochen auch mit ihr.

Er liebte das Leuchten in ihren Augen, die geröteten Wangen und das erleichterte Lächeln, wenn sie wieder festen Boden unter den Füßen hatte. Sie flog gern, aber sie hatte auch Angst. Eine Kombination, die interessanterweise erotisierend auf sie wirkte. Und auf ihn. Er war überrascht gewesen, als er bemerkte, dass er sie begehrte. Ausgerechnet sie. Er freute sich auf den Abend. Er hatte Lust auf sie. Ein harter Schlag der Cessna holte ihn unsanft aus seinen Träumereien zurück.

Verdammt.

»Ich übernehme.« Er startete durch, um ein Springen der Maschine zu verhindern. Höhenruder zurück, Gas geben, Steigflug einleiten. Seine Handgriffe waren routiniert. Keine Hektik, keine Panik. Er ging in die Platzrunde, landete im zweiten Anflug weich auf dem Grün.

»Tut mir leid«, kam es zerknirscht von seiner rechten Seite.

»Das muss es nicht. Ich hab geträumt.« Jetzt strich er ihr doch kurz über den Nacken. »Von dir.«

»Und schon gibt's eine Bruchlandung.«

»Unsinn. Es wäre nur etwas holprig geworden.«

Sie rollten über das Gras zum Hangar. Er führte die Final Checks durch, während sie ihr Handy aus der Tasche zog.

»Adam«, stöhnte sie genervt. »Er will heute Abend seine Sachen holen.«

»Oh.« Er war enttäuscht. »Dann wird es wohl nichts mit uns?«

»Ich ruf dich an, wenn er weg ist.«

»Sag ihm einen Gruß.«

Sie lachte. »Bin ich verrückt?«

Er schaltete das Anti-Kollisions-Licht aus, und sie stiegen aus dem Cockpit. Sie kam um die Cessna herumgelaufen. »Ich zisch gleich ab. Ich will ein paar Sachen wegräumen, bevor er kommt.«

»Okay.« Er strich ihr über die Schulter, eine freundschaftliche Geste – mehr Zärtlichkeit erlaubten sie sich in der Öffentlichkeit nicht. Er sah ihr nach, wie sie über den Platz, am Bürogebäude vorbei, eilig Richtung Parkplatz verschwand.

Die zweite Cessna, die gerade noch in der Platzrunde gewesen war, rollte von der Landebahn zum Hangar. Er wandte sich wieder seiner Maschine zu, ging vor dem Bugrad in die Hocke. Er nahm das Fahrwerk in Augenschein, auch das der zwei Haupträder. Es schien keinen Schaden genommen zu haben. Er würde den Mechaniker dennoch bitten, einen Blick auf das Flugzeug zu werfen. Sicher war sicher.

»Wir müssen reden«, hörte er eine männliche Stimme hinter sich.

Er erhob sich aus der Hocke, drehte sich zu dem Mann um. »Es gibt nichts zu reden.«

»Das kannst du nicht machen!«

»Natürlich kann ich.« Er starrte seinem Gegenüber entschlossen in die Augen.

Der starrte grimmig zurück. »Weiß deine Frau, dass du und ...«

»Was soll das? Willst du mich jetzt erpressen? Du machst dich lächerlich!« Er wollte an ihm vorbei in die Halle gehen.

Der Mann stellte sich ihm in den Weg. »Du ...«

»Hey!« Trisha kam herüber und trat energisch zwischen sie. »Geht's noch? Ich habe einen Flugschüler, benehmt euch!«, zischte sie ärgerlich.

Er deutete auf den anderen als Urheber des Übels. Der Mann schnaubte wütend und stampfte davon.

»Was war los?«, fragte Trisha.

»Kennst ihn doch.« Er zuckte die Achseln und schenkte ihr ein unverfängliches Lächeln.

Trisha war nur wenig jünger als er, siebenundvierzig Jahre,

die man ihr kaum ansah. Sie war durchtrainiert, hatte langes blondes Haar, klare grüne Augen und ein umwerfendes Lächeln. Sie trug eine Cargohose, dazu ein sportliches Hemd, wie fast immer, wenn sie am Flugplatz arbeitete. Einmal hatte er sie in einem Kleid gesehen. Beim Fliegerfest im Herbst. Er war nicht der Einzige gewesen, der sie an dem Abend auf einen Drink eingeladen hatte.

»Gehen wir nachher zusammen essen?«, schlug er vor. Bis zu seiner Verabredung hatte er noch Zeit. Und er musste mit Trisha reden.

Sie hob die Augenbrauen, sah zu ihrem Flugschüler, der eifrig damit beschäftigt war, die Fliegen von der Frontscheibe zu wischen. »Ich habe zu tun.«

»Irgendwie habe ich das Gefühl, dass du mir in letzter Zeit aus dem Weg gehst.«

»Ist das so?« Sie setzte ihr Pokerface auf.

»Ja. Warum?«

»Was ist vorhin bei der Landung schiefgegangen?«

»Nichts.«

»Du hattest kein Touch-and-go angekündigt.«

»Tja …«

Sie wartete, ob er mehr sagen würde. Als er schwieg, schüttelte sie den Kopf, Enttäuschung und Missbilligung im Blick. »Du misst mit zweierlei Maß.«

»Was soll das heißen?«

»Muss ich dir das wirklich erklären? Du bist auch nicht unfehlbar.« Sie reckte das Kinn vor und ließ ihn stehen.

Sein Smartphone verkündete eine eingehende Nachricht. Er zog es gedankenverloren aus der Tasche, öffnete die Nachricht. Ein Video des missglückten Landeversuchs. Kein Kommentar. Das Blut in seinen Schläfen begann zu pochen. Das musste aufhören.

Er sah zu Trisha, die ihrem Flugschüler Manöverkritik gab. Er musste unbedingt mit ihr reden.

Mittwoch

Der Anblick eines toten Menschen ist niemals schön. Auch wenn dieser Mensch »sanft entschlafen« ist. Tot war tot. Es bedeutete niemals mehr miteinander reden, lachen, streiten, den anderen niemals mehr berühren, spüren, hören, riechen. Was blieb, war die Erinnerung. Vielleicht war es ein Trost, wenn man wusste, dass der andere in Frieden gegangen war. Die Augen schließen. Vorbei.

Der Mann, der vor Kriminalhauptkommissar Andreas Brander auf dem harten Boden lag, war nicht sanft entschlafen. Er lag auf dem Bauch, die Extremitäten waren zum Teil unnatürlich verrenkt, das Gesicht zur Seite gedreht. Ein dunkler Fleck um den Kopf wies auf eine Blutlache hin.

Das Gebiet um den Viadukt im Siebenmühlental war weiträumig abgesperrt. Die Kriminaltechniker hatten einen schmalen Pfad vom Schotterweg durch das vertrocknete Gestrüpp abgesteckt, über den Brander mit seiner Kollegin Peppi zum Leichenfundort gegangen war. Der Wald um sie herum war trist: kahle Bäume und Sträucher, braunes, verwelktes Laub, das den Boden bedeckte. Hier und da mattgrünes Moos an den Stämmen. Der Himmel darüber strahlte in einem klaren Blau. Es war Anfang März, tagsüber stiegen die Temperaturen knapp in den zweistelligen Bereich. Nachts gab es Frost.

In Ermangelung von Taschen in seinem weißen Schutzanzug stemmte Brander die Hände in die Hüften, während sein Blick über den toten Mann wanderte. Dessen graue Anzugjacke war aufgefächert. Kleine abgebrochene Zweige und Laub hingen in der Kleidung. Am Hosenbein war ein Riss. Das kurze graue Haar war verklebt. Getrocknetes Blut, vermutete Brander. Das Alter des Mannes lag irgendwo zwischen vierzig und sechzig Jahren – eine genauere Einschätzung war auf den ersten Blick nicht möglich. Seine Statur war sportlich-schlank. Offensichtlich hatte er Wert auf seine Fitness gelegt.

»Was hat der Notarzt gesagt?«, wandte er sich an Manfred Tropper.

Der hagere Kriminaltechniker kniete vor der Leiche. Er war schon länger als Brander vor Ort. Der Kriminaldauerdienst hatte die Techniker angefordert und den Fall an die Kriminalinspektion 1 in Esslingen übergeben.

»Der hat lediglich seinen Tod bestätigt. Vermutlich von da oben runter.« Tropper deutete zur Brücke. »Suizid, Unfall oder was auch immer, lässt sich so einfach nicht sagen. Maggie ist unterwegs.« Damit meinte der Kriminaltechniker die Rechtsmedizinerin Margarete Sailer.

Suizid, das hätte der KDD selbst abwickeln können, dachte Brander bei sich. Er rieb sich mit der Rechten über das glatt rasierte Kinn und hob den Blick zu der Brücke vor ihnen. Ein Viadukt aus Beton, der zur alten Bahntrasse gehörte, die einst Leinfelden mit Waldenbuch verband. Zehn oder fünfzehn Meter hoch, mehr nicht. Dennoch hoch genug, um sich bei einem Sturz zahlreiche Frakturen inklusive Schädelbruch zuzuziehen. Das vom Winter trockene Gestrüpp reichte sicher nicht aus, um den Aufprall abzufedern.

Brander zählte vier Bögen, unter dem ersten und vierten verliefen breite Schotterwege, die vor der Straße in kleine Stellplätze mündeten. Dazwischen war unwegsames Gelände: Büsche, Sträucher, Bäume. In dem schmalen Bächlein, das sich durchs Unterholz schlängelte und das sie auf dem Weg zu dem Toten überqueren mussten, hätte er sich fast nasse Füße geholt. Hier spazierte man nicht ohne Grund hinein.

»Ist es sicher, dass er von da oben runtergestürzt ist?«, hakte Brander nach.

»Sicher ist gar nichts. Aber solche Brüche ziehst du dir nicht zu, wenn du beim Austreten in die Büsche über eine Baumwurzel stolperst.«

Brander wandte sich um. Von der Straße aus war der Platz nicht einsehbar. Auch auf den vorbeiführenden Wegen musste man vermutlich genau hingucken, um den Toten zu entdecken. Der Mann lag in einer Senke.

»Kann er sich die Verletzungen auf anderem Weg zugezogen haben?«

»Spekulierst du darauf, dass ihn jemand verprügelt und dann hier abgelegt hat?«

»Oder überfahren.« Brander deutete mit dem Kopf zur nahen Straße.

»Eher nicht. Man hat ihn nicht hierhergeschleift. Den Pfad, über den ihr gekommen seid, haben wir mühsam angelegt.« Tropper erhob sich aus der Hocke und streckte die vom Knien schmerzenden Glieder. Ein Grinsen legte sich auf die Lippen des Einundfünfzigjährigen. »Peppi, was ist mit deinem Gesicht passiert?«

Brander drehte sich zu seiner Kollegin Persephone Pachatourides, um zu sehen, was Tropper erheiterte. Die Kollegin trug wie er einen weißen Schutzanzug, die langen lockigen Haare waren unter der Kapuze verborgen. Nicht verborgen war jedoch die neue Brille, die Peppi gerade mit dem Zeigefinger auf ihre Nasenspitze zog. Über den Rand hinweg schielte sie Tropper grimmig an. »Noch 'n Spruch, und du kannst dich gleich dazulegen.« Demonstrativ schob sie die Brille wieder zurück an ihren Platz.

»Ich wusste doch, irgendwas ist anders«, feixte Tropper. »Steht dir, macht dich so …«

Peppi hob drohend den Zeigefinger. »Überleg dir ganz genau, was du sagst.«

Am Tag zuvor war sie mit der Brille zum ersten Mal zum Dienst erschienen. Ein dunkles Gestell, das zu ihren schwarzen Locken und ihren südländisch kantigen Gesichtszügen passte. Mit achtundvierzig hatte sie einsehen müssen, dass nach jahrelangem Blinzeln eine Brille die bessere Alternative war. Doch fühlte sie sich damit verkleidet, wie sie Brander anvertraut hatte.

»Wie lange ist er schon tot?«, fragte er, um eine Fortsetzung von Troppers Frotzelei zu verhindern. Seine Augen arbeiteten zum Glück noch gut. Dafür hatten sich seine Haare früh verabschiedet. Vor gut einem Jahr hatte er sich – wenn auch nicht ganz freiwillig – den Schädel kahl rasiert, wofür er sich noch immer die eine oder andere Neckerei der Kollegen gefallen lassen musste.

»Schwer zu sagen … Die Leichenstarre ist voll ausgeprägt. Ich schätze, zwischen zwölf und vierundzwanzig Stunden.«

»Hinweise auf seine Identität?«

»Er hatte Papiere bei sich. Der Mann heißt Constantin Dreyer, vierundfünfzig Jahre alt, wohnhaft in Tübingen. Dahinten steht sein Auto.« Tropper deutete in Richtung des kleinen Platzes am Fuß der Brücke, auf dem einsam ein silbergrauer Mercedes stand. »Der Schlüssel lag wenige Meter von der Leiche entfernt. Ist vermutlich beim Sturz aus der Tasche gefallen.«

Brander sah zu der knapp zwei Meter entfernten Stelle, die mit einer Nummer versehen und um die mit Sprühfarbe ein Kreis gezogen worden war.

»Wie habt ihr den so schnell im Gestrüpp gefunden?«

»Kollege ist draufgetreten.«

Es ging doch nichts über Kommissar Zufall.

»Was ist mit seinem Handy?«

»Liegt im Auto, ist ausgeschaltet. Wir brauchen die PIN, oder Jens muss ran.«

Jens Schöne war ein Kollege der Computer-Forensik. Es wäre nicht das erste Smartphone, dem er seine Geheimnisse entlockte.

Warum hatte Dreyer sein Handy nicht mitgenommen? Bei den meisten Menschen war es doch ein Automatismus, das Gerät einzustecken, wenn man von A nach B ging. Manch einer ging nicht einmal ohne Smartphone zur Toilette. Hatte es etwas zu bedeuten, dass Dreyer es im Auto liegen gelassen hatte?

»Hat er Familie?«, fragte Brander.

»Vermutlich ist er verheiratet, zwei Töchter. In seiner Brieftasche waren Fotos.«

»Ruf bitte Fabio an«, bat Brander seine Kollegin. »Er soll das verifizieren und uns alle Infos besorgen, die er kriegen kann, bevor wir seine Frau benachrichtigen.«

Brander wollte vorbereitet sein, wenn er der Witwe die schlechte Nachricht brachte, und Fabio Esposito war dafür genau der richtige Mann. Er gehörte zusammen mit seinem Bürokollegen Peter Sänger zur jüngeren Generation in der Kriminalinspektion 1, und bei seinen Recherchen ging er äußerst akribisch vor.

»Verfluchter Mist! Könnt ihr hier kein Warnschild hinmachen?«, ertönte die Stimme von Margarete Sailer hinter ihnen. Brander wandte sich um. Die Rechtsmedizinerin stand im weißen Schutzanzug im Gestrüpp und schüttelte ihren linken Fuß. Sie hatte Mühe, auf dem unebenen Boden das Gleichgewicht zu halten.

»Hey, Maggie, keine Randale an unserem Leichenfundort!«, schimpfte Tropper grinsend.

»Halt die Klappe! Gibt's hier noch mehr solche Wassergräben?«

»Nächstes Mal fahren wir für dich die Zugbrücke aus.«

»Du versaust mir echt den Tag.« Sailer arbeitete sich zu ihnen vor. »Was haben wir?«

Tropper deutete mit einladender Geste auf den Mann vor ihnen. »Opfer männlich, tot, vermutlich Sturz aus der Höhe.« Er hob den Arm zur Brücke.

Die Rechtmedizinerin stellte ihre Tasche ab und wandte sich der Leiche zu. »Habt ihr irgendetwas verändert?«

»Das würden wir nie wagen ohne deine hoheitliche Genehmigung.«

»Haha.« Sie sah zu Brander. »Hallo, Andi. Peppi nicht da?«

Brander zeigte nach rechts, wo seine Kollegin stand und telefonierte.

Sailer winkte ihr zu. »Schicke Brille.« Sie wandte sich wieder an Brander. »Seid ihr überhaupt zuständig?«

»Wieso?«

»Na, ist das hier Gemarkung Esslingen oder Böblingen? Steinenbronn ist da vorn.« Sie wies unbestimmt in Richtung Süden. »Und Steinenbronn gehört zum Kreis Böblingen, wenn ich mich nicht irre.«

»Die Kollegen vom KDD Nürtingen haben uns angefordert.«

»Leinfelden gehört definitiv zu Esslingen.« Tropper deutete in die Steinenbronn entgegengesetzte Richtung.

Brander nahm sein Smartphone und suchte eine Landkarte heraus. Er fand die Straße, an der sich der Leichenfundort befand, aber es waren keine Kreisgrenzen eingezeichnet. »Wir sind relativ mittig zwischen Musberg und Steinenbronn.« Er drehte sich zu Peppi um. »Frag Fabio mal, ob das hier überhaupt zu unserem Bereich gehört.«

»Dann regelt ihr mal eure Kompetenzen. Wer hat ihn gefunden?«, wandte Sailer sich an Tropper.

»Zwei recht betagte Damen beim Spaziergang. Die haben da oben ein kleines Päuschen eingelegt.« Tropper zeigte zur Brücke hinauf.

»Sie waren hoffentlich nicht an der Leiche?«

»Da keine von beiden Miss Marple heißt, zogen sie es vor, die Polizei zu informieren.«

»Gut.« Die Rechtsmedizinerin beugte sich zu der Leiche herunter. »Da hätten wir massive Schädelfrakturen, weitere multiple Frakturen rechtsseitig, Arme, Beine, Rippen … Sieht nicht so aus, als ob er nur über eine Baumwurzel gestolpert wäre.«

»Mein Reden«, kommentierte Tropper.

»Ein Sturz von der Brücke ist gut möglich. Er ist auf der rechten Seite gelandet, daher die einseitigen extremen Frakturen. Freddy, besorg uns bitte eine Plane, damit wir ihn umbetten können.«

Tropper machte sich auf den Weg.

Sie beugte sich dichter über den Kopf des Toten. »Er hat einen Cut hier links oben am Auge … Könnte er sich beim Sturz zugezogen haben, wenn er einen Zweig oder Ast gestreift hat.«

»Irgendwelche Hinweise auf Fremdverschulden?«, fragte Brander.

Sailer schenkte ihm ein mitleidiges Lächeln. »Andi, ich habe ihn noch nicht einmal ausgezogen. Er hat multiple Verletzungen. Wie er sich die zugezogen hat, kann ich dir erst nach der Obduktion sagen.«

»Und die machst du wann?«

»Frühestens übermorgen. Morgen ist mein Kalender schon voll.«

»Maggie, bitte ...«

»Tut mir leid, wir können nicht mehr als arbeiten. Du darfst aber gern dazukommen und die Ergebnisse aus erster Hand vor Ort erfahren, sofern ihr denn zuständig seid.«

Tropper kehrte mit der Plane zurück.

»Er war anscheinend Pilot«, berichtete der Kriminaltechniker, während sie gemeinsam den Leichnam umbetteten. »Bei seinen Papieren haben wir eine Privatpilotenlizenz gefunden.«

Sailer sah abschätzend zum Brückengeländer hinauf. »Von der Aichtalbrücke hätte er einen längeren Flug gehabt.«

Die Aichtalbrücke war mehr als fünfzig Meter hoch. Eine sichere Option auf den Tod. Dazu hätte der Mann allerdings über die wenige Kilometer östlich liegende Bundesstraße fahren müssen. Warum wählte er ausgerechnet diesen Viadukt, versteckt im Siebenmühlental? Wollte er sichergehen, dass kein zufällig vorbeifahrender Autofahrer ihn von seinem Vorhaben abhielt? Aber warum stürzte er sich dann ins Gestrüpp, das seinen Sturz womöglich hätte abfedern können?

Der Viadukt ein kleines Stück weiter beim Wanderparkplatz wäre die sicherere Variante gewesen. War es eine Kurzschlussreaktion? Oder vielleicht doch ein Unfall? Brander sah nach oben. Das metallene Geländer war mindestens einen Meter hoch, wenn nicht höher – da hätte der Mann sich sehr weit hinüberbeugen müssen, um einfach nur das Gleichgewicht zu verlieren.

Ein kurzer Freiflug in den Tod.

Blieb die Frage, ob der Mann ihn freiwillig angetreten hatte.

✳✳✳

Sie hatten sich ihrer Schutzanzüge entledigt. Peppi lenkte den Dienstwagen über die kurvige Kreisstraße Richtung Tübingen, als ihr Diensthandy klingelte. Brander schaltete die Freisprechanlage ein. »Fabio, was hast du für uns?«

»Constantin Dreyer wurde heute Morgen von seiner Frau als vermisst gemeldet«, begann Fabio Esposito. »Henriette Dreyer war im Polizeirevier Tübingen. Die Kollegin Corinna Tritschler hat die Meldung aufgenommen.«

Brander und Peppi kannten Corinna. Sie war eine Kollegin aus alten Tübinger Tagen. Anfang vierzig, geschieden, Mutter einer pubertierenden Tochter. Sie hatten bei einigen Fällen zusammengearbeitet.

»Frau Dreyer –«

»Warte, das Wichtigste zuerst«, unterbrach Peppi ihn. »Sind wir überhaupt zuständig?«

»Gib ihm 'nen Schubs, dass er nach Steinenbronn kullert, dann kannst du's an die Böblinger abgeben.«

»Er liegt in einer Senke, das wird schwierig.«

»Geht's noch bei euch beiden?«, schimpfte Brander. »Fabio, was ist jetzt mit der Ehefrau?«

»Frau Dreyer gab an, dass ihr Mann die ganze Nacht nicht nach Hause gekommen wäre und auf Anrufe nicht reagiert hätte. In seiner Firma wusste auch niemand, wo er war.«

»Seine Firma?«

»Er ist Immobilienmakler, hat drei Büros, Hauptbüro in Tübingen, zwei kleinere in Esslingen und Reutlingen. Die Ehefrau hatte bereits Freunde und Verwandte abtelefoniert, aber auch da ohne Erfolg. Die Kollegen sind die Unfälle in der Region durchgegangen, haben in den Kliniken nachgefragt, und es wurde eine Suchmeldung rausgegeben.«

»Was ist mit seinen Kindern?«

»Er hat eine Tochter, Eva, zweiundzwanzig Jahre«, antwortete Fabio.

Peppi warf Brander einen überraschten Blick zu.

»Nur eine?«

»Ja.«

»Hast du sonst noch etwas über ihn?«

»Nein, das ist alles im Moment.«

»Danke, Fabio.«

»Wo in Tübingen müssen wir eigentlich hin?«, fragte Peppi, nachdem Brander aufgelegt hatte.

»Lustnau, glaube ich, warte …« Brander nahm seinen Notizblock, suchte die Adresse, die er notiert hatte, und gab sie ins Navi ein. Dann lehnte er sich wieder zurück und sah grübelnd aus dem Fenster. »Verheiratet, eine Tochter … Ich frage mich, wer die zweite junge Frau ist, dessen Foto Dreyer bei sich trug.«

Nur wenig deutete in Lustnau darauf hin, dass in dem einstigen Dorf Wein und kurzzeitig auch Hopfen angebaut worden waren. Der Ortsteil lag im Osten Tübingens, zahlreiche Ein- und Mehrfamilienhäuser drängten sich an den Hängen der ehemaligen Weinbauflächen hinauf.

Familie Dreyer wohnte in einem modernen Einfamilienhaus, weiß verputzt, dazu gehörten ein gepflegter Vorgarten und eine Doppelgarage mit automatischem Tor. Ein Elektro-Smart stand in der Einfahrt.

»Wir sind nicht bei armen Leuten«, stellte Peppi fest.

»Er fährt einen Mercedes S-Klasse, was hast du erwartet?« Brander stieg aus dem Wagen. Das altbekannte Unwohlsein machte sich bemerkbar. Es war nie vorhersehbar, wie ein Mensch auf eine Todesnachricht reagierte.

Sie gelangten über einen gepflasterten Weg zu einer grauen Haustür, die ihnen geöffnet wurde, kaum dass sie geklingelt hatten.

Eine Frau stand vor ihnen – groß, elegant, nicht schlank, aber auch nicht mollig. Weiblich, kam Brander in den Sinn. Sie trug eine schwarze Stoffhose, dazu eine hell gemusterte Bluse. Die dunklen Haare hatte sie zu einem kinnlangen Pagenschnitt frisiert. Eine Brille mit schmalem Gestell umrahmte ihre braunen Augen. Die Sorgen der letzten Stunden waren ihr deutlich anzusehen, während sie den Kommissaren mit fragendem Blick gegenüberstand.

Brander hielt ihr seinen Dienstausweis entgegen. »Andreas Brander, Kriminalpolizei Esslingen, meine Kollegin Kommissarin Pachatourides. Sind Sie Henriette Dreyer?«

Die Frau nickte.

»Dürfen wir bitte einen Moment hereinkommen?«

Erneutes Nicken. Sie trat einen Schritt zurück und öffnete die Tür etwas weiter.

»Vielleicht können wir uns irgendwo setzen?«, schlug Peppi vor.

Sie folgten Henriette Dreyer durch den Flur in ein geräumiges Wohnzimmer. Der Raum war mit hellen Möbeln eingerichtet. An einer Seite war ein Regal aus rötlichem Buchenholz angebracht, Bücher und Bilderrahmen waren darin arrangiert. An der gegenüberliegenden Seite stand eine einladende Sofagarnitur: ein Zwei- und ein Dreisitzer, dazu ein passender Sessel, beiger Stoffbezug mit bunten Kissen. Auf dem hellen Parkett lag eine lila Yogamatte vor der Terrassentür. Der Duft eines verglommenen Räucherstäbchens hing in der Luft, süß und herb zugleich.

Henriette Dreyer blieb mitten im Raum stehen. »Geht es um meinen Mann?«

»Ja.«

Sie schloss die Augen, atmete tief durch, dann sah sie Brander wieder an. »Wo ist er?« Ihre Stimme hatte eine tiefe Tonlage, nicht schrill, nicht panisch, dennoch war die Anspannung nicht zu überhören. Ein Mensch, der versuchte, nicht den Boden unter den Füßen zu verlieren. Ihr Blick glitt an Brander vorbei, als erwarte sie, dass eine weitere Person folgte. »Warum ist er nicht –?«

»Frau Dreyer, es tut uns leid«, unterbrach Brander die Frau. »Wir müssen Ihnen eine traurige Mitteilung machen. Ihr Mann ist leider verstorben.«

Ihre Pupillen weiteten sich, sie erblasste so schlagartig, als würde sie jeden Moment das Bewusstsein verlieren. »Nein.«

»Frau Dreyer, vielleicht ist es besser, wenn Sie sich setzen«, schlug Peppi behutsam vor.

»Nein.« Noch immer haftete ihr Blick flehend an Brander. »Wo ist er? Was ist passiert?«

»Ihr Mann wurde im Siebenmühlental gefunden. In der Nähe der ›Mäulesmühle‹. Wir wissen nicht genau, was passiert ist. Es könnte ein Unfall gewesen sein oder ein Suizid.«

»Nein!« Ihre Hand tastete haltsuchend ins Leere. »Nein.«

»Frau Dreyer …« Peppi fasste sie am Oberarm und schob sie sanft zum Sofa. »Setzen Sie sich, bitte.«

Sie setzte sich steif. Die Atmung ging unruhig, erste Anzeichen einer Panikattacke.

»Sind Sie allein zu Hause?«

Die Frau sah Peppi verständnislos an. »Ja.«

»Gibt es jemanden, den wir benachrichtigen können? Der zu Ihnen kommen könnte?«

»Was?«

»Gibt es jemanden, den wir benachrichtigen können?«, wiederholte Peppi geduldig. »Eine Freundin? Eine Nachbarin …?«

»Nein, ich …« Sie sah wieder zu Brander. »Das ist nicht wahr. Bitte, das ist nicht wahr!«

»Es tut mir leid …«

Die Frau starrte Brander unentwegt an. Peppi drehte sich zu ihm um und formte tonlos das Wort »Notfallseelsorger«.

»Ich hole Ihnen ein Glas Wasser.« Brander verließ den Raum. Er wollte nicht vor Henriette Dreyer telefonieren. Er fand die Küche auf der linken Seite des Flurs. Ein Smartphone und ein mobiles Telefon der Festnetzanlage lagen auf dem Tisch, daneben ein Block und verschiedene Ausdrucke. Brander warf einen Blick auf das oberste Blatt: eine Liste mit Namen, die sie abgehakt hatte.

Er nahm sein eigenes Handy, rief Fabio in der Dienststelle an und bat ihn, einen Notfallseelsorger zu verständigen. Während des Gesprächs blätterte er durch die Papiere auf dem Tisch. Ein Semesterplan von der Tübinger Universität – Institut für Medienwissenschaft –, eine To-do-Liste, ein Backrezept, ein paar Notizen, mit denen er auf die Schnelle nichts anfangen konnte. Kein Abschiedsbrief.

Brander suchte in den Schränken nach einem Glas, füllte es mit Leitungswasser. Die Haustür wurde geöffnet. Einen winzigen Augenblick durchzuckte ihn der Gedanke, dass sie sich geirrt hatten. Dann erklangen Schritte im Flur, und eine weibliche Stimme rief: »Mama?«

Eine junge Frau mit rotblonden Locken hielt abrupt an der Tür zur Küche. »Wer sind Sie?«

»Andreas Brander, Kriminalpolizei Esslingen. Und Sie sind?«

»Eva Dreyer.« Verwirrung und Unsicherheit zeichneten sich auf dem jungen Gesicht ab. »Wo ist meine Mutter?«

»Im Wohnzimmer.« Er deutete mit einer Geste an, dass sie vorausgehen sollte, und folgte ihr.

Brander hatte vermutet, dass das dunkelhaarige Mädchen auf den Fotos die Tochter des Hauses wäre. Dass es die Rotblonde war, überraschte ihn. Die Frau, die hier vor ihm stand, war zwar von ähnlicher Statur wie ihre Mutter, hatte aber ein rundes Gesicht mit heller Haut und blassen Sommersprossen.

»Mama? Was ist passiert?« Eva Dreyer eilte zu ihrer Mutter, setzte sich zu ihr und nahm ihre Hände.

Henriette Dreyer suchte nach den richtigen Worten. »Eva … Papa … Papa ist …« Sie brachte die Nachricht nicht über die Lippen.

»Frau Dreyer, wir haben Ihren Vater gefunden«, ergriff Peppi das Wort. »Er ist tot.«

»Was?« Die junge Frau riss den Kopf herum. »Wer sagt das? Das kann überhaupt nicht sein!«

Brander räusperte sich. »Ihr Vater wurde heute Mittag tot aufgefunden. Er ist vermutlich von einer Brücke gestürzt. Genaueres können wir Ihnen im Moment leider noch nicht sagen.«

»Wie bitte?« Eva Dreyer schüttelte energisch den Kopf. »Von was für einer Brücke denn?«

»Im Siebenmühlental.«

Diese konkrete Information schien ihr einen Moment die Sprache zu verschlagen. Eine kleine steile Falte bildete sich über der Nasenwurzel. »Das verstehe ich nicht. Warum sollte er denn von einer Brücke stürzen?«

»Es könnte ein Unfall gewesen sein«, erklärte Peppi. »Oder ein Suizid.«

»Suizid? So ein Schwachsinn! Mein Vater bringt sich doch nicht um!«

»Eva, bitte …« Henriette Dreyers Stimme klang kraftlos. Ihre Tochter schien sie gar nicht wahrzunehmen. »Ich will ihn sehen!«

»Das geht im Moment leider noch nicht«, erwiderte Peppi.

»Warum nicht?«

»Unsere Untersuchungen sind noch nicht abgeschlossen.« Brander musterte die aufgebrachte Frau aufmerksam, die immer wieder ungläubig den Kopf schüttelte. »Sie schließen einen Suizid aus?«

»Natürlich!«

Brander sah zu Dreyers Ehefrau.

»Es muss ein Unfall gewesen sein«, flüsterte sie.

»Gibt es vielleicht einen Abschiedsbrief?«

»Nein.«

»Irgendwelche Anzeichen …«

»Nein, bitte …« Henriette Dreyer bemühte sich, ihre Fassung nicht ganz zu verlieren. »Können Sie uns allein lassen?«

»Würden Sie mir bitte noch den Namen des Hausarztes Ihres Mannes nennen?«

»Er hat sich nicht umgebracht«, beharrte die Ehefrau. »Das hätte er mir niemals angetan.«

Brander registrierte, wie die Augenbrauen ihrer Tochter minimal zuckten.

»Es würde uns trotzdem helfen, wenn Sie uns den Namen des Hausarztes geben.«

»Dr. Kumar.«

»Danke.« Brander sah auf die Bilder im Regal. Er musste Zeit gewinnen, bis der Notfallseelsorger da war. Er wollte die beiden Frauen nicht allein lassen. Ein Foto zeigte Constantin Dreyer zusammen mit seiner Frau, daneben zwei jüngere. Eine davon war Eva, aber er erkannte auch das andere Gesicht. Es war die Frau auf dem Foto in Dreyers Brieftasche. »Wer ist die zweite junge Dame?«

Henriette Dreyer hob den Kopf, folgte Branders Blick. »Das ist Jana, Evas Freundin. Wir kennen sie seit Sandkastentagen. Sie gehört quasi zur Familie.«

Eva Dreyer hatte das Gesicht abgewandt und nagte an ihren Fingernägeln.

»Wann haben Sie Ihren Mann zuletzt gesehen oder gesprochen?«, wandte Brander sich an die Mutter.

»Gestern früh, bevor er zum Flugplatz gefahren ist. Da ist er immer dienstags. Er ist Fluglehrer, drüben auf der Schäferheide … Er hatte mir gesagt, dass er abends einen Kundentermin hat und deshalb später käme.« Sie zupfte an dem Taschentuch in ihren Händen. »Ich unterrichte Yoga und kam selbst spät nach Hause. Ich habe mir keine Gedanken gemacht, als ich zurückkam und er nicht da war.« Tränen traten in ihre Augen.

»Meine Mutter hat Sie gebeten zu gehen«, erinnerte Eva Dreyer die Kommissare energisch.

»Wir haben einen Notfallseelsorger verständigt. Er wird jeden Augenblick hier sein.«

Die junge Frau hob zu einer Erwiderung an, schwieg dann aber. Sie sah zu ihrer Mutter, die zusammengesunken mit glasigem Blick neben ihr saß. Die Wut wich ein wenig aus ihrem jungen Gesicht. Anscheinend begriff sie allmählich, was die Anwesenheit der zwei Kripobeamten in dem Wohnzimmer ihrer Eltern zu bedeuten hatte: Ihr Vater war tot. Er würde nicht wiederkommen. Nie wieder.

***

Brander atmete auf, als sie wieder im Auto saßen. Er sehnte sich danach, nach Hause zu fahren und seine Frau und seine Pflegetochter in den Arm zu nehmen, zu spüren, dass sie da waren und dass es ihnen gut ging.

Peppi strich sich durch die Haare. »Das macht mich jedes Mal fertig.«

»Mich auch.« Brander starrte durch die Frontscheibe auf das Haus.

»Hey, du musst jetzt sagen, dass ich das nicht so nah an mich ranlassen soll, berufliche Distanz wahren, Emotionen ausschalten und so weiter.«

»Du weißt es doch. Warum soll ich es dir dann sagen?«

Sie knuffte ihn gegen den Oberarm. »Gilt aber auch für dich.«

Brander lächelte matt. »Wie machen wir weiter?«

»Dr. Kumar.« Peppi sah auf die Uhr, kurz vor sechs. Vielleicht war der Arzt noch in seiner Praxis. »Ruf mal Fabio an, der soll uns die Adresse besorgen und uns schon mal anmelden.«

Mittwochnachmittags hatte Dr. Kumar keine Sprechstunde. Fabio benötigte einige Telefonate, um die Handynummer des Arztes herauszufinden und ihn schließlich in der Umkleidekabine eines Fitnesscenters zu erreichen. Der Arzt verließ das Studio unverrichteter Dinge und empfing Brander und Peppi wenig später in seiner Praxis. Er war allein, statt Sportkleidung trug er einen blauen Anzug, dazu ein hellblaues Hemd. Sein dichtes schwarzes Haar war von grauen Strähnen durchzogen. Brander schätzte Kumar auf Mitte fünfzig.

»Kommen Sie bitte in mein Sprechzimmer.« Ein leichter Akzent ließ seine indische Herkunft erkennen. Er ging den Beamten durch einen schwach beleuchteten Flur voraus und führte sie in das typische Arztzimmer mit großem Schreibtisch, auf dem ein Computermonitor stand, dazu Schreibtischunterlage, Zettelbox und Stifte. An einer Seite stand eine Pritsche für Untersuchungen. Das Zimmer war klassisch in Weiß und Hellgrau gehalten, lediglich ein großes Wandbild mit traditioneller indischer Miniaturmalerei unterbrach die Schlichtheit der Einrichtung. Kumar schaltete die Deckenlampe ein, wies auf zwei Stühle vor seinem Schreibtisch und nahm selbst dahinter Platz.

»Ihr Kollege sagte, Sie müssten mich dringend heute noch sprechen. Worum geht es bitte?«

»Um einen Ihrer Patienten, Constantin Dreyer«, erklärte Brander.

Kumar schien überrascht. »Was ist mit ihm?«

»Er ist tot.«

»Du meine Güte! Hatte er einen Unfall?«

»Das ist noch nicht ganz klar«, ließ Brander den Arzt im Ungewissen. »Können Sie uns etwas über Herrn Dreyer sagen? War er krank? Hatte er psychische Probleme?«

»Wie kommen Sie darauf?« Kumar schaltete seinen Computer ein und tippte ein Passwort ein. Er zögerte. »Ich unterliege eigentlich der Schweigepflicht.«

»Sie sind lediglich gegenüber Ihrem Patienten an Ihre ärztliche Schweigepflicht gebunden. Und der ist tot«, erwiderte Peppi. »Ich denke, wir können davon ausgehen, dass es sein mutmaßlicher Wille ist, dass die Umstände seines Todes so schnell wie möglich geklärt werden, und dazu müssten wir wissen, ob er schwer erkrankt war oder ob es suizidale Tendenzen gab.«

»Es kommt nur so plötzlich.« Kumar runzelte die Stirn. »Herr Dreyer ist seit vielen Jahren mein Patient. Er kommt zu Impfungen, regelmäßigen Vorsorgeuntersuchungen. Er ist kerngesund. Wie kommen Sie darauf, dass er psychische Probleme haben sollte?« Während er sprach, sah er auf den Monitor, klickte mit der Maus und gab etwas über die Tastatur ein. Er wandte seine Aufmerksamkeit wieder den Beamten zu. »Was ist denn passiert? Ist er mit dem Flugzeug abgestürzt?«

Nun, nicht mit dem Flugzeug. »Ich kann Ihnen im Moment nichts Näheres über die Todesursache sagen«, antwortete Brander.

Kumar lehnte sich zurück. »Ich kann mich nur wiederholen: Constantin Dreyer war gesund. Das letzte Mal hatte er vor vier Jahren einen grippalen Infekt. Er hatte eine ausgesprochen gute Gesundheit und eine stabile Psyche.«

»Gab es vielleicht eine Krise – jetzt oder in der Vergangenheit?«

»Mir ist nichts bekannt. Er ist Privatpilot und Fluglehrer«, ergänzte Kumar. »Deswegen muss er sich regelmäßig intensiv durchchecken lassen.«

»Und diese Untersuchungen machen Sie?«, fragte Brander.

»Ja, ich habe eine Zusatzqualifikation als Flugmediziner. Seine letzte Untersuchung war vor neun Monaten. Und es gab absolut nichts zu beanstanden.«

»Wie oft wird diese Untersuchung gemacht?«, fragte Peppi.

»Constantin war über fünfzig, was bedeutet, dass er jährlich ein neues Medical benötigte – also ein Tauglichkeitszeugnis für die Lizenzverlängerung.«

»Einmal im Jahr … Da kann man sich doch leicht verstellen, wenn es beispielsweise psychische Probleme gäbe.« Peppi sah den Arzt fragend an.

»Ich kenne Constantin Dreyer seit vielen Jahren, nicht nur als Patient. Wir trainieren im selben Fitnessstudio, da wechselt man auch mal das eine oder andere private Wort. Wenn er psychische Probleme gehabt hätte, dann wüsste ich das. Er ist sehr bodenständig, ein Macher, ein Optimist. Niemand, der zu Depressionen oder psychischer Labilität neigt.«

»Wann haben Sie Herrn Dreyer zuletzt gesehen?«, fragte Brander.

Kumar konsultierte erneut seinen Computer. »Im November letzten Jahres. Er kam zur Grippeschutzimpfung.«

»Und da haben Sie ihn auch zuletzt gesehen?«

»Nein, wir sind uns sicherlich auch im Fitnessstudio zwischendurch mal begegnet.« Er schüttelte ungläubig den Kopf. »Er war kein verantwortungsloser Mensch. Wenn er ein Problem gehabt hätte, hätte er sich Hilfe geholt.«

***

Es war nach elf, als Brander in Entringen seinen Wagen in der Garage parkte. Die Fenster der Doppelhaushälfte waren dunkel, lediglich aus Nathalies Zimmer schimmerten ein paar Lichtstrahlen durch die geschlossenen Jalousien. Brander zog die Schuhe aus, stieg die Treppe hinauf in die erste Etage und klopfte an die Tür seiner Pflegetochter. Nachdem keine Antwort kam, öffnete er sie vorsichtig.

Nathalie zuckte auf ihrem Bett zusammen.

»Scheiße, Mann! Kannst du nicht anklopfen?«, fuhr sie ihn an.

»Ich habe angeklopft.« Brander deutete auf ihre Ohren.

Sie zog die Stöpsel ihres Kopfhörers heraus. Die Siebzehnjährige hatte ihren Laptop auf dem Schoß. Sie klappte ihn zu, als Brander hereinkam.

»Wie war dein Tag?« Er setzte sich neben sie auf das Bett.

»Beschissen.«

Brander schnalzte mit der Zunge. »Wie würde das wohl jemand sagen, der einer gepflegteren Sprache mächtig ist?«

»Geh mir nicht auf'n Sack.«

»Nathalie.«

»Ich hab schon wieder drei beschissene Absagen kassiert! Die laden mich nicht mal mehr zu einem Gespräch ein. Ist doch zum Kotzen!«

Das Mädchen würde im Sommer seinen Realschulabschluss machen. Seit dem Schuljahresanfang suchte sie eine Ausbildungsstelle zur Mechatronikerin, um ihrem Traumjob als Fernfahrerin, für den sie noch zu jung war, näherzukommen. Doch obwohl ihr Notendurchschnitt inzwischen recht gut war, fand sie keine Ausbildungsstelle. Brander konnte ihren Frust verstehen.

»Das wird schon noch.«

»Ey, es kotzt mich so an!« Sie hatte den Laptop zur Seite gelegt und fuchtelte mit den Armen in der Luft. »Denen sind meine Noten so was von scheißegal. So weit gucken die gar nicht – die sehen nur, dass ich 'n Mädchen bin, und das war's. Und weißte, warum? Wegen der Umkleiden! Weil sie dann gesonderte Umkleiden haben müssten, extra für mich. Als ob ich noch nie 'nen nackten Mann gesehen hätte.«

Das hatte Nathalie zu Branders Bedauern schon oft genug. Und das Problem wäre vermutlich nicht, dass sie einen Mann in

Unterwäsche sehen könnte, sondern eher umgekehrt. Nathalie war groß und kräftig, ein Mädchen, das zupacken konnte. Aber auch ein Mädchen mit sehr attraktiven Rundungen.

»Es gibt Vorschriften –«

»Ey, Gleichberechtigung! Weißte, alle reden davon, dass die mehr Frauen in technischen Berufen haben wollen. Ja, echt? Fuck! Wie soll das funktionieren, wenn ich nicht mal eine beschissene Ausbildungsstelle kriege?«

»Nathalie, ich verstehe deinen Ärger, aber können wir das sprachliche Niveau dennoch ein wenig anheben?«

»Boah, nee …« Nathalies Augen sprühten vor Zorn. Sie raufte sich durch die kurzen dunklen Haare. »Ich habe alle Werkstätten in der Umgebung angeschrieben. Kostet 'ne Schweinekohle.«

»Geld, es kostet Geld.«

»Ey, scheiße, jetzt soll ich mich auch noch gepflegt aufregen, oder was?«

»Versuch's mal.«

»Du nimmst mich überhaupt nicht ernst!«

»Doch, das tue ich. Aber dein Gossenjargon hilft dir sicher nicht weiter.«

»Weißte, das sind schon fast zweihundert Euro nur für Bewerbungen. Die Kohle hätte ich besser für den Führerschein gespart. Wenn ich den endlich hab, kann ich mich auch in 'ner Werkstatt in irgend so 'nem Kuhdorf bewerben. Da kommste ja mit den Öffentlichen nicht hin.«

Ein Führerschein ohne Auto nutzt da auch nicht viel, dachte Brander. Aber er wollte Nathalie nicht noch mehr frustrieren. »An deinem Führerschein arbeiten wir ja.«

Er wollte mit ihr am Wochenende auf dem Verkehrsübungsplatz ein paar Runden drehen, damit sie nicht ganz ohne Fahrpraxis mit der Fahrschule begann.

Die Aussicht ließ ihre Wut etwas abebben. »Bleibt es bei Samstag?«

»Hab ich dir doch versprochen.«

Donnerstag

Fabio Esposito kam Brander und Peppi im Flur entgegen, als sie am Morgen in der Esslinger Kriminaldirektion auf dem Weg zu ihrem Büro waren. Der junge Kriminaloberkommissar mit den italienischen Wurzeln hatte Brander den Einstieg ins Team leicht gemacht, als er wegen der Polizeireform in Baden-Württemberg von Tübingen nach Esslingen versetzt worden war.

Eine Strähne seiner schwarzen Haare hing Fabio neckisch in die Stirn. Gepaart mit dem gepflegten kurzen Kinnbart, seinen engen Jeans und dem hellen Hemd hätte er auch einen modernen Don Giovanni in der Oper spielen können – sein schauspielerisches Talent gab er hin und wieder zum Besten. Allerdings hatte Fabio außer dem Aussehen nichts von einem Frauenhelden. Der Zweiunddreißigjährige war glücklich verheiratet und Vater dreier kleiner Mädchen.

»*Buongiorno*«, grüßte er gut gelaunt. »Käpten Huc will dich sprechen, Andi. Sollst zu ihm kommen, wenn du da bist.«

Käpten Huc war der Spitzname des Leiters der Kriminalinspektion 1, mit bürgerlichem Namen hieß er Hans Ulrich Clewer.

»Hat er gesagt, worum es geht?«

»Nein.«

Vermutlich um den Toten im Siebenmühlental. »Hast du noch irgendetwas über Constantin Dreyer herausgefunden?«

»Es liegt nichts gegen ihn vor – nicht einmal ein Ticket wegen zu schnellen Fahrens. Weiße Weste. In Reutlingen geboren und aufgewachsen. Hat in Tübingen Betriebswirtschaft studiert, Auslandssemester in London und Toronto. Ein paar Jahre hat er bei einem Münchner Bauunternehmen als Projektplaner gearbeitet, dann kehrte er ins Ländle zurück und hat sich als Immobilienmakler selbstständig gemacht. Drei Büros ... aber das wisst ihr ja schon.«

Fabio zog grübelnd die Stirn in Falten, dann ergänzte er: »Pilot seit frühester Jugend. Erst Segelflieger, dann Motorflieger. Fluglehrer seit einundzwanzig Jahren. Neun Jahre auf der Hahnweide bei Kirchheim, dann Wechsel zur privaten Flugschule bei Reutlingen.«

»Gab's dafür einen Grund?«

»Andi, ein bisschen Arbeit wollte ich dir auch noch lassen.«

Ein Ausflug auf den Flugplatz. Das Wetter war schön. Warum nicht?

Inspektionsleiter Hans Ulrich Clewer ging auf die sechzig zu. Er war ein schlanker Mann mit sehnigen Muskeln, die er seiner Passion für das Bergsteigen verdankte. Soweit Brander wusste, hatte er in seinem Leben vier der Seven Summits bestiegen und arbeitete darauf hin, mit dem Denali in Nordamerika den fünften der sieben weltweit höchsten Gipfel zu erklimmen. Fotos der vergangenen Highlights prangten an den Wänden seines Büros.

An diesem Morgen sah Clewer jedoch nicht danach aus, als wäre ihm nach einer kräftezehrenden Bergtour. Ein hartnäckiger Husten plagte ihn schon seit mehreren Wochen.

Er erhob sich, als Brander ins Büro kam, und deutete auf seine kleine private Sitzecke auf der anderen Seite des Raumes. »Gehen wir da rüber.«

Brander setzte sich auf einen der bunten Polstersessel, die um den kleinen Nierentisch drapiert waren. Clewer nahm zwei Gläser und füllte sie mit Wasser.

»Was ist mit dem Leichenfund von gestern? Gibt es Neuigkeiten?«, erkundigte er sich, während er die Flasche wieder verschloss.

»Die genaue Todesursache ist noch unklar. Die Obduktion ist für morgen angesetzt. Es gibt bisher keinen Hinweis, dass es beim Opfer suizidale Tendenzen gab. Wir haben auch keinen Abschiedsbrief gefunden.«

»Also eher ein Unfall?«

»Schwer zu sagen.« Brander rief sich den Leichenfundort

in Erinnerung. »Ich wüsste nicht, wie. Das Geländer an der Brücke ist gut einen Meter zwanzig hoch.« Tropper hatte ihm die Maße mitgeteilt. »Da stolpert man nicht mal eben drüber.«

Clewer trank einen Schluck Wasser. »Ich möchte, dass Sie hier federführend als Sachbearbeiter die Ermittlungen leiten. Tun Sie, was Sie für nötig halten.«

»Okay.«

»Die Staatsanwaltschaft wurde gestern bereits informiert. Da der Tote in Tübingen lebte, hat Staatsanwalt Schmid den Fall übernommen. Sie kennen ihn ja aus Ihren Tübinger Tagen.«

Nicht nur daher. Marco Schmid war Peppis Lebensgefährte.

Ein Toter aus Tübingen. Ein Staatsanwalt aus Tübingen. Brander kam ein nicht ganz uneigennütziger Gedanke. »Es würde sich vielleicht anbieten, die Ermittlungsgruppe in Tübingen anzusiedeln.«

»Ja.« Clewer lächelte flüchtig. Er wusste, wie sehr Brander die tägliche Fahrerei nach Esslingen gegen den Strich ging. »Ich will Sie trotzdem regelmäßig hier sehen. Gehen Sie Ihren Weg, aber halten Sie mich auf dem Laufenden. Sie kennen meine Pläne.«

Clewer wollte Brander als stellvertretenden Inspektionsleiter. Bisher hatte diese Position der Kollege Josef Unterberger ausgefüllt. Er war der dienstälteste Kollege in der Kriminalinspektion 1 und seit Jahren Clewers inoffizieller Vertreter. Da Unterberger aber in wenigen Monaten in den Ruhestand gehen würde, hatte Clewer nach Ersatz gesucht. Eine offizielle Planstelle für einen stellvertretenden Inspektionsleiter gab es nicht. Es bedeutete mehr Arbeit, aber nicht mehr Geld.

War dieser Fall jetzt ein Test, um seine Führungskompetenz auszuloten? Er und Clewer kannten sich kaum mehr als ein Jahr, und der Anfang ihrer Zusammenarbeit war nicht ohne Reibereien abgelaufen. Mittlerweile schätzte Brander seinen Chef jedoch sehr. Er war verlässlich, korrekt und fair.

Während Brander gedanklich schon dabei war, sein Team in Tübingen zusammenzustellen, hob Clewer die Hand und richtete den Zeigefinger auf ihn. »Herr Brander, Ihr Platz ist hier.«

Der Zeigefinger zeigte auf den Boden des Esslinger Büros.

***

Der Flugplatz Schäferheide befand sich auf einer leichten Anhöhe, umgeben von Feldern und kleinen Waldstücken, versteckt zwischen Tübingen und Reutlingen. Ein asphaltierter Landwirtschaftsweg führte durch ein Laubwäldchen und endete auf einer breiten Lichtung. Zwei große Hangars standen dort, daneben ein kleines Bürogebäude. Peppi parkte den Wagen auf einem geschotterten Platz. Als sie aus dem Auto stiegen, hörten sie das aufbrausende Motorengeräusch eines startenden Flugzeugs.

Brander beschirmte die Augen gegen die Sonne und beobachtete, wie ein einmotoriges Flugzeug auf der Graspiste Fahrt aufnahm und schließlich abhob und in sanfter Steigung gen Himmel flog. Der Motorlärm verflüchtigte sich. Vor vielen Jahren war er ein paarmal in einem Segelflieger mitgeflogen. Das Gefühl, hoch oben in der Luft zu schweben, hatte ihn fasziniert und zugleich beunruhigt. Wie lange war das her? Siebenundzwanzig, achtundzwanzig Jahre?

Sie gelangten über einen schmalen Schotterweg zu dem Bürogebäude: ein schlichter weißer Bau mit Flachdach. Davor stand ein massiver Holztisch mit zwei Bänken nebst einem großen Sonnenschirm, der heute jedoch nicht aufgespannt war und dem Anschein nach schon bessere Tage gesehen hatte. Ein Mann, eingemummt in eine dicke Jacke, saß dort mit tragbarem Funkgerät und beobachtete das ruhige Treiben auf dem Flugfeld.

Sie nickten ihm zu und betraten das Bürogebäude. Von einem Flur gingen mehrere Türen ab. Rechts lag ein großer Raum mit einem Computer und einer Landkarte an der Wand, links befand sich der Empfang, die Tür am Ende des Flurs war verschlossen.

Ein Mann Anfang sechzig saß im Empfangsraum hinter einem Tresen an einem Schreibtisch und telefonierte. Er hob grüßend die Hand, als er Brander mit Peppi hereinkommen sah.

»Kein Problem, Björn. Es ist mir lieber, du kurierst dich richtig aus. Ich habe dich auf den nächsten Montag umgebucht ... Die Sierra-Tango, genau. Hoffen wir auf gutes Wetter, und dir gute Besserung.« Er beendete das Gespräch und trat lächelnd an den Tresen. Der Mann war etwas kleiner als Brander. Er war schlank, das kurze graue Haar sorgfältig frisiert.

»Willkommen in der Flugschule Schäferheide. Was kann ich für Sie tun?«

Brander stellte sich vor und zeigte ihm seinen Dienstausweis. »Es geht um Ihren Fluglehrer Constantin Dreyer.«

Das freundliche Begrüßungslächeln verschwand. »Ich habe es heute Morgen erfahren. Seine Frau hat mich informiert.« Er seufzte. »Ich bin völlig schockiert ... Es ist unfassbar.«

»Sie sind ...?«

»Entschuldigen Sie. Benedict Vogel. Ich bin der Geschäftsführer dieser Flugschule.«

Peppi sah an ihm vorbei. »Wo ist Ihre Sekretärin?«

Vogels Mundwinkel hoben sich zu einem flüchtigen Lächeln. »Die bin ich selbst. So groß sind wir nicht.«

»Wie viele Fluglehrer sind denn bei Ihnen angestellt?«, fragte Peppi.

»Keine, das läuft alles freiberuflich. Mit mir sind wir zu dritt ... waren wir. Constantin war einer von uns.«

»War er schon lange bei Ihnen?«

»Seit unserer Gründung vor zwölf Jahren. Wir haben die Flugschule gemeinsam aufgebaut.« Vogel strich über das Revers seines dunkelblauen Anzugs. Das Emblem der Flugschule war dort eingestickt.

»Das heißt, Sie kannten sich schon davor?«

»Ja, wir haben zusammen unsere Fluglehrerlizenz erworben und sind in Kontakt geblieben. Und dann bot sich damals diese Gelegenheit.«

»Herr Dreyer war vorher auf der Hahnweide als Fluglehrer tätig«, erinnerte sich Brander an die Informationen, die ihm Fabio am Morgen gegeben hatte.

»Ja, dort ist die Flugschule vom Luftfahrtverband Baden-Württemberg. Wir arbeiten auch viel mit denen zusammen, wenn es zum Beispiel um das Funksprechzeugnis geht. Das lassen wir unsere Flugschüler dort machen. Die haben bessere Möglichkeiten als wir.«

»Waren Sie auch dort tätig?«

»Nein, ich war in Heubach.«

»Sie sagten, Sie haben mit Herrn Dreyer die Flugschule gegründet. Wie muss ich mir das vorstellen? Sind Sie ein Verein?«

»Wir sind eine GmbH. Constantin und ich sind gleichberechtigte Gesellschafter. Ich bin der Geschäftsführer und Ausbildungsleiter, Constantin ist unser Qualitäts- und Safety-Manager. Er war es …« Vogels Blick schweifte einen Moment ab.

»Haben Sie vorher schon hauptberuflich als Fluglehrer gearbeitet?«

»Nein, ich war Controller in einem internationalen Unternehmen, Zulieferung von Autoteilen. Vor zwölf Jahren haben die in Deutschland den Laden dichtgemacht. Ich hatte die Wahl, nach Singapur zu gehen oder ein großzügiges Abfindungspaket anzunehmen. Die Abfindung war mein Startkapital in ein neues Leben.« Er klopfte kurz auf das Holz des Empfangstresens.

»Zusammen mit Herrn Dreyer«, ergänzte Brander.

»Ja, wie gesagt, von ihm kam die zweite Hälfte des Kapitals – so eine Unternehmensgründung ist kein billiges Vergnügen.«

»Sie kannten Herrn Dreyer gut?«

Er nickte. Die gerade aufgekommene Freude über seine Flugschule verpuffte bei der Erinnerung an den Tod seines Kompagnons.

»Könnten Sie sich vorstellen, warum er Selbstmord begehen würde?«

»Selbstmord?« Auf dem Gesicht des Geschäftsführers zeichnete sich deutlicher Unglauben ab. »Henriette sprach von einem Unfall.«

»Es ist noch nicht klar, wie Herr Dreyer tatsächlich zu Tode kam.«

»Oh, mein Gott!«

»Gab es irgendwelche Probleme in letzter Zeit? Irgendetwas, was ihn sehr belastet hat?«

»Nein, er …« Vogel stockte. »Constantin ist ein Mann, der sich dem Leben stellt, der läuft nicht davon. Ein Selbstmord wäre für ihn absolut indiskutabel.« Auf der Stirn des Mannes bildeten sich tiefe Furchen. »Sie denken tatsächlich, dass er sich umgebracht hat?«

»Sie halten es für so unmöglich?«

»Aber ja!«

Sie hörten, wie die Tür zur Flugschule geöffnet wurde. Schritte erklangen, verhallten auf der anderen Seite des Flurs.

»Könnte Herr Dreyer Ihnen vielleicht irgendwelche gesundheitlichen Probleme verschwiegen haben?«, hakte Brander nach.

»Ganz sicher nicht.« Vogel schüttelte nachdrücklich den Kopf. »Wir tragen eine immens hohe Verantwortung. Mal abgesehen von den teuren Maschinen geht es hier auch um Menschenleben. Ich lasse niemanden fliegen, der auch nur ansatzweise einen grippalen Infekt hat. Und Constantin sah das ganz genauso. Außerdem muss jeder Pilot regelmäßig zur medizinischen Untersuchung. Wenn Constantin gesundheitliche Probleme gehabt hätte, wäre ich einer der Ersten gewesen, der davon erfahren hätte.«

»Wann ist Herr Dreyer zuletzt geflogen?«

»Vorgestern, Dienstag. Er war den ganzen Tag hier, er hatte zwei Schulungsflüge.«

»Und da haben Sie ihn auch zuletzt gesehen?«

»Ja.«

»Und es ging ihm gut?«

»Ja.«

»Wie lange war er hier?«

Der Flugschulleiter zog grübelnd die Stirn in Falten. »Er ist gegen sechs gefahren.«

»Wollte er nach Hause?«

»Nein, er sagte …«, Vogel schien kurz ins Schwimmen zu geraten, »… er habe noch einen Termin.«

»Wo und mit wem, wissen Sie nicht zufällig?«

»Nein, CD …«

»CD?«

»Entschuldigen Sie. CD war sein Spitzname. Nun, er hatte ständig Termine mit Interessenten, mit Kunden, Kollegen, Freunden …«

Vielleicht könnten sie über Dreyers Immobilienfirma herausfinden, wo er am Abend gewesen war, überlegte Brander.

»Gab es am Dienstag irgendeinen Vorfall?«

»Was für einen Vorfall?«

»Einen Streit …«

»Hier, bei uns?« Vogel starrte ihn entrüstet an. »Sie denken doch nicht etwa, einer von uns hätte …?«

»Wie gesagt, im Moment ist noch nicht klar, wie Herr Dreyer zu Tode kam.«

»Henriette sagte, er wäre von einer Brücke gestürzt.«

»Hat sie Ihnen sonst noch etwas gesagt?«, fragte Peppi.

»Nein, sie war sehr aufgewühlt. Wir haben nur kurz miteinander gesprochen.«

»Wir benötigen die Namen der Flugschüler, die am Dienstag mit Herrn Dreyer geflogen sind«, erklärte Brander.

»Wozu brauchen Sie die?«

»Wir möchten uns mit den Flugschülern unterhalten. Sie gehören immerhin zu den letzten Personen, die mit Herrn Dreyer gesprochen haben.«

Vogel nickte. »Ich lasse Ihnen die Daten gleich aus dem Computer raus.«

»Wer war noch am Dienstag am Flugplatz?«

»Der Mechaniker war bis drei Uhr nachmittags hier. Der Flugleiter –«

»Sind das nicht Sie?«, wunderte sich Peppi.

»Nein, der Flugleiter gehört zum Flugsportverein. Das ist Ludger Müller. Sie müssten ihn gesehen haben, als Sie kamen. Der Mann auf der Bank mit dem Funkgerät.«

»Also gibt es doch einen Verein?«, fragte Peppi.

»Ja, es gibt den Flugsportverein Schäferheide, der hier alles verwaltet, und es gibt unsere Flugschule. Wir haben uns nur eingemietet. Unsere Flugzeuge stehen in der Halle des Vereins, und wir nutzen die Infrastruktur des Flugplatzes.«

»Wie lange waren Sie am Dienstag hier?«, fragte Peppi.

»Bis acht oder halb neun ungefähr.«

»Morgen, Ben. Ich möchte heute die Yankee-Alph…«, erklang eine weibliche Stimme hinter ihnen, die abrupt stoppte. »Entschuldigung. Ich wollte nicht stören.«

Brander stand mit dem Rücken zur Tür. Er wollte sich im Reflex umdrehen, aber ein Schauer lief ihm über den Nacken und ließ ihn innehalten. Er kannte die Stimme. Unter Tausenden hätte er sie wiedererkannt. Aber nein, das war nicht möglich. Er wandte sich zögernd um. Wenige Meter von ihnen entfernt stand eine Frau im Türrahmen. Einen halben Kopf kleiner als Brander, Cargohose, Karohemd mit hochgekrempelten Ärmeln, die langen blonden Haare locker im Nacken zusammengebunden.

»Trisha, das sind …«

Die Frau beachtete Vogel nicht. Ihr Blick heftete sich überrascht auf Brander. Der verwirrte Ausdruck in ihrem Gesicht wich einem breiten, ungläubigen Grinsen. »Das gibt's ja nicht!«

»… die Kommissare Brander und … ähm …«

»Pachatourides«, half Peppi aus, die interessiert das Geschehen beobachtete.

»Trisha?« Brander grinste ebenso erstaunt wie die Frau vor ihm. »Trisha Reed?«

»*Yes, sir, Trisha Reed, sir.*« Sie salutierte zackig.

Peppi sah Brander stirnrunzelnd an.

Trisha strahlte. »*Nice to see you.* Was machst du denn hier? Willst du doch noch fliegen lernen?«

»Nein, ich …« Brander fehlten die Worte. Zu unerwartet stand er ihr gegenüber.

Trisha agierte souveräner. Sie kam zu ihm und umarmte ihn. Ihre Berührung fühlte sich vertraut an. Er zog sie an sich, spürte ihren trainierten Körper, hielt sie etwas zu lange fest. Er löste die Umarmung.

»Wir kennen uns«, erklärte er überflüssigerweise.

»Aha«, kommentierte Peppi.

»Ja, kann man so sagen.« Trisha zwinkerte Brander fröhlich zu.

Er konnte die Augen nicht von ihr nehmen. »Ich dachte, du bist in Amerika?«

»War ich auch, bin seit gut zwei Jahren zurück.«

»Trisha«, unterbrach Vogel die Wiedersehensfreude, »die Kommissare sind dienstlich hier, es geht um CD.«

»Oh.« Das strahlende Lächeln verschwand. »Was hat er angestellt?«

»Constantin ist tot«, fuhr Vogel fort.

»Wie bitte?« Sie riss die Augen auf. Die Freude war mit einem Schlag aus ihrem Gesicht gefegt.

»Constantin Dreyer wurde gestern tot aufgefunden«, präzisierte Brander.

Sie wandte sich ab, presste die Hände gegen die Schläfen und stieß die Luft aus. Zwei Atemzüge später hatte sie sich gefangen und drehte sich wieder zu ihnen um. »Was ist passiert?«

»Das wissen wir noch nicht. Wir haben die Ermittlungen gerade erst aufgenommen.«

»Kannten Sie sich gut?«, fragte Peppi.

»Wir sind manchmal zusammen geflogen.«

»Und darüber hinaus?«

»Wie meinen Sie das?«

»Waren Sie mit Herrn Dreyer befreundet? Haben Sie sich privat mit ihm getroffen?«

Brander war froh, dass Peppi die Befragung übernommen hatte. Trisha Reed. Er konnte nicht glauben, dass sie vor ihm stand. Gedanken und Erinnerungen überschlugen sich in seinem Kopf.

»Wir sind hin und wieder zusammen essen gegangen.«

»Hatte er Probleme?«

»Wer hat die nicht?«

»Probleme, die zu einem Selbstmord führen könnten?«, wurde Peppi konkreter.

Trisha runzelte die Stirn. »Das ist nicht euer Ernst?«

Brander hob die Schultern.

»*Oh my God ...*« Sie biss die Zähne zusammen, atmete tief durch. Dann wandte sie sich wieder Peppi zu. »Jeder hat mal Probleme. Aber doch nicht ... Ich weiß nicht ...« Sie verstummte.

»Welche Probleme hatte denn Herr Dreyer?«, hakte Peppi nach.

Trisha tauschte einen kurzen Blick mit dem Leiter der Flugschule, bevor sie antwortete: »Die Sache mit Jonas hat ihn belastet. Aber das war ganz sicher kein Grund, sich umzubringen.«

»Jonas?«, fragte Brander.

»Jonas Frommer«, antwortete Vogel. »Er war CDs Flugschüler. Vor knapp einem Jahr ist er mit einem Flugzeug tödlich verunglückt.«

»Und was hat Herr Dreyer damit zu tun?«

»Nichts«, erwiderte Trisha bestimmt. »Aber sein Vater gibt ihm die Schuld am Tod des Jungen.«

»Warum? Könnten Sie uns das etwas genauer erklären?«, bat Peppi.

»Jonas Frommer hat vor zwei Jahren seine Privatpilotenlizenz bei uns erworben«, antwortete Vogel. »Im Frühjahr letzten Jahres hatte er eine Maschine gechartert. Es war kein ideales Flugwetter. Der Start lief glatt, aber aus irgendeinem Grund ist er gleich wieder umgedreht, und dabei ist er abgestürzt.«

»Wieso stürzt man da ab?«

»Er war noch im Steigflug. Das Flugzeug war nicht hoch genug und zu langsam«, erklärte Trisha. »Bei einer Umkehrkurve verliert man sehr schnell an Höhe. Zudem kann es bei zu großer Schräglage zu einem Strömungsabriss kommen. In Bodennähe führt so etwas unweigerlich zum Crash.«

»Lernt man das denn nicht in der Ausbildung?«

»Doch.«

»Warum ist er dann umgedreht?«

Vogel schnaufte ratlos. »Das wissen wir nicht. Vielleicht hat er Panik bekommen, als er bemerkte, dass die Wolkendecke tiefer hing, als er gedacht hatte.«

»Aber so etwas prüft man doch vor dem Flug«, stellte Peppi fest.

Brander erinnerte sich, dass sie ihm mal erzählt hatte, dass sie einen Kurs im Gleitschirmfliegen gemacht hatte. Es lag ein paar Jahre zurück. Es war sicher nicht das Gleiche, wie ein Flugzeug zu führen, aber auch beim Gleitschirmfliegen musste man auf Wind, Thermik und Wolken achten.

»So bringen wir es unseren Schülern bei«, bestätigte Vogel.

»Sie haben doch Instrumente im Flieger. Was ist so schlimm an einer Wolkendecke?«, ließ Peppi nicht locker.

Trisha hob die Augenbrauen. »Kommen Sie mal vorbei, wenn's wolkig ist, dann zeige ich es Ihnen. Die Leute, die eine Privatpilotenlizenz erwerben, haben in der Regel eine VFR-Lizenz –«

»Was bedeutet das«, unterbrach Peppi sie, »VFR-Lizenz?«

»VFR steht für *Visual Flight Rules*«, erklärte Trisha. »Eine Lizenz für den Sichtflug. Damit darf der Pilot ausschließlich bei ausreichender Sicht fliegen, dafür gibt es klare Vorgaben. Blind nach Instrumenten zu fliegen ist eine ganz andere Liga. Dafür muss man eine IFR-Lizenz erwerben. *Instrumental Flight Rules.*«

»Ich vermute mal, dass Constantin Dreyer bei dem Absturz nicht mit im Flugzeug saß?«, fragte Brander.

»Ja.«

»Aber warum gibt der Vater ihm dann die Schuld?«

Benedict Vogel hob die Hände. »Das müssen Sie ihn fragen.«

»Haben Sie seine Adresse?«

»Ja.« Vogel ging an seinen Schreibtisch und suchte die geforderten Daten von den Flugschülern und Frommer.

Brander legte seine Visitenkarte auf den Tresen. »Falls Ihnen noch etwas einfallen sollte, melden Sie sich bitte bei mir.« Er wandte sich Trisha zu.

Sie lächelte ihn an, nicht mehr ganz so strahlend wie wenige Minuten zuvor, dennoch funkelte es in ihren Augen, als sie fragte: »Heute Abend, ›Auerbachs Keller‹?«

Er lachte auf. »Ich befürchte, den gibt's nicht mehr.«

»So einfach kommst du mir trotzdem nicht davon.« Sie ging um den Tresen herum, nahm Zettel und Stift und notierte ihre Adresse und Telefonnummer. Sie reichte ihm das Blatt. »Zwanzig Uhr? Ich koch uns was.«

»Du hast kochen gelernt?«

»Hey!« Sie stieß ihn freundschaftlich gegen den Arm.

Heute Abend. Donnerstag. Nathalie war beim Taekwondo. Cecilia hatte eine Besprechung mit den beiden Kollegen, mit denen sie eine psychotherapeutische Gemeinschaftspraxis in Tübingen führte. Er wäre ohnehin allein zu Hause. Warum eigentlich nicht? Er hatte so viele Fragen, die er nicht in Peppis Gegenwart stellen wollte.

»Okay, ich kann allerdings nicht versprechen, pünktlich zu sein.« Er steckte den Zettel in die Gesäßtasche.

»Woher kennst du die Frau?«, fragte Peppi, sobald sie wieder unter sich waren.

»Wir haben zusammen Abitur gemacht.«

»Und?«

»Was – und?«

Peppi musterte ihn einen Augenblick über das Dach des Dienstwagens hinweg, dann drückte sie auf den Autoschlüssel, um die Türen zu entriegeln. »Nichts.«

Sie lenkte den Wagen über den Schotterplatz zurück auf den Landwirtschaftsweg. »Was war das mit ›Auerbachs Keller‹?«

»Das war früher unser Treffpunkt.«

»Ihr zwei im Keller?« Peppi grinste anzüglich. »Also war da doch mehr.«

»Es war die ›Filmklause‹ in Schönaich, eine kleine Disco. Da hat sich unsere Clique getroffen.«

»›Filmklause‹? Kenn ich nicht.«

»Gibt's ja auch nicht mehr.«

»Und warum nennt ihr diese ›Filmklause‹ ›Auerbachs Keller‹?«

»Ist ein Insider.«

»Bitte, bitte, Andi, lass mich teilhaben an deiner wilden Jugend.«

Wilde Jugend. Brander musste grinsen. »Schon mal Goethes ›Faust‹ gelesen?«

»Ist eine Weile her.«

»Dann lies es noch mal.«

»Während du dich heute Abend mit deiner Schulfreundin triffst?« Peppi sah stirnrunzelnd zu ihm rüber. »Du bist dir aber schon im Klaren, dass sie eine mögliche Verdächtige in einem Mordfall sein könnte.«

»Erstens wissen wir noch nicht, wie Constantin Dreyer zu Tode kam, und zweitens, sollte es sich herausstellen, dass wir tatsächlich einen Mord oder Totschlag ermitteln, ist Trisha ganz sicher nicht die Täterin.«

»Ach ja? Wie gut kennst du sie? Wann hast du sie denn das letzte Mal gesehen?«

»Peppi, jetzt werd nicht komisch«, gab Brander genervt zurück.

Trisha Reed. Wie lange war das her? Es mussten jetzt siebenundzwanzig Jahre sein.

***

Trotz des frühlingshaften blauen Himmels bot sich ihnen ein tristes Bild, als Peppi den Dienstwagen in die Agnespromenade lenkte. Die Bäume am Roßneckarkanal gegenüber der Esslinger Dienststelle waren noch kahl. Auch die bunte Blumenpracht, die im Sommer die üppigen Blumenkästen an der Agnesbrücke schmückte, fehlte. Peppi fuhr in die Tiefgarage unter dem verwinkelten Polizeigebäude.

»Überprüf bitte, ob wir was über diesen Frommer haben«, bat Brander seine Kollegin, während sie die Treppe zu ihrem Büro hochstiegen. »Ich schau mal bei Freddy vorbei, ob es was Neues gibt.«

Der Kriminaltechniker betrachtete mit zusammengekniffenen Augen ein Foto auf dem Bildschirm, als Brander das Büro betrat.

»Kauf dir mal 'ne Brille«, begrüßte Brander ihn.

»Meine Augen sind noch gut. Das Bild ist leider unscharf.«

»Das hat Peppi auch immer gesagt.«

Tropper lehnte sich zurück und wandte sich seinem Gast zu. »Was willst du?«

»Eine Ansage: Suizid, Unfall, Mord?«

»Komm morgen wieder, dann weiß ich mehr.«

»Freddy, gib mir eine Einschätzung: In welche Richtung müssen wir ermitteln?«

»Auf den ersten Blick kein Hinweis auf Fremdverschulden«, erbarmte sich Tropper. »Aber dennoch einige Verdachtsmomente. Schau hier …« Er scrollte durch einige Bilder auf seinem Monitor. »Das ist oben auf der Brücke, ungefähr an der Stelle, wo er vermutlich übers Geländer gegangen ist.«

Brander stellte sich neben Tropper, stützte eine Hand auf den mit Papieren überladenen Schreibtisch und betrachtete das Foto. Es zeigte den asphaltierten Belag der Brücke, staubig, teilweise mit altem Laub bedeckt.

»Hier sind Reifenspuren. Können natürlich von irgendeinem Fahrzeug stammen.« Tropper fuhr mit dem Mauszeiger über den Monitor. »Das hier könnten Schleifspuren sein.«

Jetzt war es an Brander, zu blinzeln. »Schleifspuren?«

»Ja, warte, ich habe noch bessere Fotos.« Tropper rief nacheinander verschiedene Bilder auf, die die Stelle aus unterschiedlichen Perspektiven darstellten. »Es ist nur eine kurze Spur, muss nichts mit unserem Mann zu tun haben, könnte aber.«

Brander schürzte die Lippen. »Bisschen dürftig, oder?«

»Ein Anfang. Wir sind noch dabei, das Brückengeländer und den Sims eingehend zu untersuchen. Wenn er über das Geländer gestiegen ist, müssen wir Finger- oder zumindest Handabdrücke am Handlauf von ihm finden. Er trug keine Handschuhe und wird kaum wie ein Hochspringer mit Anlauf darübergesprungen sein. Ist allerdings Sisyphusarbeit, kann ein bisschen dauern.«

»Hast du sonst noch was?«

»Nein.«

»Schleifspuren«, überlegte Brander. »Das könnte bedeuten, dass jemand ihn ein Stück von wo auch immer zum Brückengeländer gezogen und dann darübergestoßen hat. Aber so etwas lässt man ja nicht einfach so mit sich machen.«

»Die wenigsten vermutlich«, pflichtete Tropper ihm bei.

»Gibt es Kampfspuren?«

»Habe ich Kampfspuren erwähnt?«

»Nein.«

»Was sagt dir das?«

»Dass ich deine klugen Antworten vermissen werde, wenn du in Pension gehst.«

»Ein paar Jahre muss ich noch«, tröstete Tropper ihn.

Brander wandte sich wieder den Bildern auf dem Monitor zu. »Also angenommen, es war kein Selbstmord, würde das bedeuten, dass das Opfer bereits tot war, als es über die Brüstung ging. Oder zumindest betäubt gewesen sein muss. Die Info braucht Maggie.«

»Wenn er schon tot war, sollten wir auch Spuren vom Transport am Körper finden, Druckstellen, veränderte Totenflecken …«

Brander klopfte unruhig mit den Fingern auf die Schreibtischplatte. Wenn er das Ergebnis der Obduktion doch schon hätte.

Peppi beendete ein Telefongespräch, als Brander ihr gemeinsames Büro betrat.

»Das war Herr Vogel von der Flugschule. Ihm ist noch etwas eingefallen. Rate mal, wer die letzte Flugbegleiterin von Constantin Dreyer am Dienstag war?«

»Flugbegleiterin? Hatte er eine Stewardess an Bord?«

»Nein, aber sie war keine Flugschülerin. Er hat sie lediglich auf einen kleinen Rundflug eingeladen.«

»Und wer war seine letzte Flugbegleiterin?« Brander ließ sich an seinem Schreibtisch nieder.

»Jana van Acken.«

Jana. Den Namen hatte er schon gehört.

Peppi grinste genüsslich, als sie sah, wie Brander sich das Hirn zermarterte.

Er legte den Kopf in den Nacken. Jana. »Ah, das ist doch die Freundin seiner Tochter.«

»Genau. Er lädt sie zu einem Rundflug ein. Er hat ein Foto von ihr in seiner Brieftasche. Was kommen mir denn da für Gedanken?«

»Sie ist eine Freundin des Hauses, gehört quasi zur Familie, hat seine Frau gesagt.«

»Und sie ist sehr hübsch. Wenn du mich fragst: späte Midlife-Crisis. Sie hat ihn zurückgewiesen. Er ist am Boden zerstört und springt von der Brücke. Ende des Dramas.«

Brander sah seine Kollegin abschätzend an. »Spekulierst du auf ein freies Wochenende?«

»Das Wetter soll schön werden.«

»Warten wir ab, was die Obduktion ergibt. Wer geht hin?«

»Ich dachte, du und Freddy?«

»Acht Uhr in Tübingen.« Brander zog eine Grimasse. Da würde er mitten im Berufsverkehr ewig lang auf der Bundesstraße im Stau stehen. »Du wohnst in Tübingen. Dieses Mal gehst du. Ich lad dich auch hinterher zum zweiten Frühstück ein.«

Bevor Peppi protestieren konnte, wechselte er das Thema. »Wo wohnt diese Jana?«

»Oberesslingen.«

Peppi hatte ihren Besuch telefonisch angekündigt, damit sie den Weg nicht vergebens antraten. Hell verputzte mehrgeschossige Wohnblocks reihten sich entlang der zugeparkten Straße aneinander. Sie fanden erst am Ende der Straße vor einem Pflegeheim eine Parklücke und marschierten zu dem Haus zurück, in dem Jana van Acken wohnte. Sie öffnete nach dem zweiten Klingeln. Ihre geschwollenen Augenlider verrieten, dass sie geweint hatte.

Ihre Wohnung bestand aus einem Raum, dazu eine Küche und ein Bad. Eine kleine Studentenbude, mit Schreibtisch unterm Fenster, ausklappbarem Sofa, zwei Polsterstühlen und Ikea-Kleiderschrank. Ein Gefrierbeutel mit benutzten Papiertaschentüchern lag auf dem Boden neben dem Sofa. Auf dem Tisch stand eine große Porzellantasse mit Blümchenmuster.

»Möchten Sie auch einen Tee?« Die Stimme der jungen Frau war zart, fast ein wenig verhaucht.

»Nein, danke. Wir wollen Sie nicht lange stören«, lehnte Brander ab.

Jana van Acken setzte sich auf das Sofa, wobei ihr leichtes Oberteil verrutschte und einen tiefen Einblick in ihr Dekolleté gewährte. Brander und Peppi nahmen die Polsterstühle. Sie saßen etwas höher als Jana, was Brander nicht gefiel. Er wollte mit ihr auf Augenhöhe sein, auf einer Ebene, um Vertrauen aufzubauen. Aber die Alternative wäre gewesen, sich zu ihr auf das Sofa zu setzen, was Brander noch unpassender fand.

»Wann haben Sie erfahren, dass Herr Dreyer tot ist?«, fragte er.

»Eva hat es mir gestern Abend gesagt.« Jana van Acken nahm ein Taschentuch aus der Packung und faltete es zu einem Dreieck.

»Sie haben Herrn Dreyer am Dienstag gesehen?«

Sie sah auf, ihr Blick hatte etwas Erschrecktes. »Ja.«

»Hat er Sie öfter zu einem Rundflug eingeladen?«

Sie schien einen Augenblick verwirrt über seine Frage. »Hin und wieder, ja.«

»Welchen Eindruck hatten Sie von ihm?«

»Wie meinen Sie das?«

»War am Dienstag etwas anders als sonst? Wirkte er nervös? Oder grüblerisch? Oder …?« Brander machte eine unbestimmte Handbewegung.

Sie schüttelte den Kopf. Tränen stiegen ihr in die Augen.

»Hat er Ihnen etwas erzählt? Hat ihn etwas belastet?«

»Nein, er war wie immer. Gut gelaunt, entspannt. Er war …« Ihre Stimme brach, ging in einem hilflosen Schluchzen unter. Sie vergrub das Gesicht in den Händen.

Brander und Peppi warteten schweigend, bis sie wieder ruhiger wurde.

»Wie gut kannten Sie Herrn Dreyer?« Peppis Frage war anteilnehmend, aber die Ahnung, dass da vielleicht mehr gewesen war, klang durch.

Jana van Acken hob den Blick. Ihre Augen waren rot geädert, die Nase glänzte. »Was?«

»Sie kennen ihn ja schon sehr lange, nicht wahr?«

»Ja.«

»Was war er für Sie? Ein väterlicher Freund?«

Wieder lag etwas Verschrecktes im Blick der jungen Frau. »Ja … auch …«

»Das heißt, er war mehr als nur der Vater Ihrer Freundin?«, hakte Peppi nach.

»Was … Wieso fragen Sie das?«

»Wir möchten gern wissen, in welcher Beziehung Sie zu Herrn Dreyer standen.«

Jana starrte sie wortlos an.

»Frau van Acken, würden Sie uns bitte antworten?«, beharrte Peppi.

»Warum stellen Sie mir solche Fragen?« Ihre Stimme wurde lauter, auf den Wangen zeichneten sich große rote Flecken ab.

»Er hatte ein Foto von Ihnen bei sich.«

»Ja, und?« Sie versteckte das Gesicht hinter ihrem Taschentuch, begann wieder laut zu weinen.

»Frau van Acken …«

»Gehen Sie!«

»Können wir jemanden informieren, der sich um Sie kümmert?«, fragte Brander.

»Nein! Ich will allein sein.« Sie sah die Beamten trotzig an. »Gehen Sie!«

***

Brander hatte Peppi nach der Arbeit zu Hause abgesetzt und war auf dem Weg zu Trisha nach Rommelsbach. Er reihte sich in den Verkehr auf der Bundesstraße ein und dachte über Jana van Acken nach.

Sie war eine hübsche junge Frau. Eine Kindfrau. Nein, vielleicht tat er ihr damit unrecht – sie hatte gerade einen Menschen verloren, den sie seit frühester Kindheit kannte, da durfte man traurig und hilflos sein.

Peppi war sich allerdings sicher, dass zwischen Jana van Acken und Constantin Dreyer mehr gewesen war als reine Freundschaft. Brander konnte es sich nicht vorstellen. Zwischen den beiden lagen zweiunddreißig Jahre Altersunterschied. Das Mädchen war die Sandkastenfreundin seiner Tochter. So eine Beziehung wäre doch irgendwie unmoralisch, auch wenn es immer wieder ältere Männer gab, die sich in wesentlich jüngere Frauen verliebten. Und umgekehrt.

Er fand die Straße in Rommelsbach, die Trisha ihm notiert hatte. Es war nicht schwer, sie lag am südlichen Ortsrand. Die Parkbuchten waren besetzt, aber er fand einen freien Platz am Straßenrand gegenüber dem Mehrfamilienhaus, in dem Trisha wohnte. Er stieg aus und überquerte die Straße. Das vierstöckige Haus war hell verputzt, in vielen Fenstern brannte Licht. Irgendwo bellte ein Hund.

Seine Handflächen waren feucht, stellte er überrascht fest, als er vor der Tür stand. Er rieb sie kräftig an den Hosenbeinen ab, bevor er den Klingelknopf drückte. Es war Trisha, eine alte Freundin, kein Grund, nervös zu sein. Sein Klingeln wurde mit einem »Zweite Etage links« und dem Betätigen des Türöffners erhört. Brander stieg die Stufen hinauf.

Sie empfing ihn an der Wohnungstür. Anscheinend hatte sie kurz zuvor geduscht. Die blonden Haare schimmerten feucht und waren im Nacken locker zusammengesteckt. Statt Cargohose trug sie Jeans, unter ihrem T-Shirt kamen die schlanken, wohlgeformten Muskeln ihrer Oberarme zum Vorschein. Auf Make-up hatte sie weitestgehend verzichtet. Sie hatte keine Scheu, die kleinen Fältchen um ihre Augen zu zeigen.

»Viertel nach acht. Fast pünktlich«, stellte sie fest.

»Ich habe leider keine Blumen.« Er hob die leeren Hände.

Sie grinste. »Nach achtundzwanzig Jahren wagst du es, ohne Blumen vor mir zu stehen? Andreas Brander, du enttäuschst mich.«

»Ich dachte, es wären siebenundzwanzig.«

»Das macht es nicht besser.« Sie wich einen Schritt zur Seite, um ihn hereinzulassen.

Ihre Lockerheit vertrieb seine Nervosität. Er trat in den kleinen Flur. Drei Haken dienten als Garderobe. Darunter war ein schlichtes Schuhregal. Er spürte ihren Blick auf sich, als er seine Jacke aufhängte, und wandte sich lächelnd zu ihr um.

»Hallo erst mal.« Zum zweiten Mal an diesem Tag nahm er sie in den Arm. Dieses Mal nicht unter den Argusaugen seiner Kollegin. Er erlaubte sich, den Moment zu genießen. Sie roch gut.

Sie löste sich aus der Umarmung. Mit den Gesten einer routinierten Flugzeugeinweiserin deutete Trisha auf die abgehenden Türen. »Willkommen in meinem Reich: Bad, Wohnzimmer, Schlafzimmer. Klein, aber bezahlt.«

Sie ging ihm voran in einen Wohnraum, an den eine Küche angrenzte, die nur durch einen Mauervorsprung und eine Theke abgetrennt war. Der Boden vor der Küchenzeile war grau gefliest, der Rest des Raumes mit einem hellgrauen Teppich ausgelegt. An einer Wand stand ein rot-grau gemustertes Sofa mit einem dazu passenden Sessel. Mittig vor einem bodentiefen Fenster war ein kleiner Esstisch mit drei Stühlen für zwei Personen gedeckt. Aus einer kleinen Box, die auf der Fensterbank stand, klang leise Musik.

Brander lauschte. »Hooters?« Die hatte sie damals schon gern gehört.

Sie lächelte. »Der guten alten Zeiten wegen. Ich mag sie immer noch. Was willst du trinken? Ich habe einen guten spanischen Rotwein, aber wenn du lieber ein Bier möchtest …«

»Weder noch, ich bin mit dem Auto da.«

»Dann hätte ich Wasser oder Apfelschorle im Angebot.«

»Apfelschorle ist perfekt.«

Er sah sich in dem Raum um. An der Wand neben der Tür, durch die er ins Zimmer gekommen war, hingen mehrere gerahmte Fotos, im Regal standen ein paar Flugzeugmodelle. Brander grinste. Flugzeugmodelle erwartete man nicht unbedingt im Wohnzimmerschrank einer attraktiven Blondine. Er besah sich die Fotos: Trisha in Uniform vor einem amerikanischen Kampfjet. Ein Mannschaftsfoto mit ihrer Einheit. Ein Bild zusammen mit ihren Eltern.

»Lebst du allein?«, erkundigte er sich.

»Ja.«

»Keine Kinder?«

Sie lachte auf. »Du kommst ja gleich zur Sache. Geschieden, keine Kinder. Und du?«

»Verheiratet, eine Pflegetochter.«

»Du hast eine Pflegetochter?«

»Ja, siebzehn Jahre, und ihr verdanke ich das hier.« Er strich sich über den kahlen Schädel.

»So anstrengend?«

Brander schüttelte den Kopf. »Wette verloren.«

Sie lachte wieder. Es gefiel ihm, dass er sie zum Lachen brachte.

»Und deine Frau?«

»Die hat ihre Haare noch.«

Wieder erntete er ihr Lachen. »Ich meine: Kenne ich sie?«

»Vermutlich nicht.«

Sie öffnete den Ofen und wedelte den aufsteigenden Dampf mit dem Topflappen auseinander.

»Kann ich dir helfen?«

»Du kannst den Wein aufmachen. Auch wenn du nicht willst – ich muss ja nicht mehr fahren.«

Sie grinste breit. Es lagen so viele Jahre dazwischen, und doch war sie ihm so vertraut. Brander nahm die Flasche vom Tisch. Er ging einen Schritt zur Seite, damit Trisha die Auflaufform abstellen konnte. Während er die Flasche öffnete und ihr Glas füllte, schenkte sie ihm die Apfelschorle ein. Sie tauschten die Gläser.

»Auf unser Wiedersehen. *Cheers.*« Sie prostete ihm zu.

»*Cheers.*« Er nippte an seinem Glas, erlaubte sich, sie eingehender zu betrachten. Sie gefiel ihm noch immer. Ihre Figur war sehr sportlich, aber an den richtigen Stellen weich geschwungen. Ihre Haut war leicht gebräunt. Sie hatte mit den Jahren Falten bekommen, die Züge um ihren Mund waren strenger geworden, aber ihre Augen sprühten vor Energie und Lebensfreude. Er spürte ein angenehmes Kribbeln im Magen.

»Du hast dich kaum verändert«, stellte er fest. Er hatte es leise gesagt, vielleicht eine Spur zu sanft. Er räusperte sich.

Sie hob die Augenbrauen. »Oh, sah ich damals schon so alt aus?«

»Du weißt, wie ich es meine. Du siehst … toll aus.«

»Danke.« Sein Kompliment freute sie. »Du hattest mal mehr Haare.«

»Ja, eine Matte wie Jimi Hendrix.« Er schüttelte die imaginäre Lockenpracht.

»Na, das nun nicht gerade«, entgegnete sie schmunzelnd.

Sie setzten sich an den Tisch und füllten die Teller mit dem deftigen Gemüse-Hackfleisch-Auflauf. Trisha war noch nie der Typ für leichte Kost und dressingarme Salate gewesen. Schon damals hatte sie viel Sport getrieben, sodass Diät kein Thema für sie war.

»Du bist also tatsächlich bei der Kripo gelandet.«

»Erst du. Was hast du in den letzten Jahren getrieben?«

»Das ist schnell erzählt: Ich bin in die Staaten gegangen, wie du ja weißt, habe studiert, wurde Pilotin bei der US Air Force und war einige Jahre in Krisengebieten im Einsatz, ich war im

Irak und in Afghanistan. Zuletzt war ich als *Instructor Pilot* in Wichita Falls tätig. 2016 habe ich meinen Dienst beendet und bin wieder nach Deutschland zurückgekehrt.«

»Warum hast du aufgehört?«

Sie zuckte die Achseln. »Es war an der Zeit. *You know*, je höher der Dienstgrad, desto mehr Verantwortung, desto weniger fliegt man. Du verbringst mehr Zeit mit Planen, Verwalten, Führen und was weiß ich noch alles als in der Luft.«

»Und warum bist du zurück nach Deutschland gekommen?«

»Ich wurde des Landes verwiesen.«

Er sah sie so erschreckt an, dass sie in schallendes Gelächter ausbrach.

»Ich fasse es nicht, dass du diesen Satz auch nur eine Sekunde lang geglaubt hast!« Sie wischte sich die Tränen aus den Augen.

»Bei eurem Präsidenten …«

»Ich bin kein Fan von ihm. Jetzt erzähl von dir.«

»Wenig spektakulär: Polizeischule, ein paar Jahre im Streifendienst, Polizeiakademie. Dann zur Kripo in Stuttgart, zuständig für Raub-, Eigentums- und Jugendkriminalität. Wechsel zur K1, Kapital- und Sexualdelikte. Ich war eine ganze Weile in Tübingen bei der K1, und jetzt bin ich in Esslingen.«

Die Eckdaten waren geklärt.

»Esslingen? Warum warst du dann auf der Schäferheide?«

»Ihr gehört zu unserem Zuständigkeitsbereich. Wir sind quasi für halb Württemberg zuständig.« Das war etwas übertrieben, aber gefühlt war es so.

Eine Weile aßen sie schweigend. Die Stille war nicht unangenehm, es lag etwas Vertrautes in dem Moment.

Trisha hatte ihren Teller zur Hälfte geleert, nahm ihr Weinglas und lehnte sich zurück. »Wisst ihr schon Genaueres über Constantins Tod?«

»Darüber darf ich mit dir nicht sprechen.«

Sie trank einen Schluck Wein und widmete sich wieder ihrem Essen.

»Wie gut kanntest du ihn?« Jetzt, da sie das Thema von sich aus angeschnitten hatte, konnte Brander vielleicht ein paar hilfreiche Informationen bekommen, um sich ein genaueres Bild von dem Mann zu machen.

»Wie ich heute Vormittag schon sagte: Wir haben beide auf der Schäferheide gearbeitet.«

»Seit wann bist du dort Fluglehrerin?«

»Gut anderthalb Jahre. Es hat ein wenig gedauert, bis ich alle Papiere zusammenhatte. Ich musste auf die Muster eingeflogen werden und meine Lizenzen anerkennen lassen. CD, also Constantin hat mir mit dem ganzen bürokratischen Kram geholfen, sie brauchten dringend Verstärkung.«

»Du hast heute Vormittag gesagt, dass ihr manchmal zusammen essen gegangen seid.«

»Ja, hin und wieder.«

»Wer hat bezahlt?«

»Was?« Sie warf ihm einen überraschten Blick zu.

»Wenn ihr essen gegangen seid: Wer hat hinterher die Rechnung bezahlt?«

»Ist doch egal.«

»Nein, ist es nicht.« Er suchte in ihrem Gesicht nach einer Antwort, die sie ihm nicht gab. »Lief seine Ehe gut?«

»Das ging mich nichts an.«

»Also lief sie nicht gut.«

»Ich weiß es nicht. Worauf willst du hinaus?«

Seine Fragen irritierten sie, er erkannte es an den kleinen Fältchen, die sich um ihre Augen vertieften. »Ich versuche zu verstehen, wer Constantin Dreyer war.«

»Er war ein netter Mann. Charmant, höflich, ausgeglichen.« Sie legte ihr Besteck zur Seite. »Und er war sehr korrekt und gewissenhaft.«

»Und dennoch ist er jetzt tot.«

»Er hat sich ganz sicher nicht umgebracht.«

»Manchmal geraten Menschen in Situationen, aus denen sie keinen Ausweg mehr finden.«

»Es gibt immer einen Ausweg.«

Es war die Härte, mit der ihre Antwort kam, die Brander aufhorchen ließ. Sie war damals schon sehr zielorientiert gewesen. Für sie gab es keine Probleme, sondern Herausforderungen. Und denen stellte sie sich. Sie hatte sich nie unterkriegen lassen. Es gab immer einen Ausweg.

Irak, Afghanistan. Er hatte Berichte von Soldaten gelesen, die traumatisiert von solchen Einsätzen zurückgekehrt waren. Er fragte sich, was sie in ihrer Dienstzeit erlebt hatte. Unwillkürlich suchte er in Trishas Augen nach einer Antwort. Sie erwiderte seinen Blick, aber er hatte das Gefühl, dass eine unsichtbare Mauer zwischen ihnen stand. Wo immer sie auch plötzlich hergekommen war. Brander bereute, dass er das Thema Dreyer weiterverfolgt hatte.

Während Brander sich einen Nachschlag auflud, stand sie auf und ging ein paar Schritte im Raum auf und ab.

»Worüber denkst du nach?«, fragte er nach einer Weile.

»Ich kann das mit dem Selbstmord nicht glauben. Wenn es ein Problem gegeben hätte, hätte er sich dem gestellt.« Sie blieb stehen und sah Brander fest in die Augen.

Die Mauer schien wieder verschwunden.

»Wieso bist du dir da so sicher?«

»Er ist nicht der Typ dazu.«

Das war kein Argument. In Extremsituationen reagierten Menschen auch mal anders, als man es von ihnen erwarten würde. Diese Erfahrung musste auch Trisha gemacht haben.

»Kannst du dir vorstellen, dass er ein Verhältnis hatte?«

Sie hob leicht die Augenbrauen. »Ja.«

»Hast du nicht gerade gesagt, dass er in allem sehr korrekt war?«

»Ja, und?«

»Seine Ehefrau zu betrügen finde ich nicht sehr korrekt.«

»Das ist eine Sicht der Dinge.« Sie löste die Haare in ihrem Nacken, lockerte sie auf und zwirbelte sie wieder zusammen.

»Welche Sicht gibt es noch?«

»Situationen sind manchmal etwas komplexer, da kann es zu Überschneidungen kommen.«

Jetzt war es an Brander, die Stirn zu runzeln. Überschneidungen, das war sehr rational ausgedrückt.

»Mit wem hatte Dreyer ein Verhältnis?« Er war sich nicht sicher, ob er die Antwort hören wollte. Trisha passte vom Alter, von ihrem ganzen Wesen her wesentlich besser zu Constantin Dreyer als Jana van Acken.

Sie sah ihn an, als hätte sie seine Gedanken erraten. »Nicht mit mir.«

Brander entging die leichte Verärgerung in ihrer Stimme ob des unausgesprochenen Verdachts nicht. Er zögerte mit der nächsten Frage, die ihm schon länger auf der Zunge lag. »Trisha ... bist du eigentlich traurig über seinen Tod?«

Sie antwortete nicht sofort.

»Ja«, sagte sie schließlich, leise und ernst. »Ich bin traurig. Ich bin bestürzt, und ich kann es nicht glauben. Er wird mir fehlen.« Sie verdrängte die Trauer mit einem sanften Lächeln. »Aber jetzt bist du hier, und ich freue mich sehr, dich wiederzusehen. Lass uns bitte das Thema wechseln und den Abend noch ein wenig genießen.«

»Nur noch eine Frage«, bat er. »Was ist das für eine Geschichte mit diesem Frommer?«

»Das war ein Unglück. Niemanden trifft daran die Schuld außer den Piloten. Das wusste Constantin. Das wussten alle. Natürlich belastet es einen, wenn ein Pilot abstürzt, den man ausgebildet hat. Aber für sein Handeln im Cockpit ist jeder Pilot selbst verantwortlich.« Ihre Gesichtszüge entspannten sich. Die Fliegerei war ihr Metier, sicheres Terrain.

»Den Flugzeugführer nennen wir PiC, Pilot in Command. Das heißt, er hat das Kommando und trägt die Verantwortung für das, was er tut. Und CD hat Jonas mit Sicherheit nicht geraten, dass er, wenn er beim Start unsicher wird, eine Umkehrkurve fliegen soll. Ist irgendetwas beim Start ungewöhnlich, geht man in die Platzrunde, landet ein paar Minuten später wieder, und alles ist gut. Da passiert gar nichts. Im Notfall ist auch der Flugleiter am Funk. Ben war da und hätte ihm helfen können, die Maschine wieder sicher herunterzubringen.

Schlimmstenfalls hätte Jonas einfach geradeaus auf dem nächsten Acker gleich wieder runtergehen können.« Sie klopfte mit den Fingerspitzen gegen ihre Stirn. »Man fliegt keine Umkehrkurve direkt nach dem Start.«

»Warum hat er es dann getan?«

Sie zuckte ratlos die Achseln. »Das weiß Gott allein.«

Sie stand noch immer im Raum. Brander zeigte einladend auf den Stuhl ihm gegenüber. »Das ist ungemütlich. Setzt du dich wieder zu mir? Schmeckt übrigens unerwartet gut.«

»Was heißt denn hier unerwartet?« Sie kehrte an ihren Platz zurück. Branders Neckerei brachte sie wieder zum Lächeln.

»Du sagst, der Vater gibt Dreyer die Schuld?«

»Ja, es gab eine Untersuchung des Unfalls. Aber es war eindeutig ein Pilotenfehler. Die BFU, also die Bundesstelle für Flugunfalluntersuchung –«

»Ich kenne die BFU.«

»Stimmt, ihr arbeitet ja mit denen zusammen.« Sie grinste entschuldigend. »Die waren damals am Flugplatz und haben alles aufgenommen. Hast du da nichts mitgekriegt?«

Brander konnte sich nicht erinnern. »Wann genau war das?«

»Letztes Jahr im April.«

Da hatte er Urlaub gehabt und danach gleich einen Vermisstenfall bearbeitet, erinnerte er sich. »Das haben wohl andere Kollegen übernommen. Was kam heraus?«

»Technische Probleme wurden ganz klar ausgeschlossen, die Maschine lief einwandfrei.«

»Wieso ist Frommer dann weiterhin überzeugt, dass Dreyer die Schuld am Tod seines Sohnes trägt?«

»Er meint, CD hätte Jonas auf so eine Situation nicht richtig vorbereitet.«

»Kann das möglich sein?«

»Nein!«, protestierte Trisha energisch.

Wieder ergriff sie vehement Partei für ihren Kollegen. Ging es ihr um die Fluglehrerehre? Oder steckten doch persönliche Gefühle dahinter?

»Hat Dreyer mit dir über den Vorfall gesprochen?«

»Ja.«

»Und?«

»Er hat – so wie wir alle – nicht verstanden, warum Jonas diesen fatalen Fehler gemacht hat. CD war unser Safety-Manager, Sicherheit und Qualität waren ihm wichtig. Und das hat er auch seinen Schülern vermittelt.«

»Könnte es ihn nicht doch stärker belastet haben, als er dir gegenüber zugegeben hat?«

»Andi, er hat sich nicht umgebracht. Eher traue ich Frommer zu, dass er ihn von der Brücke gestoßen hat.«

»Das sind aber herbe Anschuldigungen.«

»Ich habe nicht gesagt, dass er es war.«

Es war spät geworden am Abend zuvor. Da Brander die Teilnahme an der Obduktion an Peppi delegiert hatte, erlaubte er sich, etwas länger im Bett zu bleiben, was dazu führte, dass er allein frühstücken musste. Nathalie war bereits auf dem Weg zur Schule, und Cecilia hatte einen frühen Termin in der Praxis. Ein Block lag neben seiner Kaffeetasse, der Bleistift war gespitzt.

Constantin Dreyer. Was war das für ein Fall? War es überhaupt einer?

Brander skizzierte ein Flugzeug in die Mitte des Blattes, dahinter ein Viadukt mit vier Bögen. Die Brücke im Siebenmühlental. Warum war Dreyer dort hinuntergestürzt? Keine Person, mit der er bisher gesprochen hatte, konnte sich einen Selbstmord erklären. Konnte jemand so in Nöte geraten, ohne dass ein einziger Mensch in seiner Umgebung ahnte, dass etwas nicht stimmte?

Falls jemand nachgeholfen hatte, müsste es auch dazu irgendeine Vorgeschichte geben. Trisha hatte den Vater des abgestürzten Piloten verdächtigt: Elmar Frommer. Brander skizzierte für ihn und seinen Sohn Jonas ein zweites Flugzeug auf dem Blatt. Rechts unten, mit gebrochenen Flügeln.

Und Trisha? Wie wollte er sie in das Bild einfügen? Noch ein Flugzeug? Das war wenig kreativ. Eine amerikanische Flagge, unten links ins Bild. Auch nicht sehr originell, aber alle anderen Symbole, die ihm zu ihr einfielen, hatten nichts mit seinem Fall zu tun.

Trisha. Nachdem sie aufgehört hatten, über Dreyer zu sprechen, war es ein schöner Abend geworden. Sie hatten viel gelacht. Nie hätte er so ein entspanntes Wiedersehen damals für möglich gehalten. Seine Gedanken wollten abschweifen. Brander sah auf sein Blatt, konzentrierte sich wieder auf seine Arbeit. Wen gab es noch? Dreyers Ehefrau Henriette und Tochter Eva.

Für Henriette wählte er ein Haus, das er oben mittig über Dreyers Flugzeug setzte. Und Eva? Ein paar Kringel für ihre roten Locken. Von wem sie die wohl hatte? Weder Mutter noch Vater hatten rote Haare oder Locken.

Und dann war da noch Jana van Acken. Was für eine Beziehung hatte sie zu dem Vater ihrer Freundin gehabt? Sie hatte Tee getrunken, also skizzierte er eine Tasse links neben Dreyer.

Für den adrett gekleideten Flugschulleiter Benedikt Vogel zeichnete er eine Anzugjacke, für Ludger Müller ein Funkgerät.

Grübelnd betrachtete er seine Skizze. Selbstmord, Unfall, Mord? Ohne das Ergebnis der Obduktion kam er nicht weiter.

***

Peppi und Margarete Sailer hatten sich nach der Obduktion in Tübingen mit Brander im »Ludwigs« zu einem späten Frühstück verabredet. Es war schon fast zwölf, als er das Café neben dem Uhlandbad betrat. Er fand die beiden Frauen oben auf der Galerie. Sie hatten einen Tisch an der Fensterseite mit Blick aufs Zinserdreieck ergattert und ihr Frühstück bereits vor sich.

»Wo ist Freddy?«, wunderte sich Brander.

»Schon unterwegs nach Esslingen«, antwortete Peppi.

»Dann schießt mal los.« Er setzte sich, überflog das Angebot auf der Speisekarte und entschied sich für das »Power-Frühstück« inklusive »Braindrink«. Wenn das nicht half, diesen Fall am Abend abgeschlossen zu den Akten zu legen, was dann?

»Es war definitiv kein Selbstmord«, begann Maggie. »Schau hier.« Sie nahm ihren Tablet-PC, scrollte durch die Bilder, vergrößerte den Ausschnitt einer Aufnahme und drehte das Display zu Brander. Es war die Nahaufnahme des Hinterkopfes. Die Rechtsmedizinerin hatte den Zoom auf eine offene Wunde vergrößert: Blut, Dreck, Hautfetzen, Haare.

»Oh, bitte!« Er verzog das Gesicht. »Muss das sein?«

»Nein, aber ich liebe diesen Anblick.« Maggie deutete mit kreisendem Zeigefinger auf sein ärgerliches Gesicht.

»Du spekulierst doch nur darauf, dass du was von meinem Frühstück abbekommst«, knurrte Brander. »Warum kein Selbstmord?«

»Die Auffindesituation passt nicht zu dieser Wunde. Diese Kopfverletzung muss man ihm schon vor seinem Tod beigebracht haben.«

»Wann? Wie? Wo? Womit?«

»Stopp!«, bremste Maggie ihn. »Eins nach dem anderen, Andi. Beginnen wir mit dem Wann. Der mutmaßliche Zeitpunkt seines Todes liegt zwischen zweiundzwanzig Uhr am Dienstagabend und zwei Uhr früh. Die Kopfverletzung wurde ihm vermutlich eine halbe bis maximal anderthalb Stunden vor seinem Tod zugefügt. Unter Vorbehalt – denn ich weiß nicht, wo ihm diese Verletzung zugefügt wurde. Der Zeitrahmen kann je nach den Parametern variieren.«

Die Bedienung brachte Branders Frühstück: Vollkornbrot mit Frischkäse, Schinken und Gemüse – und den rettenden »Braindrink«.

»Zu dem Wie habe ich im Moment zwei Theorien«, fuhr Maggie fort. »Möglichkeit A ist mein Favorit: Ein Schlag von vorn ins Gesicht. Daher könnte der Cut über dem Auge kommen. Sturz nach hinten. Um sich dabei so eine Verletzung zuzuziehen, müsste er jedoch mit dem Kopf noch im Fallen gegen eine Kante geschlagen sein.«

»Warum nicht durch den Aufprall am Boden?«

»Wir haben hier eine Impressionsfraktur mit nach innen hineingesprengten Knochenfragmenten, siehst du?« Sie fuhr mit dem Finger über das Foto von Dreyers Schädel. »Wäre die Verletzung durch den Aufprall entstanden, wäre sie flächiger, so wie hier seitlich des Schädels.« Sie scrollte zu einem anderen Foto. »Dieser Berstungsbruch ist durch den Aufprall nach dem Sturz von der Brücke entstanden. Aber die erste Verletzung nicht. Sie ist zu geradlinig.«

»Eine Treppenstufe?«, schlug Brander vor.

Maggie verzog zweifelnd das Gesicht. »Halte ich für eher unwahrscheinlich. Es gibt zwar Aufprallspuren am Körper, aber es fehlen entsprechende Spuren an Nacken oder Schultern, die dann ebenfalls auf eine Kante geschlagen sein müssten. Du stößt ja nicht mit dem Kopf auf die Kante der Treppenstufe und der Rest des Körpers bleibt in der Luft hängen.«

»Vielleicht ist er mit dem Kopf auf die unterste Stufe gefallen«, schlug Peppi vor.

»Oder eine Bordsteinkante«, ergänzte Brander.

»Möglich«, räumte Maggie ein. »Jedenfalls war die Verletzung am Hinterkopf nicht tödlich. Sie führte zu einem Hirntrauma, aber nicht zu seinem unmittelbaren Tod. Er wird mit Sicherheit das Bewusstsein verloren haben. Ein Koma könnte ich mir vorstellen. Ob das auf lange Sicht zu seinem Tod geführt hätte, wäre pure Spekulation. Das wäre auch davon abhängig gewesen, wie schnell man ihn gefunden und behandelt hätte. Aber dazu ist es ja gar nicht gekommen. Interessant könnten die Schmutzpartikel sein, die wir in der Kopfverletzung gefunden haben. Die müssen allerdings noch analysiert werden. Kommen wir also zum zweiten Teil der Spurenlage.«

»Warte. Du hast gesagt, es gibt zwei Möglichkeiten«, bremste Brander sie.

»Ja, Variante B: Das Ganze andersherum. Ein kräftiger Schlag von hinten mit einem länglichen Gegenstand gegen den Schädel. Er könnte nach vorn auf das Gesicht gefallen sein und sich so die Verletzung oberhalb der Augenbraue zugezogen haben. Obwohl ich bei der Verletzung einen Fausthieb ins Gesicht für wahrscheinlicher halte.«

»Fand dein Kollege ebenfalls«, bestätigte Peppi.

»Ein Angriff von vorn«, überlegte Brander laut. »Das würde bedeuten, er hat den Täter gesehen.«

»Ja.«

»Abwehrspuren?«

»Nein. Egal, ob von vorn oder hinten – der Angriff kam für ihn anscheinend unvorhergesehen.«

»Okay, mach weiter. Teil zwei der Spurenlage.«

Maggie Sailer öffnete ein weiteres Foto. Brander warf nur einen flüchtigen Blick darauf.

»Er hat zahlreiche Kratzer, die beim Sturz durch das Gestrüpp entstanden sind. Aber wir haben auch leichte Druckstellen am Brustkorb festgestellt, die vermutlich vom Transport stammen. Jemand könnte ihm von hinten unter die Arme gegriffen und ihn mitgezerrt haben. Der klassische Rettungsgriff.« Sie deutete mit einer Geste den Griff an. »Am Bauch haben wir Druckstellen und minimale Abschürfungen gefunden. Vermutlich entstanden, als man ihn über das Geländer gewuchtet hat. Auch am Oberschenkel sind Druckstellen, die ebenfalls dabei entstanden sein können. Die zahlreichen Knochenbrüche hat er sich dann durch den Aufprall am Boden zugezogen. Abgesehen davon, dass er sich bei der Landung den Schädel rechtsseitig zertrümmert hat, waren seine Rippen gebrochen und haben den rechten Lungenflügel durchbohrt. Die inneren Organe waren –«

»So genau will ich es gar nicht wissen«, bremste Brander die Rechtsmedizinerin. »Das heißt, jemand schlägt ihn nieder, schafft ihn zu der Brücke und schmeißt ihn dort hinunter?«

»Kurz zusammengefasst: ja«, bestätigte Maggie.

Brander rieb sich über den kahlen Schädel. »Das ist ziemlich abgebrüht, oder?«

»Oder verzweifelt«, erwiderte Peppi.

* * *

Henriette Dreyer empfing sie in schwarzer Trauerkleidung. Statt ins Wohnzimmer führte sie die Beamten in ihre Küche. Unterlagen eines Bestattungsunternehmens lagen auf dem Tisch.

»Wann kann ich meinen Mann beerdigen?«, fragte sie.

»Das kann ich Ihnen im Moment noch nicht sagen. Es haben sich neue Fragen ergeben. Setzen wir uns doch hin.« Brander deutete auf die Küchenstühle.

Sie setzte sich auf einen Stuhl, umklammerte mit den Händen die Tischkante und sah Brander beunruhigt an. Ihr Gesicht war blass und gezeichnet vom Schlafmangel und von den Strapazen der letzten Tage.

»Frau Dreyer, die rechtsmedizinische Untersuchung hat ergeben, dass Ihr Mann keinen Selbstmord begangen hat.«

»Natürlich nicht«, erwiderte sie leise. »Es muss ein Unfall gewesen sein.«

»Nein, auch das war es vermutlich nicht. Wir gehen von einem Tötungsdelikt aus.«

Ihre Augen weiteten sich ungläubig. »Was heißt das? Ich verstehe das nicht.«

»Vermutlich wurde Ihr Mann Opfer eines Verbrechens.«

»Aber … Bitte, ich verstehe das nicht.«

»Ich kann Ihnen im Moment keine konkreten Informationen zum Tathergang geben. Aber wir müssen wissen, wo Ihr Mann Dienstagnacht war. Sie sagten, er hatte einen Kundentermin. Ist das sicher? Wissen Sie, mit wem er sich treffen wollte?«

»Er hat mir keinen Namen genannt. Er hatte oft abends Kundentermine. Er hat eine Assistentin. Vielleicht fragen Sie die. Ilse Norten. Sie ist im Büro.«

»In welchem?«

»Im Hauptbüro in Tübingen. Es ist in der Innenstadt beim Haagtor.«

Brander notierte sich die Adresse. Der nächste Punkt war heikel. »Frau Dreyer, ein paar meiner Kollegen werden gleich herkommen. Wir müssen uns ein wenig bei Ihnen umsehen.«

»Wieso umsehen? … Was … was wollen Sie denn finden?«

»Einen Hinweis darauf, was Ihrem Mann zugestoßen sein könnte. Das ist Routine, Frau Dreyer, wir –«

»Routine?« Sie funkelte ihn zornig an. »Mein Mann wurde umgebracht, und Sie wollen mein Haus durchsuchen. Das ist … das ist doch …« Sie schnappte nach Luft.

Und sie hatte recht. Für sie war die Situation alles andere als Routine. Sie kämpfte mit dem plötzlichen Verlust, mit dem Schock, mit der Trauer um ihren Ehemann, und er kündigte an, dass Polizeibeamte ihre persönlichen Sachen durchsuchen würden.

»Wir suchen Hinweise auf den Täter«, versuchte Brander, ihr Vorgehen zu erklären. »Und bei einem Großteil aller Fälle ist es so, dass sich Täter und Opfer kannten. Fällt Ihnen jemand ein, mit dem Ihr Mann Differenzen hatte?«

Sie schüttelte den Kopf, senkte den Blick und verfiel in Schweigen.

»Dieser Frommer«, sagte sie nach einer Weile. »Elmar Frommer. Er hat Constantin immer wieder belästigt.«

»In welcher Weise hat er Ihren Mann belästigt?«

»Anrufe ... Er hat ihn manchmal mitten in der Nacht angerufen oder Nachrichten geschickt. Und er tauchte immer am Flugplatz auf.«

»Hat er Ihren Mann bedroht?«

Sie starrte auf die Tischplatte. »Er ... er hat ihn belästigt. Er wollte, dass Constantin sich schuldig bekennt.«

»Vor wem sollte sich Ihr Mann schuldig bekennen?«

Sie zuckte die Achseln. »Vor ihm. Vor der Welt.«

»Kennen Sie Herrn Frommer? Haben Sie mal mit ihm gesprochen?«

»Nein. Ich habe ihn ein paarmal am Flugplatz gesehen, aber gesprochen habe ich nicht mit ihm.« Sie sah Brander an. »Hat er meinen Mann umgebracht?«

***

Ilse Norten war allein in dem Tübinger Büro, dessen große Schaufensterfront mit Immobilienangeboten zugehängt war. Auf der Hälfte der Angebote stand: »Verkauft«. Brander fragte sich, zu welchem Zweck diese Objekte noch im Schaufenster hingen.

»Ich weiß gar nicht, wie es jetzt weitergehen soll.« Die Einundsechzigjährige nestelte an ihren grauen Haaren, die sie zu einem strengen Dutt zusammengesteckt hatte. Der freundliche Blick war von Trauer getrübt. »Ich habe alle Termine abgesagt, die Herr Dreyer in nächster Zeit hatte. Wir haben so viele laufende Projekte. Oh Gott, ich kann einfach nicht glauben, dass Herr Dreyer sich ... Wir sind alle so erschüttert.«

»Wegen der Termine sind wir hier«, erklärte Brander. »Können Sie uns sagen, mit wem und wo Herr Dreyer am Dienstagabend einen Termin hatte?«

»Am Dienstag hatte er keine Termine.«

»Das wissen Sie gleich so genau?«, fragte Brander verwundert.

»Der Dienstag war sein freier Tag, seit Jahren schon. Da war er immer am Flugplatz.«

»Aber könnte er nicht dennoch abends eine geschäftliche Verabredung gehabt haben?«

»Davon weiß ich nichts.«

»Könnten Sie bitte trotzdem einen Blick in seinen Terminkalender werfen?«

»Den habe ich nicht.«

»Als seine Assistentin müssten Sie doch Zugriff auf seine Termine haben«, bemerkte Peppi.

»Ja, natürlich. Entschuldigen Sie, aber warum ist das so wichtig?«

»Weil wir wissen müssen, mit wem sich Herr Dreyer am Dienstagabend getroffen hat.«

»Es war sicher kein Geschäftstermin.« Sie wandte sich ihrem Computer zu und drehte den Bildschirm nach wenigen Mausklicks zu den Kommissaren. »Sehen Sie, wie ich es Ihnen gesagt habe, der Dienstag war komplett als Privattermin geblockt.«

»Und wo hat er seine privaten Termin eingetragen?«

Ilse Norten lächelte wehmütig. »Da war er altmodisch. Er hatte einen Filofax mit Einlegeblättern. Den hatte er aber immer bei sich.«

Hatten die Kriminaltechniker einen Terminkalender beim Opfer gefunden? Brander konnte sich nicht erinnern.

»Seiner Frau hat er gesagt, er hätte abends einen geschäftlichen Termin«, hakte Peppi nach.

Brander kam es so vor, als ob sich die freundlichen Gesichtszüge der Assistentin minimal verhärteten. »Wie gesagt, davon weiß ich nichts.«

»Aber wenn es so gewesen wäre, müssten Sie davon wissen?«

»Normalerweise ja. Ich bereite die Unterlagen für ihn vor.«

»Wie sehen diese Unterlagen aus?«

»Das kommt darauf an. Bei Neukunden ist es eine Imagemappe, es können Projektunterlagen sein, Finanzierungsaufstellungen …«

»Und diese Unterlagen nimmt er gedruckt oder digital mit?«

»Sowohl als auch. Herr Dreyer ist jemand, der auf Nummer sicher geht. Falls sein Laptop mal nicht funktioniert, möchte er nicht mit leeren Händen beim Kunden stehen.«

»Das bedeutet, wenn er vielleicht doch einen Kundentermin am Dienstagabend hatte, müsste er seinen Laptop und schriftliche Unterlagen bei sich gehabt haben?«

»Ja.«

Einen Laptop hatte Tropper nicht erwähnt, soweit Brander sich erinnerte.

»Wie lange arbeiten Sie schon für Herrn Dreyer?«, fragte Peppi.

»Seit dreiundzwanzig Jahren.«

»Dann kennen Sie ihn gut, oder?«

»Ja.« Sie zog ein mit Spitzenrand umhäkeltes Taschentuch hervor und tupfte sich über die Augenwinkel.

»Wissen Sie, ob er mit jemandem Ärger hatte?«

»Was sollte er denn für Ärger haben?«

»Geschäftliche Diskrepanzen, Unstimmigkeiten mit einem Kollegen … mit wem auch immer.«

Sie dachte eine Weile über Peppis Frage nach. »Nein.«

Brander hatte das Gefühl, dass ihr sehr wohl jemand eingefallen war. »Sind Sie sicher?«

»Herr Dreyer war ein sehr anständiger Mensch. Er war kein Streithahn. Wenn es mal Unstimmigkeiten gab, hat er mit demjenigen geredet und das Problem geklärt.«

»Falls Ihnen noch etwas einfällt, melden Sie sich bitte bei uns. Es ist wichtig, dass wir erfahren, mit wem sich Herr Dreyer am Dienstagabend getroffen hat.« Brander stand auf und reichte ihr seine Visitenkarte.

Ilse Norten hielt sie unschlüssig in den Händen. »Ich weiß ja nicht, was passiert ist, und ich will auch keine Gerüchte in die Welt setzen, aber …« Sie verstummte.

»Aber?«, hakte Brander nach.

»Ach, es war nur ein dummer Gedanke.«

»Vielleicht auch nicht«, versuchte er, sie zum Reden zu ermuntern.

Die Frau schüttelte den Kopf.

»Auch wenn es Ihnen unwichtig erscheint – jeder Gedanke könnte nützlich sein.«

Aber Ilse Norten schwieg.

»Was summst du eigentlich die ganze Zeit vor dich hin?« Peppi lenkte den Wagen über die B 27. Sie waren auf dem Weg zu ihrer Dienststelle nach Esslingen.

»Ich summe doch nicht.«

»Stimmt, eigentlich brummst du eher. Ich habe versucht, rauszuhören, was für eine Melodie es ist, aber …« Sie warf ihm einen Blick zu, der vermuten ließ, dass es um seine Gesangskünste nicht zum Besten stand.

Er überlegte. Er hatte tatsächlich eine Melodie im Kopf, die er anscheinend unbewusst vor sich hin gesummt hatte. Demnächst würde er anfangen, Selbstgespräche zu führen. »›500 Miles‹ von den Hooters.«

»Den Song habe ich irgendwie anders in Erinnerung.«

»Tja.« Er hatte andere Stärken.

»Wann kam der raus? Das ist doch schon ewig her«, überlegte Peppi. »Wie alt war ich da? Neunzehn? Zwanzig?«

Eigentlich war es ein alter Folksong von Hedy West Anfang der sechziger Jahre, aber Brander mochte die Interpretation der amerikanischen Band, die Ende der Achtziger erschienen war.

»Da bist du doch noch zur Schule gegangen, oder?«

»Ja.« Brander fand es an der Zeit, das Thema zu wechseln. »Wir sollten unbedingt mit Elmar Frommer sprechen. Hast du gestern noch etwas über ihn herausgefunden?«

»Nein, der Vogel kam mir mit der Info über die van Acken dazwischen.«

»Ich setz Fabio mal drauf an.« Er gab den Auftrag telefonisch an den Kollegen weiter. Als Nächstes wählte er Troppers Nummer. »Freddy, habt ihr einen Laptop gefunden?«

»Ich finde ständig überall irgendwelche Laptops. Was für einen hättest du denn gern?«

»Einen, der unserem Opfer gehört.«

Brander musste sich einen Moment gedulden, bis der Kriminaltechniker antwortete: »Nein, kein Laptop am Leichenfundort, kein Laptop in seinem Wagen.«

»Habt ihr den schon durchsucht?«

»Nein, Andi, hätten wir das tun sollen? Kannst du mal aufhören, blöde Fragen zu stellen?«

»Und wie sieht's mit einem Kalender aus? So ein Filofax mit Ringbucheinlagen?«

Wieder wurde es still in der Leitung. »Ja, in seiner Aktentasche im Wagen. In der Aktentasche war übrigens kein Laptop, falls das deine nächste Frage wäre.«

»Nicht ganz, aber danke für die Info. Kannst du mal nachschauen, was er am Dienstag für Termine in seinem Kalender stehen hatte?«

»Dazu muss ich das Ding erst aus der Asservatenkammer holen. Ich ruf dich zurück.«

Sie steckten im zäh fließenden Verkehr auf der Landstraße vor Esslingen fest, als Tropper sich wieder meldete. »Zehn Uhr Brotbier, dreizehn Uhr Aichner.«

»Ist das alles?«

»Ja.«

»Mist.«

In der Esslinger Dienststelle war es ruhig. Freitagabends um sechs hatten sich die meisten Kollegen bereits ins Wochenende verabschiedet, aber Jens Schöne war noch in seinem Büro.

Der Computerforensiker saß vor zwei Monitoren, ein Smartphone war über ein Kabel mit seinem Computer verbunden.

»Ist das Dreyers Telefon?«, erkundigte sich Brander.

»Ja.« Jens lehnte sich zurück und fuhr sich durch die kurzen dunkelblonden Haare, die in alle Richtungen vom Kopf abstanden. »Leider konnte uns niemand seine PIN verraten, und bei der Telefongesellschaft mahlen die Mühlen langsam.«

»Wir kommen also vorerst nicht an die Daten?«

Jens grinste. »Andi, ich lass mich doch von einer PIN nicht aufhalten. Ich lade gerade sein Adressbuch runter.«

»Was ist mit Nachrichten? SMS? WhatsApp?«

»Die kommen als Nächstes.«

»Hast du schon einen Blick drauf geworfen?«

»Flüchtig. Es gab zuletzt mehrere Nachrichten von seiner Frau. Sie fragt, wo er steckt, bittet ihn, sich zu melden.«

»Vermutlich alles in der Nacht von Dienstag auf Mittwoch?«

»Ja.«

Brander zog sich den freien Drehstuhl von Jens' Kollegin Anita heran.

»Mach's dir nicht zu gemütlich, viel mehr habe ich nicht.« Jens beobachtete das Geschehen auf seinem Monitor, während er unbewusst mit den Fingern schnippte. »Lass mich erst mal die Daten runterladen. Dann können wir das alles systematisch durchgehen.«

»Es war höchstwahrscheinlich Mord, das hast du schon mitgekriegt, oder?«

»Rate mal, warum ich an einem Freitagabend hier sitze und wie verrückt arbeite.«

»Du siehst eigentlich ganz entspannt aus.« Wenn man von dem ständigen Fingerschnippen absah. Aber das gehörte zu Jens wie seine widerspenstigen blonden Haare. »Jens, ich brauch was, wo ich ansetzen kann. Der Dienstagabend. Mit wem hat er vor seinem Tod zuletzt gesprochen? Hat er eine Nachricht bekommen? Von wem?«

»Wann genau ist er denn gestorben?«

»Gestorben ist er vermutlich irgendwann zwischen zweiundzwanzig und zwei Uhr. Allerdings ist er vorher niedergeschlagen worden. Unsere Spur verliert sich im Moment am Dienstagabend gegen achtzehn Uhr. Alles, was danach kam, könnte interessant sein.«

»Lass mal sehen.« Jens nahm das Smartphone zur Hand und scrollte durch das Anrufprotokoll. »Es gab einen Anruf gegen halb elf von einer Eva. Gesprächsdauer knapp zwei Minuten.«

»Das ist seine Tochter.«

»Danach folgten dann ab circa zwei Uhr Anrufe von seiner Frau.«

»Wenn er um halb elf mit seiner Tochter telefoniert hat, muss er da noch gelebt haben.« Brander erinnerte sich an das Entsetzen, an den Unglauben in Eva Dreyers Gesicht, als sie vom Tod ihres Vaters erfahren hatte. Warum hatte sie das Telefonat nicht erwähnt? Das konnte sie doch unmöglich vergessen haben.

***

Es war nach zehn, als Brander endlich nach Hause kam. Cecilia saß mit Nathalie im Wohnzimmer und sah fern. Brander lehnte sich gegen den Türrahmen und genoss das friedliche Bild. Eigentlich war Cecilia freitagabends beim Volleyball und kam erst gegen Mitternacht wieder, weil das Team nach dem Training noch ins Sportheim ging. Er freute sich, dass sie heute Abend zu Hause war.

Sie wandte sich ihm zu. »Na, endlich Wochenende?«

Brander verzog das Gesicht. »Leider nicht. Unser Selbstmörder war doch keiner. Wir gehen von Mord aus. Ich muss morgen wieder zeitig los.«

»Was heißt das?« Nathalie sah alarmiert vom Fernseher auf.

»Dass ich …« Er stockte. Oh nein.

Nathalie sprang auf und funkelte ihn zornig an. »Du Arsch!«

»Hey!«

Sie stampfte auf ihn zu. »Du hast mir was versprochen!«

»Nathalie …«

»Leck mich, ey! Das ist so scheiße, Mann!« Sie drängte sich an ihm vorbei. Er wollte sie festhalten, aber sie schüttelte seinen Arm ab und stürmte die Treppe hinauf.

Brander war hin- und hergerissen zwischen Schuldgefühlen und dem Ärger über Nathalies unverschämtes Verhalten.

»Du hast es tatsächlich vergessen«, stellte Cecilia tadelnd fest.

»Ich kann doch nicht immer an alles denken.«

»Sie hat sich die ganze Woche auf den Nachmittag mit dir gefreut.«

»Ich hab einfach nicht mehr daran gedacht.«

»Das ist traurig genug. Sie kriegt von allen Seiten Absagen, und jetzt reihst du dich munter mit ein.« Cecilia war offensichtlich ebenfalls mächtig verärgert.

»Clewer hat mir die Ermittlungen übertragen. Was soll ich ihm denn sagen? Tut mir leid, das muss jemand anders machen, ich muss mit meiner Pflegetochter Auto fahren üben?«

»Das wäre eine Option, ja.«

»Ceci, jetzt komm mir bitte nicht so.«

Cecilia schaltete den Fernseher aus, durchschritt energisch das Wohnzimmer und blieb vor ihm stehen. »Andreas Brander, ich fahre morgen früh nach Wiesbaden zu meiner Fortbildung, und ich komme erst Sonntagabend zurück. Und ich will nicht, dass Nathalie die ganze Zeit frustriert allein zu Hause sitzt. Das bringt sie nur wieder auf dumme Gedanken. Bring das in Ordnung.« Sie deutete mit dem Kopf die Treppe hinauf.

»Wie stellst du dir das vor?«

»Lass dir was einfallen. Hier dreht sich nicht immer alles nur um dich und deinen Job!«

Auf sein Klopfen folgte kein »Herein«. Brander öffnete dennoch die Tür. Nathalies Zimmer hatte keinen Schlüssel. Eine

Vorsichtsmaßnahme, die sie vor Jahren getroffen hatten, als Nathalie bei ihnen einzog, und die sie bis heute nicht geändert hatten.

»Verschwinde.« Sie lag bäuchlings auf dem Bett, das Gesicht in ihrem Kopfkissen vergraben.

»Können wir miteinander reden?«

Sie drehte sich zur Wand.

Brander trat ein und setzte sich auf die Bettkante. »Es tut mir leid, dass es morgen mit dem Verkehrsübungsplatz nicht klappt.« Er erhielt keine Antwort. Das hatte er auch nicht erwartet. »Aber es ist nicht okay, wenn du mich als Arsch bezeichnest.«

Sie schmollte weiter.

»Wir finden einen anderen Termin, versprochen.«

Nathalie drehte sich abrupt zu ihm um, das Gesicht glänzte tränennass. »Du brauchst mir gar nichts mehr versprechen!«

»Nathalie, ich –«

»Weißt du, was scheiße ist? Wenn ich saufe, wenn ich mich rumtreibe und mich von irgendwelchen Scheißkerlen ficken lasse, dann kümmerst du dich. Aber wenn ich funktioniere, wenn ich versuche, was gut zu machen, dann bin ich dir so was von egal!«

Brander blieb die Luft weg. Er schluckte trocken. »Nathalie, das stimmt nicht.«

Sie hatte mit ihrer Vergangenheit noch lange nicht abgeschlossen, und natürlich kam das gerade in solchen Situationen wieder hoch. Er hätte sie gern in den Arm genommen. Aber dagegen würde sie sich jetzt mit Händen und Füßen wehren. Sie war ihm nicht egal. Er hatte sie lieb.

Und er hatte sie fürchterlich enttäuscht.

»Lass mich in Ruhe.« Sie wandte sich wieder ab.

»Nathalie, ich habe nun mal einen Job, der ein hohes Maß an Flexibilität von mir verlangt. Und von meiner Familie.«

Es war ihm noch nie so bewusst geworden wie in diesem Moment. Sicher, Cecilia war nicht immer begeistert, wenn sie kurzfristig allein zu gemeinsamen Einladungen gehen musste oder er sie an Feiertagen allein ließ. Aber sie kam damit klar. Sie stand mit beiden Beinen fest im Leben, hatte ihre Arbeit, ihren Freundeskreis, ihren Sport. Nathalie balancierte auf einem dünnen Seil und versuchte mühsam, festen Boden zu erreichen.

Ratlos sah er auf seine Pflegetochter. Er musste am nächsten Tag um neun Uhr die Soko-Sitzung leiten. Er konnte unmöglich gleich beim ersten Mal diese Aufgabe delegieren. Verdammt.

Samstag

Die frische Luft drang kühl in Branders Lungen. Er fuhr mit dem Rad durch das Ammertal zur Tübinger Dienststelle, trat kräftig in die Pedale, um seinen Kreislauf in Schwung zu bringen. Er hatte die halbe Nacht mit Cecilia diskutiert. Es kam selten vor, dass sie wütend war. Aber dieses Mal hatte er sie arg enttäuscht. Ihr Fortbildungstermin stand seit Monaten im Kalender. Und er hatte nicht eine Sekunde daran gedacht, als er die Ermittlungen übernommen und das Team für heute früh zur Sitzung nach Tübingen bestellt hatte. Da Ceci Sorge hatte, dass Nathalie in ihrer Stimmung wieder Trost im Alkohol suchen würde, hatte sie beschlossen, ihre Fortbildung abzusagen.

Brander stellte sein Rad in den Fahrradunterstand gegenüber dem blassblauen Gebäude mit den gelben Fensterrahmen.

»Hallo, du hässliches altes Haus«, grüßte er seine ehemalige Dienststelle. Wenigstens würde er am Abend nicht im Stau stehen und war schneller zu Hause. Hoffentlich hatten sich bis dahin die Wogen ein wenig geglättet.

Käpten Huc hatte ihm bei der Zusammenstellung seines Teams freie Hand gelassen. Brander hatte Stephan Klein und Fabio Esposito aus Esslingen abgezogen. Aus Tübingen hatte er Corinna Tritschler und Hendrik Marquardt hinzugeholt. Jens Schöne und Manfred Tropper vertraten ihre Fachbereiche. Peppi kam gemeinsam mit Staatsanwalt Marco Schmid in den Besprechungsraum.

»Laut rechtsmedizinischer Untersuchung war Dreyers Tod kein Selbstmord«, berichtete Brander. »Er wurde niedergeschlagen und dann von der Brücke gestürzt. Wir müssen den Dienstagabend bis zu seinem Tod rekonstruieren. Mit wem hat er den Abend verbracht? Wer hat ihn zuletzt lebend gesehen? Und wo? Gegen sechs Uhr abends hat er den Flugplatz Schäferheide verlassen. Ab da müssen wir ansetzen.«

»Ich versuche, über die GPS-Daten seines Handys ein Bewegungsprofil zu erstellen, parallel dazu Funkzellenauswertung, damit sollte es möglich sein, den Verlauf des Abends zumindest räumlich stark einzugrenzen«, erklärte Jens Schöne.

»Hast du noch weitere Hinweise auf seinem Smartphone finden können? Telefonate, Nachrichten?«

Jens sah auf seinen Laptop. »Am Dienstagabend hat er zwischen achtzehn Uhr und neunzehn Uhr dreißig einige Telefonate geführt, unterschiedliche Teilnehmer, Gesprächsdauer zwischen einer und vier Minuten. Um neunzehn Uhr fünfundvierzig hat Jana van Acken ihn angerufen. Gesprächsdauer anderthalb Minuten. Danach war eine ganze Weile Sendepause. Der nächste Anruf kam um zweiundzwanzig Uhr vierundzwanzig von seiner Tochter, Gesprächsdauer knapp zwei Minuten.«

»Ich brauche eine Liste aller Gespräche ab achtzehn Uhr. Mit wem hat er gesprochen und warum? Jens, Fabio, das übernehmt ihr.« Er wandte sich an Stephan Klein. »Hat die Hausdurchsuchung gestern bei Dreyer noch was gebracht?«

Klein war erst seit wenigen Monaten bei der Kriminalinspektion 1. Er hatte einige Jahre als verdeckter Ermittler in der Rockerszene gearbeitet und sich äußerlich angepasst. Er war ein massiger Typ von fast zwei Metern, muskulös und tätowiert bis an die Handgelenke. Das Gesicht des Zweiundfünfzigjährigen war so faltig wie das einer englischen Bulldogge. Trotz seiner wüsten Erscheinung war er jedoch – meistens – ein humorvoller und umgänglicher Mensch.

»Constantins Laptop haben wir nicht gefunden«, berichtete er. »Es gibt einen PC, der sowohl von Henriette als auch von ihrem Mann benutzt wurde, den haben wir an Jens und Konsorten weitergegeben, ansonsten nichts von Belang, weder Abschiedsbrief noch Drohbriefe.«

»Kein Hinweis auf eine Verabredung am Dienstagabend?«

»Nichts.«

Brander blätterte durch seine Unterlagen. Im Gegensatz zu den jüngeren Kollegen bevorzugte er bei den Sitzungen immer noch seine Papierwirtschaft statt eines Laptops. »Ein

Name, der in den letzten Tagen mehrfach auftauchte, ist Elmar Frommer. Er ist der Vater eines verunglückten Piloten und gibt anscheinend Dreyer die Schuld am Tod seines Sohnes. Fabio, hast du was über ihn?«

»Elmar Frommer, wohnhaft in Kirchentellinsfurt, sechsundfünfzig Jahre alt. Geschieden, allein lebend. Seine Ex-Frau lebt in Friedrichshafen, ist wieder verheiratet. Frommer arbeitete zuletzt bei Bosch in Reutlingen, ist aber seit dem Tod seines Sohnes arbeitsunfähig. Letzten Sommer erhielt er einen Monat Fahrverbot wegen Trunkenheit, ansonsten keine Vorstrafen bekannt.«

»Den nehmen wir uns heute noch vor«, wandte sich Brander an Peppi. »Stephan, du fährst mit ein paar Leuten ins Siebenmühlental. Es gibt in der Nähe unseres Leichenfundorts zwei Restaurants: die ›Mäulesmühle‹ und die ›Eselsmühle‹. Befragt die Mitarbeiter, ob Dreyer Dienstagabend oder zu einem anderen Zeitpunkt dort war. Schaut euch um, sprecht mit den Leuten, die in der Gegend unterwegs sind. Vielleicht ist jemandem etwas aufgefallen.«

Er wandte sich an seine ehemalige Tübinger Kollegin, die er beim Wiedersehen fast nicht erkannt hätte. Corinna Tritschler hatte sich von ihren schulterlangen Haaren getrennt, trug stattdessen einen flotten Kurzhaarschnitt in einem kräftigen Rotton. »Cory, du hast am Mittwochmorgen die Vermisstenmeldung aufgenommen. Was für einen Eindruck hattest du von Henriette Dreyer?«

Sie tippte grübelnd mit dem rot lackierten Zeigefinger auf ihre Nasenspitze. »Frau Dreyer wirkte recht gefasst, war sehr ruhig und überlegt in ihren Angaben. Sie machte sich Sorgen, war aber nicht panisch. Einen Suizid hat sie kategorisch ausgeschlossen. Er musste keine Medikamente nehmen. Es gab keinen Hinweis, dass er sich in einer hilflosen Lage befinden könnte … Ich glaube nicht, dass sie damit gerechnet hat, dass ihrem Mann ernsthaft etwas zugestoßen sei.« Sie sah zu ihrem Kollegen. »Hendrik, was meinst du?«

Hendrik Marquardt war einst als Casanova der Kriminalinspektion 1 berüchtigt gewesen. Bevor er mit seiner Lebensgefährtin Anne eine Familie gründete, hatte er wöchentlich wechselnde Affären gehabt. Dunkle Haare, braune Augen und ein Blick, als wäre er ständig um sein Gegenüber besorgt – das kam bei den Frauen an. Dass er sich ausgerechnet in die ernste und äußerst ehrgeizige Kollegin Anne Dobler verliebt hatte und die Beziehung anscheinend funktionierte, war vielen ein Rätsel. Nach der Geburt des zweiten Kindes war Anne noch in Elternzeit.

Jetzt war Hendriks Gesichtsausdruck wenig begeistert. »Ganz ehrlich? Sie wollte Aufmerksamkeit.«

»Wie meinst du das?«, fragte Brander.

»Wie Cory schon sagte, sie wirkte sehr gefasst. Eher verärgert als besorgt.«

»Verärgert? Habt ihr da nachgehakt? Hatten die beiden Streit?«

»Davon hat sie nichts gesagt. Als sie hier war, haben wir lediglich die Vermisstenmeldung aufgenommen. Wir haben eine Suchmeldung für ihn und seinen Wagen rausgegeben, und mittags habt ihr ihn dann ja schon gefunden.«

»Kam es vorher schon mal vor, dass Dreyer über Nacht weggeblieben ist?«

»Laut Aussage von Frau Dreyer nicht, ohne dass er ihr nicht wenigstens eine kurze Nachricht geschickt hätte«, erwiderte Cory. »Zuletzt ist er wohl bei einem Fliegerfest versumpft, im Herbst letzten Jahres.«

»Warum sollte sie eher verärgert als besorgt gewesen sein?«, überlegte Brander.

»Weil sie von seiner Affäre wusste«, schlug Peppi vor.

»Was für eine Affäre?«, fragte Hendrik.

»Mit der kleinen Jana. Ich kann mich nicht erinnern, dass Fräulein van Acken uns gegenüber erwähnt hat, dass sie am Dienstagabend noch mit Constantin Dreyer telefoniert hat.« Peppi sah zu Brander. »Du?«

* * *

Elmar Frommer kam am späten Vormittag in die Tübinger Dienststelle. Brander und Peppi hatten sich provisorisch ein Büro neben dem Konferenzraum eingerichtet. Brander holte den Mann am Empfang ab und bot ihm einen Stuhl neben seinem Schreibtisch an.

»Möchten Sie etwas trinken?«

»Nein, danke.« Frommer setzte sich. Die Tränensäcke unter seinen Augen waren geschwollen, die Haut war blass. Ein grauer Vollbart verdeckte Mund und Kinn.

»Vielen Dank, dass Sie so kurzfristig zu uns kommen konnten.«

»Es war klar, dass Sie sich früher oder später bei mir melden.« Seine Stimme klang erschöpft. Wenn er wollte, konnte sein Bass jedoch vermutlich sehr kräftig und durchdringend klingen.

Brander nahm Kuli und Block und musterte sein Gegenüber einen Augenblick. Frommer war eine farblose Erscheinung, erinnerte in seinem grauen Anzug mit gestreifter Krawatte eher an das klischeehafte Bild eines biederen Steuerbeamten als an einen einst gut bezahlten Projektleiter.

»Wieso war Ihnen das klar?«

»Es geht um den Mörder meines Sohnes.«

»Es geht um Constantin Dreyer«, relativierte Brander die Aussage. »Er ist tot.«

»Das habe ich gehört.«

»Von wem?«

»Das weiß ich nicht mehr.«

Brander horchte auf. Frommer hegte einen tiefen Groll gegen Constantin Dreyer. Dann erfuhr er von dessen Tod und wollte ihm jetzt weismachen, dass er nicht mehr wusste, wer ihm davon erzählt hatte?

»Wo waren Sie in der vergangenen Dienstagnacht?«

»Zu Hause.«

»Allein?«

»Braucht man neuerdings einen Zeugen, wenn man den Abend in seiner Wohnung verbringt?«

»Wann hatten Sie zuletzt Kontakt zu Constantin Dreyer?«

»Ich hatte keinen Kontakt zu diesem Mann.«

Brander registrierte ein leichtes Zucken in Frommers Fingern. »Uns wurde zugetragen, dass Sie ihn mehrfach angerufen und ihm Nachrichten geschickt haben. Sie waren auch öfter am Flugplatz.«

Frommer hob die Schultern.

»Wann zuletzt?«

»Was geht Sie das an?«

»Es ist eine einfache Frage, Herr Frommer: Wann hatten Sie zuletzt Kontakt zu Herrn Dreyer? Wann haben Sie ihn zum letzten Mal gesehen?«

»Ich habe mich nicht mit diesem Mann getroffen. Weder letzten Dienstag noch zu einem anderen Zeitpunkt. Dreyer ist schuld am Unglück meines Sohnes.«

»Es gab damals offizielle Untersuchungen –«

»Er war sein Fluglehrer! Er hätte Jonas besser vorbereiten müssen. Ich bedauere seinen Tod nicht. Es tut mir nicht einmal für seine Frau und seine Tochter leid. Er war ein selbstgefälliges, arrogantes Arschloch.«

»So verbittert, wie der Mann ist, traue ich ihm durchaus eine Tat im Affekt zu«, erklärte Peppi, nachdem Frommer gegangen war.

Brander nickte. »Wir müssen prüfen, ob er den Dienstagabend tatsächlich allein in seiner Wohnung verbracht hat.«

»Nachbarschaftsbefragung?«

»Ja, darum soll Stephan sich kümmern.« Er überflog die Notizen aus der morgendlichen Sitzung. »Und wir sprechen noch einmal mit Henriette und Eva Dreyer.«

Sie aßen in einer Gaststätte in der Steinlachallee zu Mittag und fuhren anschließend nach Lustnau zum Haus der Familie Dreyer. Tochter Eva öffnete ihnen die Tür und führte sie in das Wohnzimmer. Henriette Dreyer lag auf dem Sofa. Sie hatte eine Decke über ihre Beine ausgebreitet. Auf dem Tisch stand eine Tasse Tee, daneben lag eine Packung Taschentücher. Brander fühlte sich unangenehm an das Bild erinnert, das sich ihnen zwei Tage zuvor in Jana van Ackens Wohnung geboten hatte.

Henriette Dreyer richtete sich auf, als die Beamten eintraten. »Haben Sie Neuigkeiten?«

»Leider nicht. Allerdings haben wir noch ein paar Fragen an Sie beide.« Brander wandte sich der Tochter zu. »Wir möchten uns zunächst kurz mit Ihrer Mutter allein unterhalten.«

Die beiden Frauen tauschten einen Blick miteinander, Henriette Dreyer nickte, und Eva verließ den Raum. Peppi schloss die Tür hinter ihr.

Brander setzte sich der Frau gegenüber in einen Sessel. »Frau Dreyer, Sie waren am Mittwochmorgen in Tübingen bei unseren Kollegen und haben Ihren Mann als vermisst gemeldet.«

»Ja.«

»Gingen Sie an dem Morgen davon aus, dass Ihr Mann Opfer eines Verbrechens geworden sein könnte?«

»Nein. Ich dachte eher …« Sie hielt inne. »Ich weiß nicht mehr, was ich dachte.«

Brander ließ ihr Zeit. Da war noch mehr. Abwarten war manchmal besser als eine konkrete Frage, um Informationen zu bekommen.

Sie sank zurück gegen die Sofalehne, senkte die Augenlider. »Ich konnte ihn nirgends erreichen. Ich war ratlos.«

»Wie oft kam es vor, dass Ihr Mann nachts nicht nach Hause kam?«

»Nicht oft. Im letzten Jahr einmal nach dem Fliegerfest. Aber da hatte er mir eine Nachricht geschickt.«

»Waren Sie bei dem Fliegerfest nicht dabei?«, fragte Peppi.

»Doch, aber ich bin früher gegangen.«

»Warum?«

»Ich war müde.«

»Und wo hat Ihr Mann nach dem Fest übernachtet?«

Henriette Dreyer zuckte die Achseln. »Vermutlich im Erste-Hilfe-Raum der Flugschule, da ist eine Pritsche. Oder bei Ben. Benedict Vogel.«

Cecilia hätte es genau wissen wollen, wenn er nachts nicht

nach Hause gekommen wäre, ging es Brander durch den Kopf. Er musterte die Frau aufmerksam. »Frau Dreyer, wie war die Beziehung zwischen Ihrem Mann und Jana van Acken?«

Sie schnaubte empört. »Was ist das für eine Frage?«

»Es tut mir leid, aber solche Fragen müssen wir leider stellen.«

»Sie verstanden sich gut. Jana gehört zur Familie, das sagte ich Ihnen bereits.«

»Frau Dreyer«, lenkte Peppi die Aufmerksamkeit wieder auf sich. »Ist Ihnen außer Herrn Frommer sonst noch jemand eingefallen, mit dem Ihr Mann eventuell Probleme hatte?«

»Nein. Constantin war ein friedfertiger Mensch. Es muss die Tat eines Verrückten gewesen sein.«

»War Ihr Mann öfter im Siebenmühlental unterwegs?«, fragte Brander.

Sie sah wieder zu ihm, noch immer stand ihr der Ärger über seine vorangegangene Frage in den Augen. »Ich glaube nicht.«

»Gab es vielleicht mal das eine oder andere Geschäftstreffen in der ›Mäulesmühle‹ oder der ›Eselsmühle‹?«

»Das weiß ich nicht.«

»Haben Sie mit Ihrem Mann denn nicht über seine Arbeit gesprochen?«

»Sprechen Sie mit Ihrer Frau ständig über die Arbeit, Herr Brander?«

»Das darf ich nicht.« Dennoch tat er es hin und wieder. Cecilia nahm Anteil an seinem Leben, sie spürte, wenn ihn etwas belastete, wenn er gestresst war, wenn es ihm gut oder mal nicht so gut ging. Unwillkürlich kam die Erinnerung an den Streit vom Vorabend hoch. Er konzentrierte sich wieder auf Henriette Dreyer. Ihre Ehe war nicht glücklich gewesen. Auch Trisha hatte es am Donnerstagabend unausgesprochen angedeutet.

»Wer könnte wissen, warum Ihr Mann Dienstagnacht im Siebenmühlental unterwegs war?«, fragte Peppi.

Wieder zuckte die Witwe die Achseln.

Das Klingeln des Telefons erklang, kurz darauf klopfte es an der Tür. Eva Dreyer hielt den Apparat in der Hand. »Mama, es ist Ben.« Sie brachte ihrer Mutter das Telefon.

Brander stand auf, nickte der Mutter zum Abschied zu.

Henriette Dreyer nahm das Telefon, hielt die Hand über die Muschel. »Wann bekomme ich den Computer wieder? Ich brauche ihn, da sind all unsere persönlichen Unterlagen drauf.«

»So schnell wie möglich«, versprach Brander. Er wandte sich an die Tochter. »Frau Dreyer, wir würden jetzt gern auch mit Ihnen sprechen. Gehen wir nach nebenan, dann stören wir hier nicht.«

Eva führte sie in die geräumige Küche und lehnte sich gegen die Arbeitsplatte, die Hände links und rechts an der Kante abgestützt. Brander und Peppi blieben im Raum stehen.

»Sie haben Ihren Vater Dienstagnacht angerufen.«

Die junge Frau biss sich auf die Unterlippe.

»Warum haben Sie uns das nicht gesagt?«

Sie schluckte trocken, räusperte sich. »Ich hab nicht mehr daran gedacht.«

Es war das letzte Gespräch mit ihrem Vater gewesen. Brander glaubte ihr nicht. »Wo war Ihr Vater, als Sie mit ihm telefoniert haben?«

»Unterwegs.«

»Wo unterwegs?«

»Das habe ich ihn nicht gefragt. Ich dachte, er sei auf dem Weg nach Hause.«

Vielleicht war er das tatsächlich gewesen.

»Und worüber haben Sie mit ihm gesprochen?«

Sie sah ihn bockig an. »Das geht Sie nichts an.«

»Frau Dreyer, Ihr Vater wurde getötet, und Sie sind vermutlich die Letzte, die mit ihm gesprochen hat. Es geht uns sehr wohl etwas an.«

Sie wandte das Gesicht zur Seite, kämpfte gegen die aufsteigenden Tränen. Eine Antwort gab sie nicht.

»Haben Sie öfter so spät miteinander telefoniert?«

»Manchmal«, presste sie mühsam hervor.

»Wo waren Sie, als Sie mit ihm telefoniert haben?«, fragte Peppi.

»Zu Hause.«

»Hier?«

»Nein, ich habe eine kleine Wohnung in der Innenstadt.«

»Hat Ihr Vater auch öfter mir Ihrer Freundin Jana telefoniert?«

Die junge Frau presste die Lippen zusammen, erwiderte Peppis aufmerksamen Blick starr. Aus dem Wohnzimmer erklang das unterdrückte Weinen von Henriette Dreyer. Eva löste die Hände von der Arbeitsplatte und rieb sich über die Oberarme, als wäre ihr kalt. »Können Sie bitte gehen? Ich muss mich um meine Mutter kümmern.«

»Fehlt noch die Aussage von Fräulein van Acken«, überlegte Peppi, als sie wieder im Auto saßen. »Ob sie auch vergessen hat, dass sie am Abend seines Todes mit Dreyer telefoniert hat?«

»Zumindest hat sie ebenfalls vergessen, es uns mitzuteilen.« Brander nahm sein Handy und wählte die Nummer der jungen Frau. Er erreichte nur den Anrufbeantworter und hinterließ eine Nachricht, dass sie sich umgehend bei ihm melden solle.

»Und jetzt?«

»Jetzt schreiben wir unsere Berichte, danach ist Soko-Sitzung und dann Feierabend«, beschloss Brander. Vielleicht konnte er bei Cecilia ein bisschen gut Wetter machen, wenn er ausnahmsweise mal nicht erst kurz vor Mitternacht nach Hause kam. Das schlechte Gewissen nagte an ihm. Nicht nur, dass er seine Pflegetochter enttäuscht hatte, Cecilia hatte auch auf ihre lang gebuchte Fortbildung verzichtet. Aber das war ihre eigene Entscheidung gewesen. Nathalie hätte den Tag auch allein überstanden. Das Mädchen wurde im Sommer schließlich achtzehn!

Andererseits war sie erst vor einem halben Jahr kurz rückfällig geworden. Der Griff zur Flasche war noch immer ihr Mittel, wenn Wut oder Enttäuschung zu groß wurden. Es war nicht auszuschließen, dass sie auch dieses Mal wieder versuchen würde, ihren Frust im Alkohol zu ertränken.

Stephan Klein und Corinna Tritschler ließen sich für die Soko-Sitzung entschuldigen. Sie hatten den Tag im Siebenmühlental verbracht und wollten am frühen Abend in der »Mäulesmühle« einkehren, in der Hoffnung, dort ein paar Stammgäste anzutreffen. Jens Schöne hatte ebenfalls seine Abwesenheit bekundet. Er war mit der Auswertung der Daten von Dreyers Smartphone und Computer beschäftigt.

»Freddy, wie sieht es spurentechnisch aus?«, wandte Brander sich an den Kriminaltechniker.

»Wir konnten textile Mikrospuren am Brückengeländer sichern, die laut Rückmeldung der Kollegen vom KTI mit den Fasern von Dreyers Kleidung übereinstimmen. Es sieht tatsächlich so aus, als ob ihn jemand darübergewuchtet hat, und zwar an der Stelle, an der wir auch die Schleifspuren entdeckt haben. Offen ist im Moment noch die Frage, wie er überhaupt auf die Brücke gekommen ist.«

Tropper warf einen Blick auf seine Unterlagen, bevor er fortfuhr: »Es sieht nicht danach aus, als ob Dreyer auf der Brücke niedergeschlagen wurde. Er hatte eine Kopfverletzung, und demnach hätten wir Blutspuren finden müssen. Haben wir aber nicht. Ich habe einen Abgleich der Schmutzpartikel aus Dreyers Kopfwunde mit dem Schmutz, den wir auf der Brücke vorgefunden haben, beim KTI in Auftrag gegeben.«

»Könnte er unten auf dem Parkplatz niedergeschlagen worden sein, da, wo sein Auto stand?«, fragte Brander.

»Auch da haben wir bisher kein Blut gefunden. Wir haben natürlich trotzdem Vergleichsproben vom Boden genommen.«

»Aber wenn er nicht dort niedergeschlagen wurde, wie sind er und sein Wagen dann auf den Parkplatz gekommen?«, fragte Peppi. »Er wird ja wohl kaum mit der Kopfverletzung noch Auto gefahren sein.«

»Nach rechtsmedizinischem Befund sehr unwahrscheinlich«, bestätigte Tropper. »Auf der Brücke waren Reifenspuren. Ob die von einem möglichen Täterfahrzeug stammen, kann ich euch nicht sagen. Wir werden uns das noch genauer ansehen, aber die Auswertung wird nicht einfach.«

Brander klopfte gedankenverloren mit den Fingern auf die Tischplatte. »Wir müssen wissen, wo Dreyer nach Verlassen des Flugplatzes war. Wie und mit wem hat er den Abend verbracht?«

Zwischen dem Anruf von Jana van Acken und Eva gab es ein Zeitfenster von fast drei Stunden. Was hatte Dreyer in der Zeit gemacht?

Ihm fiel auf, dass Jana van Acken noch immer nicht auf seinen Anruf reagiert hatte. Er hatte sie auf dem Handy angerufen. Sie musste seine Nachricht bekommen haben. Die jungen Leute schauten doch alle paar Minuten auf ihr Smartphone. Brander überlegte, noch an diesem Abend zu ihr nach Esslingen zu fahren.

Aber dann würde er wieder nicht vor Mitternacht nach Hause kommen.

Er verwarf den Gedanken.

***

Brander stieß die Tür zu seinem Haus auf. Warme Luft schlug ihm entgegen. Er war zügig mit dem Fahrrad durch das finstere Ammertal gefahren und dabei ordentlich ins Schwitzen gekommen. Seine Beine waren schlapp von der ungewohnten Belastung. Er war schon lange nicht mehr Rad gefahren. Aus der Küche erklang Nathalies fröhliches Lachen. Anscheinend hatte sich ihre Stimmung wieder verbessert. Er atmete auf.

»Bin da«, rief er unbestimmt in den Flur. Er legte seinen Fahrradhelm auf die Hutablage.

Karsten Beckmann kam aus der Küche. Eine Schürze umgebunden, ein Geschirrtuch in der Hand. »Hallo, Schatz.« Er strahlte Brander an.

Beckmanns Anwesenheit war keine Überraschung – Brander hatte seinen Wagen auf der Straße vor dem Haus stehen sehen.

Nathalie schlängelte sich an Beckmann vorbei. »Ich verzieh mich.« Sie bedachte Brander mit einem eisigen Blick und stieg die Treppe hinauf.

»Hey!« Hatte sie nicht gerade noch fröhlich gelacht? Brander sah ihr nach.

»Sie ist sauer auf dich.«

»Ich weiß.« Er wandte sich wieder Beckmann zu. »Wo ist Ceci?«

»Fortbildung.«

»Aber …« Branders Blick wanderte erneut zur Treppe, dann zur Garderobe. Cecilias Jacke hing nicht dort. Erst jetzt fiel ihm auf, dass in der Garage kein Auto gestanden hatte. »Klär mich mal auf.«

»Nathalie fand es unfair, dass Ceci auf ihre Fortbildung verzichtet, weil du – O-Ton – ›mal wieder auf einem Scheiß-Egotrip bist‹. Ceci wollte Nathalie aber nicht das ganze Wochenende allein lassen, weil ja niemand weiß, wann der unentbehrliche Herr Brander nach Hause kommt, also wurde der Lieblings-Möchtegern-Onkel aktiviert.« Beckmann zeigte mit beiden Händen auf sich.

»Aha.« Und Cecilia hatte es nicht einmal für nötig befunden, ihm eine kurze Nachricht zu schicken.

»Mach dich mal frisch. Ich hab uns was mitgebracht.«

Wenig später ließ Brander sich neben seinem Kumpel auf der Bank vor seinem Haus nieder. Die Temperaturen waren bereits wieder auf fünf Grad gesunken, und er war froh, dass er seine alte Strickmütze über seine Glatze gezogen hatte. Er nahm sein Smartphone aus der Gesäßtasche, schaute zum wiederholten Mal, ob er eine Nachricht bekommen hatte.

»Sie wird dir nicht schreiben.« Beckmann wickelte sich einen bunten Schal um den Hals. Eine Flasche und zwei Gläser standen auf dem Boden vor ihm.

»Hat sie irgendetwas gesagt?« Er steckte das Telefon wieder ein.

»Nein, sie musste sich ziemlich beeilen, damit sie nicht allzu spät zu ihrer Fortbildung kommt.« Beckmann beugte sich vor und nahm die Flasche. Die anthrazitfarbene Jacke spannte um seine Schultern.

Beckmann betrieb seit frühester Jugend Kampfsport, sodass sein Körper auch mit zweiundvierzig durchtrainiert war, ohne dass er wie ein Muskelprotz daherkam. Mit seinen eins neunundachtzig war er ein paar Zentimeter größer als Brander.

»Eigentlich hast du keinen Whisky verdient«, stellte Beckmann fest.

Brander sah auf den Wagen, der auf der Straße vor dem Haus parkte. »Und du musst noch fahren.«

»Nein, ich bleibe bis morgen Abend. Wir können nachher noch kuscheln.« Er zwinkerte Brander lüstern zu.

»Träum weiter.« Sie waren zu lange befreundet, als dass Brander sich von Beckmanns Anmache aus der Reserve locken ließ. »Kommt Manuel auch noch?«

»Bist du auf einen Dreier aus?«

»Becks, tu mir einen Gefallen und lass es heut mal gut sein, ja?«

»Oha, ich spüre ganz schlechte Stimmung im Hause Brander. Dagegen müssen wir etwas unternehmen. Ein Ausflug in die Karibik wird dich aufmuntern.« Beckmann hielt ihm die Flasche hin, sodass Brander das Etikett lesen konnte. Balvenie Caribbean Cask. Vierzehn Jahre alter Single Malt Scotch Whisky.

»Finish in Rumfässern.« Beckmann öffnete die Flasche, füllte die Gläser und schnupperte das fruchtige Aroma. »Oh ja.« Er seufzte genießerisch. »Jetzt noch Bob Marley mit ein bisschen Reggae, und es wäre perfekt.«

»Ein paar Grad wärmer könnte es sein.« Die Kälte zog Brander unter die Kleidung.

»Dir wird gleich warm. Ob man mit einem Dudelsack auch Reggae spielen kann?«

»Keine Ahnung.«

Beckmann prostete seinem schlecht gelaunten Freund zu. *»Slàinte mhath.«*

Sie stießen an und tranken. Die fruchtige Rum-Note war deutlich herauszuschmecken, weckte eine kleine Sehnsucht nach Sommer, Strand und Sonnenuntergang. Branders Stimmung hob sich minimal. »Was machen eure Hauskaufpläne?«

Branders Nachbarn würden im Sommer nach Freiburg ziehen und suchten einen Käufer für ihre Doppelhaushälfte. Karsten Beckmann und sein Lebensgefährte Manuel träumten schon seit Langem von einem kleinen Eigenheim. Brander hatte Beckmann von dem Verkauf erzählt, ihm gefiel der Gedanke, seinen Kumpel in der Nähe zu haben.

»Wir haben ein Angebot abgegeben. Mal sehen, ob's reicht. Wäre besser gewesen, wenn ich mir einen Staatsbeamten geangelt hätte statt eines verträumten Musikers, der von der Hand in den Mund und meinen Kochkünsten lebt.«

»Da ist Ceci dir leider zuvorgekommen.«

»Als ob ich je eine Chance bei dir gehabt hätte.« Beckmann seufzte theatralisch.

Brander beugte sich vor, drehte das Glas in seinen Händen. Ceci. Er wollte keinen Streit mit ihr. Aber wie konnte sie ohne ein Wort einfach verschwinden? Eine kurze Nachricht hätte sie ihm wenigstens schicken können. Oder war es vielleicht an ihm, sich bei ihr zu melden?

»Hast du dir eigentlich schon mal überlegt, dass Ceci, wenn sie Vollzeit arbeiten würde, mehr verdienen würde als du?«

Brander unterbrach die eingehende Betrachtung der bernsteinfarbenen Flüssigkeit und sah entgeistert zu Beckmann. »Hat sie gesagt, dass sie wieder voll arbeiten will?«

»Nein, aber du tust manchmal so, als ob du hier der alleinige Ernährer wärst und sich alles um dich zu drehen hätte.«

»Also komm, weil ich das jetzt ein Mal vermasselt habe, muss man doch nicht gleich eine Staatsaffäre daraus machen.«

»Ein Mal? Jetzt mal ehrlich, Andi: Ihr habt Nathalies Pflegschaft gemeinsam übernommen, und wer spielt immer Feuerwehr, wenn's brennt? Wer hat seine Arbeitszeit drastisch reduziert? Wer übernimmt die ganzen Termine bei Ämtern, Schule und was weiß ich? Wer hält dir immer wieder den Rücken frei, wenn du Überstunden kloppst ohne Ende? Wer geht allein zu Festen und Einladungen, weil ihr Herr Gemahl seine Arbeit nicht delegieren kann?«

»Jetzt übertreib mal nicht.«

»Ich übertreibe nicht. Du bist sicherlich ein toller Bulle, aber du hast auch sehr fähige Kollegen. Ich bin sicher, dass Peppi dich heute Nachmittag hervorragend vertreten hätte.«

»Du hast keine Ahnung von meinem Job.«

»Aber hallo, mein Freund, ich kenne dich nicht erst seit gestern, und ich habe dich schon im Dienst erlebt, wenn ich dich daran erinnern darf.«

Brander nippte an seinem Scotch. Wie konnte er es seinem Kumpel erklären? »Ich bin leitender Ermittler in diesem Fall. Ich kann mich da nicht einfach rausziehen. Und gerade am Anfang einer Ermittlung wird jeder gebraucht. Wir benötigen so schnell wie möglich Ergebnisse. Je mehr Zeit vergeht, desto kälter wird eine Spur und desto schwieriger wird es, den Täter zu ermitteln.«

Beckmann runzelte die Stirn. »Weißt du, sich für unentbehrlich zu halten ist auch eine Form von Arroganz.«

Brander lehnte sich seufzend zurück. Er wusste, dass Beckmann ihn nicht beleidigen wollte. Unentbehrlich. War es so? Hielt er sich für unentbehrlich in seinem Job? Er liebte seine Arbeit. Es war nicht nur ein Job. Es war Leidenschaft, Berufung. Eine Verantwortung. Andererseits hatte er die auch Ceci und Nathalie gegenüber. Das Leben war nicht nur seine Arbeit. Er würde sich bei seiner Frau entschuldigen müssen.

»Wie viel hat sie dir gezahlt, damit du mir die Leviten liest?«

»Nur die verlockende Aussicht, mit meinem Lieblingsbullen einen guten Scotch zu genießen.«

»So billig?«

»Ich liebe deine Frau.«

»Ich hoffe jetzt mal für dich, dass du immer noch schwul bist.«

Beckmann prostete ihm grinsend zu.

»Wusstet ihr, dass es im Siebenmühlental mehr als sieben Mühlen gibt?«, begann Stephan Klein bei der morgendlichen Soko-Sitzung. »Ich habe elf gezählt.«

»Das hat dir die nette Bedienung in der ›Mäulesmühle‹ verraten«, relativierte Cory seinen Einsatz.

»Und hast du dabei auch etwas über Constantin Dreyer in Erfahrung bringen können?«, erkundigte sich Brander.

»Ja, er war hin und wieder zum Essen in der ›Mäulesmühle‹, die hieß übrigens früher ›Maylensmühle‹, benannt nach den Besit–«

»Stephan, das interessiert jetzt niemanden.«

»Da will ich einmal vor der Persephone mit meinem Wissen auftrumpfen. Also, pass auf, am Dienstagabend war Constantin nicht dort. Wenn er in die ›Mäulesmühle‹ ging, reservierte er in der Regel im Vorhinein einen Tisch. Er war in der Vergangenheit sowohl mit Geschäftskunden dort als auch zum romantischen Abendessen mit seiner Frau.«

»Moment«, unterbrach Peppi den Kollegen. »Wir haben doch gestern mit Henriette Dreyer über die ›Mäulesmühle‹ gesprochen. Sie hat mit keinem Wort erwähnt, dass sie mit ihrem Mann mal dort gewesen wäre.«

»Wir haben nicht explizit danach gefragt«, erwiderte Brander.

»Trotzdem. Wenn mich jemand fragt, ob Marco hin und wieder im ›Bella Vista‹ essen geht, würde ich sagen: Ja, manchmal zu einem Geschäftsessen, und wir waren auch schon zusammen dort.«

»Ich könnte dich auch mal einladen«, erbot sich Klein, ungeachtet des Staatsanwalts, der der Sitzung beiwohnte.

Marco Schmid quittierte die Bemerkung mit einem mitleidigen Stirnrunzeln.

Peppi wandte sich Klein zu. »War Dreyer mit anderen Frauen da?«

»Im ›Bella Vista‹?«

»In der ›Mäulesmühle‹!«

»Die Geschäftskunden können sicherlich auch mal weiblich gewesen sein.«

»Jetzt sei doch nicht so begriffsstutzig. Andere Frauen. Jüngere Frauen.«

»Denkst du an Jana van Acken?«, fragte Brander. »Wenn Dreyer tatsächlich was mit ihr hatte, dann würde er sie doch nicht in ein Restaurant einladen, in dem man ihn und seine Frau kennt.«

»Fragen wir Jana van Acken doch mal«, schlug Peppi vor.

»Wenn wir sie denn irgendwann einmal erreichen. Auf meine Nachricht hat sie bisher nicht reagiert.«

»Besorgst du uns eine richterliche Vorladung?«, wandte sich Peppi an ihren Lebensgefährten.

»Mit welcher Begründung?«

»Wie wäre es mit vorsätzlicher Behinderung von polizeilichen Ermittlungen in einem Mordfall? Sie hat uns verheimlicht, dass sie kurz vor Dreyers Tod noch mit ihm gesprochen hat.«

»So kurz vor seinem Tod war das Telefonat nicht«, widersprach Schmid. »Zwischen neunzehn Uhr fünfundvierzig und halb elf liegen immerhin fast drei Stunden, und es gab danach noch ein anderes Telefonat.«

»Fabio, besorg uns bitte alle Informationen, die du zu Jana van Acken bekommen kannst«, bat Brander. »Wir brauchen Kontaktdaten von Eltern, Geschwistern, sonstigen Verwandten, Bekannten, Freunden. Irgendwo muss das Mädel ja stecken.«

Hendrik und Cory erhielten den Auftrag, die zwei Flugschüler zu befragen, die am Dienstag mit Dreyer geflogen waren. Stephan Klein schickte Brander mit ein paar Kollegen wieder ins Siebenmühlental. Er selbst beschloss, sämtliche Berichte und Protokolle noch einmal zu sichten. Wo lag das Motiv für die Tat?

Brander und Peppi standen in ihrem provisorisch eingerichteten Büro, zahlreiche Dokumente lagen auf seinem Schreibtisch. Sie hatten die Namen aller Personen, mit denen sie im Fall Dreyer bisher gesprochen hatten, auf Post-its geschrieben und an die Wand geheftet.

»Welche möglichen Motive haben wir?«, überlegte Brander.

»Rache.« Peppi tippte auf das Blatt mit dem Namen Elmar Frommer. »Er schickt Dreyer Nachrichten. Er ruft ihn an, vielleicht hat ihm das nicht mehr gereicht. Vielleicht hat er Dreyer zu dem Parkplatz bestellt. Die beiden treffen sich, es kommt zum Streit ... Eine Tat im Affekt, aus der Wut heraus.«

»Warum sollte Dreyer zu einem nächtlichen Treffen mit Elmar Frommer fahren?«, gab Brander zu bedenken.

»Damit Frommer ihn endlich in Ruhe lässt.«

Das überzeugte Brander nicht.

»Er hat kein Alibi für die Tatnacht«, beharrte Peppi.

»Hättest du ein Alibi gehabt, als du noch allein gelebt hast? Nur weil einer kein Alibi hat, ist er noch lange kein Täter.«

»Aber er hat auch ein Motiv. Und er ist mächtig wütend auf Dreyer. Das kommt mir schon vor wie eine Obsession. Wahrscheinlich hat er in seiner Wohnung ein Zimmer, das er mit Zeitungsausschnitten, Fotos und was weiß ich was für Requisiten für seinen Rachefeldzug dekoriert hat.«

»Können wir bitte sachlich bleiben?«

»Lass uns zu ihm fahren, dann wirst du's schon sehen.«

»Darf ich dich daran erinnern, dass wir für eine Durchsuchung einen richterlichen Beschluss benötigen?«

»Nicht bei Gefahr im Verzug. Oder Verdunklungsgefahr.«

»Peppi, Dreyer wurde Dienstagnacht getötet. Jetzt ist es Sonntag. Wenn Frommer Beweise verschwinden lassen wollte, hätte er bereits alle Zeit der Welt gehabt.« Brander sah auf die Namenswand. »Ich hatte gestern den Eindruck, dass die Ehe der Dreyers nicht so glücklich war.«

»Kein Wunder, wenn der Gatte sich einen jungen Betthasen zulegt.«

»Das ist bisher nur deine Spekulation.«

»Und die Reaktionen von Ehefrau und Tochter geben mir recht. Aber es gäbe auch andere Frauen, die in Frage kämen. Was ist mit dieser Reed? Sie ist sehr attraktiv, findest du nicht?«

Brander erwiderte Peppis lauernden Blick ungerührt. »Sie hatte nichts mit ihm.«

»Ach nee? Woher weißt du das?«

»Weil ich sie gefragt habe.«

»Wann?«

Branders Diensthandy meldete einen Anruf. Eine Tübinger Nummer. Er nahm das Gespräch entgegen.

»Hallo?«, erklang eine weibliche Stimme. »Sind Sie der Herr Brander, mit dem ich vor zwei Tagen gesprochen habe?«

»Mit wem spreche ich bitte?«, fragte Brander.

»Mit Ilse Norten, der Assistentin von Herrn Dreyer. Ich bin in unserer Geschäftsstelle, und ich …« Ihre Stimme klang gehetzt, als wäre sie unsicher – oder sehr nervös. »Würde es Ihnen etwas ausmachen, noch einmal herzukommen?«

Es war ein frühlingshafter Märztag, und entsprechend voll war an diesem Nachmittag die Tübinger Innenstadt mit Menschen, die nach den ersten Sonnenstrahlen gierten. Noch eingemummt in Jacken und Mäntel, aber mit losem Schal und ohne Handschuhe saßen sie auf Bänken und vor den Cafés oder flanierten durch die Fußgängerzone.

Brander und Peppi hatten keinen zentrumsnahem Parkplatz gefunden und mussten ein ganzes Stück zu dem Büro des Immobilienmaklers laufen.

»Da hätten wir den Wagen auch gleich an der Dienststelle stehen lassen können«, beschwerte sich Peppi.

»Nächstes Mal nehmen wir Dienstfahrräder.«

»Nicht, bevor es hier endlich ordentliche Fahrradwege gibt.«

»Um keine Ausrede verlegen«, foppte Brander sie. Wenn er allerdings an die aufgemalten ›Fahrradwege‹ in der Kelternstraße dachte, musste er Peppi im Stillen recht geben. Ganz zu schweigen davon, dass das Tübinger Radwegenetz ohnehin sehr fragmentiert war.

Die Tür des Immobilienbüros war verschlossen. Brander klopfte gegen die Glasscheibe. Ilse Norten öffnete ihnen. Ihre Haare, die sie am Morgen sicherlich sorgfältig zu einem strengen Dutt frisiert hatte, hatten sich vereinzelt aus dem Haarnetz befreit. Dreyers Assistentin wirkte besorgt und erleichtert zugleich, als sie die Beamten empfing.

»Entschuldigen Sie, es ist Sonntag, ich …« Sie beendete den Satz nicht, seufzte stattdessen schwer.

»Machen Sie sich keine Gedanken«, erwiderte Brander. »Worum geht es denn?«

»Ich versuche … Ich weiß gar nicht, wie es weitergehen soll, und jetzt auch noch … Ich verstehe das nicht.« Sie seufzte erneut und trat einen Schritt zurück. »Bitte, kommen Sie erst einmal herein. Ich muss wieder abschließen. Ansonsten denkt noch jemand, wir hätten geöffnet. Es ist alles so durcheinander.«

Brander und Peppi traten in das kleine Ladenlokal und warteten, bis die Assistentin die Tür abgeschlossen hatte. Sie hatte kein Licht eingeschaltet, aber das Tageslicht drang zwischen den ausgehängten Exposés durch die Fensterfront in den Raum und verbreitete matte Helligkeit.

»Bitte, lassen Sie uns nach hinten gehen.« Sie schritt ihnen voraus, aus dem Verkaufsraum, in dem sie bei ihrem ersten Besuch gesessen hatten, durch einen kleinen Flur in ein geräumiges Büro.

Ein Schreibtisch aus hellem Holz stand mitten im Raum, dahinter ein großer Leder-Drehstuhl mit hoher Lehne, an den Wänden reihten sich Regalschränke mit Rollläden, die zum Teil geöffnet waren. An den wenigen freien Flächen zwischen den Regalen hingen gerahmte Luftaufnahmen aus der Region. Brander erkannte die Burg Teck bei Owen und die Burg Hohenzollern am Rande der Schwäbischen Alb. Sein Blick wanderte wieder zu dem Schreibtisch, neben dem Ilse Norten stehen geblieben war. Papiere lagen zu einem kleinen Berg zusammengeschoben auf einer Seite. Die Schreibtischunterlage war übersät mit Notizen.

»Eine Unart.« Die Assistentin hatte Branders Blick bemerkt. »Herr Dreyer machte sich beim Telefonieren gern Notizen. Termine, Adressen, Telefonnummern oder wenn er mal schnell etwas berechnen wollte, machte er das auf der Unterlage.«

Sie lächelte wehmütig. Constantin Dreyer würde diese Schreibtischunterlage nie wieder vollschreiben. Sie sog die Luft ein und straffte die Schultern, um ihr eigentliches Anliegen vorzubringen: »Es war jemand hier.«

»Wie meinen Sie das?«, fragte Brander. »Wann war wer hier?«

»Das weiß ich nicht.«

Brander musterte das Zimmer genauer. Es sah nicht danach aus, als hätte sich jemand gewaltsam Zutritt zu den Geschäftsräumen verschafft. »Ist jemand eingebrochen?«

»Nein … ja …« Sie seufzte wieder unschlüssig.

»Woran genau machen Sie fest, dass jemand hier war?«

»Es fehlen eine Akte und einige Kopien.« Ilse Norten deutete auf den Schreibtisch. »Ich habe alles durchsucht, aber ich kann die Akte nirgends finden.«

Sie hatte alles durchsucht? Die Kollegen von der Kriminaltechnik würden sich freuen.

»Ich war die ganze Woche jeden Tag hier«, fuhr sie fort. »Es muss ja geregelt werden, wie es weitergeht. Ich wollte mir einen Überblick verschaffen über alle offenen Projekte und geplanten Vorhaben. Unsere Kunden müssen informiert werden. Frau Dreyer hat sich nie um das Immobiliengeschäft gekümmert. Jemand muss sie ja unterstützen, und ich finde im Moment ohnehin keine Ruhe. Ich kann es immer noch nicht glauben, dass Herr Dreyer nicht mehr wiederkommt.« Sie blickte an den Kommissaren vorbei, als hoffte sie, dass ein Wunder geschähe und ihr Chef fröhlich pfeifend durch die Tür marschierte.

»Ich habe so viele Jahre für Herrn Dreyer gearbeitet. Hier unten in der Schublade –«

»Stopp!«, bremste Brander sie, als sie sich zu dem Schreibtisch hinunterbeugte. »Bitte fassen Sie nichts an. Erzählen Sie uns erst einmal, was genau geschehen ist.«

Sie richtete sich wieder auf. »Nun, letzten Montag kam Herr Dreyer ins Büro. Er hatte eine Akte bei sich und bat mich, sie zu kopieren. Das habe ich getan.«

»War das ungewöhnlich?«

»Ein wenig schon. Eigentlich haben wir alles digitalisiert. Wenn man eine Kopie braucht, macht man sich einen Ausdruck. Aber ich habe mir am Montag nichts weiter dabei gedacht. Es waren handschriftliche Notizen ergänzt worden, vermutlich wollte er deshalb eine Kopie.«

»Was für eine Akte war es denn?«

»Ich weiß nicht, ob ich Ihnen das sagen darf ...«

»Sie müssen uns ja keine Namen nennen.«

»Es geht um ein größeres Projekt, eine Reihenhaussiedlung, die saniert und verkauft werden soll. Es soll erschwinglicher Wohnraum für junge Familien geschaffen werden.«

Ein löbliches Vorhaben. »Und diese Akte fehlt jetzt?«

»Ja, sie ist verschwunden. Die Akte und die Kopien.« Sie strich sich über die Haare. »Ich habe alles durchsucht: den Schreibtisch, die Aktenschränke, mein Büro vorn im Verkaufsraum. Ich habe sogar in den Schränken unserer kleinen Kaffeeküche nachgesehen. Aber die Akte ist weg.«

»Vielleicht hat Herr Dreyer die Akte mit nach Hause genommen?«, schlug Peppi vor.

»Aber die Kopien sind auch weg. Das wollte ich Ihnen ja gerade ...« Sie bückte sich erneut zu der Schublade.

»Frau Norten, Finger weg vom Schreibtisch«, mahnte Brander.

»Ja, aber Herr Dreyer hat darin eine Fächermappe mit seinen persönlichen Notizen zu verschiedenen Projekten aufbewahrt. Manche Projekte sind sehr heikel ...« Sie druckste herum, gab sich schließlich einen Ruck. »Man kann nicht immer alles, was zu einem Objekt gehört, in den Verkaufsmappen ablegen, und darum hat Herr Dreyer seine persönlichen Notizen hier abgelegt.«

Brander musterte die Frau streng. »Wovon sprechen wir? Geheime Preisabsprachen? Steuerhinterziehung? Schmiergelder?«

»Um Gottes willen, nein! In der Regel sind es Herrn Dreyers persönliche Kalkulationen zu manchen Immobiliengeschäften. Wir sind ein Wirtschaftsunternehmen und müssen Gewinne erzielen. Aber wir übervorteilen unsere Kunden natürlich nicht.«

Natürlich nicht. Brander hatte zu wenig Einblick in dieses Business, als dass er hätte mitreden können. »Also, die Akte und die Fächermappe sind verschwunden?«

»Nein, die Fächermappe liegt in der Schublade. Aber die Kopien, die ich gemacht habe, sind verschwunden.«

»Die könnte Herr Dreyer doch auch mitgenommen haben.«

»Nein«, erklärte Ilse Norten fest.

»Warum sind Sie da so sicher?«

»Weil die Kopien am Mittwoch noch in der Mappe lagen. Und am Mittwoch hatte Herr Dreyer sich doch schon …« Ihre Stimme brach. Sie suchte in ihrer Rocktasche nach einem Taschentuch und tupfte sich über die Augen. »Er ist ja am Mittwochmorgen nicht ins Büro gekommen, und Frau Dreyer rief mich an, weil sie ihn suchte.« Sie schniefte ins Taschentuch.

»Er hätte am Mittwochvormittag einen Kundentermin gehabt, aber die Unterlagen lagen noch auf seinem Schreibtisch. Ich hatte sie am Vorabend für ihn zusammengestellt. Ich wusste ja nicht, was geschehen war. Und weil die Unterlagen hier lagen, habe ich in der Mappe nachgesehen, ob er vielleicht nur seine persönlichen Mitschriften mitgenommen hatte. Und da waren die Kopien noch in der Mappe. Das weiß ich genau.«

»Und jetzt sind diese Unterlagen verschwunden?«

»Ich habe alles durchsucht.«

Branders Blick glitt erneut durch das Büro und zum Flur. »Haben Sie Hinweise auf einen Einbruch entdeckt? Ein defektes Schloss, ein offenes Fenster?«

»Nein, aber so genau habe ich noch nicht nachgesehen.« Sie

sah ratlos zu Brander. Ihre Augen schimmerten glasig. »Das ist etwas seltsam, oder?«

»Wer hat außer Ihnen Zutritt zu diesen Räumen?«

»Herr Dreyer hatte einen Schlüssel. Ich glaube, der Herr Eichinger hat auch einen. Und vermutlich Frau Dreyer, aber das weiß ich nicht.«

»Wer ist Herr Eichinger?«

»Armin Eichinger, er führt das Esslinger Büro.«

»Könnte es vielleicht sein, dass Herr Eichinger sich die Akte geholt hat?«, fragte Peppi.

»Aber wieso sollte er das tun, ohne mir Bescheid zu sagen? Und warum sollte er an Herrn Dreyers Schreibtisch gehen und die persönlichen Unterlagen aus seiner Mappe an sich nehmen?«

»Rufen Sie ihn doch geschwind an und fragen Sie ihn, ob er die Unterlagen hat«, bat Peppi. Sie wandte sich ab, als wolle sie Ilse Norten Privatsphäre für das Gespräch geben, und rollte mit den Augen.

Das Telefonat dauerte nur wenige Minuten. Am Ende hatten sich die Schläfen der Assistentin rot verfärbt »Herr Dreyer hat ihm die Akte am Dienstagmorgen in Esslingen vorbeigebracht. Aber von den Kopien wusste Herr Eichinger nichts.«

Das bedeutete, dass Armin Eichinger Constantin Dreyer am Morgen seines Todes noch gesehen hatte.

»Geben Sie mir bitte die Kontaktdaten von Herrn Eichinger? Und wenn Sie mir auch eine Aufstellung aller Mitarbeiter machen könnten?« Brander wandte sich an Peppi. »Informier bitte die Techniker, die sollen sich das hier mal anschauen.«

Armin Eichinger hatte sich bereit erklärt, am frühen Abend in die Polizeidirektion nach Tübingen zu kommen. Er war wenig größer als Brander und eleganter gekleidet. Während Brander am Morgen eilig in Jeans und Strickpulli geschlüpft war, trug Eichinger zur beigen Stoffhose ein weißes Hemd und einen blau-beigen Schal. Der helle Bart ließ ihn älter aussehen, als er mit seinen fünfunddreißig Jahren war.

»Nehmen Sie bitte Platz.« Brander deutete auf den Stuhl an der kurzen Seite seines Schreibtisches.

»Ziemlich spartanisch«, stellte Eichinger nach einem Blick durch das Büro fest.

»Das ist nur vorübergehend.« Der herbe Duft eines Männerparfüms stieg Brander in die Nase. Da wäre weniger definitiv besser gewesen. »Herr Eichinger, wann haben Sie Herrn Dreyer zuletzt gesehen?«

»Am letzten Dienstag. Er war morgens kurz bei mir im Büro.«

»Um wie viel Uhr war das?«

»Gegen halb neun. Wir hatten noch nicht aufgemacht.«

»Wir?«

»Ich habe eine Bürokraft, Marleen Hendel.«

Brander notierte sich den Namen. »Wie lange war Herr Dreyer bei Ihnen?«

»Ganz genau kann ich das nicht mehr sagen … Vielleicht eine halbe Stunde, länger nicht.« Eichinger saß zurückgelehnt auf dem Besucherstuhl, ein Bein locker übergeschlagen, die Hände im Schoß. Jetzt stellte er beide Füße auf den Boden und sah Brander besorgt an. »Hätte ich mich bei Ihnen melden müssen? Ich dachte … Es hieß, er hätte sich umgebracht.«

»Von wem haben Sie vom Tod Ihres Chefs erfahren?«

»Constantin war nicht mein Chef. Wir waren Partner. Auch wenn ich im Moment noch Juniorpartner war, aber das Esslinger Büro liegt komplett in meiner Verantwortung. Und über kurz oder lang war natürlich eine vollwertige Partnerschaft geplant.«

»Wie lange arbeiten Sie schon für das Unternehmen?«

»Mittlerweile sind es sechs Jahre. Zunächst war ich angestellt, und vor anderthalb Jahren hat Constantin mir eine Partnerschaft angeboten.«

»Sie verstanden sich gut?«

»Ja.« Eichinger strich sich durch die kurzen blonden Haare. »Ach, zu Ihrer Frage. Henriette rief mich am Donnerstagmorgen an und informierte mich, dass Constantin … nun, dass er tot wäre. Sie sagte, er sei von einer Brücke gestürzt. Sie war völlig aufgelöst. Es hat mich natürlich auch schockiert. Ich habe ihr gesagt, dass ich ihr helfe und in allen geschäftlichen Belangen zur Seite stehen werde. Sie kennt sich mit dem Immobiliengeschäft nicht aus, und ich denke, sie hat jetzt genug andere Sorgen.«

»Sie kennen Frau Dreyer persönlich?«

»Ja.«

»Warum kam Herr Dreyer am Dienstag zu Ihnen ins Büro?«

»Er hat mir eine Akte gebracht.« Eichinger fuhr sich erneut durch die Haare. »Es handelt sich um ein großes Projekt, ich wollte seine Meinung dazu hören. Er hatte sich übers Wochenende mit den Unterlagen beschäftigt.«

»Frau Norten sagte, es gäbe Kopien von dieser Akte und diese Kopien wären verschwunden.«

»Ja, sie rief mich vorhin deswegen an. Frau Norten ist …« Er schnalzte mit der Zunge, als wäre er unschlüssig, welche Worte er wählen sollte. »Sagen wir, sie ist nicht mehr die Jüngste und im Moment ziemlich durcheinander, was in Anbetracht der Umstände ja verständlich ist. Sie hat so viele Jahre für Constantin gearbeitet. Und jetzt hat sie natürlich Sorge, wie es weitergeht. In ihrem Alter …« Er machte eine Pause. »Aber warum sollte jemand eine kopierte Akte stehlen? Ganz abgesehen davon: Wer hätte denn von diesen Kopien wissen sollen?«

Constantin Dreyer und Ilse Norten, gab Brander sich stumm die Antwort. Er musterte Eichinger aufmerksam. »Sie wussten nichts von den Kopien?«

»Nein, und selbst wenn – denken Sie etwa, ich …?« Er schüttelte verständnislos den Kopf. »Ich kann mir Kopien von der Akte machen, so viele ich möchte. Aber wozu denn?«

»Um was für ein Projekt geht es? Könnte jemand anders Interesse daran haben?«

»Es geht um die Sanierung einer Reihenhaussiedlung. Aber die Informationen kann sich jeder bei der zuständigen Gemeinde holen. Dazu muss niemand in unser Büro einbrechen und Kopien oder was auch immer stehlen. Wurde denn überhaupt ein Einbruch festgestellt?«

»Unsere Techniker sind noch vor Ort.«

Eichinger verschränkte die Finger ineinander. »Ich glaube nicht, dass da wirklich etwas abhandengekommen ist. Vermutlich liegen die Kopien beim Altpapier oder sind längst geschreddert, und Frau Norten hat es einfach vergessen.«

»Hatte Herr Dreyer am Dienstag noch andere Termine?«

»Nein, Dienstag ist sein Flugtag. Soweit ich weiß, wollte er direkt weiter zum Flugplatz fahren.«

Um zehn hatte er den ersten Termin mit einem Flugschüler, erinnerte sich Brander. »Welchen Eindruck hatten Sie am Dienstagmorgen von Ihrem Partner?«

»Es ging ihm gut.« Eichingers Blick wanderte zum Fenster. »Dieser Unfall ... das ist alles sehr schrecklich.«

»Hübscher Mann«, kommentierte Peppi, nachdem Armin Eichinger das Büro wieder verlassen hatte.

»Bisschen zu viel Deo.« Brander öffnete ein Fenster zum Lüften. Er setzte sich wieder an seinen Schreibtisch, lehnte sich zurück und legte die Füße auf die Arbeitsfläche. »Zieht er einen Vorteil aus Dreyers Tod?«

»So, wie sich's angehört hat, wäre er bald vollwertiger Partner geworden.«

»Wer kann uns das wohl bestätigen?«

»Die verwirrte Frau Norten. Oder Dreyers Ehefrau. Über solche Entscheidungen wird er ja vielleicht mit ihr gesprochen haben.«

»Ja, vielleicht.« Doch Brander hatte seine Zweifel. Er sah zu seiner Kollegin. »Ich finde zwei Dinge bemerkenswert.«

»Meinen scharfsinnigen Verstand ... und was noch?«

Brander grinste. »Deine neue Brille natürlich.«

»Das musste jetzt sein, oder?«

»Jetzt mal ernsthaft. Wir haben Henriette Dreyer am Freitag darüber informiert, dass der Tod ihres Mannes kein Selbstmord war. Aber offensichtlich hat sie diese Neuigkeit weder an Ilse Norten noch an Armin Eichinger weitergegeben.«

»Muss sie ja auch nicht.«

»Nein, muss sie nicht. Aber ist dir aufgefallen, dass sowohl Dreyers Assistentin als auch sein Juniorpartner versuchen, sogleich das Ruder in der Firma an sich zu reißen? Beide sichern Henriette Dreyer ihre Unterstützung bei der Fortführung der Immobilienbüros zu.«

»Die wollen beide ihren Job nicht verlieren.«

»Das mag ein Grund sein. Aber vergiss nicht: Wir suchen einen Mörder.«

»Dann ist Ilse Norten ja wohl aus dem Schneider. Nie im Leben wuchtet die einen Mann wie Constantin Dreyer über das hohe Brückengeländer.«

»Weißt du's? Ich hab mal irgendwo gelesen, dass ein Mensch bis zum Dreieinhalbfachen seines Eigengewichts bewegen kann.«

»Bewegen vielleicht, aber nicht heben.«

Da mochte Peppi recht haben.

***

Sein Team hatte sich zu Besprechung und Pizza im Konferenzraum eingefunden. Nachdem alle versorgt waren, wandte Brander sich an den Kriminaltechniker. »Freddy, was hat die Spurensuche in dem Immobilienbüro von Dreyer ergeben?«

»Keinerlei Einbruchspuren an irgendwelchen Türen oder Fenstern. Allerdings konnten wir an der Schreibtischschublade, in der sich diese persönliche Mappe befand, ein paar Kratzspuren feststellen, die darauf hindeuten, dass jemand versucht hat, die Schublade ohne Schlüssel zu öffnen. Da zum einen jedoch nicht klar ist, wann genau in den letzten Tagen diese Kopien verschwunden sind, und Frau Norten zudem alles akribisch nach diesen Unterlagen abgesucht hat, kannst du die restliche Spurenlage komplett vergessen.«

»Wenn es bei den Geschäftsräumen keine Einbruchspuren gab, muss es jemand gewesen sein, der Zutritt zum Büro hatte«, überlegte Brander.

»Vielleicht sind aber auch gar keine Kopien verschwunden«,

gab Peppi zu bedenken. »Wie meinte der Eichinger? Altpapier oder geschreddert. Oder Frau Norten hat sich schlicht und einfach vertan. Dass sie etwas durcheinander ist, war ja offensichtlich.«

»Aber sie ist doch nicht senil«, widersprach Brander. Er war sich nicht sicher, wie er mit diesen verschwundenen Kopien umgehen sollte. Was waren das für Notizen, die Dreyer in dieser persönlichen Mappe abgelegt hatte?

»Kennt sich irgendjemand mit diesem Immobilien-Kram aus, den wir auf dieses Projekt ansetzen könnten?« Brander sah in die Runde.

Wie zu erwarten, streckte keiner im Raum den Finger. Branders Blick blieb an Hendrik Marquardt hängen.

Der verzog unwillig das Gesicht. »Oh nee, Andi.«

»Du hast doch mit Anne im Mühlenviertel diese Eigentumswohnung erworben. Wenn sich einer auskennt, dann du«, schmierte Brander dem Kollegen Honig ums Maul.

»Das liegt Jahre zurück.«

»Sprich mal mit dem Eichinger, lass dir die Unterlagen zeigen. Er soll dir das Projekt erklären. Vielleicht ging es ja eher um Luxussanierung statt um erschwinglichen Wohnraum.«

»Kann ich das undercover machen?«, versuchte Hendrik, sich für den Auftrag zu erwärmen.

Klein lachte auf. »Willste 'nen großen Bauskandal aufdecken?«

»Geh bitte den offiziellen Weg, Hendrik.« Brander wandte sich an Fabio Esposito: »Was hast du zu Jana van Acken herausgefunden?«

»Ihre Eltern wohnten bis vor wenigen Jahren in Lustnau, sie hatten ein Haus, nicht weit von Familie Dreyer entfernt«, begann der Kollege. »Jana van Ackens Vater ist Entwicklungshelfer. Vor zwei Jahren haben sie das Haus in Lustnau verkauft, beide Eltern leben und arbeiten jetzt in Tansania. Es gibt noch eine Oma mütterlicherseits, die in einem Tübinger Pflegeheim untergebracht ist. In der Uni habe ich heute niemanden erreicht, der mir hätte weiterhelfen können. Da versuche ich morgen mein Glück, sofern Fräulein van Acken nicht vorher wieder auftaucht. Bei Eva Dreyer hat sie sich in den letzten Tagen nicht gemeldet. Aber Eva hat mir noch die Kontaktdaten von Janas Ex-Freund gegeben, ein … warte … Adam Sütterle. Der wusste aber auch nicht, wo Jana stecken könnte. Er sagt, er hat sie zuletzt am Dienstagabend gesehen, als er ein paar persönliche Sachen aus ihrer Wohnung geholt hat. Die Trennung ist anscheinend noch recht frisch.«

»Dienstagabend?«, wiederholte Peppi. »Wann genau?«

»Gegen sieben, glaube ich. Da habe ich nicht so genau nachgehakt«, räumte Fabio ein.

»Wieder etwas, was Frau van Acken uns verschwiegen hat.« Peppi sah stirnrunzelnd zu Brander.

Brander rieb sich grübelnd über das Kinn. Kein Wort von ihrem abendlichen Telefongespräch mit Dreyer, kein Wort von dem Treffen mit ihrem Ex. Er sah die junge Frau verzweifelt auf dem Sofa sitzen. Was verheimlichte sie ihnen?

»Wäre es vorstellbar, dass Jana zu ihren Eltern nach Tansania geflogen ist?«, überlegte Brander.

Fabio hob die Schultern. »Soll ich die Flughäfen checken?«

»Schau erst mal morgen in der Uni, ob sie da auftaucht.« Er wandte sich noch einmal an Hendrik Marquardt. »Was ist mit den Flugschülern?«

»Wir haben mit beiden gesprochen. Sie sagten, Dreyer wäre wie immer gewesen: ruhig, entspannt, souverän. Aber viel mehr konnten sie uns auch nicht sagen. Über Privates hätten sie nie mit ihm gesprochen – in der Regel ging es immer ums Fliegen.«

»Wussten die etwas über die Geschichte mit dem Frommer?«

»Ja, sie haben die Untersuchungen damals mitbekommen und auch ein bisschen von dem Ärger, den Dreyer mit Frommer hatte. Jakob Brotbier, das ist einer der beiden Schüler, sagte, dass Dreyer sie auch immer wieder darauf hingewiesen hat, dass sie diesen Fehler, den Jonas Frommer gemacht hat, niemals machen sollen.«

»Kannten sie Jonas Frommer?«

»Nein«, antwortete Henrik.

»Was ist eigentlich mit der Nachbarschaftsbefragung bei Frommer?«, fragte Peppi.

Stephan Klein hatte gerade von seiner Pizzaecke abgebissen. »Läuft«, erklärte er kauend.

»Ein bisschen mehr Information.«

»Pass auf, Persephone«, Klein schluckte den Bissen herunter, »läuft heißt läuft. Wenn ich was für dich hätte, würde ich es dir mit Pizza und Rotwein servieren.«

»Jens, habt ihr Dreyers PC schon durchsucht?«, wandte Brander sich an den Computerforensiker.

»Anita ist dran, hat aber bisher nichts Spannendes gefunden. Das Übliche: Kontoauszüge, Urlaubsplanung, Yogapläne. Macht die Dreyer Yoga?«

»Sie leitet Kurse an einer Yogaschule, ja«, bestätigte Cory.

»Was ist mit E-Mails?«, fragte Brander.

»Henriette Dreyer hat einen Mail-Account, hat aber nicht sonderlich viel gemailt. Die nutzen heute alle eher WhatsApp oder andere Messenger. Von Constantin Dreyer haben wir bisher keinen Mail-Account auf dem Rechner gefunden.«

»Und was ist mit dem Bewegungsprofil?«

Jens grinste erfreut. Auf die Frage hatte er gewartet. »Es war eine Herausforderung, am Wochenende ein paar fähige Leute bei unseren Telekommunikationsanbietern aufzutreiben …«

»Oh, nicht nur am Wochenende«, unterbrach ihn Klein und erntete vereinzeltes Gelächter.

»… die einem die notwendigen Informationen geben können«, vollendete Jens seinen Satz. Er griff nach einem Kabel und schloss seinen Laptop an den Beamer an.

»Wir haben die GPS-Daten seines Smartphones, die Funkzellenauswertung und dazu noch die GPS-Daten aus dem Navi seines Wagens. Ein Hoch auf die modern ausgestattete S-Klasse. Er hatte sogar ein eCall-System. Wenn er einen Unfall gehabt hätte, wären wir schneller informiert worden.«

»Und was sagen uns diese Daten?«, fragte Brander.

»Geht gleich los.« Jens betätigte ein paar Tasten auf seinem Laptop, kurz darauf erschien eine Landkarte an der Wand. Mit einem Laserpointer deutete er auf einen Punkt auf der Karte. »Gegen achtzehn Uhr ist er vom Flugplatz zunächst nach Reutlingen ins Zentrum gefahren, dort war er bis circa zwanzig Uhr. Von da fuhr er nach Esslingen. Und zwar hierhin.«

Der rote Punkt zog einen kleinen Kreis um das Gebiet in Oberesslingen, in dem Jana van Acken wohnte.

Peppi schnaufte ungläubig. »Das kann doch jetzt alles kein Zufall mehr sein!«

»Wie lange war er dort?«, fragte Brander.

»Gut anderthalb Stunden, von zwanzig Uhr dreißig bis kurz nach zehn.«

Peppi blies sich eine Strähne aus der Stirn. »Ein kleines Tête-à-Tête kurz vor seinem Tod, und Fräulein van Acken befindet es nicht für notwendig, uns davon zu erzählen. Ich fasse es nicht.«

»Aber das war nicht sein letzter Aufenthaltsort.« Jens' Laserpointer wanderte weiter über die Landkarte. »Gegen zweiundzwanzig Uhr zehn ist er aus Esslingen weggefahren, unterwegs kam der Anruf seiner Tochter. Da muss er kurz gehalten haben. Dann fuhr er weiter nach Reutlingen, aber nicht ins Zentrum, sondern in diese Region.«

Brander sah auf die Karte an der Wand. Er las die Straßennamen, die Jens mit dem Pointer einkreiste. Sein Puls schlug schneller, als ihm lieb war.

»Das ist nicht Reutlingen, das ist Rommelsbach«, korrigierte Hendrik den Kollegen.

»Gehört aber zu Reutlingen. 1974 eingegliedert.« Jens hatte seine Hausaufgaben gemacht. »Jedenfalls hielt Dreyer sich dort von circa elf bis Viertel nach elf auf. Dann führte ihn sein Weg wieder zurück über Waldenbuch ins Siebenmühlental zu dem Parkplatz, wo wir seinen Wagen gefunden haben. Dort wurde er gegen Viertel vor zwölf abgestellt. Ende der Reise.«

Brander war flau im Magen. Sein Blick hing noch auf der Karte. »Wie genau sind diese Daten?«

»Relativ genau. Zum einen haben wir die Funkzellendaten. Das ist simple Triangologie. Du hast im besten Fall vier oder mehr Funkzellen, in die sich das Handy einwählt. Du schaust, welche Entfernung das Handy zu den einzelnen Funkzellen hat, dann ziehst du Linien von den Funkzellen, und da, wo sie sich kreuzen, ist der ungefähre Standort. Je nachdem, wie weit die Funkzellen voneinander entfernt sind, kannst du den Standort auf einige hundert Meter genau angeben. Unser Glück war, dass wir nicht nur auf die Funkzellendaten, sondern auch auf die GPS-Daten zurückgreifen konnten. Damit lässt sich der Umkreis noch wesentlich besser eingrenzen. Zum Teil bis auf wenige Meter genau – wobei GPS in Gebäuden oder unterirdisch, also in Tunneln oder U-Bahnen, nicht funktioniert. Aber das Problem hatten wir in diesem Fall nicht.«

»Das heißt, wir müssen ganz dringend noch einmal mit Jana van Acken sprechen, und wir müssen wissen, wen Dreyer in Rommelsbach getroffen hat«, resümierte Peppi.

»Ja.« Brander schob seine Unterlagen zusammen. »Da machen wir morgen früh weiter. Danke, Jens, gute Arbeit. Für heute ist Feierabend.«

Rommelsbach. Er wusste, wer dort wohnte. Vor zwei Tagen war er bei ihr gewesen. Jens' so locker vorgetragene Information war wie ein Fausthieb in seinem Magen gelandet. Verdammt, Trisha hätte es ihm doch gesagt, wenn Dreyer kurz vor seinem Tod bei ihr gewesen wäre.

***

Obwohl es schon kurz vor zehn war, war Cecilia noch nicht von ihrer Fortbildung zurück, als Brander nach Hause kam. Karsten war nicht mehr da, Nathalie saß im Wohnzimmer und sah fern. Er ging zu ihr.

»Hey.«

Sie hob kurz den Blick, sagte aber kein Wort.

Brander setzte sich auf den Sessel. »Wie lange willst du noch schmollen?«

Sie starrte weiter stur auf den Bildschirm.

»Es tut mir leid, dass ich mein Versprechen nicht halten konnte. Aber …« Er wusste nicht weiter. Mit seinen Gedanken war er noch in der Sitzung.

Sollte er Trisha anrufen und zur Rede stellen? Hätte Cecilia nicht den Wagen genommen, wäre er jetzt nach Rommelsbach gefahren, um mit ihr zu sprechen. Er verwarf den Gedanken an einen Anruf. Er wollte Trishas Gesicht sehen, wenn er sie mit der Information konfrontierte.

»Du denkst immer nur an deine Arbeit.«

Er hatte nicht bemerkt, dass Nathalie ihn beobachtete.

»Nein, tue ich nicht.«

»Boah ey, du hast voll dein Bullengesicht.«

Sie imitierte seinen abwesenden Gesichtsausdruck so extrem, dass er über die Parodie schmunzeln musste.

»So sehe ich aus?«

Sie nickte ernst.

»Es ist nicht so leicht, immer gleich abzuschalten.« Er sah zum Fernseher. Ein riesiger Truck mit Anhänger rollte über eine schneeverwehte Piste. »Was guckst 'n da?«

»Doku. Eis-Highways in Kanada.«

»Sieht kalt aus.«

»Ist kalt. Minus vierzig Grad. Der fährt auf 'nem zugefrorenen Fluss.«

Branders Handy piepste. Er rief die Nachricht auf: »Vollsperrung auf der 8, komme später. Ceci«.

»Wenn ich meinen Lkw-Führerschein habe, dann mach ich das auch.« Nathalies Augen leuchteten begeistert.

Fast hätte Brander gesagt: Mach erst einmal deinen Auto-Führerschein. Er biss sich rechtzeitig auf die Zunge.

Montag

Zu seinem Erstaunen war Peppi bereits im Büro, als Brander um kurz nach sieben hereinkam. Das war eigentlich nicht ihre Zeit.

»Was machst du schon hier?« Er legte den Fahrradhelm auf den Schreibtisch und zog die Jacke aus. Über Nacht waren Wolken aufgezogen, und er hatte sich beeilt, um vor dem angekündigten Regen in der Dienststelle zu sein.

»Arbeiten.«

Die Art, wie sie das Wort aussprach, ließ ihn aufhorchen. »Hab ich was verpasst?«

»So könnte man es sagen. Mach bitte die Tür zu.«

Brander schloss die Bürotür, lehnte sich abwartend an seinen Schreibtisch. »Und jetzt?«

Peppi verschränkte die Arme vor der Brust und starrte ihn grimmig an. »Ich habe ein wenig recherchiert.«

»So?«

Er bemühte sich, ruhig zu bleiben, aber das Blut schoss ihm bereits schneller durch die Adern.

»Andi, ich habe dein Gesicht gestern in der Sitzung gesehen, als Jens die Reutlinger Region auf der Karte angezeigt hat. Dieser nette kleine Ort im Reutlinger Norden – Rommelsbach. Ich kann es dir noch konkreter sagen: Mähder heißt dieses Gebiet, das Jens so schön klar umrissen hat. Ein Neubaugebiet, Ende der Neunziger erschlossen. Möchtest du noch mehr Informationen?« Ihr Blick verfinsterte sich. »Trisha Reed wohnt in diesem Neubaugebiet!«

Hatte ihm der Schreck so deutlich im Gesicht gestanden? Peppi kannte ihn gut, besser als alle anderen. Er hoffte, dass sonst niemand etwas bemerkt hatte.

Während er noch nach einer plausiblen Antwort suchte, fuhr Peppi fort: »Warum hast du nichts gesagt, Mann? Ich hab die ganze Nacht nicht geschlafen!«

»Es war schon spät … Wir hätten eh nichts mehr unternommen.«

»Du bist doch sonst nicht so kleinlich, was Überstunden angeht. Ich hoffe, du warst gestern Abend nicht bei ihr.«

»Natürlich nicht.«

»Hast du mit ihr telefoniert?«

»Sag mal, Peppi, geht's noch? Ich weiß sehr wohl, wie ich mich zu verhalten habe. Im Übrigen besagt es gar nichts, wenn Dreyer Dienstagabend in Rommelsbach gewesen ist.«

»Nein! Trisha Reed ist ja über jeden Verdacht erhaben.«

»Bleib bitte sachlich.«

»Ich bin sachlich!« Sie blies sich wütend eine dunkle Locke aus der Stirn. »Wie gut bist du mit ihr befreundet?«

»Wir haben vor Jahren zusammen Abitur gemacht.« Alles andere … Brander atmete tief durch. Peppi hatte recht. Er hätte mit ihr reden sollen. Gleich gestern Abend nach der Sitzung. Es war höchste Zeit, die Karten auf den Tisch zu legen. »Wir waren damals zusammen.«

Peppi schlug fassungslos die Hand auf den Schreibtisch. »Bist du eigentlich total bescheuert?«

»Sie hat nichts mit Dreyers Tod zu tun.«

»Natürlich nicht.« Peppi zeigte energisch mit dem Finger auf ihren Monitor. »Sie war mehr als zwanzig Jahre Soldatin bei der US Air Force!«

»Sie war Pilotin.«

»Und die lernen nicht, wie man einen Menschen tötet?«

»Jetzt mach aber mal 'nen Punkt! Trisha ist keine Mörderin!« Brander biss die Zähne zusammen. Es brachte nichts, wenn er sich aufregte. Er musste Ruhe bewahren, sachlich bleiben. Es gab keine Entschuldigung. Er hätte sofort in der Sitzung sagen müssen, wer in Rommelsbach wohnte, wessen Wohnung sehr zentral in der von Jens eingekreisten Region lag. »Peppi, du hast recht. Wir reden mit ihr. Noch heute.«

»Nein, Andi. Ich rede mit ihr. Und du redest mit Marco und mit Clewer.«

»Hältst du mich für befangen?«

»›Trisha ist keine Mörderin.‹ Nein, Andi, wie kommst du darauf, dass ich dich für befangen halten könnte?«, entgegnete sie spitz.

Brander rieb sich über den Nacken. Er hatte am Donnerstagabend, als er bei Trisha war, mit ihr über Constantin Dreyer gesprochen. Wenn Dreyer kurz vor seinem Tod bei ihr gewesen war – warum hatte sie es ihm nicht gesagt? Er musste selbst mit ihr reden. Er kannte sie. Er würde es erkennen, wenn sie log.

Staatsanwalt Marco Schmid saß im Konferenzraum. Er sah von seinem Laptop auf, als Brander hereinkam.

»Ich würde Sie gern kurz unter vier Augen sprechen«, bat Brander.

»Peppi hat so was angedeutet.« Schmid streckte die Arme zur Seite. »Ich sehe hier niemanden sonst. Kommen Sie rein.«

Brander trat ein, schloss die Tür und lehnte sich mit dem Rücken dagegen.

»Worum geht's?«, fragte Schmid. Er hatte ein Faible für schicke Anzüge, an diesem Morgen hatte er sich für einen hellgrauen entschieden, dazu trug er ein blassrosa Hemd und einen grau gemusterten Schal. Anscheinend waren diese Halstücher seit Neuestem der Krawattenersatz. Aber so wie Brander den Staatsanwalt kannte, steckte die passende Krawatte in seiner Jackentasche oder im Aktenkoffer.

Brander erklärte ihm die Situation.

»Sie kennen Frau Reed also von früher?«, wiederholte Schmid.

»Ja, wir waren fast drei Jahre zusammen.«

»Entschuldigen Sie die indiskrete Frage, aber sind Sie damals im Streit auseinandergegangen?«

»Nein.« Kein Streit. Es war eine Entscheidung gewesen.

»Und jetzt haben Sie sie im Rahmen der Ermittlungen wiedergetroffen?«

»Ja.«

Schmid zuckte die Achseln. »Ich sehe da ehrlich gesagt im

Moment kein Problem. Frau Reed ist bisher keine Verdächtige, sondern lediglich eine Person, die wir im Rahmen der Ermittlungen befragen müssen.«

»So sieht das vielleicht nicht jeder.« Oder jede.

Schmid nickte verstehend. »Ich würde Sie bitten, solange die Ermittlungen andauern, auf weitere private Treffen mit Frau Reed zu verzichten. Aber das muss ich ja nicht extra betonen, oder?«

»Nein.«

»Und bei einer Befragung sind Sie mit ihr nicht allein. Sie haben eine äußerst kompetente Kollegin an Ihrer Seite. Sollte sich tatsächlich ein Verdacht gegen Frau Reed herauskristallisieren, können wir immer noch reagieren. Was denken Sie? Trauen Sie sich eine objektive Ermittlung zu?«

»Ja.«

»Gut.« Schmid lächelte. »Dann ist alles geschwätzt, wie man hierzulande so sagt, oder?«

Schmid war wie Brander ein Reig'schmeckter.

Peppis Wut war zu Branders Erleichterung nach der morgendlichen Soko-Sitzung wieder verflogen. Er mochte es nicht, wenn die Stimmung zwischen ihnen schlecht war. Es war schlimm genug, dass sich an der Heimatfront die Wogen noch nicht wieder geglättet hatten.

Peppi hatte in der Flugschule angerufen und erfahren, dass Trisha um zehn Uhr einen Flugschüler hatte, es aber ungewiss war, ob sie überhaupt fliegen konnten. Doch als sie an der Flugschule ankamen, hatte der Flieger gerade abgehoben.

Benedict Vogel saß in dem Raum gegenüber dem Empfang zusammen mit einem weiteren Mann und starrte auf den Monitor, der ihnen die Wetterprognosen lieferte.

»Es zieht sich zu. Zwei, drei Platzrunden, dann sind sie wieder unten«, prophezeite Vogel.

»Wie lange dauert so eine Platzrunde?«, fragte Peppi.

»Fünf, sechs Minuten. Ich kann Ihnen so lange einen Kaffee anbieten.«

»Danke, gern.«

Vogel klopfte dem Mann auf die Schulter. »Tut mir leid, Björn. Vielleicht wird es am Donnerstag besser. Ich glaube, die Yankee-Alpha müsste da verfügbar sein. Ich schau gleich mal nach.«

Vogel ließ die drei allein.

Brander sah auf den Monitor. »Sie wollten heute fliegen?«

»Ja.« Der Mann hatte das Kinn im Kragen seines Rollkragenpullis versteckt und beobachtete die Wolkendecke, die sich über den Bildschirm schob. Er drehte sich zu ihnen um. »Sie auch?« Ein leichter Bauchansatz drängte sich über den Bund seiner Jeans.

»Nein, wir sind dienstlich hier.«

»Es geht um CD«, rief Vogel aus dem anderen Büro. Im Hintergrund erklang das Mahlgeräusch eines Kaffeeautomaten.

»Sie kannten Constantin Dreyer?«, fragte Brander den Mann.

»Ja.«

»Und Sie sind?«, fragte Peppi.

»Björn Leibig.«

»Björn ist einer unserer Charterkunden.« Vogel war in den Raum zurückgekehrt und reichte Brander und Peppi zwei dampfende Kaffeetassen. »Ich vergaß zu fragen: Brauchen Sie Milch oder Zucker?«

»Danke, ich trinke ihn schwarz«, erwiderte Brander, während Peppi um Zucker bat.

»Wann haben Sie Herrn Dreyer zuletzt gesehen?«, erkundigte Brander sich bei Leibig.

»Letzten Dienstag. Ich wollte kurzfristig die Yankee-Alpha für ein Stündchen chartern, aber mit der war CD leider den ganzen Tag unterwegs. Es wäre ein toller Tag zum Fliegen gewesen.«

»Was bedeutet Yankee-Alpha? Ist das ein Flugzeugtyp?«, fragte Peppi.

»Nein, das sind die letzten zwei Buchstaben der Flugzeugkennung.« Vogel nahm einen Zettel und schrieb fünf Buchstaben darauf: D-EMYA.

»D steht für Deutschland. Das E für einmotorige Flugzeuge bis zu zwei Tonnen, was unsere Skyhawk, also die Cessna 172, ja ist. Der Rest ist quasi so eine Art individuelles Nummernschild für das Flugzeug. Die letzten zwei Buchstaben sind die Kurzbezeichnung, unter der die Flugzeuge bei uns laufen. Wenn ich von der Yankee-Alpha spreche, weiß jeder, dass ich die Cessna 172 meine. Die Mike-November ist zum Beispiel die Aquila, mit der Trisha gerade unterwegs ist. Da kommen sie übrigens gerade runter.« Er deutete durch das Fenster auf die grüne Piste.

Das kleine Flugzeug landete auf dem Gras, rollte ein Stück und nahm wieder Fahrt auf, um erneut zu starten.

»Da wird aber nachher jemand ganz schön putzen müssen.« Vogel grinste mitleidig. Ein Telefonklingeln rief ihn wieder zurück an seinen Schreibtisch.

Peppi wandte sich Björn Leibig zu. »Seit wann fliegen Sie schon?«

»Ich habe vor drei Jahren meinen Pilotenschein hier gemacht. Den hab ich mir damals selbst zum Vierzigsten geschenkt. Seitdem fliege ich relativ regelmäßig.«

»Was heißt regelmäßig? Jeden Dienstag von zwei bis vier?«

Leibig schüttelte den Kopf. »Nein, zwei-, drei- oder viermal im Monat. Je nachdem, wie ich Zeit habe und das Wetter mitspielt.«

»Dann kennen Sie die Leute vom Flugplatz vermutlich relativ gut«, sagte Brander.

»Geht so.«

»Und Herrn Dreyer?«

»Ich hatte nicht viel mit ihm zu tun. Wenn Sie etwas über CD wissen wollen, fragen Sie lieber Ben oder Trisha, die kannten ihn wesentlich besser als ich.«

»Die Geschichte mit Jonas Frommer haben Sie sicher auch letztes Jahr mitbekommen, oder?«

»Die hat jeder mitbekommen.«

»Kannten Sie Jonas?«

»Flüchtig. Hab ihn ein paarmal gesehen. Aber er war mir ehrlich gesagt nicht besonders sympathisch. Ein verwöhnter Junge, der noch nie einen Finger krumm machen musste, um ein paar Euro zu verdienen.«

»Kennen Sie seinen Vater, Elmar Frommer?«

Leibig deutete zum Fenster. »Der steht oft dahinten am Zaun und beobachtet den Flugbetrieb.«

Das Pech für Trishas Flugschüler war Glück für Brander und Peppi. Wie Benedict Vogel angekündigt hatte, drückte die Wolkendecke weiter herab, sodass die Sicht nicht mehr ausreichend war und Trisha ihren Schüler nach drei Platzrunden zum Abschluss landen ließ.

Während der angehende Pilot sich daranmachte, den beim Starten und Landen auf der Graspiste aufgespritzten Dreck vom Flugzeug zu putzen, lief Trisha zum Bürogebäude.

»Keine halbe Stunde in der Luft, und jetzt ist der arme Junge den halben Tag mit Putzen beschäftigt.« Vogel beobachtete den Flugschüler durch die Scheibe.

Trisha kam in den Vorbereitungsraum und blieb überrascht stehen. »Oh, hallo. Zum Fliegen seid ihr hoffentlich nicht gekommen.«

»Nein. Frau Reed, wir möchten uns mit Ihnen unterhalten. Unter vier Augen, wenn es geht.«

Wenn Peppis förmlicher Ton Trisha irritierte, zeigte sie es nicht »Können wir hinten in den Schulungsraum gehen?«, wandte sie sich an Vogel.

»Klar.«

Trisha drehte sich um und marschierte voraus bis zum Ende des Flurs. Brander war froh, dass sie ihn nicht wie beim letzten Mal zur Begrüßung umarmt hatte, womöglich noch mit Bussi auf die Wange, wie sie es Donnerstagabend zum Abschied gemacht hatte. Er zupfte am Ausschnitt seines Pullis. War es hier hinten im Gebäude wärmer als vorn im Vorbereitungsraum?

Trisha öffnete die Tür zu einem kleinen Zimmer: Sechs

Tische waren in Zweierreihen aufgestellt, ein Flipchart stand an einer Seite vor einer altmodischen Kreidetafel, ein Beamer hing an der Decke. Vermutlich einer Gewohnheit folgend, stellte Trisha sich an das kurze Ende des Zimmers vor die Tafel. Peppi würde sich allerdings nicht wie eine Flugschülerin an eines der Pulte setzen, war sich Brander sicher. Tatsächlich stellte sie sich vor die erste Tischreihe, Trisha gegenüber.

Brander lehnte sich an die Wand neben die Tür. Die Situation gefiel ihm nicht. Er bereute, darauf bestanden zu haben, bei dem Gespräch dabei zu sein. Vielleicht wäre es doch besser gewesen, einen anderen Kollegen mit Peppi mitzuschicken.

»Okay?« Trisha sah fragend in die Runde.

»Frau Reed, wann haben Sie Constantin Dreyer zuletzt gesehen?«, begann Peppi.

Brander stellte erleichtert fest, dass ihre Stimme zwar ernst klang, aber nicht aggressiv.

»Letzten Dienstag.«

»Wann genau?«

»Gegen fünf, halb sechs hier am Flugplatz.«

»Und danach?«

Trishas Blick wanderte zu Brander. Zwischen ihren Augenbrauen hatte sich eine tiefe senkrechte Falte gebildet. Brander deutete mit einer Geste an, dass Peppi die Befragung durchführte.

Sie wandte sich wieder Peppi zu. »Worauf wollen Sie hinaus?«

»Haben Sie Herrn Dreyer später noch einmal gesehen?«

»Nein.«

»Denken Sie bitte noch einmal nach. Es liegt ja immerhin fast eine Woche zurück.«

»Ich habe ein ausgezeichnetes Gedächtnis.« Ihre Stimme blieb ruhig, klang sicher und bestimmt. »Ich habe ihn letzte Woche Dienstag hier am Flugplatz zuletzt gesehen.«

»Haben Sie mit ihm gesprochen?«

»Ja, wir haben auch miteinander gesprochen. Wir waren beide den ganzen Tag am Flugplatz.«

»Und danach?«

»Das sagte ich Ihnen bereits: Ich habe ihn danach nicht mehr gesehen.«

»Was haben Sie an dem Abend gemacht?«

Trisha zog irritiert die Stirn in Falten. »Ich habe meinen Papierkram erledigt, kurz mit Ben den nächsten Tag geplant und bin dann nach Hause gefahren.«

»Was haben Sie zu Hause gemacht?«

»Was hat das bitte schön mit Constantin zu tun?«

»Beantworten Sie bitte meine Frage.«

Trishas Gesichtszüge verhärteten sich. Brander meinte sehen zu können, wie ihr Gehirn inzwischen auf Hochtouren arbeitete. Sie sah zu ihm herüber. »Sag mal, steh ich hier unter irgendeinem Verdacht?«

»Noch nicht«, erwiderte Peppi. »Es ist aber wenig förderlich, wenn Sie uns wichtige Informationen vorenthalten.«

»Was denn für Informationen?«

»Sagen Sie es mir.«

»Ich weiß wirklich nicht, worauf ihr zwei hinauswollt.«

»Entschuldigung, aber auch wenn Sie meinen Kollegen privat recht gut kennen, bitte nicht in dem Ton mit mir, ja?«

»Dann verraten Sie mir jetzt bitte, was das hier soll.« Ihre Verärgerung klang durch, dennoch wurde sie nicht laut, ihre Haltung war aufrecht. Eine Soldatin, die sich nicht verunsichern ließ.

Brander biss die Zähne zusammen. Er konnte ihr nicht sagen, was sie wussten. Die GPS-Daten waren eindeutig. Warum sagte sie nicht einfach, dass Dreyer bei ihr gewesen war?

»Was genau haben Sie vergangenen Dienstag zwischen dreiundzwanzig Uhr und dreiundzwanzig Uhr dreißig gemacht?«, fragte Peppi.

»Ich war zu Hause.«

»Allein?«

»Ja.«

»Das wissen Sie so spontan ganz genau?«

»Das weiß ich hundertprozentig.«

»Danke.« Peppi sah zu Brander. Ihr Blick gefiel ihm ganz und gar nicht.

»Was heißt denn jetzt ›danke‹? Ich wüsste gern mal, was hier los ist!«

Peppi wandte sich ihr wieder zu. »Ich möchte, dass Sie zu uns in die Polizeidirektion kommen und Ihre Aussage schriftlich zu Protokoll geben.«

Trisha suchte in Peppis Gesicht nach einer Erklärung für dieses Gespräch. Schließlich schüttelte sie verärgert den Kopf. »Dann schicken Sie mir eine richterliche Vorladung.«

Sie marschierte zur Tür. Vor Brander blieb sie stehen. »Ihr habt ja tolle Methoden.«

Bevor er etwas erwidern konnte, schlug sie die Tür von außen zu.

»Du hättest ihr sagen sollen, was wir wissen«, kritisierte Brander Peppis Vorgehen, als sie wieder im Auto saßen.

»Klar, damit sie sich eine Ausrede einfallen lassen kann. Warum gibt sie nicht zu, dass Dreyer bei ihr war?«

»Vielleicht, weil er nicht bei ihr war. Das ist ein Mehrfamilienhaus, da wohnen auch andere Menschen.«

»Willst du mich verarschen?«

»Wirf du mir noch mal vor, ich wäre befangen! Du bist, warum auch immer, komplett voreingenommen.«

»Ich sehe nur die Fakten.«

»Schwachsinn!« Brander starrte grimmig zum Seitenfenster hinaus. Es hatte zu regnen begonnen.

Peppi lenkte den Wagen von der Landstraße auf die Bundesstraße Richtung Tübingen. »Vorschlag: Wir besorgen eine richterliche Vorladung und lassen Marco die Befragung durchführen. Er wird sie belehren, dass eine Falschaussage vor dem Staatsanwalt strafbar ist. Dann werden wir ja sehen, ob sie bei ihrer Aussage bleibt.«

»Wie wäre es, wenn wir es erst einmal mit ordentlicher Ermittlungsarbeit versuchen?«

»Wie soll die aussehen?«

»Ich werde ein paar Kollegen nach Rommelsbach schicken und die Nachbarschaft befragen lassen.«

»Na gut. Dann werde ich mich mal umhören, wie das Verhältnis zwischen Dreyer und deiner Trisha war.« Sie sah Brander an. »Ihre Aussage will ich trotzdem schriftlich haben.«

∗∗∗

Corinna Tritschler hatte Neuigkeiten, als Brander und Peppi in die Tübinger Dienststelle zurückkehrten. Die beiden hatten ihre Jacken noch nicht ausgezogen, als die Beamtin in ihr Büro kam.

»Jana van Acken wurde gefunden.«

Brander sah alarmiert auf. »Was heißt gefunden? Wo?«

»In ihrer Wohnung. Sie hatte getrunken und Schlaftabletten genommen. Laut Arzt war es vermutlich kein Selbstmordversuch, die Dosis war zu gering, allerdings war die Mischung nicht besonders glücklich gewählt.«

»Und wer hat sie gefunden?«

»Ihr Ex-Freund, Adam Sütterle. Er hatte ebenfalls versucht, sie am Wochenende zu erreichen. Als sie heute früh nicht in der Uni erschien, ist er zu ihr gefahren. Er hat einen Schlüssel zu ihrer Wohnung. Sie war total benommen, darum hat er den Notarzt informiert.«

»Wo ist sie jetzt?«

»Sie war heute Vormittag in der Klinik, ist jetzt aber wieder zu Hause.«

»Fahren wir zu ihr?«

»Du und ich?« Corys rot lackierter Zeigefinger wanderte zwischen ihr und Brander hin und her, dann deutete sie auf Peppi.

»Peppi hat anderes zu tun.« Brander nahm seine Jacke.

Ein junger Mann öffnete ihnen in Oberesslingen die Tür.

»Herr Sütterle?« Brander hielt ihm seinen Dienstausweis entgegen und stellte sich und Corinna Tritschler vor. »Wir möchten mit Jana van Acken sprechen.«

»Es geht ihr nicht gut.«

»Das wissen wir.«

Vielleicht lag es an dem schwarzen Sweatshirt und den dunklen langen Haaren, dass Sütterle ebenfalls blass und kränklich aussah. Er zupfte nervös an dem dunklen Bartflaum an seinem Kinn, machte aber keine Anstalten, sie hereinzulassen.

»Es dauert nicht lang«, fuhr Brander fort. »Und es ist sicherlich nicht so anstrengend, als wenn sie in die Polizeidirektion nach Tübingen kommen müsste.«

»Ich weiß nicht ...« Sütterle rief in die Wohnung hinein: »Jana, da sind zwei von der Polizei, die wollen mit dir sprechen.« Er lauschte ins Innere und ließ die Beamten eintreten.

Jana van Acken saß auf dem Sofa. Die Knie zur Brust gezogen, eine Decke um die Schultern gelegt. Ihre Haare waren zerzaust, das Gesicht fleckig und geschwollen, als hätte sie das ganze Wochenende geweint.

»Was machen Sie für Sachen?« Brander schlug einen väterlichen Ton an. Dieses Häufchen Elend vor ihm tat ihm leid. Adam Sütterle setzte sich zu ihr und legte schützend den Arm um ihre Schultern.

Brander entging nicht, wie sich der Körper der jungen Frau noch mehr verspannte. Er setzte sich auf den Polsterstuhl ihr gegenüber, beugte sich ein Stück vor, die Unterarme locker auf den Oberschenkeln abgelegt. »Frau van Acken, wir müssen Ihnen leider noch ein paar Fragen stellen.«

Ihre Pupillen huschten unsicher zu dem Mann neben ihr. Sie konnte nicht frei reden, solange ihr Ex-Freund neben ihr saß.

»Herr Sütterle, wir müssen allein mit Frau van Acken sprechen.« Brander sah sich um. In der kleinen Wohnung gab es keine weiteren Räume. Er konnte Adam Sütterle schlecht ins Badezimmer verbannen. »Vielleicht gehen Sie solange nach Hause? Frau van Acken kann Sie anrufen, wenn wir fertig sind.«

»Ich bleib bei dir.« Sütterle legte eine Hand auf Janas Unterarm. »Wenn du dich zu schwach fühlst, musst du das nicht machen. Ich bin sicher, die Fragen haben auch Zeit bis morgen.«

»Herr Sütterle, ich muss doch sehr bitten.« Brander bedachte ihn mit einem strengen Blick.

Jana hauchte ein kaum hörbares »Geh ruhig, okay«.

Nur widerwillig stand der junge Mann auf.

Jana hob den Blick. »Bitte lass den Schlüssel hier.« Sie presste die Worte mühsam hervor, hielt die Arme fest um ihre Knie geschlungen.

»Was?« Sütterle fuhr herum. »Wieso?«

»Bitte.« Ihr Unterkiefer zitterte, in den Augen erkannte Brander deutlich ihre Angst.

Sütterle machte keine Anstalten, der Bitte seiner Ex-Freundin Folge zu leisten.

»Herr Sütterle, Sie haben verstanden, was Frau van Acken gesagt hat«, ergriff Cory das Wort. »Bitte händigen Sie ihr den Schlüssel aus.« Sie wandte sich an die junge Frau. »Es geht um Ihren Wohnungsschlüssel, oder?«

Jana van Acken nickte.

Sütterle schüttelte den Kopf. »Nach allem, was ich für dich getan habe. Du könntest tot sein!« Er wandte sich ab.

»Herr Sütterle!«, bremste Brander ihn.

»Der Schlüssel ist in meiner Jackentasche.«

Brander begleitete ihn in den kleinen Flur. Sütterle nahm eine abgetragene Outdoorjacke vom Haken und händigte Brander den Schlüssel aus.

»Ohne mich wäre sie jetzt tot!« Er stampfte zornig aus der Wohnung.

Brander schloss die Tür und kehrte ins Zimmer zurück. Jana van Acken hatte die Stirn auf die Knie gelegt.

»Ich lege Ihnen den Schlüssel auf den Tisch.«

Sie hob den Kopf. Ihr Körper war noch immer verspannt. »Danke«, wisperte sie.

»Wann haben Sie sich von Herrn Sütterle getrennt?«, fragte Brander.

»Vor vier Wochen.« Sie räusperte sich, um ihrer Stimme mehr Kraft zu verleihen. »Es lief schon länger nicht gut.«

»Weil es einen anderen Mann in Ihrem Leben gab?«

Ihre Unterlippe begann wieder zu zittern, die Augen füllten sich mit Tränen. Sie senkte die Lider, nickte.

»War dieser Mann Constantin Dreyer?«

Wieder ein scheues Nicken.

Ein Verhältnis mit der Freundin seiner Tochter – Peppi hatte recht gehabt! »Wann haben Sie ihn zuletzt gesehen?«

»Letzten Dienstag.« Sie hatte nicht den Mut, Brander in die Augen zu sehen, fixierte einen Punkt irgendwo entfernt auf dem Fußboden.

»Wir brauchen genauere Informationen, Frau van Acken. Wann haben Sie Herrn Dreyer zum letzten Mal gesehen?«

Sie zupfte an einem Taschentuch. Tränen liefen ihr über die Wangen.

Cory reckte den Hals, um in die Tasse auf dem Tisch zu sehen. Sie war leer. Sie stand auf, ging in die kleine Küche und schaltete den Wasserkocher ein.

Brander ließ seinen Blick durch das Zimmer schweifen. Auf Janas Schreibtisch stand ein Foto, es zeigte sie zusammen mit Eva und deren Vater. Sie trugen Winterkleidung, die Mädchen hatten Pudelmützen auf den Köpfen, die Wangen und Nasen waren gerötet, schneebedeckte Berge bildeten den Hintergrund. Dreyer stand zwischen den Mädchen und hatte die Arme um ihre Schultern gelegt. Alle drei lachten in die Kamera. Ein Foto aus einem Winterurlaub. Hatte Henriette Dreyer das Bild gemacht und ihr geschenkt?

Cory kehrte mit einer Kanne zurück, füllte Janas leere Tasse und hatte auch für Brander und sich eine Tasse mitgebracht. Sie goss Tee ein und setzte sich wieder zu ihnen.

»Hatten Sie ein Verhältnis mit Constantin Dreyer, oder haben Sie nur für ihn geschwärmt?«, fragte Cory. Ihre Stimme, ihre Mimik, ihre ganze Körperhaltung wirkten, als spräche sie mit ihrer pubertierenden Tochter, die unter Liebeskummer litt. Verständnisvoll, zugewandt.

Jana zupfte an ihrer Unterlippe. »Es ist einfach passiert.«

Cory trank abwartend von ihrem Tee.

»Es ist einfach passiert«, wiederholte Jana. »Wir wollten niemandem wehtun.«

»Wir sind nicht hier, um moralisch über Sie zu urteilen, Frau van Acken. Wir wollen herausfinden, was zu Herrn Dreyers Tod geführt hat«, versuchte Brander, der jungen Frau die Scham zu nehmen.

Jana richtete den Blick flehentlich auf ihn. »Bitte sagen Sie es nicht Eva oder Henriette.«

»Die beiden wussten nichts davon?«

»Um Himmels willen, nein!«

»Seit wann hatten Sie diese Beziehung?«

Die junge Frau sank in sich zusammen. »Seit November.«

Sie ließen Jana erzählen. Die Geschichte sprudelte aus ihr heraus, als hätten sich die Schleusen eines Staudamms geöffnet. Endlich konnte sie sich jemandem anvertrauen.

Dreyer hatte sie an ihrem zweiundzwanzigsten Geburtstag zu einem Rundflug eingeladen. Es war ein wunderschöner spätsommerlicher Oktobertag gewesen, an dem sie gemeinsam gestartet waren. Obwohl sie die Familie Dreyer so lange kannte, war sie noch nie zuvor mit ihm geflogen. Sie hatte Angst vorm Fliegen. Aber seine geduldige Art, ihr alles zu erklären, die Routine und Sicherheit, mit der er die Maschine bediente, hatten sie beruhigt, hatten eine Verbindung zwischen ihnen aufgebaut, die sie zunächst nicht deuten konnte. Am Ende des Tages hatte er sie zum Essen eingeladen und nach Hause gebracht.

Zwei Wochen später lud er sie erneut ein. Und dann eine Woche später wieder. Es war der 3. November. Er hatte sie ein Stück fliegen lassen, hatte ihr wieder und wieder alles erklärt. Sie hatte Angst gehabt und war gleichzeitig von einem Glücksgefühl überschwemmt worden. Sie hatte Herzklopfen, wenn sie ihn sah, wenn sie sich in dem engen Cockpit berührten. Er brachte sie zum Lachen, er nahm sie ernst und gab ihr das Gefühl, ein selbstständiger und wertvoller Mensch zu sein.

»Meine Eltern kümmern sich immer nur um andere. Mir geht es ja gut, es fehlt mir an nichts. Meine Probleme hier sind gegen die Hungersnot in Afrika natürlich Luxusprobleme.«

Obwohl sie damit ihr Verständnis zum Ausdruck bringen wollte, entging Brander die Bitterkeit in ihrer Stimme nicht.

»Und Adam … Erst hat es mir gefallen, wie auf Händen getragen zu werden. Aber er erdrückt mich. Er traut mir nichts zu.« Sie umklammerte ihre Teetasse. »Constantin hat sich für mich interessiert. Er wollte wissen, wie es mit dem Studium läuft, ob es mir Spaß macht, ob ich die Prüfungen schaffe, was ich später machen möchte. Alles hat ihn interessiert. Und er sagte nie, dass etwas zu schwer für mich wäre. Wenn ich gedacht habe, ich schaffe etwas nicht, hat er mir Mut gemacht. Mit ihm war das Leben viel schöner.« Bei der Erinnerung begannen ihre Augen zu leuchten.

Brander ließ sie ein paar Atemzüge in ihren Gedanken verharren. »Und letzten Dienstag haben Sie ihn zuletzt gesehen?«, kam er schließlich auf seine Ausgangsfrage zurück.

»Ja«, erwiderte sie kleinlaut. »Er war abends bei mir. Aber das konnte ich Ihnen doch nicht sagen.«

»Wann genau war er bei Ihnen?«

»Ich habe ihn gegen Viertel vor acht angerufen. Gegen halb neun war er bei mir und blieb bis kurz nach zehn.«

Das stimmte mit den Informationen überein, die Jens ihm gegeben hatte. »Wo wollte er anschließend hin?«

»Nach Hause.«

»Hat er vielleicht angedeutet, dass er auf dem Weg noch bei jemandem vorbeischauen wollte?«

»Nein. Wo hätte er denn noch hinfahren sollen?«

Brander musterte die Frau auf dem Sofa nachdenklich. Sie hatte sich wieder gefasst, wirkte nicht mehr ganz so verloren wie zu Beginn seines Besuchs.

»Wo war er, als Sie ihn am Dienstagabend anriefen?«

»In seinem Reutlinger Büro.«

»War er allein?«

»Ja, natürlich. Er hat mich nie angerufen, wenn jemand bei

ihm war. Wir wollten ja nicht …« Sie nagte schuldbewusst an ihrer Lippe.

»Hatte er vielleicht noch einen Kundentermin?«, fragte Brander.

»Nein, also, ich weiß es nicht. Aber dienstags hatte er eigentlich nie Termine. Und dann hätte er sich auch nicht mit mir verabredet. Bei abendlichen Kundenterminen kann es manchmal ganz schön spät werden.«

»Ist Ihnen vielleicht sonst noch etwas eingefallen? Hat Herr Dreyer davon gesprochen, dass er Probleme hätte? Ärger mit jemandem?«

»Nein, er …« Sie verstummte, hing ihren Gedanken nach. »Dienstagabend hat er mich gefragt, was ich davon halten würde, wenn er die Firma verkauft.«

»Sein Immobilienbüro?«

Sie nickte.

»Und?«

»Er hat das ja nicht ernst gemeint. Aber manchmal ärgerte er sich über seine Mitarbeiter, und als Chef muss er schließlich für alles den Kopf hinhalten, wenn mal was schiefläuft.«

»Und am Dienstag war etwas schiefgegangen?«

Sie errötete leicht. »Wir haben nicht über Probleme in seiner Firma gesprochen, sondern uns nur vorgestellt, was wir machen würden, wenn er frei wäre.« Ein Schatten fiel wieder auf ihr Gesicht. »Eva hat mich am Freitag angerufen. Sie sagt, dass es kein Selbstmord war. Das hätte ich mir auch nicht vorstellen können. Aber die Vorstellung, dass ihn jemand umgebracht hat, finde ich genauso schrecklich.« Sie schluckte. »Ich weiß, Sie haben versucht, mich zu erreichen, aber ich … Nachdem ich das erfahren hatte, konnte ich mit niemandem reden. Es versteht ja keiner, warum ich so traurig bin, und ich kann es doch niemandem sagen.«

»Tabletten und Alkohol sind ein denkbar schlechter Weg, damit umzugehen.«

»Ich habe mich nicht umbringen wollen. Adam hat völlig überreagiert. Seit der Trennung habe ich manchmal das Gefühl, dass er versucht, mich zu überwachen. Ich habe ihm schon beim letzten Mal gesagt, dass ich meinen Schlüssel wiederhaben möchte, aber er hat behauptet, er hätte ihn nicht bei sich.«

»Wann war das?«, fragte Brander.

»Letzten Dienstag. Als er seine Sachen geholt hat. Es war ausgemacht, dass er den Schlüssel mitbringt, und dann tut er so, als hätte er ihn zu Hause vergessen.«

Brander hob die Augenbrauen. »Wusste Adam von Ihrem Verhältnis zu Constantin Dreyer?«

»Nein. Niemand wusste davon.«

»Sind Sie sicher?«

»Constantin und ich waren vorsichtig. Wir haben uns in der Öffentlichkeit nie als Pärchen gezeigt.«

»Aber Herr Dreyer kam öfter zu Ihnen?«

Sie nickte.

»Könnte da nicht doch jemand etwas mitbekommen haben?«

»Aber selbst wenn … Adam würde Constantin doch nichts antun.«

Eifersucht konnte eine sehr starke Triebfeder sein. »Geben Sie mir bitte die Adresse und Telefonnummer von Herrn Sütterle.«

Sie stand auf, ging an ihren Schreibtisch und notierte beides auf einen Zettel. Brander und Cory erhoben sich ebenfalls. Jana reichte Brander das Blatt. Ihre Hand zitterte. »Ich weiß nicht, ob er sich noch einen Schlüssel hat nachmachen lassen.«

Brander sah ihr prüfend in die Augen. »Haben Sie Angst vor Ihrem Ex-Freund?«

Sie hob die Schultern. »Ich will nicht, dass er wieder einfach so in meine Wohnung kommt.«

Der Regen fiel in dicken Tropfen auf den Asphalt. Brander und Cory setzten sich in den Wagen und sahen durch die nassen Scheiben auf das Haus, in dem Jana van Acken wohnte.

»Ich traue ihr aufrichtige Gefühle für Dreyer zu«, sagte Cory. »Aber ich frage mich, was er in ihr gesehen hat. Hatte er ernsthafte Absichten mit ihr, oder war das einfach seine Midlife-Crisis? War sie ein Ausrutscher? Hatte er auch andere Affären?«

»Jedenfalls ist er von ihr nicht direkt nach Hause gefahren.«

»Trisha Reed war deine Freundin?«, fragte Cory.

»Jugendliebe, ist schon ewig her.«

»Könnte sie auch eine Affäre mit Dreyer gehabt haben?«

»Sie sagt, sie hatte nichts mit ihm.«

»Na ja, vielleicht nicht mehr …«

Trisha und Constantin Dreyer. Brander hatte selbst gedacht, dass sie besser zu ihm gepasst hätte als diese junge Studentin. Warum war Dreyer am Dienstagabend noch nach Rommelsbach gefahren? Hatte er Trisha gesagt, dass es eine andere Frau in seinem Leben gab und es aus war zwischen ihnen? War es zum Streit gekommen? Ein Streit, der eskalierte?

Sie war Soldatin, echoten Peppis Worte in seinem Kopf. Sie weiß, wie man einen Menschen tötet. Er lehnte sich zurück, rieb sich kräftig durch das Gesicht. Eins nach dem anderen.

»Wir sollten uns mit Adam Sütterle unterhalten«, sagte er. »Vielleicht wusste er doch von der Affäre seiner Ex-Freundin.«

»Nicht mehr heute.« Cory tippte auf ihre Armbanduhr. »Ich kann keine Überstunden machen. Meine Tochter wartet.«

Es war bald sechs, und sie würden in den Feierabendverkehr kommen. Brander überlegte, kurz zu seiner Esslinger Dienststelle zu fahren. Käpten Huc war sicherlich noch im Büro, vielleicht half es, mit ihm den Fall durchzusprechen.

»Andi, können wir bitte fahren?«, bat Cory ungeduldig.

»Geht schon los.« Brander steckte den Schlüssel ins Zündschloss und startete den Motor. »Ruf bitte Adam Sütterle an. Er soll morgen Vormittag zu uns kommen. Wir brauchen seine Aussage.«

***

Eine Melodie riss Brander aus dem Tiefschlaf. Während er noch versuchte, das Geräusch zu deuten, stupste Cecilia ihn an.

»Dein Handy«, murmelte sie müde.

Brander tastete eilig nach dem Apparat. »Ja?«, flüsterte er mit belegter Stimme.

»Sorry, Andi. Ich bin's.«

»Trisha?« Brander versuchte, wach zu werden. War etwas passiert? Er schlug die Bettdecke zur Seite und richtete sich schlaftrunken auf. »Warte.« Seine Füße tasteten im Dunkeln nach den Hausschuhen, dann schlich er aus dem Zimmer.

»Was ist los?« Er ging die Treppe hinunter in die Küche, schloss die Tür hinter sich. Zwanzig vor zwölf zeigte die digitale Uhr am Herd an. Er rieb sich gähnend über den Schädel und schaltete das Licht ein.

»Sorry, Andi«, wiederholte Trisha. »Ich kann nicht schlafen.«

»Hm.«

»In der Zeitung stand heute, dass es nicht Selbstmord, sondern Mord war.«

»Ja.« Brander öffnete den Küchenschrank, nahm ein Glas und hielt es unter den Wasserhahn.

»Warum habt ihr mir das heute Morgen nicht gesagt? Ich hatte noch keine Zeitung gelesen. Ich wusste nicht, dass ihr jetzt in einem Mord ermittelt.«

Brander trank einen Schluck. Allmählich begann sein Gehirn zu arbeiten. »Hätte das etwas an deiner Aussage geändert?«

»Ihr habt mich völlig irritiert. Ich habe überhaupt nicht verstanden, was die Fragen deiner Kollegin sollten!«

Er hörte die Unsicherheit in ihrer Stimme. Ein seltener Zug an ihr. Und sie hatte schon wieder nicht auf seine Frage geantwortet. Was spielte es für eine Rolle, ob er in einem Mord oder Selbstmord ermittelte?

»Andi?«

»Ich bin noch dran.« Er räusperte sich. »Du hast mich voll aus dem Tiefschlaf gerissen.«

»Schön, dass du so gut schlafen konntest, nachdem –«

»Nachdem was?«, unterbrach er sie barsch. Es ärgerte ihn,

dass sie offensichtlich versuchte, etwas vor ihm zu verheimlichen. »Trish, es ist unsere Arbeit, Fragen zu stellen. Wir müssen wissen, mit wem Dreyer wann Kontakt hatte. Wir müssen wissen, welche Beziehung er zu wem hatte.«

»Andi, ich hab dir –«

»Stopp! Ich will jetzt nichts hören! Tu dir und mir einen Gefallen und komm morgen früh zu uns in die Dienststelle und gib deine Aussage zu Protokoll.«

»Sag mal, wie sprichst du denn mit mir? Steht irgendein Verdacht gegen mich im Raum?«

»Komm morgen in die Dienststelle.«

Sie schnaufte resigniert. »Andi, glaub doch nicht diesen Mist, den die anderen über mich erzählen!«

»Welchen Mist?« Brander stöhnte auf. Er hob bremsend die Hand, obwohl Trisha das durch das Telefon nicht sehen konnte. »Nein, ich will es jetzt nicht hören. Komm morgen zu uns und mach deine Aussage. Und bitte sag die Wahrheit. Die ganze Wahrheit.«

Er ließ sie nicht mehr zu Wort kommen, legte auf und stellte das Smartphone auf stumm. Eine Weile saß er in der Küche. Glaub doch nicht diesen Mist ... Welchen Mist? Niemand hatte ihm irgendeinen Mist über sie erzählt.

Er starrte auf das Telefon, das vor ihm auf dem Küchentisch lag. Sie rief nicht wieder an. Natürlich nicht. Die Blöße gab sie sich nicht. Es war ein Wunder, dass sie sich überhaupt bei ihm gemeldet hatte.

Er seufzte ratlos. Er mochte nicht glauben, dass Peppis Vermutungen auch nur ansatzweise in die richtige Richtung gingen.

Trisha Reed. Sie war ein lebensfroher, ein optimistischer Mensch. Eine starke Frau, die sich von niemandem einschüchtern ließ, die unbeirrt ihren Weg ging, immer alles unter Kontrolle hatte. Aber gerade hatte er deutlich ihre Unsicherheit gespürt. Er hätte sie am liebsten zurückgerufen, ihr gesagt, dass alles in Ordnung sei, dass er ihr glaubte. Trisha war doch keine Mörderin.

Aber sie war klug genug, Fragen richtig zu deuten.

Er schlich die Treppe wieder hinauf und zurück ins Schlafzimmer. Cecilia hatte ihm den Rücken zugewandt, die Bettdecke eng um sich geschlungen. Er legte sich neben sie. Sein Bett war ausgekühlt.

»Wer ist Trisha?«, fragte Ceci leise.

»Unwichtig.« Brander beugte sich zu ihr, schob die Bettdecke ein Stück zur Seite und küsste ihren Nacken, dann deckte er sie wieder zu. »Schlaf weiter, Süße.«

Die Temperaturen waren gesunken. Der kalte Regen half Brander, munter zu werden, als er sich am frühen Morgen mit dem Rad auf den Weg zur Dienststelle machte. Er hatte nicht mehr viel geschlafen, die Gedanken an Trisha hatten ihn wach gehalten, hatten Erinnerungen an lang vergangene Zeiten hochkommen lassen.

Er hatte an das junge Mädchen gedacht, in das er sich als Teenager bis über beide Ohren verliebt hatte. Er war gerade mit seinen Eltern aus Münster nach Süddeutschland gezogen, frustriert, dass man ihn aus der Studentenstadt nach Schönaich verpflanzt hatte. Ein Ort mit nicht einmal zehntausend Einwohnern. Das Gymnasium befand sich im wenige Kilometer entfernten Böblingen, also fuhr er täglich mit dem Rad über den Rauhen Kapf. Aber er war in eine gute Klassengemeinschaft gekommen, die ihn freundschaftlich aufnahm. Trisha lebte mit ihren Eltern in Böblingen. Ihr Vater gehörte der US Army an und war in der Panzerkaserne stationiert. Ihre Mutter war Deutsche, weigerte sich, in der Kaserne zu wohnen, und schickte Trisha in die örtliche Schule.

Sie gingen in dieselbe Klasse. Trisha war schon damals sehr selbstbewusst gewesen, und das hatte ihn fasziniert und gleichzeitig verunsichert. Eigentlich war er nicht schüchtern, aber damals hatte er nicht den Mut gefunden, sie um eine Verabredung zu bitten.

Brander radelte durch das dämmrige Ammertal. Felder und Wiesen lagen dunkel entlang des Weges, links von ihm verlief in einiger Entfernung die Bundesstraße. Er sah die Lichterkette des aufkommenden Berufsverkehrs. Der Tag hatte noch nicht richtig begonnen, und die Wolkendecke trug ihr Übriges dazu bei, dass es nicht hell werden wollte. Seine Fahrradlampe beleuchtete den schmutzigen Landwirtschaftsweg, über den er fuhr. Die Reifen der Traktoren hatten darauf Erde von den Äckern hinterlassen. Seine Gedanken schweiften wieder ab.

Es waren seine ersten Sommerferien im Ländle gewesen. Er war im Mai sechzehn geworden. Brander ging mit seinen Freunden auf eine Klettertour, stürzte ab und brach sich ein Bein. Es war ein Wunder, dass er so glimpflich davongekommen war. Während seine Schulkameraden zum Zelten an den Bodensee radelten, verbrachte er die heißen Wochen mit einem Gipsbein zu Hause und spielte jeden Abend mit seinem Vater Schach. Trisha war mit ihren Eltern in die Heimat ihres Vaters geflogen. Am Ende der Ferien stand sie vor seiner Haustür. Sie hatte bei ihrer Rückkehr aus den Staaten von seinem Unfall erfahren und sich die schrecklichsten Bilder ausgemalt. Da war der Bruch schon fast wieder verheilt.

Seit dem Tag waren sie zusammen gewesen. Drei Jahre lang, bis zum Abitur.

Tübingen erwachte gerade, als Brander in den Ort fuhr. In den Häusern brannten Lichter, beim Bäcker standen die ersten Kunden. Er duschte eilig in der Dienststelle und schlüpfte in frische Kleidung. Auf dem Weg ins Büro holte er sich einen heißen Kaffee.

Er schaltete seinen Computer ein. Peppi hatte ihm am Abend noch eine Mail geschrieben. Die Nachricht enthielt ein Dokument mit Informationen über Trisha Reed.

Brander las den Inhalt mit gemischten Gefühlen. Natürlich brauchte er für seine Ermittlungen so viele Informationen über Dreyers Umfeld wie möglich. Aber Trishas Lebenslauf zu lesen fühlte sich an, als ob er ihr heimlich nachspionierte. Er hätte ihre Geschichte lieber von ihr gehört, mit ihren eigenen Worten, in einem anderen Rahmen.

Bei einem Glas Wein und einem guten Essen.

Trisha hatte ihre Karriere zielstrebig vorangetrieben. Sie hatte die United States Air Force Academy besucht und im Anschluss das Pilotentraining absolviert. Sie war Bomberpilotin geworden und viele Jahre in Kriegsgebieten im Einsatz gewesen: 1998 im Irak, zwischen 2001 und 2010 folgten Einsätze in Afghanistan. In den letzten Jahren, bevor sie ihren Dienst beendet hatte, war sie als *Instructor Pilot* bei der US Air Force tätig gewesen. Sie hatte es bis zum *Lieutenant Colonel* gebracht.

Mit dreißig hatte sie geheiratet. Ihr Mann Stuart Turner war Fluglotse bei der US Air Force. Die Ehe hielt sechs Jahre. Sie bekamen keine Kinder. So hatte Trisha es ihm auch erzählt. Anfang 2016 beendete sie den Dienst, verließ die Army und Amerika.

Auch ihre Freizeit widmete Trisha der Fliegerei. Sie besaß eine Privatpilotenlizenz sowohl für Flugzeuge als auch für Helikopter und war bereits in den Staaten einige Jahre nebenberuflich als Fluglehrerin tätig gewesen, bevor sie nach Deutschland zurückkehrte und auf der Schäferheide anheuerte.

Seither wohnte sie in Rommelsbach. Sie bekam eine Pension von ihrem ehemaligen Arbeitgeber, sodass sie finanziell vermutlich nicht schlecht dastand. Sie hätte sich ohne Weiteres eine größere Wohnung leisten können.

Ihre Eltern lebten noch in Böblingen. Anscheinend hatte sich Trishas deutsche Mutter durchgesetzt. Er erinnerte sich an die Neckereien zwischen Trishas Eltern, wenn das Thema aufkam, wo sie leben würden, wenn Jonathan Reed in den Ruhestand ging. Brander vermutete, dass ihre Eltern der Grund für Trishas Rückkehr nach Deutschland waren.

Er lehnte sich zurück. Sein Kaffee war kalt geworden. Von draußen klopfte der Regen gegen die Scheiben. Auf dem Flur erklangen Stimmen – Hendrik Marquardt und Corinna Tritschler. Er hörte ihr fröhliches Lachen. Die beiden verstanden sich gut. So wie er und Peppi. Man schätzte sich, man konnte sich die Meinung sagen, man passte auf den anderen auf.

Als hätte er sie herbeigedacht, schneite Peppi ins Büro.

»Gute Arbeit.« Er musste nicht sagen, was er meinte. »Wie hast du das alles so schnell herausgefunden?«

»Fabio hat mir geholfen. Er ist ein wahres Genie, wenn

es um Lebensläufe geht.« Sie blies sich eine Strähne aus dem Gesicht, während sie ihren nassen Mantel aufhängte. »Eine Info fehlte noch: Sie ist mit dem … warte mal …« Peppi suchte in den Notizen auf ihrem Schreibtisch. »Sie wurde mit dem *Distinguished Flying Cross* ausgezeichnet.«

»Was für ein Cross?«

»Irgendeine Auszeichnung für besondere Tapferkeit im Kampfeinsatz. Frag mich nicht, wofür genau sie die bekommen hat.«

Brander sah auf die Uhr. Sie mussten zur Soko-Sitzung. »Es kann sein, dass Trisha sich heute meldet.«

Peppi kniff die Augen zusammen. »Sag nicht, du hast mit ihr gesprochen.«

»Sie hat mich angerufen. Ich habe ihr lediglich gesagt, dass sie herkommen und ihre Aussage machen soll.«

»Weiß sie von der Auswertung der GPS-Daten?«

»Peppi, das fragst du mich jetzt nicht ernsthaft. Natürlich habe ich ihr nichts gesagt.« Brander fasste einen Entschluss. »Wenn sie heute kommen sollte, werde ich nicht bei der Befragung dabei sein. Übernimm du das, hol dir dazu, wen du willst.«

»Heißt das, du findest meine Vermutung gar nicht mehr so abwegig?«

»Nein, das heißt es nicht.«

Sie hatten die Soko-Sitzung gerade beendet, als der Kollege vom Empfang Brander mitteilte, dass Adam Sütterle auf ihn wartete. Brander bat Corinna Tritschler, zu dem Gespräch hinzuzukommen, und holte den Mann am Empfang ab. Er führte ihn in Corys Büro, das sie sich mit Hendrik Marquardt teilte. Hendrik war unterdessen mit einem Kollegen auf dem Weg zu Dreyers Esslinger Maklerbüro, um von Eichinger weitere Informationen über die Akte mit den verschwundenen Kopien einzuholen.

Adam Sütterle trug dieselbe Kleidung wie am Tag zuvor, hatte sich jedoch rasiert. Und er schien noch immer verärgert über das Zusammentreffen bei seiner Ex-Freundin am Vortag.

Regenwasser tropfte von seiner blauen Outdoorjacke, als er sie über die Stuhllehne hängte.

»Ich hoffe, es dauert nicht so lange. Ich muss heute Mittag an der Uni sein.«

»Dann kommen wir besser gleich zur Sache«, erwiderte Brander. »Sie waren letzten Dienstag bei Jana van Acken?«

»Ja.«

»Um wie viel Uhr?«

»Abends um kurz nach sieben.«

»War Frau van Acken zu Hause?«

»Ja.«

»Wie lange sind Sie geblieben?«

»Nicht lange. Sie sagte, sie hätte noch was vor.« Sütterles Lippen wurden schmal.

»Und das hat Sie geärgert?«

»Ich hatte gedacht, wir könnten reden.«

Und Jana hatte ihn nur schnell wieder loswerden wollen, um sich mit ihrer neuen Liebe zu treffen.

»Nicht lange bedeutet wie lange?«, hakte Cory nach.

»Halbe Stunde vielleicht.«

Dann musste er bereits gegangen sein, bevor Dreyer zu Jana van Acken kam. »Sie kannten Constantin Dreyer?«, fragte Brander.

»Ja.« Sütterle schob grimmig das Kinn vor.

»Woher?«

»Er ist Evas Vater.«

»Das heißt, Sie kennen auch Eva Dreyer?«

»Ja klar, sie ist Janas beste Freundin.«

»Und woher kennen Sie Evas Vater?«

»Hab ihn mal bei ihr gesehen.«

»Haben Sie ihn auch mal bei Jana getroffen?«

»Kann schon sein.«

»Herr Sütterle, könnten Sie Ihre Angaben etwas konkreter fassen?«

»Wozu?« Der Student starrte Brander zornig an. »Ich hab mit diesem perversen Dreckschwein nichts zu tun gehabt.«

Brander hob interessiert die Augenbrauen. »Jetzt bitte ich aber sehr darum, dass Sie konkreter werden.«

Wieder spannte sich Sütterles Kiefer an. Er wandte den Blick zum Fenster, die Pupillen waren vor Wut geweitet. »Ich hab ja geahnt, dass Jana einen anderen hat. Sonst hätte sie sich nicht von mir getrennt. Aber dass sich dieser alte geile Sack an ihr vergriffen hat, da könnt ich kotzen.«

»Soweit wir das im Moment beurteilen können, hat er sich nicht an ihr vergriffen. Diese Beziehung beruhte auf gegenseitigem Einvernehmen.«

Sütterle schnaubte abfällig. »Der Arsch ist mehr als doppelt so alt wie sie! Das ist pervers! Der hat sie doch voll eingelullt mit seinem Gesülze und seinem Geld.«

»Was hat er denn zu ihr gesagt?«

»Ach, der hat sie ausgefragt, wie's ihr geht, was sie macht und was weiß ich. Dann hat er gesagt: Das ist toll! Das ist großartig, was du machst! Bla, bla, bla.« Sütterle verzog angewidert das Gesicht. »Aber Jana, die ist nicht so stark. Man muss auf sie aufpassen.«

»Und das haben Sie gemacht?«

»Ja, klar. Ich liebe Jana.«

»Wie lange kennen Sie Frau van Acken schon?«

»Zwei Jahre. Ich hab sie an der Uni kennengelernt.«

»Sie sind auch an der Esslinger Hochschule?«

»Ja, aber nicht dasselbe Fachgebiet. Ich habe Schwerpunkt Soziale Arbeit, Jana macht Bildung und Erziehung für Kinder.«

Arbeit mit Kindern. Ja, das konnte sich Brander bei der jungen Frau gut vorstellen. »Verstehe ich Sie richtig, Sie halten Frau van Acken für labil?«

»Sie haben's doch selbst erlebt. Wenn ich gestern nicht nach ihr gesehen hätte, wäre sie jetzt tot. Wenn sie Stress hat, dann …« Er wedelte mit der Hand vor dem Gesicht. »Da setzt was aus. Da denkt sie nicht mehr klar. Entweder sie blockiert total, oder sie macht was Dummes. Das war doch nicht das erste Mal.«

»Das heißt, es gab in der Vergangenheit Suizidversuche?«

Es war deutlich, dass Sütterle das »Ja« schon auf der Zunge lag, aber er zuckte stattdessen die Achseln. »Nichts Ernsthaftes. Zum Glück.«

Brander musterte den Mann. War seine Sorge um Jana real? Oder war er der Kontrollfreak, der die Kontrolle verloren hatte?

»Seit wann wussten Sie von der Beziehung zwischen Frau van Acken und Herrn Dreyer?«

»Hab sie irgendwann mal zusammen gesehen.«

»Wann? Wo?«

Erneut hob Sütterle die Schultern.

»Woraus haben Sie geschlossen, dass die beiden ein Verhältnis hatten?«

»Der hat ihr seine Zunge in den Hals gesteckt. Das ist ja wohl eindeutig genug.«

»In aller Öffentlichkeit?«

Sütterles Wangen färbten sich rot.

»Wann und wo haben Sie die beiden gesehen?«

Brander und Cory mussten sich gedulden, bis sich der junge Mann zu einer Antwort durchringen konnte.

»Vor drei Wochen oder so. Jana hatte sich von mir getrennt. Ich wollte mit ihr reden. Sie war nicht zu Hause, und ich hab vor ihrer Wohnung auf sie gewartet. War schon ziemlich spät. Da kam der Arsch vorgefahren mit seinem Protz-Mercedes, und als sie aussteigen wollte, hat er sie vollgesabbert.«

»Haben Sie sich bemerkbar gemacht?«

Sütterle schüttelte den Kopf. »Mir ist schlecht geworden, als ich das gesehen hab.«

»Haben Sie mit Jana oder Herrn Dreyer später darüber gesprochen?«

»Nein.«

»Warum nicht?«

»Was hätte ich denn sagen sollen? Alles, was ich gegen den Arsch gesagt hätte, hätte sie doch nur noch mehr zu ihm getrieben. Sie ist so verblendet, sie schnallt es gar nicht, dass der sie nur benutzt.«

»Haben Sie mit sonst jemandem darüber gesprochen?«

Der junge Mann schluckte trocken und sah zum Fenster. »Nein.«

»Herr Sütterle«, ermahnte Brander ihn, »überdenken Sie Ihre Antwort noch einmal, und dann schauen Sie mich bitte an, wenn Sie mir antworten.«

Sütterle biss die Zähne zusammen, wandte sich wieder Brander zu. »Ich war so sauer«, presste er hervor. »Jana hat mich am Dienstag voll abgefertigt, die hatte meine Sachen schon in einen Scheißkarton gepackt, wollte mich nicht mal in die Wohnung lassen. Ich …« Er beugte sich vor, raufte sich durch die langen Haare. Als er wieder aufsah, war die Anspannung einer Verzweiflung gewichen.

»Ich hab mich ins Auto gesetzt, aber ich konnte nicht fahren. Und dann kam der Wichser. Fast zwei Stunden war er bei ihr. Ich hab gedacht, ich geh da jetzt rein und schlag dem eins in die Fresse. Ich … ich hab's einfach nicht verstanden. Dieser alte Sack und meine Jana! Der hat sie doch hörig gemacht!«

»Sind Sie in die Wohnung gegangen?«

»Nein. Ich hab im Auto gesessen und gewartet. Als er rauskam, bin ich zu ihm. Ich hab ihn gerufen. Aber das arrogante Arschloch hat nicht mal reagiert, ist einfach weitergegangen zu seinem Wagen. Ich bin hinter ihm her, hab ihn geschubst. Als er sich umdrehte, wollte ich ihn schlagen, aber … Wissen Sie, was der Wichser gesagt hat?« Noch immer brannte die Wut, die Erniedrigung in seinen Augen. »›So kriegst du Jana nicht zurück.‹ Wortwörtlich, das hat er zu mir gesagt! Der hat sie nur benutzt.« Seine Schultern sackten herab. »Dann ist er in seine Scheißkarre gestiegen und weggefahren. Lässt mich einfach stehen. Ich war stinksauer.«

Brander konnte die Verzweiflung des jungen Mannes nachvollziehen. »Was haben Sie dann gemacht?«

»Ich hab Eva angerufen und es ihr erzählt.«

»Was haben Sie ihr erzählt?«

»Dass ihr Vater ihre beste Freundin fickt.« Er rieb sich über die Augenwinkel. »Aber die wusste das schon.«

»Eva Dreyer wusste von dem Verhältnis? Woher?«

Sütterle starrte achselzuckend zu Boden.

Brander ging in sein Büro, während Sütterle das Gesprächs-protokoll las und unterschrieb. Er wählte Eva Dreyers Tele-fonnummer.

»Frau Dreyer, wir müssen dringend mit Ihnen sprechen. Könnten Sie bitte zu uns ins Polizeirevier kommen?«

»Das geht jetzt nicht«, erwiderte sie leise. »Meiner Mutter geht es nicht gut. Ich will sie nicht allein lassen.«

»Sie sind gerade im Haus Ihrer Eltern?«

»Ja.«

»Dann kommen wir zu Ihnen.« Brander legte auf.

»Was ist denn jetzt los?« Peppi sah verwundert von ihrem Monitor auf.

»Eva Dreyer wusste von der Beziehung zwischen ihrem Vater und Jana.«

»Ach was?«

Brander trat ans Fenster, sah auf den Parkplatz gegenüber der Dienststelle. Die Welt war grau und ungemütlich. Auf dem Schotterplatz gegenüber bildeten sich schmutzig graue Pfützen vom Regen.

»Was machst du gerade?«, fragte er Peppi.

»Ich wollte zum Flugplatz fahren und mit ein paar Leuten sprechen, die Frau Reed kennen. Aber da ist heute nichts los – kein Flugwetter. Im Moment warte ich auf den Rückruf von Herrn Vogel.«

Es gab Brander einen Stich. Aber Peppi tat das Richtige. Sie mussten in alle Richtungen ermitteln.

Nachdem Adam Sütterle gegangen war, machte Brander sich mit Corinna Tritschler auf den Weg zum Hause Dreyer. Vor der Dienststelle stießen sie mit Trisha zusammen.

»Trish«, entfuhr es Brander. Sie hatte sich geschminkt, aber die Spuren einer durchwachten Nacht zeichneten sich deutlich in ihrem Gesicht ab.

»Du hast gesagt, ich soll herkommen. Also, hier bin ich.«

»Ja … das ist gut.« Er deutete ein Lächeln an. Es tat ihm leid, dass er sie in der Nacht so abgefertigt hatte. Sie erwiderte sein Lächeln nicht.

»Ich bin gerade auf dem Sprung … Meine Kollegin wird deine Aussage aufnehmen.«

Es war Trisha anzusehen, dass ihr diese Aussicht nicht gefiel.

»Cory, warte einen Moment.«

Brander begleitete Trisha ins Gebäude zum Empfang. »Informieren Sie bitte Frau Pachatourides, dass Frau Reed da ist«, bat er den Kollegen.

Er sah Trisha in die Augen, legte kurz die Hand auf ihre Schultern. »Es ist gut, dass du gekommen bist.«

Er wollte ihr Zuversicht vermitteln, aber ihr Blick sagte ihm deutlich, dass sein Zuspruch zu spät kam.

✳✳✳

Eva Dreyer schien ihre Ankunft beobachtet zu haben. Sie öffnete die Tür, noch bevor Brander geklingelt hatte.

»Seien Sie bitte leise, meine Mutter schläft.« Sie schritt den Beamten voraus in die Küche. Der Raum war akkurat aufgeräumt, kein schmutziges Geschirr, kein Topf auf dem Herd, die Unterlagen, die vor wenigen Tagen auf dem Tisch gelegen hatten, waren einem Laptop gewichen.

Brander hatte im Laufe seiner Dienstzeit zwei Varianten kennengelernt, mit denen Angehörige von Mordopfern auf den Schock reagierten: Die einen fielen in Lethargie und waren unfähig, auch nur irgendetwas zu tun, die anderen verloren sich in ununterbrochener Geschäftigkeit, räumten auf, putzten und sichteten Unterlagen. Henriette Dreyer schien zur Gruppe der Ordnungschaffenden zu gehören. Oder die Putzaktion war das Werk ihrer Tochter.

Sie setzten sich an den Küchentisch.

»Haben Sie Neuigkeiten für uns?« Eva Dreyers ohnehin

helle Haut schien heute noch blasser. Die Sommersprossen waren kaum zu erkennen.

Brander beschloss, gleich in die Offensive zu gehen. »Seit wann wussten Sie von der Beziehung zwischen Ihrem Vater und Jana van Acken?«

Ihre Pupillen weiteten sich schlagartig. Der Überraschungsangriff war gelungen. Sie starrte Brander mit offenem Mund an.

»Frau Dreyer?« Er wollte ihr nicht zu viel Zeit zum Nachdenken lassen.

»Ich ...« Sie senkte den Blick resigniert auf die Tischplatte.

»Seit wann?«

Sie starrte stumm auf den Tisch.

»Sie haben Ihren Vater Dienstagnacht angerufen. Wir wissen, dass Adam Sütterle sich zuvor bei Ihnen gemeldet hatte, um Ihnen von dem Verhältnis zu erzählen.«

Er ließ zwei, drei Sekunden verstreichen, um ihr die Möglichkeit zu geben, etwas zu sagen. Da sie weiter schwieg, fuhr er fort: »Herr Sütterle sagte, Sie wussten bereits von der Affäre.«

Sie hielt noch immer den Kopf gesenkt. Tränen tropften auf die Tischplatte.

»Warum haben Sie Ihren Vater angerufen? Wollten Sie sich mit ihm treffen?«

»Ich hab ihn beschimpft«, wisperte sie. »Ich habe ihm die schlimmsten Verwünschungen an den Kopf geworfen.« Sie hob den Blick. Ihr Gesicht war schmerzverzerrt. »Das Letzte, was mein Vater von mir gehört hat, waren meine Beschimpfungen.«

»Haben Sie sich nach dem Anruf mit Ihrem Vater getroffen?«

»Nein.«

»Frau Dreyer?«

»Ich habe mich nicht mit ihm getroffen!«, fuhr sie ihn an. »Ich wünschte, ich hätte es, dann hätte er sich nicht umbringen können.«

»Es war kein Selbstmord, das wissen Sie.«

»Er war auf dem Weg nach Hause, als ich ihn anrief. Wer hätte ihn denn umbringen sollen? Ich bin schuld! Ich habe ihn beschimpft. Ich habe ihn dazu getrieben –«

»Frau Dreyer«, unterbrach Brander sie energisch. »Ihr Vater war nicht auf dem Weg nach Hause. Als Sie ihn anriefen, war er auf dem Weg nach Rommelsbach.«

»Was?«

Wieder starrten ihn schreckgeweitete Augen an. Doch dieses Mal war der Schreck gepaart mit Zorn.

»Wissen Sie, wen er dort kannte?«, fragte Brander. »Bei wem er gewesen sein könnte?«

Eva Dreyers Blick wanderte an ihm vorbei.

»Bei dieser Reed«, erklang eine bittere Stimme hinter ihnen.

Brander wandte sich um. Henriette Dreyer stand im Türrahmen. Die Haare waren zerzaust, dunkle Schatten lagen unter den Augen.

»Sie meinen seine Kollegin, die Fluglehrerin Trisha Reed?«, hakte Brander nach, als könnte noch eine andere Frau Reed gemeint sein.

Dreyers Ehefrau verzog den Mund zu einem zynischen Lächeln. Sie kam in die Küche, stellte sich neben ihre Tochter und strich ihr über die Haare. »Genau, seine Kollegin.« Ihre Augen wurden hart. »Das falsche Biest.«

Cory warf Brander einen verstohlenen Blick zu. »Warum denken Sie, dass Ihr Mann in der Dienstagnacht bei Frau Reed war?«, fragte sie.

»Ja, warum wohl? Was denken Sie denn?« Das zynische Lächeln wollte nicht weichen, eine gequälte, bittere Grimasse.

Cory zögerte. Brander vermutete, dass ihr die gleichen Gedanken wie ihm durch den Kopf gingen: Eva hatte von dem Verhältnis mit Jana van Acken gewusst. Aber wusste auch ihre Mutter davon?

»Es tut mir leid, das sagen zu müssen«, sagte Cory, »aber Ihr Mann war kurz zuvor bei seiner Geliebten gewesen. Und jetzt sagen Sie, dass er quasi direkt im Anschluss zu seinem nächsten Verhältnis gefahren ist?«

Henriette Dreyer ging um ihre Tochter herum, setzte sich auf den freien Stuhl neben sie. »Die Reed ist …« Sie fand offenbar keine Worte, um auszudrücken, was sie sagen wollte. »Vom ersten Tag, an dem sie auftauchte, hat er ihr aus der Hand gefressen. Die fressen ihr alle aus der Hand.«

»Ich verstehe das trotzdem nicht.«

»Er tat alles für sie. Am Anfang dachte ich, er wollte ihr nur bei dem Papierkram helfen, damit sie ihre Lizenzen oder was weiß ich bekommt. Da hatte ich sie noch nicht gesehen. Ich dachte damals, wenn sie eine Fluglehrerin dazubekommen, verbringt er vielleicht nicht mehr ganz so viel Zeit auf dem Flugplatz. Dann flogen sie zusammen, gingen gemeinsam essen … Trisha hier, Trisha da, die tolle, toughe Trisha. Und dann habe ich sie gesehen und wusste Bescheid.«

»Sie wollen sagen, Ihr Mann hatte ein Verhältnis mit Frau Reed?«, fragte Brander.

»Ja.«

»Und zusätzlich schafft er sich auch noch eine zweite Geliebte an?«

Eva Dreyer sog bebend die Luft ein.

»Wenn Sie das sagen«, erwiderte Henriette Dreyer kalt.

»Wir wissen von einem Verhältnis«, entgegnete Brander energisch, »und das ist nicht Trisha Reed.«

Cory stieß ihm unterm Tisch mit dem Fuß gegen das Bein. In seiner Stimme hatte deutlich Wut mitgeschwungen. »Hatte Ihr Mann in der Vergangenheit öfter Affären?«, fragte sie.

»Nein. Sein zweiter Frühling begann mit dieser Reed. Die hat ihm den Kopf verdreht.« Sie legte die Hände ineinander, strich mit dem linken Daumen über den rechten. »Allerdings war er wohl nicht ihr Einziger. Aber was will man schon von so einer erwarten.«

»Was heißt ›von so einer‹?« Brander hatte Mühe, seine Wut in Zaum zu halten.

Henriette Dreyer bedachte ihn mit einem Blick, der deutlich

sagte: Dich hat sie also auch schon um den Finger gewickelt.
»Beim letzten Fliegerfest ist es hoch hergegangen. Sprechen
Sie mal mit Björn Leibig. Der hat's mit ihr auf der Toilette
getrieben. Und danach hat sich diese Schlampe meinen Mann
geschnappt.«

Brander gab Cory die Autoschlüssel, damit sie zurück zur
Dienststelle fuhr. Er war zu aufgebracht. Er konnte nicht glauben, was Henriette Dreyer erzählt hatte. Das war nicht Trisha.
Das war nicht die Frau, die er gekannt hatte. Sie war niemand,
die mal eben für eine schnelle Nummer auf dem Klo zu haben
war.

Aber konnte er das tatsächlich noch beurteilen? Ein Mensch
verändert sich. Er hatte sich auch seit seiner Jugend verändert.

»Kannst du mich am Bahnhof absetzen?«, bat er Cory.

»Wo willst du hin?«

»Ich fahre nach Esslingen. Käpten Huc soll den Fall jemand
anderem übergeben.«

»Wer ist Käpten Huc?«

»Unser Inspektionsleiter, Clewer.«

»Ist deine Entscheidung nicht ein wenig übereilt?«

»Ich weiß nicht, ob ich noch mehr von dem hören will, was
ich gerade gehört habe.«

Cory erwiderte nichts. Sie war von Lustnau die Umgehung
über die B 27 gefahren und lenkte den Wagen von der Bundesstraße rechts ab auf die Reutlinger Straße. Es herrschte viel
Verkehr auf der zweispurigen Straße, aber immerhin stockte
er nicht. Auf Höhe des rückwärtigen Bahngeländes fuhr sie
auf den Park-and-ride-Parkplatz. Sie suchte eine Parklücke,
stellte den Motor ab und wandte sich ihm zu.

»Ich erzähle dir jetzt mal was, ja?« Anscheinend hatte sie
den Rest der Fahrt damit verbracht, sich ihre Worte zurecht-
zulegen.

Brander deutete mit einer Geste an, dass sie loslegen sollte.

»Kannst du dich noch an den ersten Fall erinnern, den wir
zusammen bearbeitet haben?«

Brander überlegte. Es lag schon eine ganze Weile zurück. »Der tote Rechtsanwalt?«

»Genau. Ich war geschieden. Ich war eine attraktive Frau. Ich war gut in dem, was ich tat. Bin ich übrigens alles immer noch.« Sie schmunzelte flüchtig über ihr Eigenlob. »Hendrik hatte Probleme mit Anne, war mit Kind und Familie überfordert, du weißt ja, wie es ihm damals ging. Dann kam ich in euer Team. Hendrik und ich verstanden uns auf Anhieb bestens. Ich mag ihn, er mag mich. Wir arbeiten zusammen, wir treffen uns privat, wir reden über Privates. Anne kann mich bis heute nicht leiden.«

»Und?«

»Ich erinnere mich an eine Szene, in der du Hendrik und mir indirekt vorgeworfen hast, eine Affäre zu haben.«

Brander erinnerte sich ebenfalls an den Vorfall, die Vorurteile, die er gegenüber Cory gehabt hatte, weil sie sich – für seinen Geschmack – zu stark schminkte, die Fingernägel zu rot lackierte, sich zu sexy kleidete und zu locker im Umgang mit den Kollegen war. Eine Fehleinschätzung, die er im Laufe der Ermittlungen korrigiert hatte.

»Nur weil eine unabhängige, selbstbewusste, hübsche Frau sich mit einem verheirateten Mann gut versteht, muss sie nicht zwangsläufig ein Verhältnis mit ihm haben. Aber es wird ihnen gern schnell unterstellt, weil's so einfach ist. So bequem. Meine Ehe läuft nicht – die Schlampe ist schuld. Dabei sind wir vielleicht einfach nur gute Gesprächspartner. Das können sich nämlich leider manche Frauen nicht vorstellen, dass man mit einer attraktiven Frau auch einfach nur reden kann.« Sie sah ihm provozierend in die Augen. »Zwischen dir und Peppi passt auch kein Blatt, und steigt ihr zusammen in die Kiste?«

»Cory, also …« Er und Peppi. Der Gedanke war Brander noch nie gekommen. »Natürlich nicht. Aber was willst du mir jetzt eigentlich sagen?«

»Wir wissen nicht, ob das, was Henriette Dreyer gesagt hat, stimmt. Überdenk deinen Entschluss, dich von dem Fall abziehen zu lassen. Schlaf eine Nacht drüber. Du kennst Trisha Reed. Das kann auch ein Vorteil für unsere Ermittlungen sein.«

✳✳✳

»Da hat jemand Kaffee gerochen«, begrüßte Peppi Brander, als er ihr gemeinsames Büro betrat.

Stephan Klein saß rittlings auf dem Besucherstuhl neben ihr. Auf Peppis Tisch lag eine aufgerissene Tüte mit süßen Teilchen vom »Il Centro«. Das Bistro lag nur wenige Meter entfernt von der Polizeidienststelle.

Branders Mittagessen war ausgefallen, und er merkte, dass er Hunger hatte. »Ein Stück Kuchen würde ich auch nehmen.«

Klein sah triumphierend zu seiner Kollegin. »Siehste, Persephone, hab ich dir doch gesagt. Andreas, hol dir 'nen Kaffee. Ist genug da. Und wenn du gerade unterwegs bist, bring mir auch noch einen mit.«

Brander kehrte kurz darauf mit den gefüllten Tassen zurück.

»Guter Mann«, dankte Klein.

Peppi schob Brander die Tüte mit den süßen Teilchen hin. Er nahm eine Puddingschnecke. »Und? Was hat Trisha gesagt?«

»Wird dir nicht gefallen«, prophezeite Peppi.

Brander forderte mit einer Handbewegung mehr Information, während er mit der Zunge den Zuckerguss aus den Mundwinkeln schleckte.

»Sie leugnet weiterhin, dass Dreyer in der Dienstagnacht bei ihr gewesen ist, behauptet, das letzte Mal hätte sie am Flugplatz mit ihm gesprochen. Ich habe dir das Gesprächsprotokoll geschickt.«

Brander rollte mit seinem Schreibtischstuhl an seinen Platz und weckte seinen PC aus dem Stand-by. Er öffnete das Protokoll, überflog die Formalitäten und gelangte schließlich zum Kern des Gesprächs:

KHK Pachatourides: Wann haben Sie das letzte Mal mit Constantin Dreyer gesprochen?

Trisha Reed: Am vergangenen Dienstag am Flugplatz, irgendwann zwischen siebzehn Uhr und siebzehn Uhr dreißig.

KHK PP: Worüber haben Sie mit ihm gesprochen?

TR: Es war nur ein kurzes Gespräch. CD fragte mich noch, ob ich nach der Arbeit mit ihm essen gehen wollte. Ich verneinte.

KHK PP: Warum?

TR: Es war ein langer Tag, ich war müde und hatte keine Lust auf Konversation. Außerdem hatte ich noch einiges zu tun.

KHK PP: Was hatten Sie zu tun?

TR: Ich habe mit meinem Flugschüler seinen Flug besprochen und meinen Papierkram erledigt. Danach habe ich mit Benedict Vogel den nächsten Tag geplant. Wir haben die Flugzeuge für die Nacht wieder in die Halle gebracht, anschließend bin ich nach Hause gefahren.

Es waren die gleichen Angaben, die Trisha bereits am Tag zuvor gemacht hatte. Brander las weiter:

KHK PP: Um wie viel Uhr waren Sie zu Hause?

TR: Gegen acht.

KHK PP: Wie ging der Abend weiter?

TR: Ich habe geduscht, gegessen, ferngesehen. Gegen halb elf bin ich ins Bett gegangen.

KHK Stephan Klein: Allein?

TR: Was ist das bitte schön für eine Frage?

KHK PP: Antworten Sie bitte.

TR: Ich wohne allein, und ich war allein im Bett.

KHK SK: Es gibt also keine Zeugen?

TR: Woher denn?

KHK PP: Hat Herr Dreyer einen Schlüssel zu Ihrer Wohnung?

TR: Wieso sollte er einen Schlüssel haben?

KHK PP: Dann hat er also geklingelt?

TR: Wann?

KHK PP: Dienstagnacht. Vermutlich gegen dreiundzwanzig Uhr.

TR: Ich wiederhole es gern noch einmal: Ich habe Constantin Dreyer letzten Dienstag am Flugplatz zuletzt gesehen. Er war nicht bei mir. Wie kommen Sie denn darauf?

KHK PP: Er war in Rommelsbach.

TR: Nicht bei mir.

Brander wandte sich an seine Kollegin. »Wie hat sie reagiert, als du sie damit konfrontiert hast, dass Dreyer nachts in Rommelsbach war?«

Peppi schürzte abwägend die Lippen. »Ruhig?« Sie sah zu Stephan Klein.

»Souverän«, stimmte dieser zu.

»War sie irgendwie verwundert, verunsichert …?«

»Bestenfalls ein klein wenig erstaunt.«

Brander wünschte sich, er wäre bei der Befragung dabei gewesen und hätte ihr Gesicht gesehen. Souverän. Trisha konnte ihre Gefühle gut verbergen. Schon damals. Und erst recht bei Leuten, die sie nicht gut kannte.

KHK PP: Wie gut waren Sie mit Constantin Dreyer befreundet?

TR: Das habe ich Ihnen bereits gesagt. Warum stellen Sie immer wieder die gleichen Fragen?

KHK PP: Dann frage ich mal konkreter: Hatten Sie ein Verhältnis mit Herrn Dreyer?

TR: Nein, hatte ich nicht.

KHK SK: Aber du hast dich mit ihm getroffen?

TR: Seit wann sind wir zwei beim Du?

KHK SK: 'tschuldigung.

Das war typisch Stephan Klein. Er duzte Gott und die Welt, aber mit der plumpen Masche biss er bei Trisha auf Granit.

KHK PP: Haben Sie sich oft mit ihm getroffen?

TR: Was spielt das für eine Rolle?

KHK PP: Constantin Dreyer war Dienstagnacht bei Ihnen in Rommelsbach. Vielleicht hat er Ihnen ja verraten, wohin er als Nächstes wollte oder ob er noch eine Verabredung hatte?

TR: Er war nicht bei mir. Wenn ich irgendetwas wüsste, würde ich es Ihnen sagen. Es ist schrecklich, was geschehen ist. Aber ich weiß nicht, wo er war oder wer ihn getötet hat.

KHK SK: Bist du dir da ganz sicher?

TR: Herr Kriminalhauptkommissar Klein, mir reicht es jetzt. Wenn Sie mich die ganze Zeit unter dem Verdacht vernommen haben, dass ich Constantin etwas angetan habe, dann hätten Sie mich vorher über diesen Verdacht informieren müssen, und Sie hätten mich über meine Rechte aufklären müssen.

KHK SK: Niemand wird hier verdächtigt. War nur 'ne Frage, die mir gerade so in den Sinn kam.

TR: Und mir kommt gerade in den Sinn, dass dieses Gespräch hiermit für mich beendet ist.

Brander sah stirnrunzelnd auf. »Warum habt ihr das mit ins Protokoll genommen?«

»Sie hat drauf bestanden.« Klein zupfte sich bei der Erinnerung versonnen am Kinn. Er hatte die Ärmel hochgekrempelt, sodass ein Teil seiner Tätowierungen sichtbar war. »Ist ziemlich abgeklärt, deine Freundin. Hat sich von uns nicht aus der Ruhe bringen lassen. Wenn mir jemand, egal ob zu Recht oder zu Unrecht, einen Mord unterstellt, ich würde da doch die eine oder andere Emotion zeigen.«

»Du kennst sie nicht.« Brander starrte nachdenklich auf den Monitor. Dreyer hatte sie zum Essen eingeladen. Sie hatte abgelehnt. Warum?

Das falsche Biest ... Und dann habe ich sie gesehen und wusste Bescheid ... Der hat's mit ihr auf der Toilette getrieben, hallten Henriette Dreyers Worte in seinem Kopf wider. War das der Mist, den die anderen von ihr erzählten? Bei ihrem Anruf vergangene Nacht hatte Trisha alles andere als abgeklärt geklungen.

Aber es nützte nichts. Er durfte die Aussage von Dreyers Ehefrau nicht unter den Teppich kehren. »Henriette Dreyer unterstellt Trisha eine Affäre mit ihrem Mann.«

»Na, da schau her.« Klein grinste. »Unser Constantin treibt's nicht nur mit der kleinen Jana, sondern auch mit deiner hübschen Trisha. Der Mann hat Kondition. Lass mal rechnen: Bis kurz nach zehn hat sich Dreyer mit Jana vergnügt, um elf war er in Rommelsbach. Hatte er 'n Stündchen, sich zu erholen, und dann noch schnell einen Quickie mit der strammen Soldatin, bevor es zurück ins Quartier geht. Respekt. War deine Trisha schon immer von der schnellen Truppe?«

Branders Hand krampfte sich unwillkürlich zur Faust.

»Vielleicht ist es gar nicht dazu gekommen«, mischte sich Peppi ein. »Sie hat erfahren, dass er bei Jana war, ist stinksauer und zieht ihm ordentlich eins über den Schädel. Dazu brauchst du keine fünfzehn Minuten.«

»Und dann schafft sie ihn ins Siebenmühlental.« Klein verzog abschätzend das faltige Gesicht. »So, wie sie aussieht, ist sie gut im Training. Zuschlagen kann sie mit Sicherheit. Allerdings gehört da schon einiges zu, einen toten Mann allein unentdeckt durch ein Treppenhaus zu schleppen. Welche Etage wohnt sie?«

»Zweite.« Das Gedankenspiel der Kollegen gefiel Brander überhaupt nicht. »Was ist mit der Nachbarschaftsbefragung? Haben wir da schon Ergebnisse?«

»Welche meinst du? Die in Kirchentellinsfurt bei Frommer oder die in Rommelsbach?«, fragte Peppi.

»K'furt hat bisher nichts gebracht«, berichtete Klein. »Niemand hat Elmar Frommer nachts um elf oder später gesehen. Er hat eine Garage, sodass auch nicht einwandfrei festgestellt werden konnte, ob sein Wagen darin stand oder nicht.«

»Und Rommelsbach?«, wandte sich Brander an Peppi.

»Bin ich noch nicht zu gekommen. Ich kann nicht alles auf einmal.«

»Übernehm ich«, bot Klein an.

»Danke.«

»Persephone, wenn ich dir helfen kann, ich bin dein Mann.« Klein zwinkerte ihr zu und stand auf.

»Du bist …« Sie schüttelte den Kopf, konnte ihm aber dieses Mal nicht böse sein.

»Kollegen, bin im Einsatz.« Der Hüne ließ sie allein.

»Der Leibig kommt gleich«, informierte Peppi Brander.

»Warum das?«

»Weil ich ihn darum gebeten habe. Er ist häufig am Flugplatz, er kennt die Leute. Wir brauchen Insiderinformationen.«

Brander haderte mit sich. Björn Leibig, der nächste Mann, mit dem Henriette Dreyer Trisha eine Affäre unterstellt hatte. Er wollte bei der Befragung dabei sein. Aber wollte er tatsächlich hören, was zwischen ihm und Trisha gelaufen war?

Glaub nicht jeden Mist … Der Samen war gesät.

✳✳✳

Björn Leibig kam verspätet zu dem vereinbarten Termin.

»Entschuldigen Sie, ich kam nicht pünktlich aus dem Geschäft.«

»Wo arbeiten Sie?« Brander hatte Leibig am Empfang abgeholt und wies ihm im Büro einen Stuhl zu.

»Auf den Fildern.«

»Und was machen Sie da auf den Fildern?«

Ein bisschen Small Talk zum Aufwärmen. Der Mann wirkte abgehetzt, gestresst von der Arbeit. Es war ihm sichtlich unangenehm, dass er zu spät zu dem vereinbarten Termin gekommen war.

»Baustoffhandel. Verwaltung.« Er räusperte sich, rieb die Hände aneinander. »Ich weiß eigentlich gar nicht, was ich hier soll. Ich habe Ihnen gestern schon gesagt, dass ich CD nicht so gut kannte.«

»Manchmal sind es Kleinigkeiten, die uns weiterhelfen«, erwiderte Peppi zuversichtlich. »Herr Dreyer war Fluglehrer auf der Schäferheide. Hat er Sie auch unterrichtet?«

»Ja, ein paarmal, aber meistens bin ich mit Ben geflogen.«

»Würden Sie mir Herrn Dreyer einmal beschreiben? Was war er für ein Mensch?«

Leibig zuckte die Achseln. »Karrieretyp, hatte Geld, keine Sorgen. Dem ging's gut.«

»Elmar Frommer hat ihm nach dem Tod seines Sohnes schwere Vorwürfe gemacht«, gab Brander zu bedenken. »Sie sagten gestern, dass Herr Frommer hin und wieder vom Zaun aus den Flugbetrieb beobachtet hätte?«

»Ja.«

»Kam er auch mal auf das Gelände?«

»Nein.« Leibig kratzte sich im Nacken. »Ich glaube, er hatte irgendwie Hausverbot oder Platzverbot oder wie man das nennt. Ist wohl mal auf CD losgegangen.«

»Ist er handgreiflich geworden?«

»Weiß nicht, ich war nicht dabei. Fragen Sie Ben.«

»War Herr Frommer am vergangenen Dienstag am Flugplatz?«

»Ich war nur kurz da, hab nicht drauf geachtet.«

»Sie hatten ausschließlich auf dem Flugplatz Kontakt zu Herrn Dreyer?«, fragte Peppi.

»Wie? … Ja, also auf 'n Bier hab ich mich nie mit ihm getroffen.«

Brander strich sich nachdenklich über das Kinn. Der Mann vor ihm schwitzte. Vielleicht war er zu warm angezogen. Draußen war es ungemütlich kalt, hier drinnen lief die Heizung. Vermutlich hatte er sich enorm beeilt, um noch einigermaßen pünktlich zu erscheinen. *Der hat's mit ihr auf der Toilette getrieben.* War Björn Leibig der Typ, mit dem Trisha sich so eine Verrücktheit erlaubt hätte?

»Sie waren beim Fliegerfest letztes Jahr, oder?«, fragte Brander.

»Ja.«

»Wann war das?«

»September, Ende der Sommerferien.«

»Wo findet das statt?«

»Am Flugplatz. Tagsüber Flugshow und Rundflüge und so was, abends in der Halle Essen, Trinken, bisschen Musik …«

»Waren Sie lange da?«

»'ne Weile.«

»Wie stehen Sie zu Trisha Reed?«

Auf Leibigs Stirn bildeten sich Falten. »Ist ganz nett.« Sprach man so über jemanden, mit dem man Sex auf einer mehr oder weniger öffentlichen Toilette hatte? Gut möglich. Ein One-Night-Stand. Nicht einmal das. Bedeutungslos.

»Wissen Sie, wie Frau Reed sich mit Herrn Dreyer verstand?«

»Ganz gut.« Er zog eine Grimasse. »Gefiel seiner Frau allerdings nicht so gut. Ist beim Fliegerfest ziemlich sauer abgezogen. Zur Weihnachtsfeier ist sie gar nicht mehr gekommen.«

»War denn beim Fliegerfest etwas vorgefallen?«

Leibig senkte den Kopf, rieb sich über den Nacken. Dennoch sah Brander den Ansatz eines Grinsens.

»Gab da ein paar Missverständnisse.«

»Was denn für Missverständnisse?«, hakte Peppi nach.

Wieder kratzte sich Leibig im Nacken. »Das ist jetzt 'n bisschen peinlich.«

Brander schluckte. Sein Mund war mit einem Mal fürchterlich trocken. Er wollte das nicht hören.

»Ich war was angetrunken, musste aufs Klo … hab die falsche Tür erwischt. Trisha stand im Waschraum. Sie hatte die Schuhe ausgezogen, das Kleid so 'n bisschen hochgerafft und ihre Nylons ausgezogen. Ich … Na ja, ist 'ne hübsche Frau …« Er räusperte sich. »Ich hab wohl irgendwas gesagt, hab gelacht, und sie hat mich rausgeschubst. Henriette hat das gesehen und missverstanden.«

»Was gab es da falsch zu verstehen?«, fragte Peppi.

»Die dachte, Trisha und ich hätten …« Er klopfte seitlich mit der Faust gegen seine flache Hand. »Das hat sie dann gleich munter rumerzählt.«

»Und Sie?«

Er zuckte die Achseln. »War mir scheißegal, was die erzählt. Trisha fand's wohl nicht so lustig.«

»Sie haben dieses Missverständnis also nicht aufgeklärt?« Auch wenn Peppi Trisha einen Mord unterstellte, hier solidarisierte sie sich mit ihr.

»Ich hatte getrunken, fand das Ganze eher amüsant.«

»Und Herr Dreyer?«

Leibig brauchte einen Moment, um die Erinnerung hervorzuholen. »Der ist zwischen die beiden und –«

»Zwischen welche beiden?«, unterbrach Peppi ihn.

»Trisha und Henriette. Weiß gar nicht mehr genau, wie das war ... ist ja ein halbes Jahr her. Trisha ist, glaub ich, zu Henriette oder umgekehrt, keine Ahnung. CD ist jedenfalls dazwischen, und dann ist Henriette abgezogen.«

»Allein?«

»Ja.«

»War zwischen Herrn Dreyer und Frau Reed vielleicht mehr als nur Freundschaft?«, fragte Peppi.

Björn Leibig stieß pustend die Luft aus. »Keine Ahnung.«

»Als Sie Frau Reed auf der Toilette überrascht haben, war da ein anderer Mann bei ihr?«, fragte Brander.

»Gesehen habe ich keinen. Hab nur Trisha angestarrt. Für ihr Alter ist sie echt verdammt gut in Form.« Leibig grinste wieder bei der Erinnerung.

»Sind Sie sicher, dass Sie Frau Reed nur angestarrt haben?« Peppi warf Brander einen verwunderten Blick zu.

»Was denn sonst?«

»Sie waren betrunken. Vielleicht wollten Sie mehr?«

»Ich vielleicht«, gab Leibig zu. »Aber Trisha nicht. Und mit der Frau legt man sich lieber nicht an.«

»Wie darf ich das verstehen?«, fragte Peppi.

»Die war doch ... keine Ahnung, Soldatin bei der US Air Force. Die weiß, wie man sich zur Wehr setzt, und ich wollte meine Eier behalten.«

»Wir können es drehen und wenden, wie wir wollen. Sprechen wir von Dreyer, landen wir immer wieder bei Trisha Reed«, resümierte Peppi, nachdem Leibig gegangen war.

»Selbst wenn sie ein Verhältnis mit Dreyer hatte – warum sollte sie ihn umbringen?« Ungeduld und vor allem die Ungewissheit zermürbten Brander.

»Eifersucht. Dreyer hatte was mit Jana van Acken – sie ist fünfundzwanzig Jahre jünger als Frau Reed. Da fühlt sich auch eine Superfrau wie deine Trisha ausgebootet und abgelegt wie ein alter Pantoffel.«

»Sie ist nicht *meine* Trisha.«

»Warum behauptet sie steif und fest, dass er am Dienstagabend nicht bei ihr war, wenn wir es doch anhand der GPS-Daten schwarz auf weiß vorliegen haben?«

»Weil er vielleicht tatsächlich nicht bei ihr war. Welchen Grund sollte Trisha haben, uns anzulügen?«, fragte Brander entnervt.

Peppi sah ihn mitleidig an. »Die Frage kannst du dir ja wohl selbst beantworten.«

***

Es war dunkel und regnete noch immer, als Brander die Dienststelle gegen zweiundzwanzig Uhr verließ. Er verspürte keine Lust, nach Hause zu fahren. Cecilia war noch immer verstimmt über das Wochenende. Und er konnte unmöglich mit ihr über Trisha reden. Natürlich wusste Ceci, dass er vor ihr andere Freundinnen gehabt hatte. Auch von Trisha hatte er ihr erzählt, und gerade deshalb wollte er nicht mit ihr über sie reden.

Er hängte den Fahrradhelm an den Lenker. Sein Schädel wollte platzen von all den Informationen und Erinnerungen, die sich darin stauten. Er brauchte Ablenkung. Er nahm sein Handy und wählte Beckmanns Nummer.

»Bist du zu Hause?«

»Gerade auf dem Heimweg, warum?«

»Kann ich vorbeikommen?«

»Klar.«

Karsten Beckmann war mit dem Rad aus dem Kampfsportstudio gekommen, in dem er zweimal pro Woche Taekwondo unterrichtete. Als Brander in der Katharinenstraße eintraf, verschwand er im Badezimmer, um zu duschen. Brander ließ sich auf das Sofa fallen. Er legte den Kopf in den Nacken, schloss die Augen und versuchte, abzuschalten. Es gelang ihm nicht.

Warum schoss Peppi sich so auf Trisha ein? Es gab genug andere Hinweise, denen sie nachgehen konnten. Was war mit diesen verschwundenen Kopien? Was war mit Eva Dreyer, die von der Affäre ihres Vaters gewusst hatte? Was mit Elmar Frommer, der kein Alibi, aber ein Motiv hatte?

Er hatte zunehmend das Gefühl, dass ihm die Leitung der Ermittlung aus den Händen glitt. Das Gespräch mit Cory kam ihm wieder in den Sinn. Eine Nacht drüber schlafen. Egal, wie er sich entschied, er musste unbedingt mit seinem Inspektionsleiter sprechen. Viel zu lange hatte er das Gespräch schon hinausgezögert.

Er musste weggedämmert sein, denn er zuckte zusammen, als Beckmann ins Zimmer kam.

»So wie du aussiehst, brauchst du einen Scotch.«

Brander rieb sich müde durch das Gesicht. »Gib mir einen dreifachen.«

»Oh, là, là, Herr Kommissar, was ist los?« Beckmann trat vor sein Regal, in dem sich mehrere Lebenswässerchen aneinanderreihten. »Was passt zu diesem Moment? Lass mal schauen. Glenmorangie Lasanta? Nein, heute nicht. Den hier, den nehmen wir: Talisker Port Ruighe. Die Rauchnote eines Insel-Whiskys, gemischt mit einer süßen Note durch das Finish im Portweinfass. Was meinst du?«

»Klingt gut. Und denk dran – dreifach.«

»Andi, ich bin schockiert.« Beckmann sah ihn mit gespielter Empörung an, genehmigte Brander aber zumindest einen doppelten Scotch. »Wo drückt der Schuh?«

Brander durfte mit Außenstehenden nicht über seine Ermittlungen sprechen. Wie viel konnte er sagen?

Er prostete Beckmann zu, schnupperte kurz am Glas und trank einen kräftigen Schluck. »Es gibt einen Menschen, den ich vor vielen Jahren sehr gut kannte. Jetzt habe ich sie unerwartet wiedergetroffen.«

»Eine Frau?«

»Ja, eine Frau. Und ich frage mich, ob ich sie immer noch so gut kenne wie damals.« Er hob seine Linke, rieb die Finger an seinem Daumen. »Ich krieg sie irgendwie nicht richtig zu fassen.«

»Warum willst du sie denn zu fassen kriegen?«

»Weil …« Er konnte es Beckmann nicht sagen. »Wie sehr kann sich ein Mensch in siebenundzwanzig Jahren verändern?«

Beckmann drehte das Glas in seinen Händen, beobachtete die Schlieren, die die bronzene Flüssigkeit am bauchigen Rand hinterließ. »Kommt drauf an, was dieser Mensch in der Zeit erlebt hat. Ein Grundcharakter bleibt sicherlich erhalten, aber man kann lernen, mit seinen Eigenschaften anders umzugehen, die guten zu stärken, die schlechten zu kontrollieren. Schau dir mich an – vor zwanzig Jahren war ich noch ein ganz anderer Mensch.«

Beckmann hatte sich aus einem kriminellen Sumpf herausgearbeitet, seine Strafe verbüßt, sich ein Leben aufgebaut. Funktionierte das auch andersherum? War aus dem Mädchen, aus der jungen Frau mit moralischen Ansprüchen, mit hohen ethischen Werten, durch ihre Zeit bei der Armee, durch ihre Erlebnisse in den Kriegen, in denen sie gekämpft hatte, eine andere geworden? Was hatte sie in all den Jahren durchgemacht? Hatte man ihr Gewalt angetan? Sehnte sie sich nach Liebe und galt plötzlich durch ein dummes Missverständnis als das Flittchen, mit dem man mal eben auf der Toilette eine schnelle Nummer schieben konnte?

Es ärgerte ihn, dass er dem so leicht Glauben schenkte, was andere über sie erzählten. Dem »ganzen Mist«. Wollte er in ihr gern ein gefallenes Mädchen sehen, weil sie damals ihren

Weg gegangen war? Oder idealisierte er eine Frau, die er mal geliebt hatte?

Eifersucht, Frustration, Zurückweisung … alles Motive, die ihm im Laufe seiner Dienstzeit oft genug untergekommen waren.

»Wer ist denn die Frau?«

»Unwichtig.«

»Unwichtig?« Beckmann hob zweifelnd die Augenbrauen.

Brander leerte sein Glas, hielt es seinem Kumpel hin. »Bekomm ich noch einen?«

»Das ist Perlen vor die Säue werfen. Hast du überhaupt einen Hauch von der Würze, von dem Pfeffer, von dem wunderbar ausgewogenen rauchig-fruchtigen Nachklang mitbekommen?«

»Ist 'n guter Whisky.«

Beckmann lehnte sich zurück, schnupperte an seinem Glas, seufzte genießerisch. »Dieser Whisky, das ist, als wärst du auf Skye, du spazierst über die Insel, siehst in der Ferne das Massiv der Cuillins, der Wind bläst dir die salzige Meeresluft ins Gesicht …«

»Willst du mich jetzt ernsthaft auf dem Trockenen sitzen lassen?«

Beckmann kehrte von der Isle of Skye zurück in sein Wohnzimmer und warf Brander einen skeptischen Blick zu. »Ich schau mal, ob ich noch irgendwo einen billigen Verschnitt hab.« Er erhob sich mit einem schweren Seufzer.

»Becks, tu mir das nicht an. Das nächste Glas werde ich formvollendet genießen, versprochen.«

Mittwoch

Cecilia war verärgert. Nein, sie war stinksauer. Brander wusste es, bevor er sie am Morgen überhaupt gesehen hatte. Sie war vor ihm aufgestanden. Als er in die Küche kam, konnte er an ihrer Körperhaltung erkennen, dass sie auf Abwehr eingestellt war. Der morgendliche Kuss landete auf ihrer Wange. Nathalie war bereits auf dem Weg in die Schule, sonst hätte Ceci vermutlich ihr zuliebe so getan, als ob alles in Ordnung sei.

»'tschuldigung wegen gestern.« Er lächelte schuldbewusst.

»Ist das alles, was dir einfällt?«

Sein Lächeln kam nicht an. Brander hob die Schultern. Es war nicht bei dem einen doppelten Scotch geblieben, und zu spät war ihm aufgegangen, dass er den ganzen Tag von zwei Brötchen und einer Puddingschnecke gelebt hatte. Der Alkohol hatte sich ungehindert ausbreiten können, und er war ziemlich betrunken gewesen, als Karsten Beckmanns Lebensgefährte Manuel, der irgendwann nach Mitternacht von der Arbeit gekommen war, ihn nach Hause gebracht hatte.

»Es ist irgendwie … passiert.« Das war lahm. Aber was sollte er sagen? Ich mache mir Sorgen um meine Jugendliebe? Das würde Cecis Stimmung nicht verbessern.

»Zum Glück hat Nathalie schon geschlafen und dich nicht mehr gesehen«, wetterte Cecilia. »Wir haben eine Abmachung, Andi! Du darfst dir gern mal einen Whisky gönnen, aber komm nicht besoffen nach Hause!«

»Aber was … Hätte ich bei Karsten bleiben sollen?«

»Ja, das wäre besser gewesen.« Sie funkelte ihn zornig an. »Und ganz nebenbei, es war Karsten, der mir eine Nachricht geschickt hat, dass du bei ihm bist. Ich sitze hier Abend für Abend allein zu Hause und denke, der Herr Kommissar arbeitet sich kaputt, und dabei macht er sich's bei seinem Kumpel gemütlich und lässt sich volllaufen. Und das auch noch unter der Woche. Da ist es auch egal, dass er am nächsten Tag früh rausmuss. Aber mal zwei, drei Stunden an einem Samstagnachmittag für seine Pflegetochter freizuschaufeln, das schafft er nicht.«

Eigentlich war es nicht Cecilias Art, laut zu werden, aber sie war auf hundertachtzig und das vergangene Wochenende offensichtlich längst nicht abgehakt. Er hatte es ja geahnt. An diesem Morgen fehlte ihm jedoch die Geduld, sich mit Cecilias – nicht ganz unberechtigten – Vorwürfen auseinanderzusetzen.

Aber er war doch nicht stockbesoffen in der Nacht die Treppe hinaufgepoltert. Außerdem hatte er eine schwere Ermittlung zu leiten. Am Samstag hatten sie noch ganz am Anfang gestanden, und sie wusste, wie eingespannt er bei einer Mordermittlung war. Er machte schließlich nicht ständig Überstunden. Dass er zu wenig geschlafen hatte und verkatert war, machte ihn reizbar und wütend. Er merkte selbst, dass jeder Satz, der ihm in den Sinn kam, Cecilia gegenüber ungerecht gewesen wäre. Also verbot sich Brander jede Antwort, atmete tief durch.

»Brauchst du heute das Auto?«

»Wie bitte?« Dass er so gar nicht auf ihre Vorwürfe reagierte, stimmte sie nicht milder.

»Mein Fahrrad steht noch bei Karsten. Ich muss zur Arbeit.«

»Dann fahr mit der Bahn.«

Brander starrte seine Frau perplex an. Hatte sie jetzt allen Ernstes eine ausschweifende Diskussion erwartet? Dafür hatte er keine Zeit. Was war denn in den letzten Tagen mit ihr los? »Brauchst du das Auto oder nicht?«

Cecilia verschränkte die Arme vor der Brust. »Nein, ich brauche das Auto nicht.« Sie nahm eine Tasse aus dem Schrank, goss sich Kaffee ein und setzte sich an den Küchentisch.

Brander hasste es, mit seiner Frau zu streiten. »Ceci, komm, lass uns nicht –«

»Du musst zur Arbeit.«

Er wusste nicht, wann sie ihm das letzte Mal so einen frostigen Blick zugeworfen hatte. Er wandte sich ab und verließ ohne Frühstück das Haus.

Brander geriet in den Tübinger Berufsverkehr, was seiner Laune nicht besonders förderlich war. Er benötigte zwanzig Minuten, um die wenigen Kilometer vom Schopfloch bis nach Unterjesingen zu fahren. Dort hielt er kurz beim Bäcker und kaufte ein belegtes Brötchen. In der Dienststelle steuerte er schnurstracks den Kaffeeautomaten an. Sein Kopf schmerzte, und das lag nicht nur am Alkohol. Auf dem Weg in sein Büro bemerkte er die offen stehende Tür zum Konferenzraum. Er stoppte und sah hinein.

»Käp…« Gerade noch verkniff er sich den ›Käpten Huc‹. »Herr Clewer?«

Hans Ulrich Clewer stand vor der Längswand, an der sie Fotos vom Opfer und Leichenfundort aufgehängt und Namen von Angehörigen, Freunden und Bekannten notiert hatten.

»Guten Morgen, Herr Brander.« Der Inspektionsleiter wandte sich ihm zu. Er wirkte wesentlich munterer als Brander, auch seine Erkältung schien er endlich losgeworden zu sein. »Sie sehen müde aus.«

»War eine kurze Nacht.«

Clewer nickte. Allerdings dachte er wahrscheinlich, dass Brander sich mit den Ermittlungen um den Schlaf gebracht hatte.

»Ich habe nachher einen Termin beim Landgericht und dachte mir, ich schau mal hier vorbei und frage, wie die Lage ist.«

Kontrolle, schoss es Brander durch den Kopf. Er hatte noch keine Ergebnisse vorzuweisen, war noch immer unsicher, in welche Richtung die Ermittlungen überhaupt gehen mussten.

»Kommen Sie herein.« Clewer winkte ihn zu sich, deutete auf die leeren Stühle. »Ihr Kaffee wird kalt. Sie können gern frühstücken, während wir uns unterhalten.«

Warum hatte er das Brötchen nicht in der Bäckerei gegessen? Da hätte er auch einen Kaffee bekommen und erst einmal in Ruhe zu sich kommen können. Brander folgte der Aufforderung des Inspektionsleiters, setzte sich und biss in sein Käsebrötchen.

»Der Fall ist etwas undurchsichtig«, begann er kauend.

»Ja, das scheint mir auch so. Mir ist da so einiges zu Ohren gekommen.« Clewer musterte ihn aufmerksam. »Warum haben Sie mich nicht informiert, dass Sie diese Frau Reed persönlich kennen?«

Von wegen Kontrollbesuch. Brander wusste, dass Stephan Klein privat mit dem Inspektionsleiter sehr gut befreundet war. Der nächste Ärger stieg in ihm auf. Er spülte den Bissen mit einem Schluck Kaffee herunter.

»Ich habe den Staatsanwalt informiert, und er sah kein Problem darin.«

Clewer hob einen Mundwinkel zu einem Lächeln, das jedoch eher tadelnd als fröhlich gemeint war. »Ist Herr Schmid Ihr Vorgesetzter oder ich?«

Es war noch nicht einmal neun Uhr, und schon jetzt verfluchte Brander diesen Tag. »Ich bin nicht befangen.«

»Man ist immer befangen, wenn man jemanden persönlich kennt.«

Brander schnaufte frustriert. Wäre er doch nur gestern nach Esslingen gefahren, um mit Clewer zu reden. Jetzt war er in der Defensive und musste sein Verhalten rechtfertigen. Er hätte die Zeit gern zwanzig Stunden zurückgedreht. »Dann ziehen Sie mich von dem Fall ab.«

Clewer sah ihn stirnrunzelnd an. »Ich soll jemand anderem die Leitung übergeben? Möchten Sie das?«

Eine Nacht drüber schlafen, hatte Cory ihm empfohlen. Das hatte er mehr oder weniger getan. Die Leitung abzugeben kam für Brander nicht in Frage. Er wollte die Fäden weiterhin in der Hand halten. Er wollte diesen Fall bearbeiten.

Clewer saß ihm abwartend gegenüber. Als keine Antwort kam, fuhr er fort: »Herr Brander, ich denke, ich kenne Sie mittlerweile ganz gut, und ich bin davon überzeugt, dass Sie in der Lage sind, trotz Ihrer persönlichen Bekanntschaft mit Frau

Reed in diesem Fall objektiv zu handeln und zu urteilen.« Er machte eine kurze Pause, seine Stimme wurde eine Spur schärfer. »Aber ich verlange von Ihnen absolute Offenheit. Sie hätten umgehend mit mir reden müssen. Ich kann's nicht leiden, wenn ich wichtige Informationen aus zweiter Hand bekomme.«

»Der Buschfunk funktioniert doch bestens«, rutschte es Brander heraus. Er biss die Zähne zusammen. Er war an diesem Morgen wirklich nicht besonders diplomatisch.

Clewers Augenbrauen zuckten minimal. »Ich habe Ihnen freie Hand gelassen bei der Zusammenstellung Ihres Teams.«

»Entschuldigen Sie.« Brander rieb sich über die Stirn. »Ich hatte eine Scheißnacht.«

»Ja, so sehen Sie aus. Konzentrieren Sie sich auf Ihre Arbeit und vor allem: Enttäuschen Sie mich nicht.«

Clewer blieb nicht zur Soko-Sitzung, was Brander recht war. Es wäre ihm wie eine Botschaft an sein Team vorgekommen, dass er angezählt war. Auch Staatsanwalt Schmid war am Sonntag zuletzt bei den Sitzungen gewesen. Branders Blick glitt über die Gesichter, verharrte einen Augenblick bei Stephan Klein. Da war das letzte Wort noch nicht gesprochen.

»Aus Rommelsbach gibt es vermutlich noch nichts Neues?«

»Mit der Nachbarschaftsbefragung können wir heute erst richtig loslegen, ich musste mir erst ein paar Leute organisieren.« Kleins Antwort klang neutral. Wusste er, dass Clewer am Morgen in der Dienststelle gewesen war? Mit Sicherheit.

Brander wandte sich Jens Schöne und Fabio Esposito zu. »Checkt bitte noch einmal die Einzelverbindungsnachweise von Dreyers Telefonen für die letzten Wochen. Hatte er außer Trisha Reed noch andere Kontakte in Rommelsbach? Gibt es Auffälligkeiten? Hat er mit irgendjemandem besonders häufig gesprochen? Ihr wisst schon, das Übliche.«

Fabio verzog skeptisch das Gesicht. »Der Mann war Immobilienmakler und Fluglehrer. Der hat mit weiß Gott wie vielen Menschen ständig telefoniert. Wie sollen wir da Auffälligkeiten rausfiltern?«

»Das kriegt ihr schon hin«, war Brander zuversichtlich. Sein Blick wanderte erneut über die Kollegen. »Wo ist Freddy?«

»Mit seinem Team am Leichenfundort.« Peppi blätterte durch ihre Unterlagen, schob die Brille auf der Nase zurecht. »Laut Auswertung des KTI stammen die Schmutzpartikel in Dreyers Kopfwunde höchstwahrscheinlich nicht von der Brücke. Es ist aber leider nicht nachvollziehbar, woher sie tatsächlich stammen. Es waren minimale Spuren von Schotter in der Wunde, die quasi von jedem beliebigen Schotterplatz im Schönbuch oder sonst wo stammen könnten, dazu haben sie allerdings minimale Rost- und Farbpartikel entdeckt. Deswegen ist Freddy heute noch einmal rausgefahren.«

»Schotter und Rost hast du normalerweise nicht in einer Wohnung«, überlegte Brander. »Das bedeutet, er muss draußen niedergeschlagen worden sein.« Er sah auf die Fotos an der Wand. »Angenommen, der Parkplatz an der Brücke ist auch der Tatort – wie ist unser Täter da wieder weggekommen? Wohl kaum zu Fuß. Oder wie weit ist es von dort zum nächsten Ort?«

»Schon ein paar Meter«, antwortete Klein unbestimmt.

»Ein, zwei Kilometer«, präzisierte Peppi. »Das finde ich jetzt nicht so weit. Willst du nach Zeugen suchen, die ein Fluchtfahrzeug gesehen haben? Es war um Mitternacht – da ist tote Hose im Siebenmühlental.«

»Wir haben in der Gegend schon Befragungen durchgeführt. Ergebnis gleich null«, erinnerte Klein daran, dass er mit Corinna Tritschler und einigen anderen Kollegen dort bereits unterwegs gewesen war. »Aber wir können gern noch Fuchs und Hase nach nächtlichen Wanderern befragen.«

»Wir warten erst einmal ab, ob Freddy und sein Team uns neue Informationen liefern können«, beschloss Brander. »Peppi, wir fahren noch einmal zu Henriette Dreyer.«

»Oh, ich hatte andere Pläne.«

»Welche?«

»Ich wollte zum Flugplatz und mit den anderen Piloten über Dreyer sprechen.«

Und über Trisha.

»Cory, dann fahren wir zwei zusammen. Hendrik, du gehst mit Peppi.«

»Das ist ganz schlecht«, widersprach der.

»Warum?«

Hendrik Marquardt hatte am Abend zuvor nicht mehr an der Sitzung teilgenommen – Vaterpflichten, hatte Cory ihn entschuldigt.

Er strich sich durch die dunklen Haare. »Ich war gestern in Dreyers Esslinger Büro. Eichinger war nicht da. Dafür aber seine entzückende Assistentin Marleen Hendel. Ich habe mir diese ominöse Akte angesehen, hab aber ehrlich gesagt nicht viel kapiert. Kopien wollte sie mir nicht mitgeben ohne Rücksprache mit ihrem Chef. Aber sie hat mir eine andere, nicht uninteressante Sache verraten: Eichinger und Dreyer haben letzten Dienstagmorgen lautstark gestritten, als sie ins Büro kam.«

»Worüber?«

Hendrik hob die Schultern. »Frau Hendel wollte in dem Immobilienbüro nicht so recht mit der Sprache rausrücken. Ich habe sie gebeten, heute Vormittag zu uns zu kommen. Dann erfahren wir hoffentlich mehr.«

»Da will ich dabei sein«, änderte Brander seine Pläne für den Vormittag.

Brander hatte die Sitzung beendet. Als sich die Kollegen erhoben, sprach er Klein an. »Stephan, warte bitte einen Moment.«

Der Hüne blieb im Raum stehen, während die anderen hinausströmten. Brander schloss die Tür von innen und musterte den anderen einen Moment lang. Er mochte Stephan Klein, er hatte ihn als aufrichtigen Kollegen kennengelernt, der kein Blatt vor den Mund nahm, wenn ihm etwas nicht passte. Umso weniger verstand er, dass Klein ihn nun hinterrücks ins Messer hatte laufen lassen. Der Ärger über diesen Verrat war längst nicht verraucht.

»Vielen Dank, dass du mich bei Käpten Huc angeschissen hast.«

Klein erwiderte Branders wütenden Blick unbeeindruckt. »Ich hab niemanden angeschissen.«

»Darum stand Clewer auch heute früh hier auf der Matte.«

Brander schnaubte grimmig. »Warum redest du nicht mit mir, wenn du ein Problem mit meiner Arbeit hast?«

»Ich habe kein Problem mit deiner Arbeit.«

Dass er das unwissende Unschuldslamm spielte, brachte Branders Blut noch mehr in Wallung.

»Und warum ziehst du dann so eine miese Nummer ab?«, knurrte er mit zusammengebissenen Zähnen. Es kostete ihn Mühe, nicht laut zu werden, aber diese Auseinandersetzung mussten die Kollegen nicht mitbekommen. »Sag es mir ins Gesicht, wenn es dir nicht passt, wie ich diese Ermittlungen leite!«

»Das würde ich, mein Freund.« Langsam zeichnete sich auch Ärger in Kleins Gesicht ab. »Jetzt pass mal auf, Andreas, ich habe gedacht, Hans wüsste von dir und Trisha. Ich sitz gestern gemütlich mit ihm bei einem Bierchen, sag, dass deine Ex ein ziemlich heißes Mädel ist, und ihm entgleisen die Gesichtszüge. Wenn hier einer was versäumt hat, dann du!«

»Ich hatte den Staatsanwalt darüber informiert. Es ist für ihn okay.«

Klein nickte, aber darin lag keine Zustimmung. »Der liebe Marco hat aber nicht die Zeit, jeden Tag an unseren Sitzungen teilzunehmen. Er verlässt sich darauf, dass du die Ermittlungen führst.« Kleins Augenschlitze verengten sich. »Und zwar objektiv.«

»Das tue ich.«

Klein war mit seinen eins fünfundneunzig ein ganzes Stück größer als Brander. Er neigte den Kopf, sah ihm in die Augen. »Pass auf, Andreas, gestern Abend in der Sitzung hat jeder gemerkt, dass du Trisha verteidigst. Kann ich verstehen, wie gesagt, ist 'n heißes Mädel.«

»Willst du mir irgendetwas unterstellen?«

»Nein, aber verdammt noch mal, du hättest sofort mit Hans reden müssen!«

Klein hatte recht. Auch Peppi hatte es ihm schon nahegelegt. Dass er versäumt hatte, seinen Vorgesetzten rechtzeitig zu informieren, war weder Peppis noch Stephan Kleins Schuld. Würde Käpten Huc nicht so große Stücke auf ihn halten, hätte das Gespräch am Morgen ganz anders verlaufen können. Er stöhnte frustriert auf. »Wieso schießt ihr euch alle so auf Trisha ein?«

»Weil du sie verteidigst, sobald auch nur der Hauch eines Verdachts gegen sie geäußert wird.«

Stimmte das? Brachte er sein Team dazu, gegen Trisha zu ermitteln, weil er zu emotional reagierte? Weil er sie für unschuldig hielt? Er schnaubte ärgerlich. Verdammt, sie war unschuldig!

»Du bist 'n guter Mann, Andreas. Ich weiß das. Hans weiß das. Niemand will dir an die Karre fahren.« Ein wenig Enttäuschung lag in Kleins Blick. »Du siehst übrigens so aus, als ob du letzte Nacht gesoffen hättest.«

»Hab ich auch.«

»War's wenigstens 'n guter Scotch?«

»Ja.«

Klein schlug ihm auf die Schulter. »Nächstes Mal nimmste mich mit.«

Nächstes Mal. Cecilia würde ihn vierteilen, wenn er in nächster Zeit noch einmal betrunken nach Hause käme.

Brander lenkte seine Gedanken wieder auf seine Arbeit. »Sieh zu, dass du rausfindest, was Dreyer in Rommelsbach gemacht hat.«

✳✳✳

Hendrik hatte Marleen Hendel am Empfang abgeholt. Ihr rundes, rosiges Gesicht reichte dem Beamten kaum bis zur Brust, bemerkte Brander, als Hendrik sie vor sich in das Büro eintreten ließ. Ihr kräftiger Körper füllte dennoch den Besucherstuhl aus. Sie strich sich die langen dunkelblonden Haare über die rechte Schulter, als Brander ihr zur Begrüßung die Hand reichte.

»Ich hole uns mal Kaffee, oder?« Hendrik schenkte ihr ein einnehmendes Lächeln.

Marleen Hendel erwiderte es freudig. Hendriks Wirkung auf Frauen war einfach unglaublich, stellte Brander wieder einmal fest. Auch mit neununddreißig Jahren hatte er nichts von seinem Charme eingebüßt. Er fand den richtigen Ton, das richtige Wort und das richtige Lächeln. Der George Clooney vom Polizeirevier Tübingen.

»Ich hoffe, Sie mussten sich heute nicht extra freinehmen?«, fragte Brander, während der Kollege in die Kaffee-Ecke eilte.

»Mittwochs ist mein freier Tag. Ich arbeite in Teilzeit, vier Vormittage in der Woche. Da ist meine Kleine in der Kita. Sie ist ein ganz süßes Mädchen. Wollen Sie sie sehen?« Ohne eine Antwort abzuwarten, kramte sie in ihrer Handtasche, fand ihr Smartphone und streckte Brander das Display entgegen. Ein zweijähriges Kind mit schokoverschmierter Schnute strahlte ihm entgegen. »Sie heißt Naomi-Claire.«

»Niedlich«, kommentierte Brander.

»Herr Marquardt hat auch zwei Kinder, hat er mir erzählt. Haben Sie Kinder?«

Eine kleine, neugierige Quasselstrippe, dachte Brander bei sich. »Ist Naomi jetzt in der Kita?«

»Ja, sie ist ein Einzelkind, und es ist wichtig für ihre Entwicklung, dass sie mit anderen Kindern zusammenkommt. Ich bin alleinerziehend.« Sie sagte es mit einem gewissen Stolz in der Stimme.

Hendrik kehrte mit drei Kaffeetassen zurück und hatte dazu noch ein paar Plätzchen aufgetrieben.

»So, jetzt sind wir bereit«, erklärte er, nachdem er die Tassen verteilt hatte. »Frau Hendel, wir brauchen ein paar Eckdaten. Sie sind vierundzwanzig Jahre alt, ledig, alleinerziehend, leben in Esslingen, korrekt?«

Marleen Hendel nickte, nahm sich ein Plätzchen und rührte Milch in den Kaffee.

»Wie lange arbeiten Sie schon für Herrn Eichinger?«

»Für Herrn Eichinger jetzt ein gutes Jahr. Aber ich habe

schon vorher für Herrn Dreyer gearbeitet. Ich habe meine Ausbildung bei ihm gemacht.«

»Sie sind Immobilienmaklerin?«, fragte Brander.

»Nein, ich bin Bürokauffrau. Vor zweieinhalb Jahren habe ich die Ausbildung bei ihm beendet. Da war ich schon schwanger. Ich war dann erst mal eine Weile zu Hause, und dann hat Herr Dreyer mir angeboten, in Teilzeit für ihn in seinem Esslinger Büro zu arbeiten. Das Büro hat er vor drei Jahren aufgemacht. Die hatten da jemanden, aber die hat aufgehört, und für Frau Norten war das doch zu viel mit den drei Büros. Herr Dreyer hat mir die Arbeit angeboten und sogar eine Wohnung in Esslingen besorgt, damals habe ich noch in Tübingen gewohnt.« Sie grinste und entblößte dabei eine kleine Zahnlücke zwischen den oberen Schneidezähnen. »Er sitzt ja an der Quelle. Und seitdem arbeite ich für ihn, also als Assistentin für Herrn Eichinger.«

Sie griff sich erneut ein Plätzchen und verspeiste es genüsslich mit dem Kaffee. Brander fiel auf, dass Hendrik zeitgleich mit ihr die Kaffeetasse hob. Sich auf sein Gegenüber einlassen. Ihr eine angenehme Atmosphäre suggerieren und sie zum Reden bringen. Bei Marleen Hendel schien das nicht schwer zu sein. Man hätte den Eindruck bekommen können, sie säßen beim gemütlichen Kaffeekränzchen und tauschten den Tratsch der vergangenen Tage aus.

»Sie sagten mir gestern, dass es letzten Dienstag einen Streit zwischen Herrn Dreyer und Herrn Eichinger gegeben hätte?«, fuhr Hendrik fort.

»Oh ja! Es war aber nicht das erste Mal. Die haben sich in letzter Zeit öfter gestritten oder ...« Sie suchte nach der richtigen Beschreibung. »Na ja, es wurde halt manchmal etwas lauter. Aber letzten Dienstag, da war Herr Dreyer richtig wütend. So habe ich ihn selten erlebt.«

»Worum ging es denn bei dem Streit?«

»Das weiß ich nicht, ich kam erst später dazu. Ich fange ja erst um neun an, damit ich Naomi in die Kita bringen kann, und da war Herr Dreyer schon fast wieder weg.«

»Was haben Sie denn mitbekommen?«, fragte Brander. »Fallen Ihnen noch Sätze oder Worte ein?«

Sie presste grübelnd die Lippen zusammen, was ihr Gesicht noch runder erscheinen ließ, als es war. »Ich bin mir nicht sicher … Ich will auch nichts Falsches sagen. Irgendwas … ich weiß nicht, ich glaube, irgendwas mit einer Fehlkalkulation und Missbrauch und er solle sich zusammenreißen. Irgendwie so was.«

»Wer sagte das?«

»Herr Dreyer. Und dann, das habe ich voll mitgekriegt, dann hat er ihn richtig laut angebrüllt: Das wäre seine letzte Chance, und wenn er die Sache nicht in den Griff kriegen würde, dann könnte er die Partnerschaft vergessen. Herr Dreyer hat die Tür zu Herrn Eichingers Büro zugeschlagen und sich voll erschreckt, als er mich gesehen hat. Die haben nicht mitgekriegt, dass ich gekommen bin. Ich wollte da bei dem Krach nicht reingehen und sagen, dass ich da bin.« Sie nahm sich noch ein Plätzchen.

»Was sollte Herr Eichinger denn in den Griff kriegen?«, fragte Brander.

»Das weiß ich nicht. Ich konnte da ja auch nicht einfach nachfragen, sonst hätten die gedacht, ich hätte gelauscht.«

»Wie ging es dann weiter?«

»Herr Dreyer hat versucht, so zu tun, als wäre nichts gewesen, hat freundlich gelächelt. Aber der war stinksauer, das hab ich gesehen. Na ja, er ist dann gleich gegangen. Dienstags ist er ja eigentlich immer am Flugplatz. Ich bin dann zu Herrn Eichinger, um ihm zu sagen, dass ich da bin. Er sah ganz schön blass aus. Und er hatte diese Akte auf dem Schreibtisch, nach der Sie mich gestern gefragt hatten.«

»Die Sie nicht zufällig heute bei sich haben?«, fragte Hendrik mit verschwörerischem Lächeln.

Sie erwiderte seinen Blick verlegen. »Das darf ich doch nicht. Aber ich weiß auch gar nicht, was mit der Akte sein soll.«

»Ohne Grund wird Herr Dreyer ja nicht so wütend gewesen sein«, sagte Brander.

Das nächste Plätzchen verschwand vom Teller. »Ich kann mir das ja mal ansehen. Ich vermute, dass sich Herr Eichinger irgendwo verrechnet hat. Das ist schon mal passiert. Zum Glück hatte Herr Dreyer es damals rechtzeitig bemerkt und konnte es korrigieren, bevor es in den Verkauf ging. Das wär sonst richtig teuer geworden für uns.« Sie presste wieder die Lippen zusammen, sah von einem zum anderen. »Müssen Sie das dem Herrn Eichinger eigentlich sagen, dass ich bei Ihnen war und was ich Ihnen erzählt habe?«

Hendrik wechselte von Charmeur zu anteilnehmendem Beamten. »Vermutlich werden wir nicht umhinkommen. Wir werden ihn auf den Streit ansprechen müssen, und da wird er es sich zusammenreimen.«

»Aber Herr Eichinger hat doch den Herrn Dreyer nicht umgebracht.«

Die Aufkündigung einer geschäftlichen Partnerschaft – was mochte das für Armin Eichinger bedeutet haben?

»Die hat die ganzen Kekse aufgefuttert«, stellte Hendrik fest, nachdem Marleen Hendel gegangen war.

Brander ließ einen Kuli durch seine Finger gleiten. Allmählich ließ der Kater vom Morgen nach. »Wir müssen uns den Eichinger noch einmal vornehmen.«

»Jetzt sofort?«

»Nein, ich will heute noch zu Henriette Dreyer.« Brander sah auf die Uhr. »Aber jetzt muss ich erst mal was essen. Hatte gestern schon nichts zum Mittag.«

»Da bin ich dabei.«

Branders Handy meldete sich.

»Wo steckst du?«, fragte Manfred Tropper.

»Bei der Arbeit.«

»Aber nicht in deinem Büro.«

»Ich bin bei Hendrik.«

»Ich komme zu euch rüber. Es gibt ein paar Neuigkeiten.« Tropper legte auf.

Brander sah bedauernd auf den leeren Plätzchenteller.

Ob man die Neuigkeiten auch beim Mittagessen besprechen konnte?

»Hattet ihr ein nettes Kaffeekränzchen?« Manfred Tropper betrachtete das gebrauchte Kaffeegeschirr.

»So ähnlich«, antwortete Brander. »Was gibt's?«

Tropper ließ sich auf den Stuhl nieder, auf dem vor Kurzem noch Marleen Hendel gesessen hatte. »Fangen wir mit den Schmutzpartikeln aus Dreyers Kopfwunde an. Wir haben gestern Abend die Ergebnisse des Abgleichs bekommen. Die Schotter- und Staubspuren helfen uns nicht weiter. Aber es gibt minimale Spuren von Rost und Farbe. Da habe ich mich natürlich gefragt: Woher stammen die?«

»Hast du eine Antwort gefunden?«

»Vermutlich. Erst dachte ich an das Brückengeländer – aber da haben wir wieder das Problem, dass wir keine Blutspuren gefunden haben, und die Farbe passt auch nicht. Hendrik, mach mal bitte den Ordner mit den Fotos vom Fundort auf.«

Der Kollege folgte der Bitte und übergab Tropper die Maus-Hoheit. Er scrollte durch die Bilder und öffnete eines von dem Waldparkplatz, auf dem Dreyers Wagen gestanden hatte. »Schaut mal genau hin.«

Brander und Hendrik beugten sich über den Monitor.

»Die Schranke«, sagte Brander.

Tropper nickte. »Sie war geöffnet, als wir kamen, deswegen haben wir ihr keine große Aufmerksamkeit geschenkt, als wir am Leichenfundort waren. Wir waren ja zunächst davon ausgegangen, dass der Mann von der Brücke gesprungen ist. Aber es ist gut möglich, dass Dreyer auf dem Parkplatz niedergeschlagen wurde und im Sturz mit dem Kopf gegen die Schranke schlug. Die war nämlich eigentlich unten. Die Kollegen vom KDD hatten dafür gesorgt, dass sie geöffnet wurde, damit wir mit unserem Caddy leichtere Zufahrt zum Leichenfundort haben. Haben sie nur leider vergessen, uns zu sagen.«

»Na super.«

»Die hatten eine stressige Schicht hinter sich.« Tropper

zeigte Verständnis. »Wir konnten noch einige Spuren sichern, müssen aber noch abgleichen, ob die Blutanhaftungen auf der Schranke tatsächlich von Dreyer stammen. Farb- und Rostspuren gleichen wir natürlich mit ab.«

Brander klopfte dem Kollegen anerkennend auf die Schulter.

»Ja, Andi, wir bei der K8 haben den Kopf nicht nur, damit es nicht in den Hals regnet.«

»Hab ich nie behauptet.«

»Es geht noch weiter. Wir wissen, dass Dreyer zunächst zu Boden geschlagen wurde, mutmaßlich auf dem kleinen Platz rechts unten vor dem Viadukt. Bleibt die Frage: Wie ist er auf die Brücke gekommen? Es gibt einen Waldweg auf der linken Seite am Fuße des Viadukts. Der Weg führt zu der oberen Trasse und ist breit genug, dass man mit dem Auto hinauffahren könnte. Etwas steil, aber machbar.«

»Also könnte der Täter – oder die Täterin …«, begann Brander.

Tropper sah zu ihm auf. »Hat Peppi dich angesteckt? Fängst du jetzt auch an zu gendern?«

»Will mir nur nicht einseitige Ermittlungen nachsagen lassen. Er oder sie lädt also das Opfer ins Auto, fährt hinauf und lädt ihn dann oben wieder aus.«

»So könnte es gewesen sein. Die Untersuchung von Dreyers Wagen hat ergeben, dass er nicht damit transportiert wurde. Wir haben keine Blutspuren gefunden. Unser Täter muss sein Opfer auf anderem Weg auf die Brücke gebracht haben. Und da könnten die Reifenspuren auf der Brücke interessant werden.«

Tropper suchte nach den Bildern, die die Kriminaltechniker vom Bodenbelag des Viadukts aufgenommen hatten. »Es ist leider nicht eindeutig zu belegen, dass diese Reifenspuren vom Fahrzeug des Täters stammen. Der Wagen fuhr allem Anschein nach unten vom Parkplatz links den schmalen Weg hinauf, musste dann ein wenig rangieren, um rechts abzubiegen, und hielt vermutlich auf der Brücke, da sind die Antragungen etwas deutlicher. Wie es aussieht, ist er nicht denselben Weg zurückgefahren, sondern geradeaus weiter Richtung Musberg. Aber weiter als bis wenige Meter hinter dem Viadukt konnten wir die Spur nicht verfolgen.«

Tropper rief nacheinander Fotos auf, die seine Erläuterungen belegten. »Das Fahrzeug hat eine schmalere Achse als der Mercedes von Dreyer, die Spur ist schmaler. Reifenbreite und Profil passen auch nicht. Wenn die Spuren vom Täterfahrzeug stammen, handelt es sich vermutlich um einen Klein- oder Mittelklassewagen. Dennoch ist zu vermuten, dass Dreyer nicht als Letzter mit seinem Mercedes fuhr.«

»Warum?«, fragte Brander. Er gähnte herzhaft, der Schlafmangel der letzten Nacht forderte seinen Tribut.

»Sag's ruhig, wenn ich dich langweile.«

»Mach weiter.«

»Diese moderne Luxuslimousine ist mit einer besonderen Technik ausgestattet: Sitzeinstellung mit Memory und Komfortzugang. Das funktioniert via Knopfdruck im Auto oder noch komfortabler via Autoschlüssel. Sobald Dreyer mit seinem Schlüssel den Wagen verwendet, stellen sich der Fahrersitz und die Außenspiegel automatisch auf seine bevorzugte Position ein. Jemand hat Dreyers Schlüssel verwendet, aber die Sitzposition verändert. Der Fahrersitz war ein Stück nach vorn geschoben. Das heißt, die Person, die den Wagen fuhr, war kleiner als Dreyer. Nicht viel, aber doch so viel, dass sie den Sitz verstellen musste.«

»Also möglicherweise eine Frau«, überlegte Hendrik.

»Ja.«

»Aber wenn Dreyer nicht mit seinem Wagen transportiert wurde, warum sollte der Täter dann mit seinem Wagen fahren?«, wunderte sich Brander.

»Da hätte ich mehrere Theorien«, antwortete Tropper. »Er hat sich in Rommelsbach mit jemandem getroffen, und deroder diejenige fährt mit ihm ins Siebenmühlental.«

»Warum?«

»Das weiß ich doch nicht. Wir kümmern uns nur um die

Spurenlage, für das Warum seid ihr zuständig. Also: Person X übernimmt den Platz hinterm Lenkrad. Sie fahren zu dem Parkplatz. Person X schlägt Dreyer nieder, schafft ihn wie auch immer auf die Brücke und stößt ihn über das Geländer.«

Brander schüttelte den Kopf. »Aber es war nicht Dreyers Wagen, der zur Brücke raufgefahren ist.«

»Richtig. Das bringt mich zu unserer zweiten Theorie: Unser Täter hat nicht allein gehandelt. Gleiches Anfangsszenario wie gerade: Person X trifft in Rommelsbach auf Dreyer, fährt mit ihm ins Siebenmühlental. Sein Komplize, nennen wir ihn Y, ist entweder schon vor Ort oder folgt ihnen. Auf dem Parkplatz schlagen sie Dreyer nieder, packen ihn in den Wagen des Komplizen, fahren den Weg zur Brücke hinauf, stoßen ihn hinunter. Beide verlassen mit dem Wagen von Y den Ort des Geschehens.«

»Zwei Personen.« Brander verschränkte die Arme vor der Brust. »Was ist mit Fingerabdrücken in Dreyers Wagen?«

»Kein brauchbares Material, die meisten Oberflächen sind zu rau, und da, wo es eventuell etwas gegeben hätte, sind zu viele sich überlagernde Abdrücke. Was uns vielleicht weiterhelfen könnte, sind die Spuren, die wir an Dreyers Kleidung gesichert haben. Wir haben Fasern von einer blauen Softshelljacke gefunden. Natürlich auch noch jede Menge andere textile Spuren, aber diese blauen Fasern sind wegen der Regionen interessant, in denen wir sie gesichert haben: seitlich des Körpers und im Achselbereich.«

»Die könnten auch dahin gekommen sein, wenn er zum Beispiel den Arm um jemanden legt«, gab Brander zu bedenken. »Seine Frau, Eva, Jana …«

»Was ist mit Trisha Reed?«, fragte Hendrik.

»Sie hat eine braune Lederjacke«, erinnerte sich Brander. »Was allerdings nicht ausschließt, dass sie auch eine blaue Outdoorjacke besitzen könnte.«

»Schau beim nächsten Besuch mal in ihren Kleiderschrank.« Hendrik strich sich durch die Haare. »Ein Duo. Wer käme da in Frage?«

»Spontan fallen mir zwei Kombinationen ein: Eva Dreyer und ihre Mutter. Oder Adam Sütterle und Jana van Acken.«

»Oder Adam und Eva«, ergänzte Hendrik.

»Adam und Eva?«, wiederholte Tropper belustigt. »Ich seh die BILD-Schlagzeile schon vor mir. ›Vatermord – Adam und Eva aus dem Paradies verstoßen‹.«

»Aber Hendrik hat recht. Die beiden hatten zuletzt Kontakt zu Dreyer, und beide waren extrem wütend auf ihn, das haben sie selbst zugegeben.«

Eva Dreyer hatte versucht, sowohl den Anruf von Adam Sütterle als auch den Anruf bei ihrem Vater zu verheimlichen. Als das herauskam, hatte sie behauptet, ihren Vater beschimpft zu haben. Vielleicht hatte sie stattdessen jedoch ein Treffen verlangt, um mit ihm zu reden? Und das Treffen war eskaliert. Aber warum hätte dieses nächtliche Treffen ausgerechnet in Rommelsbach vor Trishas Wohnung stattfinden sollen?

»Sollen wir die beiden einbestellen?«, fragte Hendrik.

»Nein, es ist noch zu früh. Wir brauchen die Auswertungen von Sütterles und Eva Dreyers Handys, Gespräche, Nachrichten, Funkzellen. Das ganze Programm.«

∗∗∗

Brander saß allein in seinem Büro. Peppi war von ihren Flugplatzrecherchen noch nicht zurückgekehrt. Er zog seine Skizze hervor, die er vor einigen Tagen begonnen hatte, und betrachtete das Blatt. Es gab nicht eine Spur, es gab zu viele.

Eva Dreyer – reichte die Wut über das Verhältnis ihres Vaters mit ihrer besten Freundin aus, um ihn zu töten? Ein Schlag ins Gesicht, ein unglücklicher Sturz, der Versuch, die Tat als Selbstmord zu tarnen. Damit bekam das Entsetzen in ihrem Gesicht über die Nachricht der Tötung ihres Vaters einen anderen Anstrich.

Adam Sütterle und seine extreme Fürsorge für seine Ex-Freundin Jana. Hatte er Eva gebeten, ihren Vater zu einem

Treffen nach Rommelsbach zu bestellen? Oder war er ihm vielleicht gefolgt?

Warum war Dreyer ausgerechnet nach Rommelsbach gefahren? Wollte er tatsächlich zu Trisha?

Brander öffnete das Protokoll über Trishas Aussage auf seinem Monitor. Dreyer hatte Dienstagabend mit ihr essen gehen wollen. Sie hatte abgelehnt. Warum? Und warum war er dann in der Nacht doch zu ihr gefahren?

Und warum leugnete sie es?

Brander schlug entnervt mit der Faust auf den Tisch. Es brannte ihm unter den Nägeln, zu ihr zu fahren und all die Antworten, wenn es sein musste, aus ihr herauszuschütteln. Es war nicht ihre Art, zu lügen. Sie traf Entscheidungen, und dazu stand sie, mit allen Konsequenzen. So war sie damals gewesen. Und vermutlich war sie auch heute noch so.

Er stand auf, trat ans Fenster, wandte sich wieder ab, tigerte durch das Büro. Er sorgte sich um Trisha, da konnte er sich nichts vormachen. Er sollte Clewer anrufen, den Fall abgeben und nach Hause fahren. Da gab es genug Baustellen, um die er sich kümmern konnte. Sich kümmern musste.

Es klopfte, und Cory steckte den Kopf herein. »Du wolltest doch heute noch zu Henriette Dreyer. Ich hätte jetzt Zeit.«

Henriette Dreyer empfing sie in einem schwarzen Kostüm. Sie hatte sich geschminkt und sah erholter aus als am Tag zuvor.

»Sind Sie allein?«, erkundigte sich Cory, nachdem die Witwe sie in das Wohnzimmer geführt hatte.

»Ja. Eva musste heute endlich wieder zur Uni. Sie verpasst sonst zu viel. Warum sind Sie hier? Haben Sie Neuigkeiten?« Sie setzte sich auf das Sofa und deutete auf die zwei Sessel auf der anderen Seite des Couchtisches.

»Frau Dreyer, was wissen Sie über die Immobiliengeschäfte Ihres Mannes?«, fragte Brander.

Henriette Dreyer hob die Augenbrauen. »Nichts.«

»Aber Sie kennen seine Mitarbeiter – Frau Norten, Frau Hendel, Herrn Eichinger …«

»Frau Liebstöckel haben Sie vergessen, Christa Liebstöckel. Sie führt das Reutlinger Büro.«

»Ist sie eine Partnerin, so wie Herr Eichinger?«

»Nein, sie ist eine Mitarbeiterin. Immobilienkauffrau oder wie auch immer sich das nennt.« Sie schürzte die Lippen. »Sie ist ganz passabel, hat Constantin gesagt. Ich glaube, er hoffte, sich mit ihr eine neue Frau Norten heranzuziehen. Frau Norten war schon so lange bei ihm. Sie tat alles für meinen Mann. Aber in ein paar Jahren geht sie in Rente. Nun ja, jetzt, wo Constantin nicht mehr da ist, vielleicht schon früher.«

»Sie sind die Erbin des Unternehmens?«

»Ja, ich denke schon.«

»Sie wissen es nicht?«, hakte Brander nach.

»Constantin und ich haben nie darüber gesprochen. Ich wusste nicht einmal, dass er ein Testament gemacht hat. Am Freitag haben Eva und ich einen Termin beim Notar.« Sie zuckte die Achseln. »Aber was soll ich mit seinen Büros? Ich habe keine Ahnung vom Immobiliengeschäft. Und Eva hat auch kein Interesse. Ich werde das Geschäft wohl verkaufen.«

»Geht das so einfach? Ist Herr Eichinger nicht am Unternehmen beteiligt?«

»Er ist Juniorpartner. Wer weiß, vielleicht hat er Interesse, die Büros komplett zu übernehmen.«

»Wie verstanden sich Ihr Mann und Herr Eichinger?«

»Ich vermute, gut, sonst hätte Constantin ihn ja nicht ins Geschäft geholt.«

Brander schüttelte verständnislos den Kopf. »Frau Dreyer, Sie waren wie viele Jahre mit Ihrem Mann verheiratet? Zwanzig, fünfundzwanzig?«

»Vierundzwanzig.«

»Sie haben doch miteinander gesprochen. Da hat Ihr Mann doch sicher auch mal über Herrn Eichinger oder seine Geschäfte etwas erzählt.«

»Ja, aber … es hat mich nicht wirklich interessiert.«

Hauptsache, die Kohle stimmt, dachte Brander missgelaunt. Er bemühte sich um Neutralität. »Gab es öfter Unstimmigkeiten zwischen Herrn Eichinger und Ihrem Mann? Wir haben erfahren, dass es letzte Woche Dienstag einen Streit zwischen den beiden gegeben hat.«

»Ich dachte, er war am Flugplatz?«

»Später, ja. Am frühen Morgen war er in Esslingen.«

»Dann muss es ernst gewesen.« Sie lachte trocken. »Seine Flugtage waren ihm heilig.«

»Und Sie wissen wirklich nicht, worum es ging?«

»Nein, wir …« Sie wich Branders Blick aus. »Wir haben in letzter Zeit nicht besonders viel miteinander geredet.«

»Warum nicht?«

Sie sah ihn konsterniert an. »Sie wissen doch, dass mein Mann mich betrogen hat.«

»Wann haben Sie davon erfahren?«

Ihre Gesichtszüge verhärteten sich. »Ich fühle mich nicht gut. Bitte gehen Sie jetzt.«

»Beantworten Sie bitte noch meine Frage.«

»Ich möchte keine Fragen mehr beantworten. Und wenn Sie nicht sofort gehen, werde ich mich über Sie beschweren. Ich bin in Trauer, und Sie trampeln auf meinen Gefühlen herum.«

Brander stand auf. »Es war nicht Trisha Reed, mit der Ihr Mann Sie betrogen hat.«

Henriette Dreyer funkelte ihn zornig an. »Sie wissen, wo die Tür ist.«

Peppi saß an ihrem Schreibtisch, als Brander ins Büro zurückkehrte. Er warf seine Jacke über die Stuhllehne. »Und? Was haben die Recherchen am Flugplatz ergeben?«

»Constantin Dreyer war sehr beliebt bei seinen Flugschülern.«

»Also haben die ihn nicht umgebracht.«

Peppi runzelte die Stirn. »Vermutlich nicht. Ich will morgen noch einmal hin. Benedict Vogel hatte heute wenig Zeit. Dadurch, dass Dreyer ausfällt, kommen sie mit den geplanten Schulungsflügen in Terminschwierigkeiten. Trisha war übrigens auch da. Tat sehr beschäftigt und hat sich geweigert, mir auch nur eine Frage zu beantworten. Aber ich habe noch mit dem Flugleiter gesprochen, Ludger Müller. Er sagt, er habe gesehen, wie Trisha sich Dienstagabend mit Dreyer unterhalten hat. Sie schien ihm etwas aufgebracht.«

»Was heißt das?«

»Er hat nicht gehört, worüber sie mit ihm gesprochen hat, dazu war er zu weit entfernt. Aber sie hätte sich nach einem kurzen, ernsten Gespräch kopfschüttelnd von ihm abgewandt und wäre energisch davongegangen.«

Zeugenaussagen waren unzuverlässig. Wie genau konnte dieser Ludger Müller am Gang einer Frau erkennen, ob sie aufgebracht war? Brander strich sich grübelnd übers Kinn. »Hast du Trisha danach gefragt?«

»Ich sagte doch, dass sie nicht mit mir sprechen wollte. Hätte vielleicht geholfen, wenn du dabei gewesen wärst.«

»Während du dich auf Trisha einschießt, haben sich hier ein paar neue Aspekte ergeben.« Brander gab ihr eine Zusammenfassung seines Tages.

»Zwei Tatbeteiligte?« Peppi nickte nachdenklich. »Trisha und ... wer käme denn da in Frage?«

»Peppi, wir haben zahlreiche Hinweise, die uns zu anderen Tatverdächtigen führen. Und ich bin mir ziemlich sicher, dass auch Henriette Dreyer von der Affäre mit Jana wusste. Du hättest ihr Gesicht vorhin sehen sollen.«

»Aber Fakt ist doch, dass Dreyer kurz vor seinem Tod in Rommelsbach war und nicht zu Hause in Lustnau.«

»Du verrennst dich.«

»Das hoffe ich für dich auch.« Ihre Stimme wurde versöhnlicher. »Andi, ich weiß, dass dir das alles nicht gefällt. Aber irgendetwas verbindet Dreyer mit Trisha Reed.« Sie sah ihn eindringlich an. »Fahr morgen mit mir zum Flugplatz und lass uns herausfinden, was.«

Donnerstag

Brander kochte Kaffee und deckte den Frühstückstisch. Nathalie musste erst später zur Schule, Cecilia war noch im Bad. Am Abend zuvor war es wieder spät geworden, sodass sie nicht mehr miteinander gesprochen hatten.

Er stellte sich ans Fenster und sah mit Bedauern in den wolkenfreien Himmel. Es würde ein schöner Frühlingstag werden, ideal, um mit dem Rad zur Arbeit zu fahren, aber das stand noch bei Beckmann. Er genoss es, wieder in Tübingen zu arbeiten und nicht täglich Stunden im Auto zu verbringen. Er mochte die Stadt mit ihren kleinen Gässchen und alten Villen, das bunte Treiben unter Studenten, unter Einheimischen und Zugereisten, das kulturelle Angebot. Ceci würde jetzt lachen, dachte er: Wann warst du das letzte Mal abends in Tübingen aus? Im LTT? Im Sudhaus? Im Zimmertheater? Einfach nur auf ein Glas Wein abends beim Beck am Marktplatz? Er konnte sich nicht erinnern.

Hinter sich hörte er die Kaffeemaschine, in der das Wasser durch den Filter blubberte. Peppi hatte ihn gebeten, mit ihr zum Flugplatz zu fahren. Aber wollte er sich anhören, was Trishas Kollegen über sie zu sagen hatten? Eine Beziehungstat – enttäuschte Liebe. Wäre das für Trisha ein hinreichendes Motiv, einen Menschen zu töten?

Oder hatte es etwas mit Dreyers Juniorpartner Eichinger und diesen mysteriösen verschwundenen Kopien zu tun? Immerhin hatten sich die beiden am Morgen von Dreyers Tod lautstark gestritten. Und dann war da noch Adam Sütterle. Was sah er in seiner Ex-Freundin Jana? Eine hilflose junge Frau, die er beschützen musste – mit allen Mitteln?

Brander wandte sich vom Fenster ab und ging in den Flur, um das Tagblatt aus dem Briefkasten zu holen.

»Gehst du?«

Brander sah auf. Ceci stand auf der Treppe. Der Ausdruck

auf ihrem Gesicht schnürte ihm das Herz zu. Sie hatte Ringe unter den Augen, wirkte erschöpft und verletzlich.

»Ich wollte die Zeitung reinholen.«

Sie kam die Treppe herunter und wollte an ihm vorbei. Er legte seine Hand auf ihren Arm. »Ceci …«

»Ich habe Kopfschmerzen, und ich brauche einen Kaffee.« Sie entzog ihm ihren Arm.

Er sah ihr ratlos hinterher. Was war nur mit ihr los? Sie war doch sonst nicht so nachtragend.

Im oberen Stockwerk hörte er Nathalies Tür. Er konnte nicht mit Cecilia reden, solange seine Pflegetochter im Haus war. Das Mädchen würde sich nur wieder sorgen, dass die Familie, in der sie Zuflucht gefunden hatte, auseinanderbrechen könnte. Und er konnte nicht warten, bis sie zur Schule gegangen war, und dann mit Ceci sprechen. Er musste zur Arbeit. Am Abend würde er sich Zeit nehmen, nahm er sich vor. Donnerstags war Nathalie entweder beim Taekwondo oder beim Übungsabend der Jugendfeuerwehr, da konnten sie in Ruhe alles klären. Direkt nach der Soko-Sitzung würde er nach Hause fahren.

✳✳✳

Hendrik Marquardt gehörte wie Brander zu den Frühaufstehern im Team der Kriminalinspektion 1. Er war bereits im Büro, als Brander eintraf, und kam zu ihm, kaum dass er an seinem Schreibtisch saß.

»Hast du 'ne Minute?«

»Auch zwei. Was gibt's?«

Hendrik setzte sich auf den Besucherstuhl. »Ich hatte gestern Nachmittag ein Gespräch mit Frau Liebstöckel.«

»Der Mitarbeiterin aus Dreyers Reutlinger Filiale?«

»Ja. Dachte mir, es kann nicht schaden, auch mal mit ihr zu sprechen.«

Brander lehnte sich zurück. »Und was hatte sie zu erzählen?«

»Sie hat eine Ahnung, worum es bei dem Streit zwischen Dreyer und Eichinger ging. Sie hat Dreyer nämlich höchstwahrscheinlich die Unterlagen gegeben, die Frau Norten für ihn kopiert hat.«

»Ach was.«

»Eichinger betreut ja dieses Projekt, bei dem es um die Vermarktung eines Objekts mit mehreren Reihenhäusern geht. So etwas ist immer interessant für Investoren und natürlich auch für junge Familien, die hoffen, vielleicht doch mal die Chance auf ein erschwingliches Eigenheim zu bekommen. Du kennst ja die Situation im Ländle.«

Brander nickte. In der Region fehlten vielerorts bezahlbare Wohnungen für Familien und Singles, die kein Professorenoder Managergehalt bezogen. Vierhunderttausend Euro für eine achtzig Quadratmeter große Altbauwohnung waren nichts Ungewöhnliches für Tübingen, wusste Brander von Beckmanns Immobiliensuche.

»Die Liebstöckel hat Kunden, von denen sie meinte, dass das Projekt für sie interessant sein könnte. Wie Eichinger uns sagte, haben die alles digital, jeder Mitarbeiter kann auf die Unterlagen zugreifen. Die Liebstöckel hat sich das Angebot angesehen, und dabei sind ihr Unstimmigkeiten aufgefallen. Darum hat sie Eichingers Unterlagen Dreyer gezeigt, als er Montagvormittag bei ihr in Reutlingen war. Sie hatte die Dokumente ausgedruckt und mit Notizen versehen, und er hat die Papiere mitgenommen.«

»Was für Unstimmigkeiten waren das?«

»Frag mich.« Hendrik stieß die Luft laut aus. »Irgendwas mit den Kostenkalkulationen. Ich hab allerdings nicht kapiert, ob Eichinger das Projekt bereits in den Sand gesetzt hatte oder Dreyer noch die Notbremse ziehen konnte. Ich habe Frau Liebstöckel gebeten, heute zu uns zu kommen und ihre Aussage zu Protokoll zu geben. Willst du dabei sein?«

»Unbedingt.« Brander überlegte. Er hatte Peppi versprochen, sie zum Flugplatz zu begleiten. »Wann kommt sie?«

»Gegen halb fünf.«

Bis dahin wären sie längst zurück. »Gib mir Bescheid, wenn sie da ist.«

Milchiges Azurblau färbte den Himmel, und es roch nach Frühling, als Brander auf dem Parkplatz des Flugplatzes aus dem Wagen stieg. Das Brummen einer einmotorigen Maschine erklang entfernt von der anderen Seite des Hangars. Ein paar Spatzen badeten vergnügt im Staub.

Außer ihrem Dienstwagen parkten drei weitere Autos auf dem Schotterplatz. Der Mercedes von Geschäftsführer Benedict Vogel, Trishas Ford, und ein dritter Wagen – ein betagter Golf – den Brander nicht zuordnen konnte. Vielleicht ein Flugschüler, mutmaßte er.

Sie gingen durch die kleine Pforte den Weg entlang zum Büro der Flugschule und fanden Vogel an seinem Schreibtisch. Er strahlte Peppi an.

»Heute Vormittag habe ich etwas mehr Zeit für Sie. Mein Flugschüler kommt erst gegen eins.«

»Wem gehört der Golf?« Brander deutete mit dem Kopf Richtung Parkplatz.

»Björn Leibig. Sie haben ihn knapp verpasst. Da fliegt er davon.« Vogel zeigte aus dem Fenster auf die Cessna, die gerade dem Himmel entgegenflog. »Am Montag hat's ja leider nicht geklappt. Aber heute ist traumhaftes Flugwetter.«

»Was kostet so eine Flugstunde eigentlich?«, fragte Brander.

»Unterricht oder Charter?«

»Beides.«

»Ganz so pauschal lässt sich das nicht sagen. Es kommt unter anderem darauf an, welches Flugzeug Sie fliegen möchten. Die Cessna 172 ist die teuerste, die Aquila unsere günstigste. Wobei Sie in der Cessna 172 bis zu drei Passagiere mitnehmen können, in der Aquila nur einen. Ganz grob – rechnen Sie rund hundertfünfzig bis dreihundert Euro pro Stunde, Sprit inklusive.«

Brander stieß einen leisen Pfiff aus. Das war kein billiges Hobby.

»Für Tagescharter machen wir Pauschalen, aber mindestens

drei Flugstunden müssen Sie kostenmäßig schon rechnen.«
Vogel lächelte ihn aufmunternd an. »Hat Trisha Sie doch überzeugen können, es mal mit Flugstunden zu versuchen?«

»Ich glaube, da muss ich mir erst einen besser bezahlten Job
suchen.«

»Ist Frau Reed da?«, erkundigte sich Peppi.

»Ja, sie holt gerade die Mike-November aus der Halle. In
einer halben Stunde kommt ihr Flugschüler.«

»Ihr Flugleiter Herr Müller ist noch nicht da, oder?«

»Doch, doch, sonst können wir gar nicht starten. Ich glaube,
er ist gerade auf der anderen Seite des Geländes. Da ist der
Zaun eingedrückt. Vermutlich Wildschweine.«

»Wieso können Sie ohne Herrn Müller nicht starten?«,
fragte Brander.

»Das ist eine Vorgabe in Deutschland, die für sogenannte
unkontrollierte Flugplätze, wie wir einer sind, gilt. Flugbetrieb
ist nur erlaubt, wenn ein Flugleiter anwesend ist.«

»Ist Herr Müller der einzige Flugleiter hier?«

»Nein, es gibt noch weitere, das wird ehrenamtlich von den
Mitgliedern des Flugsportvereins gemacht. Werktags übernimmt Ludger Müller meistens diese Aufgabe. Er ist Frührentner und hat daher unter der Woche Zeit.«

»Er ist Frührentner?«

»Ja, er hatte vor ein paar Jahren einen Autounfall und hat
seither ein steifes Bein und Probleme mit der Wirbelsäule.«

»Kann er damit denn fliegen?«, fragte Peppi überrascht.

»Nein, das geht nicht mehr. Aber als Flugleiter müssen Sie
auch nicht fliegen. Sie sind das Bodenpersonal, sorgen für einen
reibungslosen Ablauf, haben ein Auge darauf, dass unsere Be-
triebsfläche in einwandfreiem Zustand ist, geben den Piloten
Infos für Starts und Landungen. Theoretisch brauchen Sie dafür nicht einmal unbedingt eine Pilotenlizenz, allerdings ein
Flugfunkzeugnis – die Kommunikation läuft ja über Funk.
Vor seinem Unfall war Ludger Privatpilot. Er kennt sich also
bestens aus. CD war übrigens auch Flugleiter. Er hat an den
Wochenenden manchmal ausgeholfen.«

»Sie waren doch mit Herrn Dreyer gut befreundet«, bemerkte Brander. »Hat er mal über geschäftliche Belange mit Ihnen gesprochen?«

»Er war mein Partner, natürlich haben wir über geschäftliche Dinge gesprochen.«

»Ich meinte eher, über seine Immobiliengeschäfte.«

»Ach so, ja, manchmal haben wir auch über seine Firma gesprochen.«

»Gab es da in letzter Zeit Probleme?«

Vogels Blick glitt an Brander vorbei zum Fenster. »Nanu, was macht das Mädel hier?« Er wandte sich Brander wieder zu. »Entschuldigung, ähm … ja, also nein, nicht dass ich wüsste. Seine Firma lief gut. Finanziell gesehen gab es keine Probleme.«

»Andere Probleme?«

»Ich … ähm …« Wieder ging Vogels Blick zum Fenster. »Bitte entschuldigen Sie mich einen Moment.« Er trat hinter dem Tresen vor und verließ das Büro.

Brander und Peppi sahen ihm nach.

»Ehrenamtlicher Flugleiter«, sinnierte Peppi. »Wenn ich dieses Funkkauderwelsch –«

»Um Gottes willen!«, hörten sie Vogels erschreckten Ausruf. Im nächsten Augenblick erschien er leichenblass im Türrahmen. »Kommen Sie schnell!«

Er eilte ihnen voraus durch den kurzen Flur, stoppte an der Tür. »Da …« Er deutete mit zitterndem Finger um die Ecke.

Brander sah nach draußen. Ihm gefror das Blut in den Adern. Instinktiv hielt er den Arm bremsend vor Peppi. Sein Gehirn begann zu rotieren.

Trisha stand neben der Aquila. Keine zwei Meter entfernt von ihr stand Jana van Acken. Sie hatte die Arme ausgestreckt und hielt eine Waffe zwischen den Händen. Trisha hatte die Hände gehoben, schien etwas zu sagen. Sie waren zu weit entfernt, um ein Wort zu verstehen.

»Wo hat sie die Waffe her?«, flüsterte Peppi entgeistert.

»Informier die Zentrale.« Brander tastete nach seiner

Dienstwaffe, während er eilig die Umgebung scannte. Der Platz zwischen dem Bürogebäude und dem Flugzeug war leer. Es gab nichts, was ihnen Schutz bot, um sich ihr zu nähern. Konnte er Jana auf die Entfernung ansprechen? Dazu müsste er quer über den Platz brüllen. Würde sie das erschrecken?

Die Waffe war auf Trisha gerichtet. Auf die geringe Entfernung zwischen den zwei Frauen konnte sie ihr Ziel gar nicht verfehlen. Branders Puls raste. Er brauchte eine Lösung. Schnell.

Auf die Distanz zu schießen war zu riskant. Das bedeutete aber auch, dass er aus der Deckung heraus ein Stück auf sie zugehen konnte. Jana war sicher keine ausgebildete Scharfschützin. Wie groß war die Chance, dass sie ihn treffen konnte?

»Geiselnahme, Entführung, wir wissen es nicht«, hörte er Peppi ins Telefon sprechen. »Das ganze Programm.«

»Können wir von der anderen Seite näher herankommen?«, wandte Brander sich an Vogel.

»Es gibt vom Flur eine Verbindungstür zum Hangar.«

Vielleicht hatten sie in der Flugzeughalle besseren Schutz als auf dem offenen Flugfeld, hoffte Brander. Er sah wieder zu Trisha. Noch immer hielt sie die Arme erhoben. Die Handflächen nach vorn gestreckt, redete sie auf das Mädchen ein. Er musste etwas tun.

»Kollegen sind unterwegs«, informierte Peppi ihn.

Wie lange würden sie brauchen? Zu lange.

Trisha trat einen kleinen Schritt vor. Verdammt, was machte sie denn?

»Peppi, du gehst zum Hangar, ich geh raus und sprech sie an«, beschloss Brander.

»Okay. Herr Vogel …«

»Warte.«

Trisha ging einen weiteren kleinen Schritt auf Jana zu. Sie streckte den linken Arm, deutete auf das Bürogebäude.

Brander trat aus der Tür. Jana drehte im Reflex den Kopf. Trisha nutzte ihre Chance.

»Zur Hölle …« Brander stockte der Atem. »Nein!«

Jana schrie auf. Der Tumult dauerte wenige Sekunden, ging

so schnell, dass er nicht hätte sagen können, was er gesehen hatte. Er stürmte über den Platz.

Jana van Acken lag bäuchlings auf dem Boden. Trisha hatte ihr die Arme auf dem Rücken verdreht und drückte ihr das Knie ins Kreuz.

»Trisha!«

Sie hob den Blick. Eine blonde Strähne hing ihr im Gesicht. »Auch schon da?« Sie zog das Mädchen im Aufstehen mit sich hoch.

Brander entdeckte die Waffe wenige Meter entfernt.

Peppi suchte in ihren Taschen nach einer Plastiktüte und hob die Waffe auf. »Eine Schreckschusspistole.«

»Frau van Acken, was sollte das?« Brander sah fassungslos in das tränenüberströmte Gesicht der jungen Frau, während er sie am Arm fasste. Sie konnte sich kaum auf den Beinen halten. Sie hatte einen Kratzer auf der Wange, Staub klebte an ihrer Kleidung.

Brander sah zu Trisha, während er mit der freien Hand nach den Handschließen suchte. »Bist du verletzt?«

»Nein, alles gut.« Ihre Stimme klang ruhig und fest.

»Gut?«

Jana van Ackens Knie gaben nach. Brander stützte sie. Ihr Körper wurde vom Weinen geschüttelt. Hinter sich hörte er Peppi telefonieren.

»Den Heli hab ich abbestellt, Kollegen und Notarzt sind gleich da«, erklärte sie kurz darauf. »Frau van Acken, woher haben Sie die Waffe?«

Das Mädchen brachte kein Wort hervor. Sie hielt den Kopf gesenkt, heulte herzergreifend.

»Bringt sie rein, da ist ein Ruheraum mit einer Pritsche«, empfahl Trisha. Es war nicht der Hauch von Erregung in ihrer Stimme zu hören. »Und lass diese Dinger weg.«

Brander sah Trisha besorgt an. Er konnte nicht glauben, wie gefasst sie blieb. Sie stand unter Schock, anders konnte er es sich nicht erklären. »Vielleicht solltest du besser in den Ruheraum gehen.«

Trisha winkte ab. »Das Mädchen ist mit den Nerven am Ende. Sie braucht 'nen Psychologen oder ihre Mutter. Am besten beides.«

Die Weinkrämpfe wurden schlimmer. Brander hatte Mühe, die Frau auf den Beinen zu halten.

»Es wäre sicher besser, sie in den Ruheraum zu bringen«, pflichtete Vogel Trisha bei. Vielleicht hatte er Mitleid mit Jana, vermutlich war er aber auch besorgt, dass es zu viele Zeugen dieser Szene geben könnte. In der Ferne erklang das Martinshorn mehrerer Einsatzwagen.

»Frau van Acken, kommen Sie bitte mit.« Brander gab Peppi mit dem Kopf ein Zeichen, dass sie ihm helfen sollte, Jana zum Bürogebäude zu bringen. Dann wandte er sich noch einmal um. »Trisha …«

»Ich komm klar.«

»Wir unterhalten uns noch.«

»Du weißt ja, wo du mich findest.« Sie klopfte auf den Flügel der Aquila.

»Du bleibst am Boden, hast du verstanden?« Er war über seinen Befehlston selbst überrascht.

Sie nickte stirnrunzelnd und wandte sich ab.

Sie hatten kein einziges Wort aus Jana van Acken herausgebracht. Das Mädchen hatte sich auf der Pritsche zusammengekauert und geweint. Der Notarzt hatte ihr ein starkes Beruhigungsmittel verabreicht und sie in die psychiatrische Klinik bringen lassen.

Fabio und Cory waren mit einigen Streifenbeamten angerückt. Die beiden nahmen Vogels Aussage auf, während Brander und Peppi Trisha in den Schulungsraum holten. Sie hatten drei Stühle um einen Tisch gestellt. Brander musterte die Frau, die ihm nun aufrecht gegenübersaß. Nichts deutete in ihrem Gesicht, in ihrer ganzen Haltung darauf hin, dass vor kaum zwei Stunden eine verstörte Frau mit einer Waffe auf sie gezielt hatte. Anscheinend hatte die Situation Brander mehr aufgewühlt als sie.

Trisha hatte eine ärztliche Behandlung abgelehnt, hob jetzt ihre Kaffeetasse an die Lippen, ohne dass er auch nur den Hauch eines Zitterns bemerkte.

»Was war da gerade los?«, fragte Brander.

»Nichts.«

»Trisha, bitte! Das, was da passiert ist, war kein Aprilscherz.«

»Doch.« Sie sah ihm entschlossen in die Augen. »Machen wir einen dummen Scherz daraus. Das Mädchen ist verstört, sie ist verzweifelt. Willst du wegen dieser Dummheit ihr Leben zerstören?«

»Frau Reed, so geht das nicht«, mischte sich Peppi ein. »Jana van Acken hat Sie mit einer Waffe bedroht. Dafür gibt es mindestens drei Zeugen. Das ist ein Offizialdelikt, dem müssen wir nachgehen.«

»Es war eine Schreckschusspistole. Es bestand zu keiner Zeit eine tödliche Bedrohung.«

»Mit einer Schreckschusspistole kann man einem Menschen sehr wohl tödliche Verletzungen zufügen.«

»Sie wollte mich nicht erschießen.«

»Was dann?«

»Fragen Sie sie.«

»Das werden wir.« In Peppis Blick lag ebenso viel Unverständnis wie in Branders. »Frau Reed, wir sind verpflichtet, zu ermitteln, und ich bitte Sie eindringlich, uns zu erzählen, was gerade auf dem Flugfeld vorgefallen ist.«

»Sie haben es doch gesehen. Mehr weiß ich auch nicht.«

»Trisha, was soll das?« Brander wusste nicht, ob er über ihr unkooperatives Verhalten verärgert oder besorgt sein sollte.

»Was soll ich euch denn erzählen? Sie stand plötzlich hinter mir und sprach mich an. Als ich mich zu ihr umdrehte, hielt sie die Waffe in der Hand. Sie hat geweint. Ich habe versucht, sie zu beruhigen, ihr klarzumachen, dass das eine ganz dumme Idee ist.«

»Dass was eine dumme Idee ist?«, fragte Brander.

»Mit dieser Waffe herumzulaufen. Ich wusste nicht, dass ihr da seid, daher habe ich … na ja, hast du ja gesehen.«

Ja, das hatte er, und er fand es immer noch unglaublich, mit welcher Routine und Schnelligkeit sie die Frau entwaffnet und zu Boden gebracht hatte. Ebenso die Ruhe, mit der sie jetzt mit ihnen sprach. Vermutlich hatte sie noch gar nicht realisiert, was geschehen war.

»Mehr habe ich nicht zu sagen. Sprecht mit ihr, was diese alberne Aktion sollte.« Sie sah auf die Uhr. »In einer Stunde kommt mein nächster Flugschüler, ich würde vorher gern noch etwas essen.«

»Sie wollen heute noch fliegen?«, fragte Peppi entgeistert.

»Das ist mein Job.«

»Sie fliegen heute garantiert nicht. Sie stehen unter Schock.«

Trisha Reed hob die Augenbrauen. »Frau Pachatourides, ich habe schon Schlimmeres erlebt als dieses kleine Intermezzo vorhin. Und auch dann bin ich geflogen, und das waren keine kleinen entspannten Platzrunden, das können Sie mir glauben. Ich weiß, was ich mir zutrauen kann.« Sie stand auf. »Ich werde keine Anzeige erstatten, wenn es das ist, was ihr erwartet. Jana steckt in einer Krise. Sie braucht psychologische Hilfe und kein Gerichtsverfahren.« Sie wandte sich ab und ging.

Peppi deutete fassungslos mit dem Finger erst auf Brander, dann auf die Tür. »Du und diese Frau?«

Brander sah Trisha hinterher. Siebenundzwanzig Jahre. Bei der Kurzfassung, die sie ihm vor einer Woche über ihr Leben gegeben hatte, hatte sie offensichtlich eine Menge ausgelassen.

Es war Benedict Vogel, der Trisha einen Strich durch die Rechnung machte. Er hatte kurzerhand alle gebuchten Flüge für den Tag abgesagt, musste allerdings auf die Rückkehr von Björn Leibig warten. Leibig wurde erst am späten Nachmittag von seinem Flug zurückerwartet.

Noch immer schien die Sonne von einem strahlend blauen Himmel, gab dem Tag den Anstrich eines idyllischen Frühlingsanfangs. Flugleiter Ludger Müller saß mit seinem Funkgerät auf der Holzbank vor dem Gebäude der Flugschule und beobachtete das Geschehen. Er hatte ein Bein ausgestreckt, der Bauch drückte über den Gürtel.

Brander gesellte sich zu ihm. »Herr Müller, ich muss Ihnen noch ein paar Fragen stellen.«

Müller nickte, zog eine Zigarettenpackung aus der Brusttasche seiner Weste hervor und klopfte eine Kippe heraus. »Möchten Sie auch eine?«

»Nein, danke.«

Der Mann zündete sich eine Zigarette an. Sein Gesicht hatte die mattgraue faltige Haut eines Kettenrauchers, in seinem Nacken kringelten sich die grauen Haare. Er ging auf die sechzig zu, sah aber wesentlich älter aus.

»Wo waren Sie, als es vorhin zu dem Vorfall kam?«

»Ich bin über den Platz gelaufen, war auf der anderen Seite und habe unseren Zaun inspiziert.« Er zog an seiner Zigarette, stieß den Dunst aus, während er weitersprach. »Ich hab eigentlich gar nichts mitgekriegt, hab nur gesehen, wie Sie vom Büro über den Platz gerannt sind.«

»Haben Sie Frau van Acken nicht kommen sehen?«

»Doch, aber ich habe nicht weiter auf sie geachtet. Die standen ja dann auch auf der anderen Seite des Flugzeugs.«

»Wie gut kennen Sie Jana van Acken?«

Müller zuckte die Achseln. »CD hat sie öfter mal zum Fliegen mitgenommen. Ist eigentlich ein liebes Mädle.« Er rauchte ein paar Züge. »Sie hat Trisha mit einer Waffe bedroht?«

»Einer Schreckschusspistole, ja.«

»Die Welt wird auch immer bekloppter.«

»Gab es in der Vergangenheit Diskrepanzen zwischen Frau Reed und Jana?«

»Nicht dass ich wüsste.«

»Sie sagten gestern zu meiner Kollegin, dass Sie ein Gespräch zwischen Herrn Dreyer und Frau Reed mitbekommen haben, an dem Dienstag, an dem Herr Dreyer starb.«

»Mitbekommen ist zu viel gesagt. Ich war dahinten, beim Tower.« Müller zeigte über den Platz, vorbei an den zwei Hallen zu einem kleinen Holzhaus mit großzügigen Fensterscheiben.»CD und Trisha hatten ihre Flüge beendet und die Maschinen vor der Halle geparkt. Ich war auf dem Weg vom Tower zum Büro. Die beiden unterhielten sich kurz, und dann ist Trisha wieder zu ihrem Flugschüler rüber.«

»Zu meiner Kollegin sagten Sie, Frau Reed schien Ihnen aufgebracht?«

»Na ja …« Müller warf die Kippe auf den Boden und trat sie aus. »Sie ist halt davonstolziert.«

»Haben Sie irgendetwas von dem Gespräch mitbekommen?«

Müller schüttelte den Kopf. »Ich war zu weit weg.«

»War jemand anders in der Nähe?«

»Jana habe ich nicht gesehen, obwohl die mit CD unterwegs gewesen war. Trishas Flugschüler stand bei seiner Maschine.« Müller zündete sich die nächste Zigarette an. »Sonst habe ich niemanden gesehen.«

※※※

Der Einsatz am Flugplatz führte dazu, dass sie erst am Abend in die Dienststelle zurückkehrten. Sie würden den Rest des Abends und auch die folgenden Tage damit verbringen, Vernehmungsprotokolle und Berichte zu verfassen. Das Geschehen am Flugplatz war keine Lappalie gewesen. Es hätte ganz anders ausgehen können, wenn Trisha es nicht auf ihre Art so schnell beendet hätte.

Immer wieder sah Brander die Szene vor sich, sah Trisha, die mit erhobenen Händen auf Jana van Acken einredete, einen Schritt auf sie zuging und plötzlich mit zwei, drei gezielten Handgriffen und Tritten das Mädchen entwaffnete und zu Boden brachte.

Es klopfte, und Corinna Tritschler kam zu ihnen ins Büro. Sie ließ sich mit einem erschöpften Seufzen auf den Besucherstuhl fallen.

»Warst du bis jetzt in der Klinik?«, fragte Brander.

»Ja.«

»Und?«

»Nichts zu machen. Jana hatte einen kompletten Nervenzusammenbruch. Die Ärzte haben sie sediert. Sie wollen sie ein paar Tage in der Klinik behalten, um sie zu stabilisieren. Ich hoffe, sie spielt mit. Ich habe versucht, ihre Eltern zu erreichen. Ich habe gefühlt mit halb Afrika telefoniert, bis ich da mal einen an der Strippe hatte.«

Brander erinnerte sich, dass Janas Eltern als Entwicklungshelfer in Tansania arbeiteten.

»Und jetzt ratet mal, was mich die Mutter gefragt hat.« Cory sah die Kollegen auffordernd an.

Brander hob die Schultern. »Keine Ahnung. Was?«

»Ob es tatsächlich notwendig wäre, dass einer von ihnen nach Deutschland käme. Jana sei schließlich eine erwachsene Frau.«

Peppi schob ihre Brille in die Haare. »Das ist nicht dein Ernst.«

»Oh doch. Sie meinte, Jana hätte manchmal einen Hang, emotional etwas überzureagieren. Sie müsse lernen, allein zurechtzukommen.«

»Sie ist mit einer Waffe auf einen anderen Menschen losgegangen!«, fuhr Peppi auf. »Auf die kurze Distanz hätte das tödlich ausgehen können.«

Brander stöhnte bei der Erinnerung innerlich auf. Es war ein Unding, dass solche Waffen frei verkäuflich waren. Und ebenso schlimm war, dass diese Schreckschusswaffen den scharfen Pistolen täuschend ähnlich sahen. Auf die Entfernung hatte er nicht erkennen können, mit was für einer Waffe Jana Trisha bedroht hatte. Er hatte seine Dienstpistole in der Hand gehabt, war bereit gewesen, auf Jana zu schießen. Was wäre, wenn er es getan hätte?

Cory zupfte an ihren kurzen roten Haaren. »Ich weiß nicht, wen ich anrufen soll. Von diesem Adam hat sie sich ja getrennt, und er scheint mir auch nicht der Richtige zu sein, um Jana beizustehen. Eva weiß, dass sie etwas mit ihrem Vater hatte. Bei Henriette Dreyer bin ich mir nicht sicher, ob sie nicht auch längst gewusst hat, was zwischen ihrem Mann und Jana lief. Aber irgendjemand muss sich um dieses Mädchen kümmern.«

Da denkt sie nicht mehr klar und macht was Dummes, hatte Adam Sütterle gesagt. Er hatte Adam für einen enttäuschten, eifersüchtigen Ex-Freund gehalten. Aber vielleicht war seine Sorge um Jana doch nicht so unberechtigt gewesen. Brander seufzte unschlüssig. »Im Moment ist sie ja gut aufgehoben.«

»Ich fahre morgen Vormittag noch einmal in die Klinik. Vielleicht ist sie dann ansprechbar.« Cory stand auf. »Wie sieht's aus? Soko-Sitzung?«

Es war nach acht, als sich das Team im Konferenzraum einfand. Der Vorfall am Flugplatz beherrschte die Gespräche in der Sitzung, aber Brander entging nicht, dass Jens Schöne unruhig vor der Tastatur seines Laptops saß.

»Habt ihr etwas bei den Einzelverbindungsnachweisen von Dreyer entdeckt?«, wandte er sich an den IT-Spezialisten.

»Darum kümmert sich Fabio, aber ich habe etwas anderes, das wir nicht außer Acht lassen sollten.« Jens ließ seinen Bildschirm wieder über den Beamer an die Wand werfen.

»Ich habe mir Dreyers Smartphone noch einmal vorgenommen. Ihr habt doch gesagt, dieser Frommer hätte Dreyer Nachrichten und Bilder geschickt. Auf den ersten Blick habe ich nichts auf dem Gerät gefunden. Sein Laptop ist ja noch nicht wieder aufgetaucht, oder?«

»Sobald wir ihn haben, kriegst du ihn auf den Tisch«, versprach Brander.

»Dreyer hat die Nachrichten von Frommer vermutlich nach Eingang umgehend gelöscht. Aber ein paar Dateien konnten wir wiederherstellen. Dieses Video wurde ihm am Dienstagabend geschickt.«

Jens rief eine Filmdatei auf. Es war nur eine kurze Sequenz, keine zwei Minuten. Ein Landeanflug auf der Schäferheide, das Flugzeug setzte kurz auf und startete wieder durch.

»Nicht besonders spektakulär, oder?«, fand Peppi. »Warum schickt er ihm das?«

»Keine Ahnung. Ich habe noch ein paar Aufnahmen.« Jens öffnete eine Bilddatei. Das Foto war unterbelichtet, zeigte einen Parkplatz mit zahlreichen Autos. »Das wurde im September letzten Jahres aufgenommen. Er hat es damals nicht gleich gelöscht, aber es ist dennoch ein kleines Wunder, dass wir es gefunden haben. Es ist leider ziemlich unscharf. Hier vorn, das müsste Dreyers Auto sein, und, korrigiert mich, wenn ich falschliege, meines Erachtens steht Dreyer neben der Fahrertür.«

Peppi beugte sich ein Stück vor. »Da steht doch jemand neben ihm und hat die Hand auf seine Schulter gelegt.«

»Was für ein Glück, dass unsere Peppi eine neue Brille hat«, feixte Tropper.

»Neidisch, du Blindfisch?«

»Ich seh sogar ohne Brille, dass das eine Frau ist. Oder ein sehr schlanker Mann im Kleid.«

»Seine Frau?«, überlegte Brander.

»Oder Jana«, ergänzte Peppi.

Cory schüttelte den Kopf. »Im September waren die zwei noch kein Paar.«

»September, war da nicht dieses Fliegerfest?« Peppi sah zu Brander.

Er nickte.

»Dann vermutlich Trisha.«

»Es geht noch weiter, Freunde.« Jens zeigte ihnen ein weiteres Foto. Es war gestochen scharf und eindeutig: Constantin Dreyer und Jana van Acken. Sie saßen einander zugewandt in Dreyers Auto und küssten sich innig. »Aufgenommen im Februar dieses Jahres.«

»Frommer hat Dreyer also nicht nur am Flugplatz beobachtet, sondern ihn auch sonst gestalkt«, stellte Brander fest.

»Wieso hat Dreyer Frommers Nummer eigentlich nicht in seinem Smartphone gesperrt?«, wunderte sich Cory. »Wenn mich einer mit Bildern und Nachrichten nervt, würde ich den rigoros blockieren.«

»Ich muss euren Enthusiasmus leider etwas bremsen.« Jens sah bedauernd in die Runde. »Es ist nicht sicher, dass Frommer der Absender der Bilder und Videos ist. Man kann Nachrichten auch von einem Computer an ein Handy schicken und dazu irgendeine imaginäre Identität verwenden, sodass der Absender theoretisch mit jeder Nachricht ein anderer sein kann. Und die Bilder müssen nicht unbedingt per MMS oder WhatsApp an ihn geschickt worden sein. Dreyer hat auch seine E-Mails über sein Handy abgerufen. Da kannst du ebenfalls die Bild- und Videodateien runterladen. Sich irgendeine x-beliebige neue E-Mail-Adresse zuzulegen ist kein Problem.«

»Aber es ist doch sehr wahrscheinlich, dass Frommer es war«, fand Brander. »Wir haben mehrere Aussagen, dass er Dreyer zumindest am Flugplatz beobachtet und dass er ihm Nachrichten geschickt hat.«

»Hat Dreyer eigentlich mal Anzeige gegen Frommer erstattet?«, fragte Peppi.

»Fabio?«, wandte Brander sich an den dunkelhaarigen Kollegen.

Der hob die Schultern und schaltete seinen italienischen Akzent ein. »Ich nixe wissen.«

»Dann finde das bitte heraus.«

»Eh, Andi, auf den kleinen Gastarbeiter kann man ja immer alles abwälzen. Was soll ich denn noch alles machen? Einzelverbindungsnachweise, Lebensläufe, Nachbarschaftsbefragungen, und du erinnerst dich vielleicht an den kleinen Extraeinsatz heute am Flugplatz?«

»Mach eins nach dem anderen. Es reicht mir, wenn ich die Ergebnisse morgen früh auf dem Tisch habe.« Brander schickte ein aufmunterndes Lächeln hinterher. Er hatte zu viele offene Baustellen und zu wenige Leute.

»Ich will wieder nach Esslingen«, lamentierte Fabio weiter. »Weißt du eigentlich, wie viel Zeit ich jeden Tag auf der Straße verbringe?«

Brander zog die Stirn in Falten. »Ich hab so eine Ahnung.«

✳✳✳

Brander fuhr nach Dienstschluss mit dem Wagen zu Karsten Beckmann, um endlich sein Fahrrad abzuholen. Aber Karsten war nicht zu Hause. Donnerstagabend – da war er beim Sport. Sein Lebensgefährte Manuel spielte beim Musical in Stuttgart im Orchester. Er würde auch nicht vor Mitternacht zurückkommen. Das fiel Brander jedoch erst ein, als er vor der verschlossenen Tür stand. Damit sein Rad nicht gestohlen wurde, hatte Karsten es Dienstagnacht vorsorglich in den Keller gebracht. Frustriert ging Brander zu seinem Auto zurück, lehnte sich mit dem Rücken gegen die Fahrertür und legte den Kopf in den Nacken. Was für ein Tag. Er atmete tief durch.

Die Luft war abgekühlt. Trotz der Straßenbeleuchtung entdeckte er vereinzelt ein paar Sterne am dunklen Himmel. Noch immer meinte er, das Adrenalin zu spüren, das ihm am Flugplatz in die Adern geschossen war. Was für eine fürchterliche Situation. Hätte er anders reagieren können? Die Situation schneller deeskalieren? Wäre es gar nicht erst so weit gekommen, wenn er Adam Sütterles Worten mehr Beachtung geschenkt hätte? Brander sah Trisha wieder vor sich, wie sie über Jana kniete, den Blick zu ihm hob. *Auch schon da?*

War das die Trisha, die er einmal gekannt hatte? Wie oft war ihm diese Frage in den letzten Tagen durch den Kopf gegangen?

Die Kaltblütigkeit, mit der sie die Situation unter Kontrolle gebracht hatte, ließ ihn im Nachhinein erneut erschauern. Seine Gedanken verselbstständigten sich. *Mit der Frau legt man sich lieber nicht an*, hatte Leibig gesagt. Was, wenn sie tatsächlich etwas mit Dreyer gehabt und dann von seinem Verhältnis mit Jana erfahren hatte? Hatte sie ihn am Flugplatz damit konfrontiert oder um ein klärendes Gespräch gebeten? Dreyer fährt nach dem Treffen mit Jana zu ihr. Trisha ist wütend, schlägt zu. Vielleicht ist Dreyer unglücklich gestürzt. Sie gerät in Panik. Brander schüttelte den Kopf. Nein, sie gerät nicht in Panik. Sie bleibt ruhig, überlegt, was zu tun ist. Und beschließt, einen Selbstmord vorzutäuschen.

Er stieß die Luft aus den Lungen.

»Geht's noch, Andi?«, tadelte er sich selbst für diese unmöglichen Gedankengänge. Und dennoch – ganz so unmöglich waren sie vielleicht doch nicht. Er hatte schon so viel in seinem Beruf erlebt. Er sah auf die Uhr. Zweiundzwanzig Uhr. Egal. Er würde ohnehin keinen Schlaf finden. Er setzte sich ins Auto und fuhr los.

In der zweiten Etage brannte Licht. Brander stieg aus dem Wagen und überquerte die Straße. Es war fast menschenleer, lediglich ein alter Mann schlurfte in vorgebeugter Haltung über den Fußweg, ein dicker, ebenso betagter Rauhaardackel wackelte einen Meter hinter ihm her. Brander ging zum Hauseingang und klingelte.

Es blieb still. Weder Gegensprechanlage noch Türsummer erklangen. Es war zwanzig nach zehn – nicht unbedingt die angemessene Uhrzeit für einen Besuch.

Er klingelte erneut, trat einen Schritt zurück, sah zum Fenster hinauf. In ihrem Wohnzimmer brannte Licht. Er drückte nochmals auf den Klingelknopf, etwas länger dieses Mal.

»*Who is it?*«, fragte jemand forsch durch die Gegensprechanlage.

Es war nicht Trisha, aber er erkannte die Stimme sofort, fühlte sich innerhalb von Millisekunden dreißig Jahre in die Vergangenheit zurückkatapultiert. Er atmete durch. Er war keine sechzehn mehr, kein Grund, nervös zu sein.

»Andreas Brander«, antwortete er.

Er musste sich einen weiteren Moment gedulden, bevor der Türöffner betätigt wurde. Seine Handflächen waren schon wieder feucht. Verdammt, Andi, reiß dich zusammen, ermahnte er sich.

Der Mann, der ihn an der Tür empfing, stand noch so aufrecht wie ein General vor der Mannschaft. Die hellgrauen Haare waren streichholzkurz, die grau-grünen Augen musterten ihn streng. Schon damals hatte er eine natürliche Autorität ausgestrahlt; die hatte er bis heute mit über siebzig Jahren nicht verloren.

Brander räusperte sich. »Mister Reed …«

»Wenn ich mich recht erinnere, waren wir schon beim Du, Andreas.« In seinem Gesicht spiegelte sich keine Wiedersehensfreude. »Weißt du, wie spät es ist?«

»Ja, Mis… John, entschuldige, dass ich … die späte Störung.« War das zu fassen? Er stand vor diesem Mann und stammelte wie ein eingeschüchterter Teenager.

»Es ist halb elf.«

»Ich weiß, und es tut mir leid, aber ich muss mit Trisha sprechen.« Noch immer zwickte die Nervosität ihm in die Eingeweide, so wie damals, als er Trisha das erste Mal zu Hause abgeholt und Jonathan Reed ihn ordentlich ins Gebet genommen hatte. Herrgott! Er war siebenundvierzig, Kriminalhauptkommissar, verheiratet, Pflegevater. Warum ließ er sich von diesem General a. D. so verunsichern?

»Es ist halb elf«, wiederholte der Mann stoisch.

»*Daddy, stop it. Let him in*«, rief Trisha aus dem Wohnzimmer.

Es war Jonathan Reed anzusehen, dass er mit der Aufforderung seiner Tochter nicht einverstanden war, dennoch trat er einen Schritt zur Seite. Brander hängte seine Jacke an einen der Haken im Flur. Reed ließ ihn vor sich ins Wohnzimmer gehen.

Trisha saß auf dem Sofa. Sie trug einen Jogginganzug, die blonden Haare waren zerzaust, als hätte sie sich mehrfach energisch mit den Fingern durch die langen Strähnen gestrichen. Sie sah längst nicht mehr so abgeklärt und gefasst aus wie am Mittag auf dem Flugplatz. Das beruhigte Brander, sie war also doch nicht diese abgebrühte Kampfmaschine, die er vor wenigen Stunden erlebt hatte. Andererseits wollte er auch nicht, dass es ihr schlecht ging.

»Was willst du?« Sie bot ihm keinen Platz an, lächelte nicht. Die Züge um ihren Mund wirkten angespannt.

»Ich wollte wissen, wie es dir geht.« Es war nicht gelogen, wenn auch nur ein Teil der Wahrheit.

»Ich bin okay.«

»Dann kannst du jetzt ja wieder gehen«, forderte Jonathan Reed.

»John …« Brander wandte sich Trishas Vater zu, der neben ihm stand und bereit schien, ihn am Kragen zu packen und aus der Wohnung zu schmeißen. Jetzt war es aber gut mit der Reise in die Vergangenheit! »Trisha wurde heute mit einer Waffe auf dem Flugplatz bedroht. Ich habe mehr als eine Frage!«

Der Mann erwiderte unbeeindruckt seinen Blick.

»*Daddy, please. It's okay.*«

Reed sah zu seiner Tochter.

»Kannst du uns bitte allein lassen?«

»*No, dear, I think –*«

»Dad, es ist okay«, wiederholte Trisha mit Nachdruck. Sie stand auf und schob ihn sanft in den Flur. Brander hörte die beiden miteinander sprechen. Sie unterhielten sich leise und auf Englisch. Er verstand kein Wort. Sein Englisch war noch nie besonders gut gewesen.

Sie kehrte zu ihm zurück, lehnte sich mit der Schulter gegen den Türrahmen. »Ich hatte gerade ein Déjà-vu.«

»Ich auch.« Es war nicht zu leugnen, er war erleichtert, dass Jonathan Reed gegangen war.

»Möchtest du etwas trinken?«

Am liebsten einen Scotch. Aber er musste noch fahren. »Ein Glas Wasser.«

Sie füllte Leitungswasser in ein Glas, stellte es auf den kleinen Couchtisch und setzte sich wieder auf das Sofa, die Füße untergeschlagen. »Na dann. Was willst du wissen, Herr Kommissar?«

Er setzte sich auf den Sessel ihr gegenüber. Wie anfangen? Seine Gedankengänge, die er vor einer knappen Stunde gehabt hatte, kamen ihm mit einem Mal absurd vor. »Ich will wissen, was heute am Flugplatz passiert ist.«

»Ich habe meine Aussage gemacht.«

Noch immer zeigte sie ihm gegenüber keinerlei Erregung oder Entsetzen über das Geschehen, aber die Anwesenheit ihres Vaters war kein harmloser Familienbesuch gewesen.

»Können wir bitte aufhören mit diesen Spielchen? Die coole Ex-Soldatin, die einen derartigen Angriff mit einem Schulterzucken abschüttelt und das Ganze als kleine Dummheit abtun will.«

Sie musterte ihn einen Moment lang abwägend, dann legte sie den Kopf in den Nacken und schloss die Augen. Sie war erschöpft, aber er sah, wie es trotzdem in ihr zu arbeiten begann. Dafür kannte er sie noch gut genug. Am Flugplatz hatte sie agiert, einstudierte Verhaltensmuster angewandt, um den Schrecken nicht an sich heranzulassen. Hier, in ihren eigenen vier Wänden, war sie durchlässiger.

Er hätte sich gern neben sie gesetzt, sie in den Arm genommen, um ihr Halt zu geben. Aber er musste berufliche Distanz wahren. Er ließ ihr Zeit, das hatte früher auch geholfen, sie zum Reden zu bringen, wenn es um schwierige Themen ging. Ihr Atem wurde tiefer. Vielleicht war sie eingeschlafen. Er leerte sein Glas, ging in die Küche, um es erneut zu füllen. Auf dem Herd stand ein Topf. Er hob den Deckel. Hühnersuppe. Sie war noch warm.

»Hast du Hunger?«

Er zuckte zusammen. »Ich dachte, du schläfst.«

»Oben im Schrank sind Suppentassen. Bringst du mir eine?«

Er füllte zwei Schalen und kehrte an den Tisch zurück. Sie aßen schweigend.

»Jetzt bin ich bereit«, erklärte sie schließlich.

Es war mittlerweile nach elf. Er sollte das Gespräch auf den nächsten Tag verschieben, wenn sie beide ausgeruht waren.

»Was wollte Jana?«, fragte er, statt aufzustehen. »Warum geht sie mit einer Waffe auf dich los?«

»Ich weiß es nicht, Andi.« Ihr Blick offenbarte eine gewisse Ratlosigkeit.

»Lass uns das Geschehen noch einmal durchgehen. Ist das okay?«

Sie nickte.

Er zögerte dennoch. Verdrängung war ein Schutzmechanismus. Ihr Leben war bedroht worden. Konnte er ihr zumuten, das Szenario gedanklich noch einmal zu durchleben? »Wenn es dir zu viel wird –«

»Ich kenne meine Grenzen«, unterbrach sie ihn.

»Also gut.« Er räumte das Geschirr ab und füllte die Wassergläser, um ihr Zeit zu geben, ihre Meinung noch zu ändern. Das tat sie nicht.

»Schildere mir den Ablauf so, wie du ihn erlebt hast. Was hat sie zu dir gesagt? Was hatte sie vor?«

Trisha strich sich durch die Haare. Er bemerkte, wie sie langsam und tief in kontrolliertem Rhythmus atmete. Spannungsabbau. Das hatte er schon bei ihrem ersten Wiedersehen bemerkt. Sie nutzte Atemtechniken, um Emotionen unter Kontrolle zu halten.

»Ich habe sie nicht kommen hören«, begann sie. Auch wenn ihr Blick auf Brander gerichtet war, sah sie durch ihn hindurch, schien sich das Szenario vom Flugplatz vor Augen zu halten. »Ich habe die Aquila gecheckt, damit sie für den ersten Flug bereit war. Plötzlich rief sie meinen Namen. Da stand sie schon hinter mir. Ich drehte mich zu ihr um, sah die Waffe in ihrer Hand, sah ihr verstörtes Gesicht. Sie hat geweint. Ich hob meine Arme. Das macht man wohl instinktiv in so einer Situation.«

Sie sprach unaufgeregt und konzentriert, hielt immer wieder inne, um sich jedes Detail in Erinnerung zu rufen. Als wäre sie lediglich eine Beobachterin des Geschehens gewesen.

»Sie zitterte. Ich redete auf sie ein, sagte ihr, dass es eine dumme Idee sei, mit der Waffe umherzulaufen. Es ist riskant, wenn jemand zittert und den Finger am Abzug hat. Sie sagte, ich solle in das Flugzeug steigen. Ich habe sie gefragt, was los sei, warum sie weint. Sie wiederholte nur immer wieder: Steig in das Flugzeug. Steig in das Flugzeug. Die Distanz zwischen uns war zu groß, um sie zu entwaffnen. Ich musste näher an sie heran. Ich redete weiter, sagte, ich müsste auf die andere Seite der Maschine. Ich wollte nicht, dass sie sich erschreckt, wenn ich auf sie zugehe. Sie sagte nur immer wieder diesen einen Satz. Ich machte einen Schritt vor, deutete auf das Büro. Ich weiß nicht mehr, was ich gesagt habe … Ich müsse Ben Bescheid geben oder irgend so etwas. Sie sah zur Seite. Den

Augenblick habe ich genutzt, um sie zu entwaffnen und zu Boden zu bringen. *That's it.*«

That's it. Als wäre es ein ganz alltägliches Verhalten in so einer Situation. »Warum wollte sie, dass du in das Flugzeug steigst?«

»Ich weiß es nicht.« Sie zuckte die Achseln. »Vielleicht ist das ihre Art, um einen Freiflug zu bitten.«

Der Scherz kam bei Brander nicht an.

Sie strich sich die Haare aus der Stirn. »Ich weiß, dass du geschockt bist, weil ich so ruhig geblieben bin. Du siehst in mir nur die Pilotin. Wahrscheinlich siehst du mich noch vergnügt im Segelflieger meine Kreise ziehen.« Sie lächelte bei der Erinnerung, aber ihre Augen blieben ernst. »Ich war Soldatin, Andi. Ich bin für schwierige Einsätze in Krisengebieten ausgebildet worden. Und da habe ich nicht nur den ganzen Tag in meinem Flieger gesessen und mich an der schönen Aussicht erfreut. Ich habe gelernt, zu kämpfen und mich zu verteidigen. Und ich bin es gewohnt, eine Situation schnell zu erfassen, ruhig zu bleiben und zu reagieren.«

»Du wurdest ausgezeichnet«, erinnerte er sich an die Informationen, die er von Peppi bekommen hatte.

»Ja.« Sie lachte freudlos auf. »Ich wollte diese Auszeichnung nicht. Aber meine Vorgesetzten, meine Kameraden, alle haben gesagt, ich müsste sie annehmen. Es gäbe zu wenige weibliche Ordensträgerinnen, und ich wäre ein Vorbild für die amerikanischen Frauen.«

Sie presste die Lippen zusammen, schnaufte hörbar. Bitterkeit legte sich in ihren Blick. »Weißt du, was es bedeutet, öffentlich als Soldatin ausgezeichnet zu werden? Es bedeutet, dass dir die Pazifisten auf offener Straße ins Gesicht spucken und die Nationalisten dich aus den falschen Gründen verehren.«

»Na ja, aber Amerika besteht ja nicht nur aus Pazifisten und Nationalisten«, relativierte Brander ihre Aussage. Er fragte sich, wie viel Anfeindung Trisha erlebt hatte.

»Zum Glück nicht, nein.«

»Wofür hast du die Auszeichnung bekommen?«

»Ich habe meinen Job gemacht.« Als sie sah, dass ihm diese Antwort nicht reichte, fügte sie hinzu: »Ich habe meine Leute beschützt. Das hätte jeder andere Soldat auch gemacht.«

Es musste mehr gewesen sein, sonst hätte man ihr nicht einen Orden verliehen. Brander sah sie fragend an, aber sie schüttelte den Kopf. Sie wollte nicht über ihre Vergangenheit sprechen.

»Wäre es für dich einfacher, wenn ich heute Mittag weinend in deinen Armen zusammengebrochen wäre?«

»So eine Reaktion wäre nachvollziehbar gewesen.« Er hob entschuldigend die Schultern. »Aber so warst du noch nie.«

»Nein, ist nicht mein Stil.«

»Was verbindet dich mit Constantin Dreyer?«, fragte er.

»Freundschaft.«

»War da nicht mehr?« Brander dachte an das Foto, das Jens auf Dreyers Smartphone entdeckt hatte. »Beim letzten Fliegerfest zum Beispiel?«

»*God, no!* Du glaubst ernsthaft den Mist, den seine Frau über mich verbreitet hat?«

»Man hat dich immerhin halb nackt in der Damentoilette gesehen.«

Trisha schnaufte. »Halb nackt! Ich habe meine Strumpfhose ausgezogen, weil sie eine Laufmasche hatte. Björn kam herein. Er grinste mich blöd an und …« Sie zögerte minimal. »Ich habe ihn rausgeschubst, und er machte dumme Sprüche. Das hat Henriette in den falschen Hals gekriegt. Ich habe das anzügliche Grinsen der anderen erst überhaupt nicht verstanden, als ich zurück in die Halle kam. Ben hat mich aufgeklärt. Ich habe Henriette zur Rede gestellt, CD ist dazwischengegangen und hat auch noch für mich Partei ergriffen. Da ist sie beleidigt abgezogen. Für mich war der Abend allerdings auch gelaufen.«

Sie sah ihn an, Enttäuschung und Verletzung spiegelten sich deutlich in ihrem Gesicht. »Denkst du ernsthaft, ich hätte CD umgebracht?«

Er durfte mit ihr nicht über die Ermittlungen sprechen. Er

durfte gar nicht hier sein. Er sah in ihre vertrauten Augen. Nein, er glaubte es nicht. Er wollte es nicht glauben. »Wusstest du von dem Verhältnis zwischen Dreyer und Jana?«

»Er hat es nie explizit gesagt, aber: Ja, ich wusste es.«

»Und?«

»Es muss jeder selbst wissen, was er tut.«

»Das ist wohl wahr«, faselte er. Es war spät. Das Adrenalin schien endlich aus seinem Körper zu schwinden, machte einer dumpfen Müdigkeit Platz. Es war verlockend, den Kopf gegen die Sessellehne zu legen und die Augen zu schließen.

»Du solltest jetzt besser gehen.«

»Ja.« Er wollte nicht gehen, zwang sich dennoch, aufzustehen. Unschlüssig stand er im Raum, reckte seine steifen Glieder. »Sag mal, was kostet es, mit dir eine Runde zu fliegen?«

Seine Frage überrumpelte sie. Sie deutete ein Lächeln an, das endlich ein wenig entspannter wirkte. »Dich nehm ich umsonst mit.«

»Ich dachte eher an Nathalie, meine Pflegetochter. Ich hab da was gutzumachen.«

Sie zuckte die Achseln. »Die nehm ich auch umsonst mit.«

»Nein, das musst du nicht.«

»Wenn es kein Schulungsflug ist, darf ich kein Geld dafür nehmen.«

»Nein, ich …«

Sie war um den Tisch herumgekommen, legte ihren Zeigefinger auf seinen Mund. Es war keine zärtliche Geste, eher ein sanftes, aber bestimmtes Bremsen. »Das diskutieren wir ein andermal aus. Ich bin müde und schmeiß dich jetzt raus.«

Sie begleitete ihn in den Flur. Er zog seine Jacke an, wandte sich ihr noch einmal zu.

»Kann ich irgendetwas für dich tun? Das frage ich jetzt als Freund, nicht als Kommissar.«

»Andi, du warst schon damals ein Kümmerer. Du willst immer, dass es den Menschen, die dir am Herzen liegen, gut geht.«

»Sag das mal meiner Frau.«

Trisha hob überrascht eine Augenbraue.

»Nein.« Brander wedelte abwehrend mit der Hand. »Versteh das nicht falsch. So habe ich das nicht gemeint.« Verdammt, wieso war ihm dieser blöde Satz rausgerutscht? Der Tag war einfach zu lang gewesen. Und er machte sich zu viele Sorgen. »Kommst du wirklich klar?«

»Andi, ich habe gelernt, mit Krisen umzugehen. Ich habe Mechanismen, die mir helfen, und ich habe ein Netzwerk, das mich auffängt. Ich habe meine Eltern, ich habe meine Kameradinnen und Kameraden. Ich komme klar.«

Er wünschte sich, er wüsste mehr von ihr, von ihrem Leben. Er wollte ihr beistehen, obwohl er wusste, dass die Situation dafür denkbar ungünstig war. Nicht nur Peppi würde ihn ordentlich in den Senkel stellen, wenn sie erfuhr, dass er hier gewesen war. »Ich wüsste gern, was du in den letzten Jahren erlebt hast.«

»Nein, das willst du nicht wissen.« Für einen Moment verlor sie ihre Sicherheit. Vielleicht war es die Erschöpfung des langen Tages, die ihren Schutzschild ein Stück weit fallen ließ und ihm einen kleinen Blick in ihr Inneres gewährte. Er erkannte den Schmerz und auch die Trauer über das, was sie erlebt hatte.

»Ich war im Krieg, Andi. Ich habe für mein Land gekämpft. Und das heißt, ich habe Menschen getötet. Es ist Schuld, die man auf sich lädt, wenn man einen Menschen tötet, egal aus welchem Grund. Und mit dieser Schuld muss ich leben.« Sie sah ihm fest in die Augen. »Aber ich habe Constantin nicht getötet.«

Freitag

Die Nacht war zu kurz. Branders Nacken war verspannt, und in seinem Hals kratzte es, als wäre eine Erkältung im Anmarsch. Das konnte er jetzt überhaupt nicht gebrauchen. Ein Kaffee würde seinen Kreislauf hoffentlich auf Trab bringen. Er stieg die Treppe hinunter, hörte Cecilia und Nathalie in der Küche beim Frühstück. Er hatte noch immer nicht mit Ceci gesprochen. Es war fast drei Uhr morgens gewesen, als er nach Hause gekommen und zu ihr ins Bett gekrochen war, da hatte sie tief und fest geschlafen.

Er stoppte an der Haustür und holte die Zeitung aus dem Kasten. Eine Notiz auf der Titelseite verscheuchte augenblicklich die Müdigkeit. Er schlug den Regionalteil auf. Ein Foto vom Flugplatz prallte ihm entgegen: Einsatzwagen, Polizisten, Krankenwagen, im Hintergrund zwei Flugzeuge. »Bewaffneter Überfall auf Pilotin«, überschrieb das Blatt den Artikel.

Brander überflog noch im Flur den Bericht. Eine scheinbar verwirrte zweiundzwanzigjährige Frau habe eine Fluglehrerin mit einer Schreckschusspistole bedroht. Zwei zufällig anwesende Beamte der Kriminalpolizei hätten die Situation unter Kontrolle bringen können. Ob der Vorfall mit der Tötung eines Immobilienmaklers, der ebenfalls Fluglehrer auf dem Flugplatz gewesen war, in einem Zusammenhang stehe, war von der Staatsanwaltschaft nicht kommentiert worden.

Brander stöhnte auf. Gar nichts hatten sie unter Kontrolle gebracht. Es war Trishas Alleingang gewesen, der Schlimmeres verhindert hatte. Nach dem Gespräch in der vergangenen Nacht vermutete er jedoch, dass ihr diese Version der Geschichte lieber war. Brander war froh, dass in dem Artikel keine Namen genannt wurden.

Er ging in die Küche, legte die Zeitung auf den Tisch und beugte sich zu Ceci. »Guten Morgen.«

Sie hielt ihm die Wange hin. Nathalie beobachtete es argwöhnisch.

Er setzte sich nicht an den Tisch, goss sich im Stehen eine Tasse Kaffee ein und nahm eine Banane aus dem Obstkorb. »Ich bin spät dran.«

»Ich brauche heute das Auto«, erklärte Cecilia.

Brander sah auf die Uhr. Die Ammertalbahn war gerade abgefahren. Mist.

»Wann fährst du los?« Vielleicht konnte Ceci ihn in Tübingen absetzen.

»Dein Fahrrad steht in der Garage.«

»Wie das?«, wunderte er sich.

»Karsten hat Nathalie gestern nach dem Taekwondo nach Hause gebracht und dein Fahrrad gleich mit.« Ceci sah ihn nicht einmal an, konzentrierte sich darauf, Marmelade auf ihr Brot zu streichen.

»Boah ey, hast du das mitgekriegt?« Nathalie hatte die Zeitung zu sich gezogen und tippte auf das Foto vom Flugplatz.

»Ich war vor Ort.«

»Echt? Und?«

»Es steht alles in der Zeitung, mehr musst du nicht wissen.«

Ceci sah auf den Artikel, dann hob sie den Blick. Er konnte ihren Gesichtsausdruck nicht deuten, aber er verhieß nichts Gutes.

Er versuchte ein Lächeln. »Ich schau, dass es heute nicht so spät wird.«

***

Brander hatte die Radkleidung gegen Jeans und Pullover getauscht und war gerade in sein Büro gekommen, als sein Telefon klingelte.

»Eine Frau Dreyer ist hier und möchte mit dir sprechen«, erklärte ihm der Kollege vom Empfang.

»Ich komme runter.«

Was wollte die Dreyer so früh am Morgen von ihm? Er hatte

gehofft, wenigstens einen Teil des Papierwusts, der vom Vortag noch auf ihn wartete, in Ruhe bewältigen zu können.

Im Flur kam ihm Peppi entgegen.

»Frau Dreyer ist da, sagst du den anderen bitte, dass wir die Soko-Sitzung verschieben?«, bat er sie im Vorübergehen. Statt des Fahrstuhls nahm er die Treppen. Als er unten ankam, entdeckte er zu seiner Überraschung den rotblonden Lockenschopf von Eva Dreyer. Er hatte ihre Mutter erwartet.

»Das mit Jana hab ich nicht gewollt«, platzte sie heraus, kaum dass er sie begrüßt hatte.

»Was haben Sie nicht gewollt?«

»Dass sie … Ich wollte doch nur, dass sie endlich kapiert, dass er niemals … Dass das alles … Dass mein Vater …«

Brander verstand kein Wort. »Frau Dreyer, jetzt mal ganz langsam. Kommen Sie erst einmal mit.«

Er führte sie in sein Büro, bot ihr Kaffee an und wartete, dass Peppi zu ihnen stieß.

Die junge Frau hielt die Finger in ihrem Schoß so fest ineinander verschränkt, dass die Knöchel weiß hervortraten. Ihre Atmung war flach. Sie suchte nach Worten und wusste nicht, wie sie sich erklären sollte.

»Jana war Ihre Freundin, richtig?«, begann Brander.

»Ja, sie war meine beste Freundin.«

»Und dann haben Sie erfahren, dass Ihre Freundin ein Verhältnis mit Ihrem Vater hat.«

Sie presste die Lippen zusammen, drängte die aufsteigenden Tränen zurück, nickte.

»Wie haben Sie davon erfahren?«

»Jemand hat mir ein Foto geschickt.«

»Auf dem Handy? Per Mail?«

Sie schüttelte den Kopf. »Mit der Post.«

»Wissen Sie, wer Ihnen das Foto geschickt hat?«

»Adam vielleicht. Ich weiß nicht, seit wann er von … davon wusste.«

»Wann haben Sie das Foto bekommen?«

»Vor zwei Wochen.«

Ein ausgedrucktes Bild statt eines digitalen Fotos. Brander hätte dabei nicht zuerst an Sütterle gedacht. »Könnte Ihnen nicht auch jemand anders das Bild zugeschickt haben?«

Sie zuckte die Achseln.

Brander sah auf seinen Monitor, zögerte. Wie viel konnte er diesem Mädchen zumuten? Er suchte die Datei mit dem Foto von Dreyer und Jana im Auto, das Jens auf Dreyers Smartphone gefunden hatte, und drehte den Bildschirm so, dass Eva ihn sehen konnte.

»War es dieses Foto?«

Sie nickte erschreckt.

Er schloss die Datei wieder. »Was haben Sie mit dem Foto gemacht?«

»Ich habe es zerrissen.«

Schade. Er hätte das Foto gern Tropper zur Spurensicherung gegeben. »Das Bild wurde Ihnen in Ihre Studentenwohnung zugestellt?«

»Ja.«

»Haben Sie es Ihrer Mutter gezeigt?«

Sie schnappte entsetzt nach Luft. »Nein!«

»Haben Sie mit Jana oder Ihrem Vater darüber gesprochen?«

»Nein.«

»Mit sonst jemandem?«

»Nein.«

Sie hatte die Augen davor verschlossen, gehofft, dass es nicht wahr war – vermutlich bis zu dem Anruf von Adam Sütterle.

»Aber dann haben Sie mit Jana geredet?«, tastete Brander sich weiter vor. »Wann war das?«

»Vor drei Tagen, am Dienstag, nachdem Sie bei uns waren.«

»Sind Sie zu ihr gefahren?«

»Nein. Ich habe sie angerufen. Sie hat geheult. Ich hab ihr gesagt, sie soll aufhören damit. Sie hat kein Recht dazu.«

Brander erkannte die tiefe Verletzung in ihren Augen. Es wäre Eva gewesen, die Trost und Zuspruch von der langjährigen Freundin gebraucht hätte, stattdessen war sie mit einer Realität konfrontiert, die nur schwer zu ertragen war.

»Ich war so wütend. Wäre sie nicht gewesen, hätte ich meinen Vater nie so angeschrien. Und jetzt ist er tot, und ich kann nie wieder mit ihm reden!« Wieder stiegen ihr Tränen in die Augen. »Ich hab ihr gesagt, dass sie nur ein Spaß für ihn war. Unbedeutend. Dass sie sich nichts darauf einbilden soll. Sie sagte, das wäre nicht wahr. Und dann hab ich gesagt ... Dann hab ich ... Nachdem er bei dir war, ist er zu Trisha gefahren, habe ich ihr gesagt. Dass er eine richtige Frau bräuchte und nicht so eine verklemmte, dumme ...« Sie presste wieder die Lippen zusammen, wischte sich mit dem Handrücken über die Augenwinkel. »Ich war so wütend. Ich wollte ihr wehtun, wollte, dass sie spürt, was sie mir und meiner Mutter angetan hat. Aber ich konnte doch nicht wissen, dass sie so etwas macht!«

»Was genau hat Jana denn gemacht?«

»Die war doch am Flugplatz und wollte Trisha erschießen.«

»Woher haben Sie diese Information?«

Sie suchte in ihren Taschen nach einem Taschentuch und putzte sich die Nase. »Irgend so ein Zeitungstyp hat gestern bei meiner Mutter angerufen. Er wollte ein Statement von ihr zu dem Vorfall am Flugplatz. Sie wusste überhaupt nicht, was los war. Ich war zum Glück zu Hause und hab den Typen abgewimmelt. Dann hab ich Ben angerufen, und er hat mir alles erzählt.«

»Sie haben gut reagiert, Frau Dreyer. Ihre Mutter sollte auf keinen Fall mit der Zeitung sprechen – und Sie auch nicht«, bat Brander. »Verweisen Sie sie an uns. Und wenn Sie Fragen haben, melden Sie sich bei uns, ja? Jederzeit.«

Sie nickte.

»Frau van Acken hatte eine Schreckschusspistole bei sich. Wissen Sie, woher sie die hatte?«

»Ich glaube, die hat Adam ihr gekauft. Wegen dieser vielen Überfälle.«

»Welche Überfälle?«

»Na, Silvester damals in Stuttgart und Köln und so. Und hier werden wir doch auch ständig angegrapscht.«

Die Zahl der sexuellen Übergriffe hatte in Tübingen in den letzten Jahren zugenommen. »Tübingen – Stadt der Grapscher?«, hatte eine Zeitung einen Polizeibericht betitelt.

»Eine Schreckschusspistole ist aber nicht das richtige Gegenmittel«, bemerkte Peppi.

Eva fuhr zu ihr herum. »Was soll man denn sonst machen?«

»Eine Tröte, ein Schrillalarm«, schlug Peppi vor. »Damit laufen Sie nicht Gefahr, dass die Waffe im Zweifelsfall gegen Sie gerichtet wird. Und Sie sollten umgehend Anzeige erstatten, das erhöht die Chance, dass wir diese Leute kriegen.«

»Ach ja? Und was ist mit meinem Vater? Wann finden Sie den, der meinen Vater umgebracht hat?«

⁎⁎⁎

»Wir haben zu viele Motive, zu wenig konkrete Hinweise, zu viele in Frage kommende Personen.« Brander stand vor seinem Team und sah auf die Wand mit Fotos und Namen. »Gehen wir noch einmal alles durch. Dreyers letzter Aufenthaltsort vor seinem Tod war in Rommelsbach. Er war zumindest in der Nähe der Wohnung von Trisha Reed. Sie sagt aus, dass er nicht bei ihr war.«

»Was noch zu beweisen wäre«, kommentierte Peppi.

»Anhand der Bilder, die Jens uns gestern gezeigt hat, scheint es ja so, dass Elmar Frommer ihn nicht nur am Flugplatz beobachtet hat, sondern ihm auch an andere Orte gefolgt ist. Er war an dem Dienstagnachmittag am Flugplatz – das belegt das Video eindeutig. Wissen wir, ob er in der Nacht nicht auch in Rommelsbach war? Das müssen wir überprüfen.«

»Andi, es ist nicht erwiesen, dass Frommer die Bilder und das Video gemacht hat«, wandte Jens Schöne ein.

»Dann versuch bitte herauszufinden, woher diese Bilder geschickt wurden.«

»Wir arbeiten dran.«

»Wir könnten versuchen, eine Beschlagnahme für Frommers Laptop und Handy zu erwirken«, schlug Peppi vor. »Dass Frommer Dreyer beobachtet hat, ist durch Zeugenaussagen belegt. Vielleicht finden wir Material, das uns zum Täter führt.«

»Kümmerst du dich darum?«, bat Brander die Kollegin. »Das Foto von Jana und Dreyer – es wurde Constantin Dreyer aufs Handy geschickt und dazu noch per Post an seine Tochter. Vielleicht ging es auch noch an andere Personen.«

»An wen denkst du?«, fragte Stephan Klein.

»Henriette Dreyer.«

»Aber warum versucht sie dann, uns weiszumachen, dass ihr Mann mit Trisha Reed ein Verhältnis hatte?«, überlegte Cory.

»Vielleicht hatte Constantin ja doch mehrere Eisen im Feuer«, schlug Klein vor.

»Was wäre, wenn Evas Vermutung stimmt und Adam Sütterle das Foto verschickt hat?«, fragte Peppi in die Runde. »Er hat ausgesagt, dass er die beiden beim Knutschen im Auto gesehen hätte.«

Brander nickte. »Mit dem jungen Mann sollten wir uns noch einmal unterhalten.«

»Ich will gleich in die Klinik zu Jana. Willst du mit?«, fragte Cory.

»Nimm Hendrik mit.«

»Geht nicht«, lehnte Hendrik ab. »Die Liebstöckel kommt heute Vormittag. Bei dem Chaos gestern hatte ich ihr abgesagt und auf heute umdisponiert. Oder ist ihre Aussage nicht mehr von Belang?«

Die Mitarbeiterin des Immobilienmaklers hatte Brander komplett vergessen. »Die Aussage brauchen wir auf jeden Fall.« Er rieb sich über die Stirn. Die drei Stunden Schlaf nach dem gestrigen Tag waren definitiv zu wenig. »Übernimm du das.« Er sah in die Runde. »Mit wem auch immer.«

Brander wollte die Sitzung beenden, als Fabio Esposito sich zu Wort meldete: »Noch eine kleine Information. Ich habe mir die Nacht um die Ohren geschlagen mit diesen Einzelverbindungsnachweisen. Du wolltest heute Morgen ja Ergebnisse.«

»Fabio, das war gestern Abend ein Scherz«, erwiderte Brander bestürzt.

»Das sagst du mir jetzt? *Mille grazie, commissario.* Darf ich vielleicht trotzdem meine Info loswerden?«

»Immer her damit.«

»Dreyer führte sehr, sehr viele Telefonate, die meisten davon waren vermutlich geschäftlich. Die Namen zu überprüfen dauert noch. Aber es gab regelmäßige Gespräche mit Benedict Vogel, Trisha Reed, Jana van Acken und in den letzten vier Wochen auch ein paar Telefonate mit Björn Leibig. Der Name ist hier ja auch schon ein paarmal gefallen.«

Peppi horchte auf. »Interessant. Hat Leibig nicht gesagt, er hätte nur am Flugplatz Kontakt zu Dreyer gehabt?«

»Ja«, bestätigte Brander. Was hatte das nun wieder zu bedeuten? »Hast du eine Liste?«, wandte er sich an Fabio.

Er reichte ihm seinen Ausdruck. »Die grün markierte Nummer mit Stuttgarter Vorwahl ist Leibigs Nummer. Er wohnt in Leinfelden-Echterdingen.«

Peppi beugte sich zu Brander. Ihr Finger glitt über die Zahlenreihen. »Da schau her. Die haben Dienstagabend miteinander telefoniert.«

Tatsächlich hatte Björn Leibig Constantin Dreyer am Tag seines Todes um neunzehn Uhr einundzwanzig angerufen. »Und das hat er mit keinem Wort erwähnt.« Brander sah auf seine Notizen. »Wir laden ihn auch noch einmal zu einem Gespräch.«

»Heute noch oder reicht Montag?«, fragte Peppi.

»Heute noch.«

Der Vormittag war schon fast vorbei, als Brander mit Peppi vom Konferenzraum in ihr Büro zurückkehrte.

»Peppi …« Brander blieb unschlüssig im Raum stehen, rieb sich unwohl über den Nacken. Er musste ihr von seinem nächtlichen Ausflug berichten und auch den Staatsanwalt und seinen Inspektionsleiter informieren. Dieses Mal würde er es nicht so lange vor sich herschieben, bis jemand anders ihm zuvorkam.

»Ja?« Peppi hob fragend den Blick.

Er ging wieder zur Tür, schloss sie von innen und lehnte sich mit dem Rücken dagegen. »Ich war gestern Abend bei ihr.«

Es war gesagt.

Peppi starrte ihn an. Es dauerte einen Moment, bis seine Botschaft bei ihr ankam. Er musste keinen Namen nennen.

Sie blieb stumm, das verwirrte Brander. Er hatte einen lautstarken Wutausbruch erwartet. Ein Donnerwetter. Das war ihre Art. Sie verschaffte ihrem Ärger Luft, und dann suchte man in Ruhe eine Lösung für das Problem. Ihr Schweigen ließ Schlimmstes befürchten.

»Ich weiß, ich hätte nicht, aber …« Aber was? Bei Tageslicht betrachtet, wusste er, dass sein Alleingang falsch war. Er hätte nicht zu ihr fahren dürfen. Nicht allein. Nicht mitten in der Nacht. Er hatte emotional reagiert. Hatte persönliche Gefühle seinen Dienstverpflichtungen vorangestellt. Jedem anderen hätte er dafür eine gehörige Standpauke gehalten.

»Du hast eine Abmachung mit Marco«, fand Peppi ihre Sprache wieder. »Kein privater Kontakt zu Trisha Reed, solange die Ermittlungen laufen.«

Er hörte die mühsam unterdrückte Wut in ihrer Stimme. »Ich kann's nicht rückgängig machen.«

»Werde dir endlich klar darüber, dass sie die Täterin sein könnte! Du sabotierst unsere Ermittlungen, verdammt noch mal!«

»Sie ist nicht die Täterin.«

Peppi stöhnte genervt auf. »Schick dein Blut doch bitte mal wieder von da nach da.« Sie deutete mit den Händen von seiner Körpermitte zu seinem Kopf.

»Es ist nichts Sexuelles.«

»Was ist es dann?«

»Sie ist eine alte Freundin.«

»Mit der du geschlafen hast und die immer noch sehr attraktiv ist.«

»Darf ich dich daran erinnern, dass ich verheiratet bin.«

»Was nicht heißt, dass du nicht auch mal den Verstand verlieren kannst.«

»Peppi, das mit Trisha und mir ist seit siebenundzwanzig Jahren vorbei. Ja, ich mag sie, und ja, ich mache mir Sorgen um sie. Aber ich werde kein Verhältnis mit ihr anfangen, weder während noch nach diesen Ermittlungen. So gut solltest du mich eigentlich kennen.«

Peppi hob die Augenbrauen. »Ich kenne dich sogar besser, als du denkst.« Sie lächelte, wenn auch nicht besonders erfreut. »Ich habe eine Wette gewonnen.«

»Was für eine Wette?«

»Ich habe gestern Abend mit Marco gewettet, dass du zu ihr fährst. Er wird doppelt sauer auf dich sein.«

»Na, vielen Dank.«

Peppi blies sich eine Haarsträhne aus dem Gesicht und schob ihre Brille zurecht. »Ich will wissen, worüber du mit ihr gesprochen hast, welche Fragen du ihr gestellt hast und was sie dir geantwortet hat. Ich werde sie gleich anrufen und einbestellen. Und wenn sie ablehnt, wird Marco mir mit Kusshand eine richterliche Vorladung für sie besorgen.«

»Findest du nicht, du solltest deine privaten Beziehungen nicht —«

»Wirf nicht mit Steinen in deinem Glashaus, Kollege«, unterbrach Peppi ihn. »Und eins noch: Die Befragung mit Frau Reed führe ich.«

Cory passte Brander und Peppi nach dem Mittagessen in ihrem Büro ab.

»Wir konnten mit Jana van Acken sprechen.«

»Wie geht's ihr?«, fragte Brander.

»Die Ärzte haben ihr starke Beruhigungsmittel gegeben. Sie steht ein bisschen neben sich.«

»Habt ihr etwas Brauchbares aus ihr herausbekommen?«

»Sie hat bestätigt, was Eva Dreyer dir heute Morgen erzählt hat. Eva hat sie angerufen. Das Gespräch wurde hässlich, Eva hat ihr erzählt, dass Dreyer noch bei Frau Reed gewesen wäre. Jana hat ihr geglaubt, das heißt, sie denkt tatsächlich, dass Dreyer nicht nur mit ihr, sondern auch mit der Reed etwas hatte.« Cory atmete tief durch, bevor sie fortfuhr: »Sie wollte Trisha tatsächlich umbringen. Und sich gleich mit.«

»Mit der Schreckschusspistole?«

»Nein, sie war sich nicht im Klaren darüber, welchen Schaden sie damit anrichten kann. Sie wollte eine todsichere Variante.«

»Die da wäre?«

»Sie wollte, dass Trisha Reed mit ihr fliegt, und dann wollte sie das Flugzeug zum Absturz bringen.«

Steig in das Flugzeug. Brander schloss für einen Moment die Augen. »Wie lange bleibt sie noch in der Klinik?«

Cory zuckte die Achseln. »Man kann sie nicht zwingen, dort zu bleiben.«

»In der Nacht von Sonntag auf Montag hat sie Tabletten und Alkohol zu sich genommen«, erinnerte sich Brander. »Ihr Ex-Freund sprach von einem Selbstmordversuch, den sie zwar abgestritten hat, aber jetzt, mit diesem eindeutigen Selbstmordversuch inklusive Gefährdung von Dritten, bin ich doch geneigt, eher Sütterle Glauben zu schenken.«

Brander hatte am Vormittag versucht, den jungen Mann telefonisch zu erreichen, um ihn zu einem Gespräch in die Dienststelle einzuladen. Aber er hatte nur die Mobilbox erreicht und eine Nachricht hinterlassen.

»Wir könnten eine richterliche Anordnung zur Unterbringung in der Psychiatrie beantragen«, schlug Cory vor.

»Ja, lass uns das in die Wege leiten. Schon allein, um sie vor sich selbst zu schützen.«

Innerlich gestand Brander sich ein, dass es ihm weniger um die junge Frau als um Trishas Sicherheit ging. Was, wenn Jana ihr ein weiteres Mal auflauerte? Wenn Trisha dann nicht so besonnen reagierte oder Jana ihr gar nicht erst die Chance dazu gab?

»Nur mal so ein Gedankenspiel«, überlegte Peppi laut. »Sie reagiert ziemlich extrem, oder? Mal angenommen, Frau Reed hatte tatsächlich etwas mit Dreyer. Reine Spekulation.« Sie hob beschwichtigend die Hand in Branders Richtung. »Was, wenn Jana ihn in der Dienstagnacht verfolgt hat und ihm an seinem Wagen aufgelauert hat, als er von Trisha zurückkam? Jemand, der richtig wütend ist, kann eine Menge Kräfte entwickeln.«

Brander ließ sich Peppis Theorie durch den Kopf gehen. »Aber wie hat sie ihn verfolgt? Sie hat kein Auto.«

»Carsharing. Damit war sie gestern auch am Flugplatz. Oder, um auf Freddys Zwei-Personen-Theorie zurückzukommen, sie hatte einen Helfer: Adam.«

Peppi hatte Trisha Reed auf vierzehn Uhr in die Dienststelle bestellt. Sie erschien pünktlich. Peppi holte sie vom Empfang ab. An der Bürotür blieb Trisha verdutzt stehen. »Wo ist der Große?«

Anscheinend hatte sie Stephan Klein an Branders Stelle erwartet. »Unterwegs«, antwortete Brander. »Ich kann jemand anderen dazuholen, wenn dir das lieber ist.«

»Nicht nötig.« Sie trat in das Büro, zog ihre braune Lederjacke aus und hängte sie über die Stuhllehne, bevor sie sich setzte. Sie war dezent geschminkt und sah, trotz der Schatten unter den Augen, verdammt hübsch aus, stellte Brander fest.

Er deutete zum Fenster. »Eigentlich ideales Flugwetter, oder?«

»Ben hat mich bis Montag beurlaubt. Nach dem, was gestern vorgefallen ist, meinte er, ich bräuchte ein paar Tage Abstand.« Ihr Blick verriet, dass sie es akzeptierte, aber für unnötig hielt.

»Frau Reed, ich habe das Protokoll Ihrer Aussage von gestern, das Sie noch unterschreiben müssten. Die Staatsanwaltschaft wird Strafantrag gegen Frau van Acken stellen wegen Bedrohung, versuchter Freiheitsberaubung, eventuell auch versuchten Totschlags.«

Trisha nahm die Papiere, die Peppi ihr reichte. »Ich bleibe

dabei, es war ein dummer Scherz eines psychisch labilen Mädchens.«

»Trisha, sie wollte, dass du mit ihr in das Flugzeug steigst. Sie wollte mit dir fliegen und das Flugzeug zum Absturz bringen!«

Peppi warf Brander einen drohenden Blick zu.

Trisha nahm seine Information mit einem Zucken der Augenbrauen zur Kenntnis, dann wandte sie sich wieder dem Protokoll zu. »Wo muss ich unterschreiben?«

Er hätte nicht sagen können, welche Gefühle seine Worte in ihr ausgelöst hatten. Sie hatte ihre Mauer wieder hochgezogen. Wie am Tag zuvor am Flugplatz zeigte sie keinerlei erkennbare Regung. Keinen Schrecken, keine Angst, nicht einmal Wut oder Ärger. *Ich habe getötet, und mit dieser Schuld muss ich leben*, erinnerte er sich an ihre Worte. Hätte er bei seinem Besuch bei ihr zu Hause nicht gesehen, dass sie noch immer zu Emotionen fähig war, hätte er sie für eine kalte Maschine halten können.

Wie am Abend zuvor spürte er den Drang, sie in den Arm zu nehmen, sie zu schützen. Verflucht noch eins, er hatte einen Mordfall aufzuklären! Würde er mit einer anderen Person auch so schonend umgehen? Was verbarg sich tatsächlich hinter Trishas Schutzschild?

»Frau Reed«, fuhr Peppi fort, nachdem Trisha das Protokoll unterzeichnet hatte. »Sie bleiben dabei, dass Constantin Dreyer in der Dienstagnacht vor seinem Tod nicht bei Ihnen war?«

»Ja.«

»Ich möchte noch einmal klarstellen, dass wir Ihnen nicht unterstellen, dass Sie ihn umgebracht haben. Es könnte ja sein, dass er bei Ihnen war und, als er ging, auf seinen Mörder gestoßen ist.«

»Er war nicht bei mir.«

»Bevor er nach Rommelsbach fuhr, war er bei Jana van Acken. Könnte sie ihm gefolgt sein?«

Trisha schüttelte energisch den Kopf. »Das ist lächerlich. Was wollen Sie konstruieren?«

»Wussten Sie von seiner Affäre mit Jana van Acken?«

Sie sah zu Brander, lehnte sich zurück und verschränkte die Arme vor der Brust. »Sag mal, sprecht ihr nicht miteinander?«

Brander spürte, wie das Blut in seinen Schläfen zu pochen begann. »Trisha, beantworte bitte die Frage.«

»Wie oft denn noch? Ich bin es leid, immer wieder die gleichen Fragen zu beantworten.«

»Der Besuch meines Kollegen gestern Abend war keine offizielle polizeiliche Maßnahme«, erwiderte Peppi ungehalten. »Ich möchte, dass Sie mir hier und jetzt zu Protokoll geben, ob Sie von der Affäre wussten oder nicht.«

»Ich wusste davon.«

»Woher? Hat Herr Dreyer es Ihnen erzählt?«

»Ich habe eine gute Beobachtungsgabe.«

»Das ist schön, aber wenig konkret.«

»CD hat Jana seit Oktober letzten Jahres jede Woche zum Fliegen eingeladen. Die beiden sind zusammen essen gegangen, und sie waren Mitte Februar ein ganzes Wochenende allein unterwegs.«

»Aha.« Peppi hob die Augenbrauen. »Sind Sie nicht auch ab und zu mit ihm essen gegangen und zusammen geflogen?«

»Ja.«

»Sie unterstellen Jana van Acken also ein Verhältnis, nur weil sie das Gleiche mit Herrn Dreyer gemacht hat wie Sie?«

Brander sah, dass Trisha die Zähne zusammenbiss.

»Da gibt es doch diese Gerüchte über Sie … Dieser Vorfall beim Fliegerfest.«

»Das ist kein Gerücht, sondern eine verdammte Lüge!«

Zum ersten Mal meinte Brander, so etwas wie Hilflosigkeit in ihrer Stimme zu hören.

»Dann erklären Sie mir bitte dieses Foto.« Peppi öffnete eine Bilddatei auf ihrem Monitor und drehte den Bildschirm so, dass Trisha es sehen konnte. »Die Frau im Hintergrund, das sind doch Sie, oder?«

»Ja.« Noch immer war ihr Kiefer angespannt. Sie kämpfte darum, ihre Beherrschung wiederzuerlangen. Brander bemerkte, wie sie in diesem bestimmten Rhythmus zu atmen begann. Es war faszinierend. Sie brauchte keine drei Atemzüge, um die kurze Gefühlswallung erfolgreich zurückzudrängen und sich wieder voll und ganz auf ihr Gegenüber zu konzentrieren.

»Dem Zeitstempel nach wurde das Bild beim Fliegerfest im September letzten Jahres aufgenommen. Nachts, gegen ein Uhr siebzehn.«

»Gut möglich.«

»Und?«

»Was, und?«

»Was machen Sie da?«

»Ich stehe neben CD.«

»Sie haben eine Hand auf seine Schulter gelegt.«

»Ja.«

»Das scheint mir eine sehr vertrauensvolle Geste.«

»Wir waren Freunde.«

»Trisha, bitte«, stoppte Brander das Geplänkel. »Hast du mit Dreyer das Fest verlassen?«

»Nein.« Sie erwiderte seinen Blick fest. »Ich hatte die Veranstaltung verlassen. Allein. Ich bin aber nicht gleich gefahren. Ich saß eine Weile im Wagen. Ich war wütend. Ich habe nicht verstanden, warum diese Frau so ein Gerücht über mich in die Welt setzt. Und dann habe ich gesehen, wie CD zu seinem Auto ging. Ich wusste, dass er getrunken hatte. Eigentlich hätte seine Frau ihn mitnehmen sollen, aber sie war schon weg.«

»Wie ist sie da weggekommen?«, fragte Peppi.

»Das müssen Sie Henriette fragen. Ich vermute, sie war mit ihrem eigenen Wagen da. CD war ja schon den ganzen Tag am Flugplatz, sie kam erst abends dazu.«

»Du hast also Herrn Dreyer gesehen. Und dann?«, forderte Brander eine Fortsetzung.

»Ich bin zu ihm gegangen, habe ihm gesagt, dass er nicht mehr fahren sollte, und habe ihm den Autoschlüssel abgenommen. Soweit ich weiß, hat er bei Ben übernachtet. Ich habe ihm seinen Autoschlüssel am nächsten Tag zurückgegeben.«

»Und wie sind Sie nach Hause gekommen?«

»Ich bin gefahren. Ich hatte nichts getrunken.«

»Tatsächlich?«, fragte Peppi skeptisch.

»Ich trinke nie bei solchen Veranstaltungen.«

Brander nickte Peppi zu. So war Trisha schon damals gewesen. Sie hatte nur selten Alkohol getrunken. Ein Glas Bier oder Wein, wenn sie mal ins Restaurant essen gingen, was damals, als Schüler, selten genug vorgekommen war. Bei Festen und Veranstaltungen blieb sie nüchtern. Kontrolle war ihr schon immer wichtig gewesen.

»Sie haben am Dienstagabend am Flugplatz mit Herrn Dreyer gesprochen«, fuhr Peppi fort. »Jemand sagte aus, es hätte so ausgesehen, als hätten Sie sich über ihn geärgert.«

»Wer sagt das aus?«

»Jemand.«

»Ich hatte mich geärgert, ja, aber das hatte nichts mit mir und CD zu tun.«

Peppi wandte sich ihrem Computer zu, suchte ein Dokument. »Sie haben ausgesagt, Dreyer wollte Sie zum Essen einladen.«

»Ja.«

»Was hat Sie daran geärgert?«

»Nichts.«

»Worüber haben Sie sich dann geärgert, Frau Reed?«

Trisha seufzte ergeben. »CD und Björn hatten eine Meinungsverschiedenheit. Ich war mit einem Flugschüler am Platz. Ich habe die beiden zurechtgewiesen, weil so eine Streiterei ein schlechtes Licht auf uns wirft.«

Brander suchte die Aussage des Flugleiters Müller. Björn Leibig hatte er nicht erwähnt.

»Worum ging es bei dieser Meinungsverschiedenheit?«, fragte Peppi.

»Das weiß ich nicht.«

»Warum hast du uns nicht schon bei der ersten Befragung von diesem Streit erzählt?«, wunderte sich Brander.

»Ich …« Zum ersten Mal geriet sie ins Straucheln. Sie hob die Schultern. »Ich hielt es nicht für wichtig.«

»Das lass doch bitte uns entscheiden! Herrgott, Trisha, das ist eine Mordermittlung!«, fuhr er sie an. Er konnte es nicht fassen. »Wir haben dich damals gefragt, ob er mit jemandem Ärger hatte. Wir haben dich mehrfach nach deinem letzten Gespräch mit Constantin Dreyer gefragt, und du hältst es nicht für nötig, uns zu sagen, dass er am Dienstagabend Streit mit Björn Leibig hatte?« Die Enttäuschung über ihre eigenmächtige Entscheidung brachte sein Blut zum Brodeln.

»Andi.« Peppi hob bremsend eine Hand.

»Weißt du wirklich nicht, worum es bei dem Streit ging, oder denkst du, das ist nicht wichtig für unsere Ermittlungen?«

Sie fokussierte einen Punkt in der Ferne, atmete tief durch. Er hätte weitermachen müssen, ihr kein Durchatmen gönnen. Sie mit Fragen bombardieren. Mit Druck ihre Fassade durchbrechen. Der Moment verstrich ungenutzt.

Sie richtete ihre Aufmerksamkeit wieder auf Brander und fuhr ruhig fort: »Ich weiß nicht, worum es bei dem Streit ging. Außerdem hieß es bei eurer ersten Befragung, es wäre Selbstmord gewesen.«

»Und du hast gesagt, dass du dir einen Selbstmord nicht vorstellen kannst«, erinnerte Brander sie an ihr Gespräch bei ihrem gemeinsamen Abendessen.

»Ja, und dann kommt ihr zum Flugplatz und behandelt mich, als hätte ich CD etwas angetan. Wenn ich euch im Nachhinein gesagt hätte, nachdem bekannt wurde, dass es kein Selbstmord war, dass Björn und CD sich öfter gestritten haben, dann hättet ihr mir doch nur unterstellt, dass ich von mir ablenken will.«

»Die haben sich öfter gestritten? Oh, Trish, verdammt! Warum sagst du uns das erst jetzt? Du behinderst unsere Ermittlungen!«

»Warum haben sie sich gestritten? Worüber?«, fragte Peppi.

»Ich weiß es nicht.«

»Frau Reed …«

»Ich weiß es nicht, und ich werde den Teufel tun und irgendwelche Gerüchte in die Welt setzen.«

»Was für Gerüchte?«

Sie schwieg.

Brander lehnte sich zurück und musterte die Frau, die er meinte, einmal gekannt zu haben, ratlos. »Jetzt sei doch nicht so stur, Trisha. Rede mit uns.«

Doch sie schwieg weiter.

»Wir versuchen herauszufinden, wer Constantin Dreyer getötet hat. Und du enthältst uns wichtige Informationen vor.« Brander verstand sie nicht. »Warum bist du nicht ehrlich zu uns?«

Trisha wandte sich ihm zu, und er sah die gleiche Wut und Enttäuschung in ihren Augen, die er empfand. »Ich bin ehrlich. Aber ihr glaubt mir trotzdem nicht. Ihr schenkt lieber den Verleumdungen einer eifersüchtigen Xanthippe Glauben. Ist ja auch einfacher: das blonde Gift. Die war's. Meinst du, ich habe nicht bemerkt, dass deine Kollegen seit Tagen bei mir in der Nachbarschaft herumfragen?«

»Ja, das tun wir.« Brander beugte sich ein Stück zu ihr vor. »Vielleicht tun wir das aber, um dich zu entlasten. Dreyer war in Rommelsbach. Und wenn er nicht bei dir war, muss er irgendwo anders gewesen sein.«

»Er war nicht bei mir.«

Er erkannte in ihrem Gesicht die Verunsicherung darüber, dass man sie für eine Mörderin hielt. Irgendwo hatte auch eine Trisha Reed ihre Grenzen. *Mit dieser Schuld muss ich leben. Aber ich habe Constantin nicht getötet.* Er wollte ihr glauben. Nein, er glaubte ihr. Aber er wusste nicht, ob er sich selbst noch trauen konnte.

»Okay. Er war nicht bei dir.« Brander unterdrückte mit Mühe den Impuls, ihre Hand zu nehmen, so wie er es früher getan hatte, um einen Streit zu beenden. »Was war zwischen Constantin Dreyer und Björn Leibig?«

»CD konnte Björn nicht leiden«, lenkte sie endlich ein.

»Warum nicht?«

»Er hielt nichts von ihm … Björn ist manchmal ein bisschen großspurig, vielleicht hing es damit zusammen.«

»Oder mit den Vorgängen beim Fliegerfest«, schlug Peppi vor.

Sofort verhärteten sich Trishas Gesichtszüge wieder. »Genau aus diesem Grund setze ich keine Gerüchte in die Welt.«

Sie wusste mehr. Oder sie ahnte zumindest, worum es bei dem Streit zwischen Dreyer und Leibig gegangen war. Aber sie würde es ihnen nicht sagen.

Oder war das alles nur Theater? Ein Ablenkungsmanöver? Wovon?

»Ich würde dir gern noch etwas zeigen«, lenkte Brander ein. Er suchte die Dateien von Dreyers Smartphone auf seinem Computer und startete das Video mit dem landenden Flugzeug.

»Das wurde an dem Dienstagnachmittag aufgenommen.«

Sie sah sich die kurze Sequenz an. »Und?«

»Warum nimmt das jemand auf und schickt es Dreyer? Ist da irgendetwas Besonderes dran?«

»Kann ich es noch einmal sehen?«

Er spielte das Video erneut ab.

»Das ist die Yankee-Alpha. CD war damit unterwegs. Was ihr da seht, ist ein missglückter Landeversuch. CD hatte kein Touch-and-Go angekündigt.«

»Was ist das?«

»Du gehst runter mit der Maschine, setzt kurz auf und startest gleich wieder durch. Er hatte eigentlich final landen wollen, aber so, wie es auf dem Video aussieht, hatten sie noch zu viel Fahrt.«

»Was hätte passieren können?«

»Durch den Schub kommt das Flugzeug beim Aufsetzen ins Springen, es hüpft hoch, fällt wieder runter, spätestens beim dritten oder vierten Aufprall bricht dir das Bugrad weg. Das Beste, was du in so einem Fall machen kannst, ist durchstarten.«

»Kommt so ein missglückter Landeversuch öfter vor?«

Sie schürzte die Lippen, schüttelte den Kopf. Das Gespräch über die Fliegerei gab ihr ihre Sicherheit zurück. »Nicht bei CD und bei den Bedingungen, die wir an dem Tag hatten. Die Sicht war ideal, kaum Wind. Ich denke, er hat Jana fliegen lassen.«

»Durfte er das?«

Trisha hob die Schultern. »Es war vermutlich nicht als offizieller Schulungsflug angemeldet – so gesehen: nein.«

»Hast du eine Idee, wer dieses Video gemacht hat?«

»Elmar Frommer.« Die Antwort kam ohne den Hauch eines Zweifels.

»Bist du sicher?«, hakte Brander dennoch nach.

»Ja. Ich habe zu der Zeit mit meinem Schüler Platzrunden gedreht und gesehen, dass er am Zaun stand. Er war eigentlich jeden Dienstag da, wenn CD da war.«

»Wir brauchen die Kontaktdaten von Trishas Flugschüler«, erklärte Brander, nachdem sie gegangen war. Er hoffte, dass der Flugschüler ihre Aussage zum Streit zwischen Dreyer und Leibig bestätigen würde.

»Die sollte Benedict Vogel uns geben können.« Peppi griff zum Telefon.

Brander sah auf die Uhr. Sie hatten noch eine Stunde Zeit bis zu ihrem Termin mit Björn Leibig, und zahllose Mails und Berichte warteten darauf, gelesen, geschrieben und weitergeleitet zu werden. Brander ließ die Schultern kreisen. Die Verspannungen in seinem Nacken waren schlimmer geworden, und der Schlafmangel der vorangegangenen Nacht machte sich bemerkbar.

»Der Flugschüler heißt Paul Färber. Vogel hat mir seine Telefonnummer gegeben. Willst du ihn anrufen?«

»Später.« Er sah zum Fenster. Die Sonne war noch nicht ganz verschwunden. »Ich brauche frische Luft.«

»Was dagegen, wenn ich mitkomme?«

Sie verließen das Polizeigebäude, spazierten die schmalen Straßen entlang zur Steinlach. Der Fluss floss friedlich in seinem Bett, die vom Regen verstärkte Strömung hatte nach zwei sonnigen Tagen nachgelassen.

»Ich weiß nicht, was ich von ihr halten soll«, durchbrach

Peppi ihr Schweigen. Sie waren eine ganze Weile den schmalen Pfad entlang des Flusses nebeneinanderher gegangen.

»Von Trisha?«

»Von wem sonst? Erzähl mir was über sie. Sie wirkt so berechnend.«

Brander dachte darüber nach. »Nein, berechnend ist nicht der richtige Ausdruck. Sie ist rational, jemand, der sich an Fakten hält. Du hast es ja gerade gehört: Bevor sie zu viel sagt, sagt sie lieber zu wenig.«

»Wie geht sie mit Problemen um?«

»Das Wort kennt sie nicht.«

»Was?«

»Es sind *challenges*. Es gibt keine Probleme, es gibt nur Herausforderungen. Eine Situation wird analysiert und dann die bestmögliche Lösung gesucht.«

»Die für sie bestmögliche Lösung.«

»Nein, sie ist sehr sozial eingestellt.«

Peppi warf ihm einen zweifelnden Seitenblick zu. »Kann ich mir irgendwie nicht vorstellen.«

»Ist aber so.«

»Warum geht man dann zur Armee und wird Jagdbomberpilotin?«

»Sie liebt die Fliegerei, schon immer. Und sie war damals überzeugt, etwas Gutes für ihr Land zu tun, wenn sie sich in den Dienst der Armee stellt.«

»Und heute ist sie nicht mehr der Meinung?«

»Ich weiß es nicht.« Er hatte aber das Gefühl, dass ihre Erlebnisse ihre Einstellung verändert hatten.

Sie setzten ihren Weg ein Stück weit schweigend fort.

»Dieses Gerücht, das Henriette Dreyer über sie in die Welt gesetzt hat, hat sie sehr verletzt«, stellte Peppi fest.

»Und aus Rache bringt sie deren Ehemann um?«

»Björn Leibig weiß, dass dieses Gerücht nicht stimmt«, fuhr Peppi fort, »hat es aber anscheinend nie dementiert.«

»Auch dann hätte Trisha den Falschen umgebracht.«

»Oder uns geschickt einen Knochen zum Fraß vorgeworfen. Wir müssen prüfen, ob es tatsächlich Antipathien zwischen Dreyer und Leibig gab.«

Peppi hatte die Hände tief in den Taschen ihres schwarzen Mantels vergraben, den Blick in die Ferne gerichtet. »Du magst sie noch sehr.«

»Ja.«

»Oh Mann, Andi.«

Ein Entenpärchen flatterte dicht über das Wasser und landete in der Nähe des Ufers. Er beobachtete die Enten eine Weile, dann wandte er sich wieder Peppi zu. »Wie kann es sein, dass du vorhin so ruhig geblieben bist, als ich dir gesagt habe, dass ich gestern Nacht bei ihr war?«

»Hattest du deswegen vorsorglich die Tür geschlossen?«

»Ja.«

Sie schmunzelte. Sie kannte sich selbst gut genug, um zu wissen, dass sie normalerweise an die Decke gegangen wäre. »Zum einen hatte ich damit gerechnet und war froh, dass du es mir beizeiten gesagt hast.«

»Und zum anderen?«

»Dank deines dusseligen Verhaltens habe ich die Wette mit Marco gewonnen. Und du kannst dir nicht vorstellen, wie froh ich darüber bin.« Ihre Mundwinkel hoben sich.

»Was war der Einsatz?«

Ihr Grinsen wurde breiter. »Das ist nicht jugendfrei.«

Er sah sie fragend an, aber sie überließ es seiner Phantasie, sich den Wetteinsatz vorzustellen.

Ihr hintergründiges Lächeln verschwand wieder. »Bist du sicher, dass du sie noch kennst?«

»Nicht mehr so gut wie früher, aber ja. Warum?«

»Sie kennt dich. Sie weiß, wie sie dich manipulieren kann.«

∗∗∗

Wie bei seinem ersten Besuch in der Polizeidienststelle kam Björn Leibig auch dieses Mal abgehetzt und mit Verspätung zu ihnen.

»Ich habe mich wirklich beeilt, aber der Verkehr um diese Zeit ist fürchterlich.«

»Kein Problem, Herr Leibig. Setzen Sie sich erst einmal.« Brander deutete auf den Besucherstuhl und schob seine Unterlagen zusammen.

Leibig trug eine Stoffhose, ein helles Hemd und darüber einen gemusterten Pullover. Er würde wieder ins Schwitzen geraten, ging es Brander durch den Kopf. Die Heizung hatten sie zwar heruntergeregelt, die Sonne hatte das Büro jedoch tagsüber aufgeheizt.

»Herr Leibig, Sie waren Dienstag vor einer Woche am späten Nachmittag am Flugplatz.«

»Ja … das hatte ich Ihnen doch gesagt.«

»Und Sie haben mit Herrn Dreyer gesprochen.«

»Ja, kurz.«

»Und dann haben Sie später noch mit ihm telefoniert.«

»Ich …« Er verstummte, deutete ein zögerliches Nicken an.

»Das haben Sie uns aber nicht erzählt.«

»Nein, ich … ähm …« Er räusperte sich. »War es tatsächlich letzte Woche Dienstag?«

Brander sah auf seine Liste, als müsse er sich vergewissern. »Ja, Dienstag vor einer Woche, gegen neunzehn Uhr zwanzig.«

»Tut mir leid, ich dachte nicht, dass das wichtig wäre. Und ich war letzte Woche krank, hab die halbe Woche im Bett gelegen. Da habe ich ehrlich gesagt gar nicht mehr dran gedacht.« Er wischte sich mit dem Handrücken über die Stirn.

Sie könnten ein Fenster öffnen, um frische Luft hereinzulassen, dachte Brander. »Was hatten Sie?«

»Magen-Darm-Virus, ziemlich übel.« Leibig lachte verkrampft.

»Worüber haben Sie mit Herrn Dreyer gesprochen?«

»Das ist jetzt schon so lange her …«

»Herr Leibig, es war das letzte Gespräch, das Sie mit Herrn Dreyer führten, bevor er starb.«

Zwischen Leibigs Augenbrauen bildeten sich tiefe senkrechte Falten. »Das ist schrecklich.«

»Worüber haben Sie mit ihm gesprochen?«

»Ich suche eine Eigentumswohnung. CD ist Immobilienmakler, und ich dachte, wir könnten da vielleicht …«

»Vielleicht was?«

»Na ja, ins Geschäft kommen. Ich hatte CD gebeten, mir ein Angebot für eine Immobilie zu machen.«

Brander fand nichts Verwerfliches an einem Immobilienkauf. »Was ist so schwer daran, uns das zu sagen?«

Wieder druckste Leibig herum. »Ich dachte, wir könnten das vielleicht … Also, nichts Illegales, aber …«

»Aber was?«

»Nichts.«

Das glaubte Brander ihm nicht. »Haben Sie deshalb mit Herrn Dreyer gestritten?«

»Gestritten?«

»Ja.«

»Wann?«

»An dem Dienstag am Flugplatz.«

»Wie kommen Sie denn darauf?«

»Hatten Sie Streit?«

»Nein, wer behauptet das?«

»Herr Leibig, bitte.«

»Ich war vielleicht etwas gestresst. Mir ging's ja da schon nicht so gut.«

»Und dennoch sind Sie nach der Arbeit zum Flugplatz gefahren, um zu fliegen?«, erinnerte sich Brander an Leibigs erste Aussage.

»Die Magen-Darm-Sache schlug ja erst am nächsten Tag voll durch.«

»Statt zu fliegen, sprachen Sie dann mit Herrn Dreyer – worüber?«

»Über sein Angebot.« Leibig kratzte sich im Nacken. »Ich fand es überteuert. Und das habe ich ihm gesagt. Vielleicht habe ich das etwas lauter gesagt.«

»Und warum dann noch das Telefonat?«

»Wir haben das Gespräch nicht zu Ende geführt. Trisha kam

dazu. Daher habe ich ihn später angerufen, um alles in Ruhe zu klären. Hat Trisha gesagt, dass wir gestritten hätten?«

»Was haben Sie denn in Ruhe geklärt?«

»Ich habe CD gesagt, dass ich es mir anders überlegt habe. Das war für ihn in Ordnung. Ich kann mir seine Dienste nicht leisten. Ich gehöre mit meinen Einkünften wohl eher nicht zu seiner Zielgruppe.«

Brander meinte, einen Hauch Verbitterung aus der Stimme zu hören.

»Wieso haben Sie sich ausgerechnet an ihn gewandt?«, fragte Peppi.

»Warum nicht? Wir kannten uns vom Flugplatz.«

»Soweit ich gehört habe, waren Sie sich aber nicht besonders grün.«

Leibig lehnte sich mit verschränkten Armen zurück. »Wer sagt denn das schon wieder?«

»Das heißt, Sie und Herr Dreyer kamen eigentlich recht gut miteinander aus?«, hakte Peppi nach.

»Wir waren nicht unbedingt befreundet. Sagte ich ja schon – ich hatte mit den Leuten vom Flugplatz sonst nicht viel zu tun.«

»Sie haben den Vorfall gestern Mittag am Flugplatz mitbekommen?«, fragte Brander.

»Nicht direkt. Ich war ja unterwegs. Ben hat mir davon erzählt, als ich wieder zurück war.«

»Wo waren Sie?«

»Im Elsass.«

»Waren Sie allein unterwegs?«

»Nein, ich … Ein Bekannter ist mitgeflogen, warum?«

»Reine Neugierde«, erwiderte Brander. »Kennen Sie Jana van Acken?«

»Ich habe sie ein paarmal gesehen, wenn sie mit CD am Flugplatz war.«

»Haben Sie eine Idee, warum Frau van Acken auf Frau Reed losgegangen ist?«

Leibig zuckte die Achseln. »Soweit ich weiß, ist sie 'ne enge

Freundin von CDs Tochter. Vielleicht fand sie es nicht gut, was zwischen CD und Trisha lief.«

»Einen Moment.« Brander suchte auf seinem Rechner das Protokoll des letzten Gesprächs mit Björn Leibig. »Sie haben ausgesagt, dass die beiden sich gut verstanden.«

»Ja.«

»Und was genau lief dann zwischen Frau Reed und Herrn Dreyer?«

»Was genau, weiß ich nicht. Aber sie mochten sich, und dienstags, wenn CD am Flugplatz war, sind sie nach Feierabend oft gemeinsam gegangen. Zumindest habe ich es so mitgekriegt, wenn ich zufällig an dem Tag geflogen bin. Und wenn ich das schon mitgekriegt habe, haben das die anderen auch mitbekommen. Ich will da natürlich nichts unterstellen, aber auffällig war das schon.«

Bei der abendlichen Soko-Sitzung sah Brander in eine Reihe müder Gesichter. Sie hatten seit Beginn der Ermittlungen mehr oder weniger rund um die Uhr gearbeitet und Unmengen an Informationen zusammengetragen. Seine Leute brauchten eine Pause, und er benötigte Zeit, all die Protokolle und Berichte in Ruhe zu sichten. Doch zunächst informierte er sein Team über die Gespräche mit Trisha und Björn Leibig.

»Interessant«, kommentierte Stephan Klein. Er nahm sich das Protokoll von Leibigs Befragung vor.

»Was?«, fragte Brander.

»Der Richtungswechsel.« Er tippte auf das Papier vor sich. »Björn ahnt, dass ihr die Info über seinen Streit mit Constantin nur von Trisha haben könnt. Sie war an dem Dienstagabend dabei. Und schon wird aus einer guten Freundschaft doch noch schnell ein Verhältnis, was er beim ersten Gespräch noch unterschlagen hatte.«

»Warum sollte er sich das ausdenken?«, fragte Hendrik.

»Genauso gut kannst du fragen, warum Frau Reed mit einem Mal damit rausrückt, dass Leibig und Dreyer sich nicht gut verstanden hätten«, erwiderte Peppi.

Klein nickte nachdenklich. »Ist was dran. So langsam haben wir allerdings eine Menge Leute, die Constantin und Trisha eine Affäre unterstellen.«

Brander sah missmutig auf die Protokolle, die vor ihm lagen. »Und warum sollte sie ihn umbringen?«

»Ein Unfall beim Quickie. Er war vorher schließlich zwei Stunden bei Jana, und dann ist der Soldat bei deiner Trisha vielleicht einfach umgefallen.«

Brander zog die Stirn in Falten. »Wenn er einen Herzinfarkt oder einen Hirnschlag gehabt hätte, hätte Maggie das bei der Obduktion erkannt. Dreyer wurde zu Boden geschlagen und zog sich dabei ein Hirntrauma zu. Er starb definitiv durch Fremdeinwirkung.«

»Vielleicht hat sich Margarete geirrt. Hat's alles schon gegeben.«

»Wo soll der Quickie stattgefunden haben? In Trishas Wohnung liegt kein Schotter.«

»Du musst es ja wissen.«

Es war ein langer Tag. Brander hatte nicht den Nerv, sich vor versammelter Mannschaft zu rechtfertigen.

Er wandte sich an Hendrik. »Hast du mit der Liebstöckel gesprochen?«

»Die kommt morgen Vormittag. Ihr Kundentermin hat heute länger gedauert, und sie hat's nicht mehr geschafft.«

»Was ist mit dem Carsharing-Unternehmen? Cory, du wolltest nachhaken, ob Jana van Acken in der Tatnacht ein Auto von denen verwendet hat.«

»Sie hatte nachmittags ein Auto geliehen, aber das hat sie gegen achtzehn Uhr dreißig wieder abgegeben«, erwiderte Cory. »Wir sollten nicht außer Acht lassen, dass Janas Ex nachts noch mit Dreyer gesprochen hat und Eifersucht auch ein Tatmotiv sein könnte. Soweit ich weiß, hat Sütterle kein Alibi für die Tatzeit. Henriette Dreyer sollten wir auch nicht ausschließen. Sie ist vermutlich die alleinige Erbin, und sie wusste, dass ihr Mann sie betrügt – wenn sie vielleicht auch die falsche Frau verdächtigt.«

»Mag alles sein«, stimmte Klein unbeeindruckt zu. »Aber keiner von denen wohnt in Rommelsbach.«

***

Brander radelte über die dunklen Landwirtschaftswege. Nicht zum ersten Mal in dieser Woche hatte er das Gefühl, den Überblick zu verlieren, etwas Wichtiges zu übersehen.

Die Kontrolllampe seines Fahrradlichts leuchtete auf. Der Akku ging zur Neige. Seine Reserven waren auch am Limit. Wann hatte er das letzte Mal sechs oder sieben Stunden Schlaf bekommen? Es schien Ewigkeiten her, und in seinem Schädel schien ein einziger dicker Knoten zu sein. Es gab so viele mögliche Täter, aber immer wieder ging der Zeiger Richtung Trisha.

Auf den letzten Metern erlosch die Lampe. Er stellte das Rad in die Garage, blieb noch einen Moment vor der Haustür stehen und genoss die Ruhe. Die Bewegung und die kühle Luft hatten gutgetan. Dennoch spürte er die Erschöpfung in jedem Glied seines Körpers. Er würde jetzt sofort ins Bett gehen und mindestens sieben Stunden schlafen, nahm er sich vor. Mit einem klaren Kopf würde er das Durcheinander schon irgendwie entknoten.

Nathalie saß im Wohnzimmer und sah fern, als er hereinkam.

»Ceci beim Sport?«, fragte Brander.

»Nee, im Bett.«

Brander sah auf die Uhr. Kurz nach elf. Freitagabend, eigentlich wäre sie jetzt mit ihren Sportsfreunden im Sportheim. Eine heiße Welle überkam ihn. Hatte er schon wieder einen Lehrgangstermin vergessen?

»Hat sie morgen einen Termin?«, fragte er vorsichtig.

»Nee.«

Er atmete auf.

»Ey, da läuft nur Scheiß. Warum haben wir kein Netflix oder Sky?«

»Weil du dann noch mehr vor der Kiste hängen würdest. Mach den Fernseher aus und lies ein gutes Buch.«

Nathalie steckte sich den Finger in den Hals.

»Ich kann dir auch ein Puzzle kaufen.«

»Boah ey, gleich kotz ich wirklich.«

»Wenn du die Sauerei hinterher wieder sauber machst, tu dir keinen Zwang an«, erwiderte Brander ungerührt. »Gibt's was Neues an der Ausbildungsfront?«

Sie warf ihm einen vernichtenden Blick zu. »Scheißfrage.«

»Und das heißt auf gut Deutsch?«

»Auch auf meine letzten zwei Bewerbungen habe ich Absagen bekommen. Ich werde mich morgen erschießen, dann ist das Problem erledigt.«

»Ich bin sicher, dass wir eine bessere Lösung für dich finden.«

»Kann mich ja bei den Bullen bewerben.«

»Ja, mach das, wir brauchen motivierten Nachwuchs.« Allerdings befürchtete Brander, dass Nathalies Lebenslauf Probleme bereiten könnte. Es war jetzt jedoch nicht der richtige Zeitpunkt, sie damit zu konfrontieren.

»Kann ich bitte weitergucken?«

»Ich denke, da läuft nur Scheiß?«

»Ja, aber jetzt will ich auch wissen, wie der Scheiß ausgeht.«

»Mach nicht mehr so lang.« Brander drückte ihr einen Kuss auf die strubbeligen Haare. »Hab dich lieb.«

Dafür bekam er wenigstens ein Gute-Nacht-Lächeln seiner Pflegetochter.

Cecilia regte sich nicht, als er ins Schlafzimmer schlich. Er schlüpfte unter die Bettdecke und legte sich auf den Rücken. Die Muskeln in seinem Nacken zwickten schmerzhaft. Vielleicht sollte er mal zum Arzt gehen und sich ein paar Massagen verschreiben lassen. Er schloss die Augen, aber sein Kopf wollte nicht zur Ruhe kommen.

Hatte Peppi recht? Versuchte Trisha, ihn zu manipulieren? Oder ließ er sich selbst von seinen Gefühlen in die Irre leiten?

Versuchte Leibig, von sich abzulenken? Aber welches Motiv sollte er haben? Ein überteuertes Immobilienangebot ganz sicher nicht. Oder führte am Ende tatsächlich alles auf Jana zurück? Die enttäuschte, verwirrte junge Frau, die zuschlug, weil sie sich hintergangen und ausgenutzt fühlte. Aber hätte sie die Kraft, einen Mann wie Dreyer über ein Brückengeländer zu stoßen? Und was war eigentlich mit Dreyers Juniorpartner Eichinger? Er würde das Gespräch mit dieser Liebstöckel morgen zusammen mit Hendrik führen. Sie fokussierten sich zu sehr auf eine Beziehungstat. Vielleicht lag das Motiv für Dreyers Tod ganz woanders.

»Muss ich mir Sorgen machen?«, fragte Cecilia leise in die Dunkelheit.

Anscheinend hatte sie doch noch nicht geschlafen. »Worüber?«

»Über uns.«

Brander fuhr der Schreck in die Glieder, verscheuchte augenblicklich alle anderen Gedanken. Er schaltete die Nachttischlampe ein und wandte sich zu seiner Frau um. »Wieso das denn?«

Sie hatte auf der Seite gelegen und drehte sich auf den Rücken. »Du bist so distanziert in letzter Zeit.«

Er stützte sich auf den Unterarm, um ihr Gesicht sehen zu können. »Da bin ich ja wohl nicht der Einzige.«

»Du kommst jeden Abend später heim, erzählst nichts, deine Jugendliebe ruft dich mitten in der Nacht an, du betrinkst dich –«

»Ceci, stopp. Jetzt mal eins nach dem anderen.«

»Du redest nicht mit mir«, fuhr sie fort. »Ich seh dich ja ohnehin kaum noch, und wenn, dann bist du schlecht gelaunt oder müde.«

»Das stimmt nicht.« Brander spürte schon wieder leichte Gereiztheit in sich aufsteigen. Was warf sie ihm denn alles vor? »Die schlechte Laune hast doch wohl du. Nur weil ich diesen einen Wochenendlehrgang vergessen habe, schmollst du seit Tagen mit mir.«

»Du hast nur diesen einen Lehrgang vergessen? Wann ist der zweite Teil?«

Es gab einen zweiten Teil?

»Als wir damals beschlossen haben, dass ich meine Arbeitszeit reduziere, um mich um Nathalie zu kümmern, sollte das nicht bedeuten, dass ich meine Arbeit zu einem netten kleinen Hobby herunterstufe.«

»Das sagt doch auch keiner.«

»Aber dieses Gefühl gibst du mir.« Schien sie gerade noch verunsichert, zeichnete sich jetzt deutlich Verärgerung auf ihrem Gesicht ab. »Dich interessiert es überhaupt nicht, wie ich Arbeit, Haushalt, Nathalie und alles andere unter einen Hut bringe. Du erwartest, dass ich dir anstandslos den Rücken freihalte, hier alles manage, damit du ungestört deinen Job machen kannst, von dem du mir neuerdings auch nichts mehr erzählst. Ich kann ja in der Zeitung lesen, was bei dir los ist.«

»Jetzt übertreibst du aber. Nur, weil ich in den letzten Tagen –«

»Es sind doch nicht nur die letzten zehn Tage«, fuhr sie ihm ins Wort. »Das geht schon seit Wochen. Du gehst morgens als Erster aus dem Haus, kommst abends spät heim und bist dann schlecht gelaunt wegen des Verkehrs, irgendwelcher Staus oder was weiß ich.«

Er wusste, dass sie nicht ganz unrecht hatte. Er verließ sich darauf, dass Cecilia zu Hause alles im Griff hatte. Er arbeitete montags bis freitags und bei einer Mordermittlung zusätzlich häufig die Wochenenden durch. Er schob Berge von Überstunden vor sich her. Und die Polizeireform war nicht besonders förderlich gewesen, um diese Stunden abzubauen. Im Gegenteil: Der Zuständigkeitsbereich war größer geworden, das Arbeitsvolumen hatte zugenommen, und es kamen jetzt noch täglich mindestens zwei Stunden Autofahrt zur Esslinger Dienststelle hinzu. Die Pensionswelle, die gerade rollte, hinterließ offene Stellen, die nicht wieder besetzt werden konnten oder einfach wegrationalisiert wurden, und sie mussten die Arbeit irgendwie auffangen. Grund zum Jubeln bot sein Job in letzter Zeit wirklich nicht. Allein bei diesen Gedanken verdüsterte sich Branders Stimmung.

»Dieser Vorfall gestern am Flugplatz«, fuhr Cecilia fort, »die Fluglehrerin war Trisha, oder?«

»Ja.«

»*Die* Trisha?«

»Was heißt denn *die* Trisha?«

»Deine große Jugendliebe, die dir damals das Herz gebrochen hat, das heißt *die* Trisha. Aus heiterem Himmel ruft sie dich mitten in der Nacht an. Unwichtig, sagst du mir. Und dann bist du ein paar Tage später zufällig an dem Flugplatz, an dem sie arbeitet.«

Die Betonung ihrer Worte gefiel ihm nicht. »Ich war dienstlich da.«

Cecilia sah ihm prüfend ins Gesicht, ihre Stimme klang angespannt, als sie weitersprach. »Und wo warst du letzte Nacht?«

Ihm stockte der Atem. »Wie bitte? Ceci, was um Himmels willen denkst du denn?«

»Ich weiß nicht, was ich im Moment denken soll.«

»Wie lange sind wir jetzt miteinander verheiratet?«

»Das ist keine Garantie.«

Ihre unausgesprochene Unterstellung ärgerte ihn. »Trisha ist Teil einer Mordermittlung, mehr nicht.«

»Woher soll ich das wissen? So oft rufen dich *Teile* deiner Mordermittlung nachts ja glücklicherweise nicht an.«

Sie konnte sich den Sarkasmus nicht verkneifen. Eifersucht. Das passte überhaupt nicht zu ihr. Er stutzte. »Woher weißt du überhaupt, dass Trisha auf dem Flugplatz war?«

»Die haben eine Internetseite mit Namen und Fotos der Fluglehrer. Ein bisschen viel Zufall, dass eine Fluglehrerin namens Trisha auf dem Flugplatz arbeitet, auf dem du gerade warst, dass dich eine unwichtige Trisha kurz zuvor nachts anruft und dass deine Trisha damals nach Amerika ging, um Pilotin zu werden. So viele Trishas gibt es nicht.«

Sie bemühte sich, nicht laut zu werden. Sie wollte nicht, dass

Nathalie ihren Streit mitbekam. Dennoch war die Schärfe in ihrer Stimme nicht zu überhören.

»Ich weiß, dass du über laufende Ermittlungen nicht mit mir reden darfst, aber muss ich tatsächlich aus der Zeitung erfahren, dass du dich mit ihr triffst?«

»Es besteht kein Grund, eifersüchtig zu sein.« Der Arm, auf den er sich stützte, schlief ein. Er setzte sich im Bett auf, versuchte, das Kribbeln herauszuschütteln.

»Ich bin nicht eifersüchtig.«

»Was ist es dann?« Er war hin- und hergerissen zwischen Ärger und Ratlosigkeit. Unterstellte sie ihm allen Ernstes eine Affäre mit seiner Jugendliebe? Kannte sie ihn so schlecht? »Ceci, ich verstehe nicht, was in letzter Zeit mit dir los ist.«

Sie sah ihn an. Er erkannte, dass sie mit sich rang. Schließlich wandte sie den Kopf zur Seite. »Ich habe einfach keine Kraft mehr, um deine Aufmerksamkeit zu betteln, ständig deine Hilfe hier einzufordern und zu ertragen, dass immer alles andere wichtiger ist.«

»Ceci, bitte …« Was sollte er sagen? Keine Kraft mehr. Betteln. Sie sollte doch nicht um seine Aufmerksamkeit betteln! War er so ein fürchterlicher Ehemann geworden?

»Ich kämpfe noch immer mit den Folgen des Überfalls. Aber das merkst du überhaupt nicht. Für dich mag Gewalt zum Alltag gehören. Mich belastet es.«

Jetzt kam aber auch wirklich alles auf den Tisch. Der Überfall auf Cecilia lag kein halbes Jahr zurück. Die blauen Flecken waren verheilt. Aber die Ohnmacht, die Ceci erfahren hatte, war nicht so leicht zu verarbeiten. Er wusste es, in den ersten Wochen nach dem Überfall hatten sie viel darüber gesprochen. Aber irgendwann hatte der Alltag sie wieder fest im Griff gehabt.

»Warum sagst du denn nichts? Ich kann doch nicht in dich reingucken.«

»Wann denn, Andreas? Sag mir, wann!«

Er fand keine Worte. Sprachlos saß er neben seiner Frau im Bett. Wie oft hatte er sich vorgenommen, mit ihr zu sprechen, sich Zeit zu nehmen? Und jedes Mal war er spät nach Hause gekommen und hatte es auf den nächsten Tag verschoben.

Cecilia seufzte resigniert. »Nathalie findet keine Lehrstelle, sie ist total frustriert. In ein paar Monaten ist sie mit der Schule fertig und dann? Sie braucht eine Perspektive.«

»Dafür finden wir schon noch eine Lösung.«

»Wir?«

»Ja, wir.« Er suchte ihre Hand, verschränkte seine Finger mit ihren. Zu seiner Erleichterung zog sie die Hand nicht zurück. »Aber es geht jetzt nicht um Nathalie. Es geht um dich.«

Sie wandte sich ihm wieder zu. »Es geht um uns, Andi.«

»Ich will nicht der Grund dafür sein, dass es dir schlecht geht.« Er sah seiner Frau in die Augen. »Ich will nicht, dass es dir überhaupt schlecht geht.« Er drückte sanft ihre Hand. Es schmerzte ihn, dass er ihren Kummer ignoriert hatte. »Wo fangen wir denn an, damit wir das alles wieder in den Griff kriegen?«

»Es würde helfen, wenn du mir das Gefühl geben könntest, mich und meine Arbeit zu respektieren.«

»Das tue ich doch.«

Sie verzog zweifelnd das Gesicht. »So handelst du aber nicht.«

»Gib mir eine Chance, dir zu zeigen, dass ich dich sehr wohl ernst nehme.«

Er sah ihr an, dass sie noch immer haderte. Mit seiner Unachtsamkeit und seinem Egoismus hatte er sie verletzt.

»Im April ist dein nächstes Workshop-Wochenende.«

Sie kniff prüfend die Augen zusammen. »Das ist geraten.«

»Aber gut geraten, oder?« Er wagte ein versöhnliches Lächeln, löste seine Finger von ihren und strich sanft über ihren Arm. »Bitte, gib mir eine Chance.«

»Das zweite Aprilwochenende. Es ist das Wochenende nach Ostern. Wenn du das vergisst, schläfst du den Rest des Jahres im Keller.«

»Ich werde es nicht vergessen.« Er hob feierlich die Finger zum Schwur.

»Im Heizungskeller, wohlgemerkt.«

»Das sind aber drakonische Strafen.«

»Es liegt in deiner Hand.«

Er hob ihre Finger an seine Lippen, küsste sie. »Ich liebe dich, Ceci. Und ich ertrage es nicht, wenn du böse mit mir bist.«

Ihre Gesichtszüge entspannten sich. Sie legte ihre Hand in seinen Nacken, zog ihn zu sich herunter.

Er küsste zärtlich ihre Wangen, ihre Nase, ihren Mund, sog ihren vertrauten Duft ein. Er spürte, wie sie nachgab, seine Liebkosungen erwiderte. Er hielt sie fest und wollte ganz in ihr versinken.

»Du bist aber heute spät«, stellte Peppi fest, als Brander gegen zehn in die Dienststelle kam. Ihrem Schreibtisch nach zu urteilen, war sie nicht erst vor fünf Minuten gekommen. Ordner und Papiere bedeckten einen Großteil der Arbeitsplatte, die Kaffeetasse war bereits leer.

»Ich musste ein paar Stunden Schlaf nachholen.«

»Na, hoffentlich zu Hause.«

Brander warf ihr einen vernichtenden Blick zu. »Habt ihr wieder gewettet?«

»Nein, aber wo du's erwähnst – Marco kommt gleich noch zu uns.« Ein Grinsen breitete sich auf ihrem Gesicht aus, und Brander fragte sich erneut, was der nicht jugendfreie Wetteinsatz gewesen sein mochte.

»Willst du noch 'nen Kaffee?« Er deutete auf ihre leere Tasse.

»Nein, danke.«

Brander ging durch den Flur zur Kaffee-Ecke. Die meisten Büros waren leer, es war ruhig in der Etage. Er suchte eine saubere Tasse und stellte sie unter den Automaten. Das Gespräch der vergangenen Nacht hing ihm nach. Cecilia ging es nicht gut, und er hatte es nicht wahrgenommen. Er hatte nicht mit ihr geredet, und sie hatte die spärlichen Informationen, die sie bekommen hatte, falsch interpretiert. Unwillkürlich schob sich Trisha in seine Gedanken. Interpretierte er bei ihr auch etwas falsch? Oder ging es bei diesem Fall nicht um Beziehungen? Aber worum ging es dann?

»Guten Morgen, Andreas.«

Brander zuckte zusammen. »Stephan, verflucht!« Er hatte den Kollegen nicht kommen hören.

Klein lachte auf. »Noch nicht wach? Pass auf, Andreas, gute Nachrichten: Ich habe einen Rentner aufgetrieben, der unter seniler Bettflucht leidet und dazu noch einen inkontinenten

Dackel hat. Er kommt heute Vormittag zu uns. Ich hoffe, er lässt den Dackel zu Hause. Nicht dass der uns auf dem Büroteppich ausläuft.«

Brander konnte ihm nicht folgen. »Wo hast du was für einen Rentner aufgetrieben?«

»In Rommelsbach.«

»Und warum hast du das gestern in der Sitzung nicht erwähnt?«

»Weil ich den Georg und seinen Paule erst danach getroffen habe.«

»Du warst gestern Abend noch in Rommelsbach?«

»Guter Mann, du verstehst schnell.« Klein grinste spöttisch und drängte ihn mit der Schulter zur Seite, um sich ebenfalls einen Kaffee zu machen. »Mir fehlten noch zwei Parteien in Trishas Nachbarschaft, und da dachte ich mir, ich versuche mein Glück mal zu späterer Stunde. Lag ja mehr oder weniger auf dem Heimweg. Als ich da ankam, lief gerade der Georg mit dem Paule vorbei. Der wohnt im Nachbarhaus von deiner Schnecke.«

»Sie heißt Trisha und ist weder meine Schnecke noch sonst irgendetwas.«

»Schon klar, Andreas.« Klein klopfte ihm jovial auf die Schulter. »Jedenfalls hat der Georg den Constantin gesehen.«

»Wann?«

»Kann er dir alles erzählen, wenn er hier ist.«

»Wann will dein Rentner kommen?«

Klein sah auf seine Armbanduhr. »In zehn Minuten.«

Der helle Anzug, den Georg Genkinger für den Besuch im Tübinger Polizeirevier angezogen hatte, schlackerte um den schmalen vorgebeugten Oberkörper des Sechsundsiebzigjährigen. Das lichte weiße Haar hatte er von links nach rechts über den Schädel gekämmt.

»Wie sind Sie hergekommen?«, erkundigte sich Brander.

»Ich bin mit dem Auto gefahren. Das Gehen bereitet mir Schwierigkeiten, aber Auto fahren kann ich noch.« Die Stimme klang etwas belegt, aber mit seinen wässrig blauen Augen in dem faltigen Gesicht sah Genkinger Brander aufmerksam an, als suchte er nach einer Erinnerung.

»Georg, der Andreas möchte gern hören, was du mir gestern Abend erzählt hast«, erklärte Klein in einem Ton, als würde er den alten Mann schon seit Ewigkeiten kennen. »Der Georg geht nämlich jeden Abend mit seinem Hund spazieren, nicht wahr?«

»Ja, der Paule ist schon alt. Der kann nicht mehr so an sich halten. Drei Mal gehe ich nachts mit ihm raus. Zwischen zehn und elf, zwischen zwei und drei und dann wieder gegen halb sechs. Dann drehen wir immer eine kleine Runde in der Straße.«

Er nickte leicht, während er mit ihnen sprach. Brander hoffte, dass er nicht automatisch ebenfalls zu nicken begann. »Es geht um den Dienstagabend vor knapp zwei Wochen. Waren Sie da auch mit Ihrem Hund spazieren?«, fragte er.

»Ich gehe jede Nacht mit dem Paule. Sie habe ich auch gesehen.«

»An dem Dienstag?« Oje, den Zeugen konnten sie vergessen, dachte Brander.

»Nein. Vor zwei Tagen, am Donnerstagabend. Sie waren bei Frau Reed. Sie haben ein paarmal bei ihr geklingelt.«

Jetzt erinnerte sich Brander wieder. Ein Mann war mit seinem Dackel über den Gehsteig geschlurft, als er aus dem Wagen gestiegen war. Der Alte hatte ihn offensichtlich beobachtet, während er vor Trishas Haus stand.

»Und an dem Abend vor elf Tagen, was haben Sie da gesehen?«

»Das war bei meiner ersten Runde mit Paule. Ich war spät dran, es war schon kurz vor elf. Herr Dreyer hatte gegenüber vom Haus geparkt. Er war gerade gekommen, ich sah ihn einparken, als ich das Haus verließ.«

»Sie kennen Constantin Dreyer?«

»Ja, ich habe eine Eigentumswohnung, also sie gehört meinem Sohn, aber ich wohne dort. Herr Dreyer hat meinem

Sohn die Wohnung damals verkauft. Er hat auch Frau Reed die Wohnung im Nachbarhaus verkauft und sie dort öfter besucht. Herr Dreyer und Frau Reed sind beide Fluglehrer.«

Der alte Mann war anscheinend bestens über seine Nachbarin informiert.

»Herr Dreyer hat also vor dem Haus geparkt.«

»Ja, auf der gegenüberliegenden Straßenseite, so wie Sie am Donnerstag. Ich habe Herrn Dreyer zugenickt, und er hat gewunken. Paule und ich haben unsere Runde gedreht. Und als wir zurückkamen, saß er immer noch im Auto.«

»Wie spät war es da?«

»So zehn nach elf muss es gewesen sein. Ich geh mit dem Paule immer nur eine kleine Runde, mal kurz die Straße auf und ab. Der Paule kann nicht so weit laufen, und ich bin ja auch nicht mehr so gut zu Fuß. Als Herr Dreyer noch immer im Auto saß, habe ich mir ein bisschen Sorgen gemacht.«

»Konnten Sie ihn denn die ganze Zeit sehen?«

»Auf dem Rückweg, ja, aber ich habe auch gute Hörgeräte.« Genkinger tippte sich an sein rechtes Ohr. »Ich hätte es gehört, wenn er die Autotür zugeschlagen hätte. So viel ist um die Zeit in unserer Straße nicht los.«

»Sie sagten, Sie haben sich Sorgen gemacht. Warum?«

»Herr Dreyer ist immer recht forsch unterwegs. Aber an dem Abend saß er die ganze Zeit in seinem Auto. Das war ungewöhnlich. Da denkt man immer gleich das Schlimmste – ein Herzinfarkt, ein Schlaganfall. Ich bin zu ihm gegangen und habe ihn gefragt, ob alles in Ordnung sei. Herr Dreyer ist ein netter Mensch. Er hat uns damals sehr gut beraten bei dem Immobilienkauf. Manche wollen einem nur das Geld aus der Tasche ziehen. Aber so war Herr Dreyer nicht.«

»Und brauchte Herr Dreyer Ihre Hilfe?«

»Nein, zum Glück nicht. Wir haben uns kurz unterhalten. Er sagte, er habe mit Frau Reed etwas besprechen wollen, aber es sei ihm aufgefallen, dass es schon ziemlich spät ist. Das war es ja auch. So spät besucht man doch keine alleinstehende Frau mehr.« Er hielt inne und sah betreten zu Brander. Sein Besuch bei Trisha am Donnerstagabend hatte nicht viel früher stattgefunden. »Aber die Zeiten haben sich wohl geändert.«

»Herr Dreyer war also nicht bei Frau Reed?«

»Ja. Es brannte auch kein Licht in ihrer Wohnung. Ich denke, sie hat schon geschlafen. Sie geht normalerweise beizeiten zu Bett.«

»Woher wissen Sie das?«

»Sie geht frühmorgens laufen. Ich sehe sie immer, wenn ich mit dem Paule die Runde um halb sechs gehe. Manchmal begleitet sie mich ein Stück. Sie ist ein Morgenmensch und geht lieber abends zeitig zu Bett. So war ich früher auch, aber heute bin ich froh, wenn ich mal zwei Stunden am Stück schlafen kann. Wenn der Paule mal nicht mehr ist, da weiß ich gar nicht, wie ich dann die Nächte rumkriegen soll. Frau Reed hat mir manchmal Kuchen gebracht und mit mir Kaffee getrunken. Wenn es zu stark regnet, fallen ihre Flugstunden aus, dann hat sie unverhofft Zeit. Und ich freue mich über ein bisschen Gesellschaft.«

Das klang nach Trisha. Sie interessierte sich für ihre Mitmenschen. Es tat Brander gut, zu hören, dass jemand positiv von ihr sprach.

»Als Sie mich vor zwei Tagen gesehen haben – woher wussten Sie, dass ich bei Frau Reed war?«

Der Alte schmunzelte. »Ich wusste es nicht, aber ich habe es mir gedacht. Sie haben zu ihrem Fenster hochgesehen, als Sie gekommen sind, und es war die einzige Wohnung, in der noch Licht brannte, als Sie gegen halb drei wieder gegangen sind. Da war ich gerade mit Paule bei unserer zweiten Runde. Sie waren allerdings so in Gedanken, dass Sie mich gar nicht bemerkt haben.«

»Das ist wohl wahr«, gab Brander zu. »Ist Ihnen bei dem Gespräch mit Herrn Dreyer sonst noch etwas aufgefallen? Hat er noch etwas anderes zu Ihnen gesagt?«

»Nein. Es war ihm unangenehm, dass ich ihn so spät vor dem Haus gesehen habe. Er ist dann gleich gefahren, nachdem ich mich verabschiedet hatte. Allerdings …« Georg Genkinger zog die Stirn kummervoll in Falten. »Er schien mir etwas bedrückt.«

»Halb drei? Du Windhund«, frotzelte Klein, während sie über den Flur zum Konferenzraum gingen.

»Stephan, spar dir deine blöden Kommentare, okay?« Brander nervten die ständigen Anspielungen.

»Andreas, mein Freund, war 'n Spaß.« Klein bedachte ihn mit einem Stirnrunzeln in seinem faltigen Bulldogengesicht und stieß ihm kumpelhaft in die Seite. »Jetzt sei mal nicht so grantig. Meiner Nachtschicht ist es schließlich zu verdanken, dass die Aussage deiner Trisha belegt werden kann. Constantin war in Rommelsbach, aber nicht bei ihr.«

»Kriegst 'nen Orden für deinen Einsatz.«

»Ein guter Scotch wäre mir lieber.«

»Bei Gelegenheit auch das.«

»Das ist 'n Wort.«

»Aber Dreyer wollte zu ihr«, stellte Brander fest. »Ich frage mich, warum?«

Peppi saß bereits mit Marco Schmid im Konferenzraum, als Brander mit Klein hereinkam.

»Herr Schmid, ich habe gehört, Sie haben eine Wette verloren«, begrüßte Brander den Staatsanwalt mit bedauerndem Lächeln.

Schmid bedachte ihn mit finsterer Miene. »Ganz dünnes Eis, Herr Brander, Sie bewegen sich auf ganz dünnem Eis.«

Es war wohl nicht der richtige Zeitpunkt für einen lockeren Spruch.

Klein sah interessiert von einem zum anderen. »Was für 'ne Wette?«

»Konzentrieren wir uns auf die Ermittlungen. Ich will nicht den ganzen Tag hier verbringen«, erwiderte Schmid ungeduldig. »Wo ist der Rest der Truppe?«

»Es ist Wochenende. Wir arbeiten heute nur mit kleiner Besetzung.« Brander setzte sich an den Konferenztisch neben

Peppi. »Hendrik hat gleich das Gespräch mit Christa Liebstöckel, Jens Schöne und Fabio Esposito sollten auf dem Weg zu Elmar Frommer sein, wegen des Smartphones. Danke übrigens für die schnelle Unterstützung.«

»Keine Ursache. Ich denke, es ist im Interesse aller, dass wir diesen Fall bald zu einem Ende bringen.« Erneut warf er Brander einen grimmigen Blick zu. »Der Richter hat angeordnet, dass Jana van Acken übers Wochenende in der Psychiatrie bleibt. Montag wird neu geprüft. Gibt es Indizien, die dafürsprechen, dass sie an der Tötung von Constantin Dreyer beteiligt war?«

»Bis jetzt nicht.«

»Andere Gründe, die für eine Verlängerung ihres Aufenthalts sprechen?«

»Ob sie tatsächlich suizidgefährdet ist, kann ich nicht beurteilen. Da gibt es unterschiedliche Aussagen.«

»Dann wird man die zwangsweise Einweisung vermutlich nicht weiter aufrechterhalten.« Schmid sah auf sein Tablet. »Was ist mit den beantragten Handyauswertungen von Eva Dreyer und Adam Sütterle?«

Der Staatsanwalt legte Tempo vor.

»Dazu habe ich noch keine Informationen«, erwiderte Brander.

»Warum nicht?«

»Weil wir nicht mehr als arbeiten können. Sie wissen doch selbst, was hier in den letzten Tagen los war.«

»Ja, allerdings.« Schmid studierte wieder seine Notizen. »Was ist mit Elmar Frommer?«

»Er war laut eigener Aussage zur Tatzeit allein zu Hause.«

»Wurde das überprüft?«

»Wir haben die Nachbarschaft befragt«, antwortete Klein. »Es konnte niemand bestätigen, dass er zu Hause war, aber auch nicht, dass er es nicht war.«

Schmid hob den Blick zur Karte an der Wand. »Von Kirchentellinsfurt nach Rommelsbach ist es nicht allzu weit.«

»Woher hätte er wissen sollen, dass Dreyer in Rommelsbach ist?«, fragte Peppi.

»Er hat ihm da nicht aufgelauert«, erklärte Klein. »Der Constantin ist höchst lebendig aus Rommelsbach weggefahren. Und zwar allein.«

»Woher wissen Sie das?«, fragte Schmid verwundert.

»Gibt 'nen Zeugen.«

»Warum steht das hier nirgends?«

»Weil wir gerade erst mit ihm gesprochen haben. Aber du machst hier ja gleich Stress, kaum, dass wir in der Tür sind.«

»Herr Klein …«

»Ich heiße Stephan.«

»Das weiß ich, Herr Klein«, erwiderte der Staatsanwalt frostig. »Dann berichten Sie, bitte. Was sagt Ihr Zeuge?«

Klein fasste die Aussage von Georg Genkinger zusammen.

»Haben Sie ihn auch gefragt, ob ihm jemand anders aufgefallen ist?«

»Nein.«

»Also könnte Frommer durchaus in Rommelsbach gewesen sein.« Schmid sah grübelnd zum Fenster. »Warum fährt Dreyer ins Siebenmühlental? Warum nicht nach Hause?«

»Freddy hat gesagt, jemand wäre mit Dreyers Wagen gefahren«, erinnerte sich Peppi. »Der Fahrersitz war verstellt. Aber wann soll der Fahrerwechsel eigentlich stattgefunden haben, wenn Dreyer direkt von Rommelsbach zu diesem Parkplatz gefahren ist?«

»Vielleicht gab es keinen Fahrerwechsel«, schlug Brander vor.

»Und wozu dann der verstellte Sitz?«

»Täuschung.«

»Um was vorzutäuschen?«, fragte Schmid.

»Einen Fahrerwechsel.«

Der Staatsanwalt runzelte zweifelnd die Stirn. »Rekonstruieren wir einmal: Der Täter lockt Dreyer auf den Parkplatz, schlägt ihn dort nieder, schafft ihn rauf auf die Brücke und stürzt ihn runter. Dann geht er wieder hinunter, verstellt den Fahrersitz von Dreyers Wagen und verschwindet. Das klingt nicht nach einer Tat im Affekt.«

»Das hast du doch damals schon gesagt«, erinnerte sich Peppi an Branders Worte, als sie das Ergebnis der Obduktion mit Margarete Sailer besprochen hatten.

»Ich hatte gesagt, es klingt ziemlich abgebrüht«, korrigierte Brander sie. »Das schließt eine Tat im Affekt nicht aus. Der Täter schlägt ihn nieder, und dann setzt ein Mechanismus ein, der ihn sehr effektiv reagieren lässt.«

Schmid überflog die Namen, die an der Wand aufgereiht waren. »Wer käme dafür in Frage?«

»Ich wüsste jemanden, aber da krieg ich gleich wieder Schläge.«

Brander war klar, wer Peppi als Erstes in den Sinn kam. »Trisha bringt vielleicht die Voraussetzungen mit –«

»Nicht vielleicht«, unterbrach Peppi ihn. »Du hast es doch selbst gesehen!«

»Aber sie hat kein Motiv.«

»Wissen wir das so genau? Wir könnten zur Abwechslung auch mal Henriette Dreyer glauben. Vielleicht gab es doch Trouble zwischen Dreyer und *Lieutenant Colonel* Reed.«

»Der Georg hat ausgesagt, dass Trisha zu Hause gewesen wäre«, gab Klein zu bedenken.

»Woher weiß er das?«, fragte Peppi. »Hat er sie gesehen? Hat er mit ihr gesprochen? Nur weil kein Licht in ihrer Wohnung brannte, heißt das nicht, dass sie friedlich geschlafen hat. Vielleicht war sie längst im Siebenmühlental.«

Schmid sah nachdenklich zu seiner Lebensgefährtin. »Aber logisch ist das irgendwie nicht. Warum fährt Dreyer dann erst nach Rommelsbach und anschließend ins Siebenmühlental? Laut Auswertung von Dreyers Smartphone gab es an dem Abend keine Kommunikation zwischen den beiden, weder Anruf noch WhatsApp.«

»Jetzt fall du mir auch noch in den Rücken«, schimpfte Peppi.

»Wir gehen immer davon aus, dass es eine Beziehungstat war«, überlegte Brander. »Vielleicht liegt das Motiv woanders.«

»Wenn's nicht um enttäuschte Liebe geht, dann um Geld«, befand Stephan Klein.

»Geld«, wiederholte Schmid. »Welche Ansätze hätten wir da?«

»Der Streit mit seinem Juniorpartner um irgendeine Fehlkalkulation«, antwortete Brander.

»Was ist mit der Flugschule?«

»Ob es da finanzielle Probleme gibt, weiß ich nicht.«

»Der Mann ist seit zehn Tagen tot, und wir sind keinen Schritt weiter.« Die Frustration stand dem Staatsanwalt deutlich ins Gesicht geschrieben. »Überprüfen Sie die finanzielle Situation seiner Immobilienfirma und der Flugschule.«

»Am Wochenende? Na, das wird ein Spaß«, murrte Peppi. »Warum seht ihr alle nicht das Offensichtliche? Trisha Reed passt perfekt in unser Täterprofil.«

»Das allein macht sie aber nicht zur Täterin«, gab Schmid zu bedenken.

Peppi seufzte resigniert. »Wo fangen wir an?«

»Ihr zwei nehmt euch die Flugschule vor.« Brander deutete auf Klein und Peppi. »Und ich schau mal, ob die Liebstöckel noch bei Hendrik sitzt.«

Brander fand Christa Liebstöckel zusammen mit Hendrik Marquardt in dessen Büro.

»… so etwas geht einfach nicht«, erklärte sie mit Nachdruck. Die aschblonden Haare, die sie zu einem straffen Zopf zusammengebunden hatte, verstärkten die strengen Gesichtszüge der Vierunddreißigjährigen. »Ich will Herrn Eichinger keine Absicht unterstellen, aber es war nicht das erste Mal, dass so etwas vorkam.«

»Tut mir leid, wenn ich Sie unterbrechen muss, aber worum genau geht es?«

»Ich muss nicht alles wiederholen, oder?« Sie strich den Stoff ihres dunkelblauen Rocks glatt und sah hilfesuchend zu Hendrik.

»Wenn ich es richtig verstanden habe«, sagte er, »hat die

Immobilienfirma den Verkauf mehrerer Reihenhäuser eines privaten Investors übernommen. Der Investor hat gemeinsam mit Ihrer Immobilienfirma die Sanierung und den Verkauf geplant, aber Herr Eichinger hat, sagen wir, durch fehlerhafte Berechnungen, einen viel zu niedrigen Verkaufspreis angesetzt.«

»Vereinfacht ausgedrückt, ja«, bestätigte Christa Liebstöckel. »Verstehen Sie das nicht falsch, Herr Dreyer war ein fairer Geschäftsmann. Es ging ihm nicht um das schnelle Geld. Er wollte zufriedene Kunden auf beiden Seiten, damit sie uns weiterempfehlen. Jedes Geschäft war für ihn eine Investition in die Zukunft. Aber wir müssen Gewinne erzielen. Und so ein Angebot … Ich will nicht dramatisieren, aber in der Größenordnung hätte es uns ruinieren können.«

»Warum das?«, fragte Brander.

»Wir haben mit dem Investor einen Vertrag, dass er einen Betrag X für seine Immobilien bekommt. Wenn wir die Immobilie zu günstig verkaufen, müssen wir die Differenz aus eigener Tasche an ihn bezahlen. Wir können dem Käufer ja nicht im Nachhinein sagen, dass er noch einmal fünfzig- oder hunderttausend Euro drauflegen muss. Das geht vertraglich nicht, außerdem würden wir an Glaubwürdigkeit und Renommee verlieren.«

»Fünfzig- bis hunderttausend? Wie kann man sich denn so verrechnen?«

Die Liebstöckel verzog abschätzig das Gesicht. »Fragen Sie Herrn Eichinger.«

»Und so eine Fehlkalkulation kam nicht zum ersten Mal bei Herrn Eichinger vor?«

»Nicht in der Größenordnung, aber: ja.«

»Gab es deswegen öfter Auseinandersetzungen zwischen Herrn Dreyer und Herrn Eichinger?«

»Das weiß ich nicht, da müssten Sie Frau Norten oder Frau Hendel fragen. Allerdings war Herr Dreyer an dem Montag, als ich ihm die Unterlagen zeigte, sehr aufgebracht. Ich hatte die Zahlen im Dokument markiert, die falsch kalkuliert waren.«

»Ich will Ihnen jetzt keine Kompetenz absprechen, aber Sie sind sicher, dass Sie das richtig beurteilt haben?«

»Ich bin Immobilienkauffrau und mittlerweile seit fast fünfzehn Jahren in diesem Bereich tätig. Ein bisschen Ahnung habe ich schon!«

»Nichts für ungut«, beschwichtigte Brander sie. »Seit wann arbeiten Sie für Herrn Dreyer?«

»Ich habe das Reutlinger Büro vor drei Jahren übernommen. Ich führe es sehr eigenständig. Herr Dreyer hätte mir diese Verantwortung nicht übertragen, wenn er es mir nicht zugetraut hätte.«

»Sie waren seine Angestellte, aber kein Partner, oder?«

»Er hatte mir Anfang des Jahres eine Partnerschaft in Aussicht gestellt. Seine Tochter hat kein Interesse, in das Familienunternehmen einzusteigen, und Herr Dreyer wollte auf lange Sicht etwas kürzertreten, um mehr Zeit für andere Dinge zu haben.«

Brander sah die Frau aufmerksam an. »Andere Dinge?«

»Ich denke, das Fliegen. Er hat Anteile an einer Flugschule, und da hätte er gern mehr Zeit investiert.«

»Wussten Sie von seiner Affäre?«

Christa Liebstöckel hob überrascht die Augenbrauen. »Welche Affäre?«

»Kommen wir noch einmal auf die Partnerschaft zu sprechen«, wechselte Brander das Thema wieder. »Gibt das Unternehmen genug her, um drei Partner finanziell zu tragen?«

Die Immobilienkauffrau legte die Handflächen aneinander und sog die Luft ein. »Generell stehen wir sehr gut da. Allerdings … so ganz zufrieden war Herr Dreyer mit Herrn Eichingers Arbeit in den letzten Monaten nicht mehr. Die Gründe habe ich Ihnen gerade genannt. Ich kann es nur vermuten, aber vielleicht wollte er die Partnerschaft mit ihm beenden.«

Brander hatte sich von Christa Liebstöckel verabschiedet und war auf dem Weg in sein Büro, als Fabio ihm im Flur entgegenkam.

»Habt ihr Laptop und Smartphone bekommen?«, erkundigte er sich.

»Ja. Herr Frommer war nicht sehr erfreut.«

»Sag bloß.«

»Jens schaut sich die Geräte an.«

»Und du?«

»Ich wollte nach Hause, meinen Mädchen mal wieder ihren Papa zeigen. Die haben mich die ganze Woche nicht gesehen.« Fabio schielte ihn unter seinen langen Haaren besorgt an.

»Warum bist du dann noch hier?«

»Weil ich noch eine Info für dich habe. Gestern war Testamentseröffnung.«

»Ja, und?« Brander ließ ungeduldig die Hand kreisen.

»Henriette Dreyer ist nicht die Alleinerbin. Sie bekommt das Haus und die Immobilienfirma. Tochter Eva erhält fünfzig Prozent seines Anteils an der Flugschule sowie die Wohnung in der Innenstadt, in der sie bereits wohnt.«

»Jetzt sag nicht, die andere Hälfte bekommt Jana van Acken?«

»*No, commissario.* Aber ich glaube nicht, dass dir die Alternative besser gefällt.«

Oh nein. »Trisha?«

»Nicht direkt, aber: ja. Er hat verfügt, dass die anderen fünfzig Prozent seines Anteils an der Flugschule an den Fluglehrer oder die Fluglehrerin übertragen werden, der oder die zur Zeit seines Ablebens am längsten dort arbeitet.«

»Das wäre Benedict Vogel.«

Fabio schüttelte den Kopf. »Nein, Dreyer hat ihn von dieser Regelung ausgeschlossen.«

»Warum das?«

»Keine Ahnung. Aber so gesehen ist Trisha Reed als einzige weitere Fluglehrerin auf der Schäferheide die Begünstigte.«

Peppi saß mit Stephan Klein an ihrem Schreibtisch, als Brander in sein Büro zurückkehrte.

»Und, Fall gelöst?«, fragte Brander.

»Andreas, mein Freund, was denkst du?« Klein grinste.

»Der Förster war's.«

»Und ich dachte, der Gärtner.« Brander setzte sich an seinen Platz.

»Von den Banken haben wir noch keine Infos bekommen. Da werden wir uns bis Montag gedulden müssen.« Wenigstens von Peppi bekam er eine seriöse Antwort. »Allerdings habe ich mit Paul Färber gesprochen, dem Flugschüler von Frau Reed.«

»Und?«

»Er bestätigt Frau Reeds Aussage im weitesten Sinne. Sie sind gelandet, ausgestiegen, und während er das Putzzeug geholt hat, ging Trisha zu Dreyer und Leibig, die bei einem anderen Flugzeug standen. Leibig schien aufgebracht, aber bevor etwas eskalieren konnte, ist Frau Reed dazwischengegangen. Er hat das Ganze nicht weiterverfolgt, und Frau Reed hat sich nicht dazu geäußert.«

»Hat er mitgekriegt, worum es bei der Auseinandersetzung zwischen den beiden ging?«

»Nein, Leibig wäre etwas lauter gewesen, aber was er gesagt hat, hat Färber nicht verstanden.«

Brander klopfte nachdenklich mit den Fingern auf seine Schreibtischplatte. »Fabio war bei der Testamentseröffnung.« Er gab den Kollegen die Details.

»Damit hätte Frau Reed ein Motiv«, stellte Peppi fest.

»Wir wissen nicht, ob Trisha von dem Testament gewusst hat«, relativierte Brander. »Und vielleicht gibt es noch ein ganz anderes Motiv.« Er fasste für die Kollegen das Gespräch mit Christel Liebstöckel zusammen. »Stephan, hast du heute noch Zeit?«

»Ich habe immer Zeit.«

»Dann schnapp dir Hendrik. Versucht herauszufinden, wo Armin Eichinger in der Tatnacht war. Und wir zwei fahren zum Flugplatz und fühlen Herrn Vogel auf den Zahn. Ich will wissen, ob er von dem Testament gewusst hat.«

Peppi schob ihre Brille auf die Nasenspitze herunter. »Hoffst du auf ein zufälliges Wiedersehen mit Frau Reed?«

»Falls du dich an ihre Aussage von gestern erinnerst: Sie ist erst am Montag wieder dort.«

Am Flugplatz herrschte an diesem sonnigen Samstag reger Betrieb. Neben den einmotorigen Maschinen der Flugschule waren mehrere Segelflieger am Start, um die gute Thermik zu nutzen. Ein Zischen drang zu ihnen herüber, als sie aus dem Wagen stiegen, und sie sahen einen Segelflieger, der mittels einer Seilwinde steil in die Luft katapultiert wurde. Oben angekommen hakte sich der Flieger aus, und ein kleiner Fallschirm ließ das Seil langsam zurück zu Boden schweben, während der Segelflieger kreisend in die Höhe stieg.

Brander und Peppi gingen den vertrauten Schotterweg zum Bürogebäude und betraten die Flugschule.

»Was habt ihr euch dabei gedacht?«, schallte es ihnen entgegen.

»Es konnte doch keiner ahnen, dass –« Vogel unterbrach sich selbst und fuhr etwas ruhiger fort. »Trisha, jetzt lass das doch erst einmal sacken, und dann reden wir in Ruhe über alles.«

»Ich muss da nichts sacken lassen. Ich mach da nicht mit. Verflucht noch eins, ich habe hier schon genug Probleme.«

Peppi klopfte vernehmlich an die offen stehende Tür. »Guten Tag zusammen.«

Trisha fuhr herum. Ihr Blick glitt flüchtig zu Brander und heftete sich dann an Peppi. »Zu wem wollen Sie?«

»Eigentlich zu Herrn Vogel.«

Trisha nickte dem Geschäftsführer zu. »Schönes Wochenende.« Ohne ein weiteres Wort verließ sie eilends das Gebäude.

»Von wegen Montag«, zischte Peppi Brander zu und trat an den Empfangstresen. »Herr Vogel, hätten Sie ein paar Minuten Zeit für uns?«

Benedict Vogel hatte Schwierigkeiten, sein unverbindliches Flugschulleiter-Lächeln wiederzufinden. »Worum geht's?«

»Was war gerade los?«

»Nichts ... es ist ... es war ...«

Peppi hielt den Blick auffordernd auf ihn gerichtet. »Ja?«

Vogels Schultern sackten herab. Ihm war klar, dass die Beamten zumindest einen Teil der Auseinandersetzung mitbekommen hatten.

»Es ging um CDs Testament.« Er sah forschend in ihre Gesichter. »Sie haben davon gehört?«

Brander nickte. »Und Sie? Wussten Sie davon?«

»Ja, CD hatte es mit mir besprochen.«

»Wann war das?«

»Im Dezember letzten Jahres.«

»Warum hat er nicht einfach Ihnen seinen Anteil übertragen?«

»Weil wir nicht damit gerechnet haben, dass er so früh stirbt. Wir wollten die Nachfolge sichern, damit der Betrieb hier weitergeht. Henriette hatte nie großes Interesse an der Fliegerei, und Eva hat sich bisher auch nicht sonderlich dafür begeistert. Das hätte vielleicht noch kommen können, aber jetzt, nach alldem …« Vogel senkte den Blick, die plötzlich sichtbare Trauer ließ seine einundsechzig Jahre deutlich hervortreten.

»Nach alldem wäre es vielleicht doch besser gewesen, er hätte seinen Anteil Ihnen übertragen«, vollendete Brander den Satz.

»Nein. Es ist viel Verantwortung, die ich hier trage. Ich will nicht alle Entscheidungen allein treffen.«

»Waren Sie sich denn immer so einig mit Herrn Dreyer?«, fragte Peppi.

»Nicht immer, aber es ist auch gut, mal eine andere Meinung zu hören und seine eigene zu überdenken.«

»An dem Dienstag, an dem Herr Dreyer starb, war Björn Leibig hier.«

»Er kommt manchmal abends nach Feierabend kurz vorbei. Hin und wieder fliegt er dann noch eine kleine Runde.«

»Aber an dem Dienstag ist er nicht geflogen.«

»Es war keine Maschine verfügbar. Also kein Muster, auf dem er eingeflogen ist.«

»Was heißt ›Muster‹?«, fragte Peppi. »Das habe ich jetzt schon öfter gehört.«

»Damit ist der Flugzeugtyp gemeint. Björn darf die Cessna 172 fliegen, auf der Maschine haben wir ihn geschult. Aber auf die Aquila müsste er erst eingeflogen werden. Jedes Flugzeug hat so seine Eigenheiten, die muss der Pilot erst kennenlernen, bevor er allein damit fliegen darf.«

»Wenn er so gern fliegt, warum lässt er sich dann nicht in diese anderen Muster einfliegen? Da wäre er doch flexibler.«

»Björn hat oft Passagiere an Bord, daher ist die Skyhawk für ihn ideal. Da kann er bis zu drei Personen mitnehmen. Die kleineren Maschinen bieten nur Platz für einen Gast. Und die Schulungsflüge kosten natürlich auch Geld.«

Brander hatte aus dem Fenster einen jungen Mann beobachtet, der mit einer laminierten Liste ausgestattet um ein Flugzeug herumwanderte.

»Das ist einer unserer Flugschüler.« Vogel war seinem Blick gefolgt.

Brander wandte sich ihm wieder zu. »Es gab anscheinend an dem Dienstag eine Meinungsverschiedenheit zwischen Herrn Leibig und Herrn Dreyer.«

»Nicht dass ich wüsste. Ich war allerdings im Büro, als Björn hier war. Aber CD hat auch nichts von einem Streit erzählt. Wir hatten noch kurz miteinander gesprochen, bevor er ging.«

»Und normalerweise hätte er Ihnen davon erzählt?«

»Wenn es wichtig gewesen wäre, sicherlich.«

»Wie war das Verhältnis zwischen Herrn Dreyer und Björn Leibig?«

»Normal, würde ich sagen.«

»Das heißt, sie haben sich verstanden?«

Vogel hob die Schultern. »Nun, sie waren nicht befreundet, aber … Warum fragen Sie?«

»Weil es uns interessiert. Es gab also keine Differenzen zwischen den beiden?«

»Davon weiß ich nichts.«

»Warum war Frau Reed gerade so aufgebracht?«, lenkte Peppi das Gespräch wieder auf die Szene bei ihrem Erscheinen.

»CDs Testament hat sie überrascht. Sie ist wohl etwas überfordert mit der Situation. Es ist ja auch viel passiert in den letzten Wochen.«

»Hier ist so einiges los, wenn ich das richtig mitbekommen habe«, stellte Peppi fest. »Diese Sache mit dem Flugzeugabsturz vor einem Jahr ist auch noch nicht ganz ausgestanden, oder?«

»Das war sehr tragisch, ja.«

»Hat Herr Frommer eigentlich nur Herrn Dreyer das Leben schwer gemacht oder der gesamten Flugschule?«

Vogel ließ sich Zeit mit einer Antwort. »Der Mann ist verzweifelt, vielleicht auch verbittert. Er hat seinen einzigen Sohn verloren. Ich vermute, dass er seine Wut auf CD projiziert hat, um sich von seinen eigenen Schuldgefühlen abzulenken.«

»Wieso eigene Schuldgefühle?«

»Er hat seinem Sohn die Pilotenausbildung finanziert. Der Junge war Student, der hätte sich das nicht leisten können.«

»Gab es mal eine körperliche Auseinandersetzung zwischen Elmar Frommer und Herrn Dreyer?«, fragte Brander.

»Am Anfang kam er ein paarmal auf den Flugplatz und hat gepöbelt. Er war meistens betrunken. Damals hat er viel getrunken. Der Tod seines Sohnes hat ihn komplett aus der Bahn geworfen. Wir haben ihm einen Platzverweis erteilt.«

»Aber er hat das Geschehen hier am Flugplatz dennoch beobachtet.«

»Ja, er hoffte wohl, uns irgendeine Nachlässigkeit nachweisen zu können.« Vogel sah an Brander vorbei zum Fenster. »Ich müsste mich gleich mal um meinen Flugschüler kümmern. Im Moment bin ich hier Einzelkämpfer.«

»Lassen Sie Frau Reed am Montag wieder fliegen?«, fragte Peppi.

»Das werde ich müssen. Zum einen springt sie mir sonst aufs Dach.« Vogel lächelte flüchtig. »Zum anderen können wir uns zu viele Ausfälle nicht leisten. Unsere Flugschüler wollen ihre Stunden absolvieren, und wir haben laufende Kosten, die wir decken müssen.«

»Wie steht es denn finanziell um Ihre Flugschule?«, erkundigte sich Brander.

Vogel bewegte abwägend den Kopf. »Bis jetzt noch ganz gut. Ich kann allerdings nicht abschätzen, welche Folgen die jüngsten Ereignisse für uns haben werden.«

»Würde es Ihnen etwas ausmachen, uns Einsicht in die Unterlagen zu gewähren?«

»Wozu das?«

Brander hob unbestimmt die Schultern.

»Da möchte ich mich vorher lieber mit meinem Steuerberater besprechen. Ich hoffe, Sie verstehen das?«

»Ja, wir melden uns bei Ihnen.«

Trisha stand mit dem Rücken gegen die Seite ihres Wagens gelehnt und starrte in den Himmel, als Brander mit Peppi zum Parkplatz zurückkehrte. Hatte sie auf ihn gewartet?

»Gib mir zwei Minuten«, bat Brander seine Kollegin.

»Keine Sekunde mehr.«

Er ließ sie am Dienstwagen stehen und ging über den Schotterplatz. Trisha wandte demonstrativ den Blick ab. Sie hatte definitiv nicht auf ihn gewartet.

Brander stellte sich neben sie. Er war dankbar, dass Peppi sich ins Auto setzte und ihnen etwas Freiraum gönnte. »Was ist los?«

»Nichts.«

»So siehst du aus. Erzähl.«

»Ich hab einfach 'nen schlechten Tag. Es ist super Flugwetter, und ich häng hier am Boden fest.«

»Könnte deine schlechte Laune vielleicht damit zusammenhängen, dass du geerbt hast?«

»Was fragst du so blöd, wenn du eh schon alles weißt?«, fauchte sie ihn an.

»Ich wollte dir die Chance geben, es mir von dir aus zu erzählen.«

Sie schnaufte entnervt und strich sich durch die Haare. »Ich wollte ein friedliches, ruhiges Leben. Ich wollte fliegen und sonst gar nichts.« Sie hob den Blick zum wolkenlosen Himmel. Zwei Segelflieger zogen ihre Kreise. Von der anderen Seite der Halle schallte das Brummen eines startenden Flugzeugs zu ihnen herüber.

»Hast du von dem Testament gewusst?«

»Auch wenn du mir wieder nicht glauben wirst: Nein, ich habe nichts davon gewusst.« Sie drehte sich zu ihrem Wagen, legte die Unterarme auf das Dach. »Und niemand kann mich zwingen, dieses Erbe anzunehmen.«

Damit würde sie eine Menge Geld ausschlagen.

»Benedict Vogel hat deine Aussage nicht bestätigt, dass es Differenzen zwischen Dreyer und Leibig gab.«

»Was hast du erwartet? Björn ist ein guter Kunde, dem schickt er nicht die Polizei auf den Hals.«

»Dreyer war immerhin sein langjähriger Freund und Partner.«

»Ja.«

Brander horchte auf, da war noch mehr. »Ja – was?«

»CD ist tot, und Ben muss sehen, wie der Laden weiterläuft. Da kann er sich seine Kunden nicht vergraulen.«

»Wir sprechen von Mord, Trisha.«

»Ich weiß.«

Noch immer starrte sie in die Ferne. Brander musterte ihr Profil. »Von was für Problemen hast du vorhin gesprochen?«

»Wann?«

»Als wir kamen. Du sagtest, du hättest genug Probleme hier.«

»Gut gelauscht, Herr Kommissar«, gab sie spitz zurück. »Dieses bescheuerte Gerücht, das Henriette in die Welt gesetzt hat. Die Blicke der anderen Pilotenfrauen, wenn ihnen jemand steckt, was ich angeblich für eine bin. Was denkst du wohl, was passieren wird, wenn ich das Erbe annehme? Henriette und Eva werden mir das Leben zur Hölle machen.«

Da hatte Trisha sicher recht. »Dreyer wollte in der Nacht, in der er starb, zu dir. Er wollte mit dir reden. Worüber?«

»Wer sagt, dass er zu mir wollte?«

»Wir wissen es. Also, worüber wollte er mit dir reden?«

»Ich weiß es nicht. Wir waren nicht verabredet, und es war auch nicht seine Art, nachts zu mir zu kommen.«

»Aber er hatte schon nachmittags versucht, sich mit dir zu verabreden. Du hast es selbst gesagt, er wollte mit dir essen gehen.«

»Das haben wir dienstags oft gemacht, das war nicht ungewöhnlich.«

»Worüber habt ihr dann gesprochen?«

Sie sah zu ihm, seufzte unwillig. »Wir drehen uns im Kreis, Andi. CD und ich hatten beide eine Leidenschaft, und das war das Fliegen – darüber haben wir gesprochen.«

»Er hat dich beim Fliegerfest gegenüber seiner Frau verteidigt.«

»Ja, weil es eine Riesensauerei war, was sie getan hatte. Nicht nur, dass sie mich damit getroffen hat, es wirft auch ein schlechtes Licht auf die Flugschule, wenn Fluglehrerinnen es mit Kunden auf der Toilette treiben. Das ist hier schließlich kein Puff. Der einwandfreie Ruf seiner Flugschule war ihm wichtig. Ich habe dir schon einmal gesagt, er war ein sehr korrekter, anständiger Mensch.«

»Wenn man von dem heimlichen Verhältnis mit der Freundin seiner Tochter einmal absieht«, warf Brander ein.

»Das hat ihn auch sehr belastet. Ihm war klar, dass sie keine gemeinsame Zukunft hatten. Er wollte Henriette nicht wehtun, und er wollte Eva nicht verletzen.«

»Also hat er dir doch von Jana erzählt.«

»Er hat nie ihren Namen genannt.«

Brander sah seine einstige Jugendliebe ratlos an. »Trisha, manchmal möchte ich dich packen und alles herausschütteln, was in deinem Kopf ist. All diese Informationen hättest du uns schon viel früher geben müssen.«

»Woher soll ich denn wissen, was für eure Ermittlungen wichtig ist?«

»Es ist ja nicht so, dass wir dich nicht immer wieder gefragt hätten. Und außerdem«, er stieß ihr mit dem Finger hart vor die Stirn, »bist du nicht dumm.«

»Hey!« Sie rieb über die Stelle. »Dafür kann ich dich drankriegen.«

»Komm mir nicht so.« Aus den Augenwinkeln sah er Peppi aus dem Wagen steigen. Vermutlich hatte sie ihn im Rückspiegel beobachtet und fragte sich, was er gerade tat.

»Manchmal werden einem Dinge erst im Gespräch so richtig klar«, suchte Trisha nach einer Entschuldigung. »Hast du vielleicht mal einen Gedanken daran verschwendet, wie es mir geht? CD war einer der ersten Freunde, die ich hier fand, als ich wieder zurück nach Deutschland kam. Er wurde ermordet, und ihr wollt mir seinen Tod anlasten. Seine Freundin geht mit einer Pistole auf mich los. Seine Frau hasst mich ohnehin, und nach diesem Testament wird sie es mehr denn je tun. Ich versuche, meine Gedanken zu sortieren, und jedes Mal kommt der nächste Hammer.« Sie hob die Hand zur Stirn. »In meinem Kopf ist Chaos, Andi.«

Er sah in ihre vertrauten Augen, die grüne Iris war umgeben von einem dunklen Kranz. Sie konnte eine Menge einstecken, aber das bedeutete nicht, dass es sie nicht berührte. Sie zeigte ihre Schwäche nicht vor anderen – das hätte er erkennen müssen.

»Ich gebe dir jetzt eine Hausaufgabe: Du setzt dich zu Hause hin und schreibst alles auf, worüber du je mit Constantin Dreyer gesprochen hast. Egal, ob du es für wichtig hältst oder nicht. Alles, was dir in den Sinn kommt. Auch über Benedict Vogel, über Dreyers Frau, über Jana, über Björn Leibig, und wenn du etwas über seine Immobilienfirma weißt, auch das, einfach alles. Und am Montag kommst du zu uns in die Dienststelle, und da unterhalten wir uns weiter.«

»Montag fliege ich.«

»Du kommst, oder ich schick dir eine richterliche Vorladung inklusive Vernehmung durch den Staatsanwalt.«

»So viel Macht hast du?«

»Ich habe einen verdammt guten Draht zu unserem Staatsanwalt.« Er winkte Peppi zu, dass er gleich käme.

»Um sieben?«

»Sieben ist in Ordnung«, willigte Brander ein. Vielleicht ein bisschen früh für Peppi.

»Okay.« Sie deutete auf ihr Auto. »Darf ich jetzt bitte einsteigen? Du stehst vor der Fahrertür.«

Peppi verabschiedete sich nach ihrer Rückkehr in die Dienststelle ins Wochenende. Brander konnte sich noch nicht aufraffen, nach Hause zu fahren. Er saß am Schreibtisch und arbeitete an seiner Skizze. Wo lag der Schlüssel?

Er ergänzte die Zeichnung um weitere Symbole für die Personen, mit denen er im Laufe der Ermittlungen gesprochen hatte. Einen Taschenrechner für Eichinger, eine Hand mit mahnendem Zeigefinger für die Liebstöckel, für Leibig ein Haus mit Flügeln – war sein Traum von einer Eigentumswohnung nur ein Luftschloss? Janas Tasse ersetzte er durch ein gebrochenes Herz. Er starrte auf das Blatt. Wo war das rote Band, das Täter und Opfer zueinanderführte?

Entnervt ließ er den Bleistift auf den Schreibtisch fallen. Er lehnte sich zurück, starrte aus dem Fenster. Es war fast dunkel. Die Melodie von »500 Miles« von den Hooters lief in einer Dauerschleife in seinem Kopf, hatte sich seit dem Abend bei Trisha in seinem Hirn festgesetzt.

If you miss the train I'm on, you will know that I am gone …
Sie war nicht gegangen. Sie war geflogen. In die Staaten. Er war nicht zum Flughafen gefahren, um sich von ihr zu verabschieden. Und jetzt war sie wieder da. Es war nicht die alte Verliebtheit, die wieder aufgeflammt war, es war die Freundschaft, die sie einst verbunden hatte.

Er öffnete den Internetbrowser und suchte das Lied. Während es leise im Hintergrund lief, legte er die Füße auf den Schreibtisch, schloss die Augen und erlaubte sich eine kleine Reise in die Vergangenheit. Sie dauerte nur wenige Sekunden, da polterte Stephan Klein in sein Büro.

»Machst 'n du hier?«, fragte Klein.

»Nachdenken.«

»Sicher.« Klein lachte. »Wo ist meine Lieblingskollegin?«

Brander stoppte die Musik. »Geflüchtet in die Arme ihres liebenden Mannes.«

»Noch sind sie nicht verheiratet.« Klein ließ sich an Peppis Schreibtisch nieder. »Was findet sie nur an diesem Anzugträger?«

»Wolltest du zu Peppi oder zu mir?«

»Zu dir. Pass auf, wir haben Armins Alibi für die Tatnacht überprüft. Er war mit zwei Kunden abends essen. Im ›Wölfles‹ in Esslingen. Netter Laden. Ich glaube, dahin lade ich die Persephone mal ein. Kleine feine Speisekarte, guter Service, auf so edle Dinger steht sie doch.«

»Stephan, lass es sein.«

»Beharrlichkeit, Andreas, das ist es, was dich und mich auszeichnet. Du beharrst ja auch darauf, dass deine Trisha unschuldig ist.«

»Das ist ja wohl etwas anderes.«

»Ach ja? Wovon hast du denn gerade geträumt, als ich hereingeschneit bin, mein Freund?«

Das ging den Kollegen gar nichts an. »Die Geschäftspartner haben Eichingers Alibi bestätigt?«

»Die und das Restaurantpersonal. Sie waren bis zum Feierabend da und haben kurz nach elf das Lokal verlassen. Armin ist mit dem Taxi nach Hause gefahren.«

»Und dann?«

»Hat er einsam und verlassen friedlich in seinem Bettchen geschlummert.«

»Er könnte aber auch ins Siebenmühlental gefahren sein«, überlegte Brander.

»Ja, könnte er. Aber jetzt ist Feierabend. Ich hab nämlich noch was für uns.«

»Aha.«

»Komm mit.«

Brander folgte Klein in den Konferenzraum. Zu seiner Überraschung saß Manfred Tropper dort. Auf dem Tisch standen eine Flasche und drei Wassergläser.

»Ich dachte schon, ich muss das hier allein erledigen.« Tropper nahm die Flasche und füllte die Gläser. »Nicht ganz stilecht, aber wir sind ja flexibel.«

Klein setzte sich rittlings an den Tisch. »Ich war heut Mittag in eurem Städtle unterwegs. Am Marktplatz gibt's 'nen netten kleinen Laden mit 'ner guten Auswahl. Ich hoffe, die haben mich gut beraten.«

»Zeig mal, was hast du dir da andrehen lassen?« Brander nahm die Flasche und studierte das Etikett. Es war schwarz gehalten mit weißer Schrift. In der Grafik erkannte er ein weißes Fernglas: Bro's High, Trouble Malt Whisky.

»Trouble Malt? Die haben dich ja gleich durchschaut«, feixte Brander. Es war ein schwäbischer Whisky, den er noch nicht kannte.

Klein grinste. »Bro's – Brüder. Dachte mir, das ist genau das Richtige für unseren Verein.«

»Das Etikett ist ganz pfiffig«, bemerkte Tropper. »Wenn du durch das Fernglas in die Flasche schaust, erkennst du gegenüber zwei bärtige Gesichter. Ist ein Single Malt, gelagert in Johanniskreuz-Eiche und Südtiroler Lagrein-Fass.«

Brander hob die Flasche vor seine Augen und sah durch das Fernglas im Etikett. Er musste sich sehr konzentrieren und die Flasche ins Licht halten, aber dann entdeckte er tatsächlich auf der Rückseite des gegenüberliegenden Etiketts die Umrisse zweier Köpfe.

Er zog den Verschluss von der Flasche, schnupperte an der Öffnung. Etwas beerig, vielleicht auch Karamell? Die Verlockung war groß. Es musste ja nicht wieder ausarten. Aber ein Schlückchen konnte er sich gönnen. Und danach würde er sofort nach Hause fahren.

Tropper verteilte die gefüllten Gläser. Das Aroma von dunklen Beeren stieg Brander erneut in die Nase. Er prostete den Kollegen zu und trank einen Schluck. Im Mund entfaltete der Whisky ein malziges, würziges Röstaroma.

»Nicht schlecht.« Brander stellte das Glas ab, sein Blick fiel auf die Wand mit den Fotos und Notizen der Ermittlungen. »Wer ist's gewesen?«, überlegte er.

»Andreas«, kam es tadelnd von Klein. »Was an dem Wort ›Feierabend‹ hast du nicht verstanden?«

»Jetzt lasst uns doch mal kurz überlegen. Welche von diesen Personen kommt tatsächlich für einen Mord in Frage? Wem trauen wir das zu?«

Klein hob sein Glas auf Augenhöhe, ließ die Flüssigkeit langsam kreisen. »Diese Piloten sind mir alle suspekt. Weißte, ich steh heute Mittag im Laden und frag mich, ob ich fünfzig Euro für eine Flasche Whisky einfach mal so nebenbei ausgeben soll, und die vertingeln mit ihrer Fliegerei mal eben ein paar hundert Euro für ein paar Stunden Höhenluft.«

»Augen auf bei der Berufswahl, Herr Kriminalhauptkommissar«, empfahl Tropper.

»Selbst wenn ich die Kohle hätte, mich kriegste nicht in so 'ne kleine Blechkiste.«

»Da musst du dir keine Sorgen machen. Wenn du da drinsitzt, hebt der Flieger nicht mehr ab.« Brander grinste den Zwei-Zentner-Mann hämisch an.

»Für mich kommt jeder in Frage, der eine blaue Outdoorjacke besitzt«, befand Tropper.

»Warum?«

»Andi, wir haben darüber gesprochen, dass wir textile Mikrospuren an Dreyers Kleidung sichern konnten«, empörte sich der Kriminaltechniker. »Faserspuren einer blauen Softshell-Outdoorjacke an prägnanten Stellen.«

»Stimmt, du hast mal so was gesagt.« Brander rief sich die Personen ins Gedächtnis, mit denen er in den letzten zehn Tagen gesprochen hatte. Hatte einer von ihnen eine blaue Outdoorjacke getragen?

»Wenn unser Täter nicht ganz doof ist, wird er die Kleidung entsorgt haben, die er zum Tatzeitpunkt getragen hat«, überlegte Klein.

»Adam Sütterle hat eine blaue Outdoorjacke«, fiel Brander ein. Er hatte den Schlüssel in Janas Wohnung aus der Jackentasche geholt, als Brander mit Cory bei der jungen Frau gewesen war.

»Der Adam?« Klein schürzte abwägend die Lippen. »'n Auto hat er auch. War einer der Letzten, die Constantin gesehen haben. Wir könnten zumindest mal sein Alibi überprüfen.«

»Guter Plan.« Brander leerte sein Glas. »Stephan, übernimm das bitte und lad ihn für Montag noch mal vor.«

»Wieso ich?«

»Ich mach jetzt Feierabend. Schönen Sonntag, Kollegen.«

∗∗∗

»Du bist ja früh heute«, begrüßte Cecilia ihn überrascht, als er nach Hause kam.

»Oh, ist dein Liebhaber noch da?«, flachste Brander.

»Nein, aber deiner.«

»Hallo, Schatz«, schallte Karsten Beckmanns Stimme aus der Küche in den Flur.

»Was macht der schon wieder hier?« Brander zog seine Frau in die Arme und küsste sie.

Sie stemmte die Hände gegen seine Brust. »Geh duschen, du bist total verschwitzt.«

Nachdem er der Anordnung gefolgt war, fand er Ceci mit Karsten am Küchentisch.

»Wir haben zusammen gekocht. Ein Rest ist noch da, wenn du Hunger hast«, bot sie ihm an. »Müsste noch warm sein.«

Brander ging zum Herd und schaute in die Töpfe. Die Reste einer gebratenen Dorade, Kartoffeln, Spinat. Er füllte sich einen Teller und kehrte an den Tisch zurück.

»Was gibt's Neues?«

»Wir haben den Zuschlag nicht bekommen«, antwortete Karsten.

Brander sah fragend auf.

»Die Doppelhaushälfte nebenan«, half Ceci ihm auf die Sprünge.

»Warum nicht?« Brander hatte gedacht, der Kauf wäre schon so gut wie sicher gewesen.

»Wir wurden überboten, und eure Nachbarn wären dumm,

wenn sie das Gebot nicht annehmen würden. Leider können Manuel und ich da nicht mithalten. Wir sind schon mit der Bank bis an die Schmerzgrenze gegangen. War ohnehin ein Gezerre, überhaupt einen so hohen Kreditrahmen bewilligt zu bekommen.« Karsten seufzte frustriert. »Wenn wir uns das hier schon nicht leisten können, finden wir nie was.«

»Jetzt lass mal den Kopf nicht gleich hängen.«

»Sind wir doch mal realistisch. Die meisten winken schon ab, wenn es darum geht, dass ein schwules Paar ein Haus kaufen will. Hinzu kommt, dass Manuel mit seinen Gelegenheits-Engagements so oder so nicht besonders kreditwürdig ist. Und ich als freiberuflicher Webdesigner auch nicht.«

»Aber dein Geschäft läuft doch gut. Du hast einen festen Kundenstamm …«

»Letztendlich verdiene ich aber auch nicht viel mehr als ein kleiner Büroangestellter. Na ja, ein bisschen mehr vielleicht. Aber es können auch wieder andere Zeiten kommen. Ich kann keinen immens hohen Kredit aufnehmen. Wenn's dumm läuft, sitz ich am Ende hoch verschuldet auf der Straße.«

»Eine Weile könntest du bei uns im Keller wohnen.«

»Sehr witzig.«

Wenn's nicht um enttäuschte Liebe geht, dann um Geld, echoten Kleins Worte in Branders Kopf. Er hielt mitten in der Bewegung inne, die Gabel hing in der Luft. »Der hat uns doch verarscht.«

»Unser Nachbar?«, fragte Ceci entgeistert.

»Nein, das war …« Andreas Brander, du hast Feierabend. Er lächelte entschuldigend. »Bin ganz bei euch.«

Die Gabel verschwand in seinem Mund.

Montag

Trisha Reed meldete sich Punkt sieben am Empfang des Polizeireviers.

»Wie verlangt.« Sie drückte Brander einen A4-Umschlag in die Hände, als er nach unten kam, um sie abzuholen. »Wenn du Fragen hast, ruf mich an.«

»Und ob ich Fragen habe.« So einfach kam sie ihm nicht davon.

»Du hast doch noch gar nicht reingesehen.«

Brander öffnete die Tür ins Innere der Dienststelle. »Wenn ich bitten darf, Frau Reed.«

»Das wird hier noch mein zweites Zuhause.«

Er führte sie hinauf in sein Büro. Peppi saß müde an ihrem Platz und versuchte, mit reichlich Koffein munter zu werden. Ihre Laune so früh am Morgen war nicht die beste. Er legte den Umschlag auf ihren Schreibtisch.

»Schau mal drüber. Möchtest du einen Kaffee?«, wandte er sich an Trisha.

»Wenn das hier länger dauert.«

Brander bedeutete ihr, sich zu setzen, und verschwand Richtung Kaffee-Ecke. Peppi hatte sich den Notizen zugewandt, als er wieder zurückkehrte.

»Sie waren fleißig«, stellte sie fest.

»Ich hatte nichts anderes zu tun.«

Trisha wirkte entspannter als am Samstagnachmittag. Vielleicht hatte ihr seine Hausaufgabe gutgetan, überlegte Brander.

»Hast du eine blaue Softshelljacke?«

Sie hob erstaunt die Augenbrauen. »Nein.«

»Hattest du mal eine?«

»Nein ... vielleicht mal als Kind. Da müsste ich meine Mutter fragen.«

»So weit müssen wir nicht zurückgehen. Hätte ja sein können, dass du dich vor Kurzem von einer Jacke getrennt hast.«

»Nein, habe ich nicht.« Sie blies in ihren Kaffee und trank einen Schluck.

Auch Brander hob seine Tasse. Sich auf sein Gegenüber einstellen. Sprache, Mimik, Gestik, eine vertrauensvolle Atmosphäre schaffen. Er sah zu Peppi, die ihre Aufmerksamkeit auf Trishas Notizen gerichtet hatte. Ihr Gesicht verriet nicht, was sie von den Aufzeichnungen hielt.

Er wandte sich wieder Trisha zu. »Hat Dreyer mal mit dir über seine Immobilienfirma gesprochen?«

»Inwiefern?«

»Zum Beispiel, ob seine Geschäfte gut laufen.«

»Ich denke, die Firma lief gut, aber er hat mir nie Einblicke in seine Firmenbilanz gegeben.«

»Was für ein Geschäftsmann war er?«

»Das weiß ich nicht.«

»Du hast eine Wohnung bei ihm gekauft.«

»Er war fair. Ich vermute, er war als Immobilienmakler ebenso bemüht, dass alles ordentlich und korrekt ablief, wie als Mitinhaber der Flugschule. Aber das kann ich euch in keiner Weise belegen. Als er mir die Wohnung verkauft hat, war ich schon so gut wie gebucht in der Flugschule. Da hätte er mich sicher nicht übervorteilt und damit riskiert, mich als Fluglehrerin gleich wieder zu verlieren.«

Brander nickte. »Kennst du seine Mitarbeiter? Christa Liebstöckel, Armin Eichinger?«

»Flüchtig. Die Liebstöckel ist sehr ehrgeizig, ich schätze, sie ist ganz gut in ihrem Job. Die paar Mal, die ich mit ihr zu tun hatte, wirkte sie sehr kompetent. Der Eichinger …« Sie dachte einen Moment nach, bevor sie fortfuhr: »Nett, vielleicht etwas unsicher. Ich glaube, der hat mal irgendein Projekt verbockt, und seither hatte CD ein wachsames Auge auf ihn. Aber«, sie streckte ihm die Handflächen entgegen, »diese Angabe ist ohne Gewähr.«

Dennoch – sie hatte eine gute Beobachtungsgabe und ein gutes Gedächtnis, wusste Brander. »Wie finanzierst du dir eigentlich deine Fliegerei?«

»Die muss ich mir nicht finanzieren. Ich bin Fluglehrerin, Andi, ich werde fürs Fliegen bezahlt.«

»Aber du fliegst auch mal ohne Flugschüler, oder?«

»Ja, aber selten. Wenn ich keine Flugschüler habe, sind die Maschinen oft von Kunden gechartert. Manchmal habe ich das Glück, dass Kunden nicht fliegen können, weil das Wetter zu schlecht ist. Die Privatpiloten haben in der Regel nur eine Lizenz für den Sichtflug. Ich darf bei jedem Wetter fliegen. Macht bei Regen aber nur halb so viel Spaß.«

Sie hielt inne, wog innerlich ab, ob sie mehr sagen sollte. Brander wartete geduldig.

»Ich habe damals mit CD und Ben einen Deal ausgemacht. Anders als unsere Charterkunden zahle ich keine Mietgebühr, sondern nur die realen Kosten wie Spritverbrauch, Versicherungsanteil et cetera. Das werdet ihr feststellen, wenn ihr euch die Unterlagen der Flugschule vornehmt.«

Benedict Vogel hatte ihr offensichtlich von Branders Bitte um Einsicht in die Buchführung der Flugschule berichtet.

»Im Übrigen: Ich war *Lieutenant Colonel* und habe gut verdient. Ich habe Ersparnisse und bekomme eine Pension. Falls ihr darauf spekuliert, dass ich CD umgebracht habe, um an das Erbe zu kommen, von dem ich bis letzten Freitag nichts wusste.«

»Nein, darauf wollte ich nicht hinaus«, erwiderte Brander. »Wie zahlen die Kunden bei euch?«

»Die meisten mit Kreditkarte oder per Überweisung. Ein paar wenige zahlen bar.«

»Björn Leibig?«

Brander sah eine minimale Regung in ihrem Gesicht. Sie zögerte. »Wie kommst du jetzt auf ihn?«

Auch Peppi hob interessiert den Blick von den Unterlagen.

»Verrate es mir einfach.«

»Ja, er zahlt bar. Das ist ja nicht verboten.«

»Er fliegt relativ oft, oder?«

Trisha zuckte die Achseln. »Was bedeutet oft?«

»Für das Einkommen, das er vermutlich monatlich hat, fliegt er relativ oft.«

»Er nimmt meistens jemanden mit.«

»Wird das Fliegen dadurch billiger?«

»Nicht direkt ...« Trisha verstummte.

»Trisha«, Branders Stimme wurde eine Spur schärfer, »hör auf, abzuwägen, welche Information für uns interessant sein könnte.«

»Er bekommt von den Mitfliegern sicherlich Geld.«

»Hast du mir nicht gesagt, du darfst kein Geld nehmen, wenn ich mit dir eine Runde fliegen möchte?«

Peppis Augen wurden größer. Da war nach dem Gespräch wieder eine Erklärung fällig.

»Ja, schon«, erwiderte Trisha zögernd. »Aber das ist alles ein bisschen komplexer.«

»Meine Kollegin und ich sind ziemlich kluge Menschen. Ich bin mir sicher, wenn du es uns erklärst, werden wir es verstehen.«

Sie seufzte ergeben. »Also, gehen wir mal davon aus, ich hätte nur eine ganz normale PPL/A – eine Privatpilotenlizenz. Das ist die Lizenz, die ein Freizeitpilot erwirbt, damit er ein Flugzeug zum privaten Vergnügen fliegen darf. Das A steht für *aeroplane*, falls ihr euch das gerade gefragt habt. Diese PPL erlaubt mir das nicht gewerbliche Fliegen einmotoriger Flugzeuge, sofern ich keine weiteren Berechtigungen erworben habe – die lassen wir jetzt mal außen vor. So weit klar?«

»Du erklärst das wunderbar«, erwiderte Brander.

»Wenn wir zwei, also du und ich, einen gemeinsamen Ausflug machen und die Charter kostet – nehmen wir eine glatte Zahl – vierhundert Euro, dann darf ich von dir maximal einen Anteil von fünfzig Prozent nehmen. Also zweihundert Euro. Meinen Anteil darf ich mir von dir nicht finanzieren lassen, denn das würde bedeuten, dass ich so etwas wie dein Chauffeur wäre. Und wenn ich mich dafür bezahlen lasse, dass ich dich durch die Gegend fliege, benötige ich eine CPL, also eine Berufspilotenlizenz. Kann sich ja auch nicht jeder einfach ein Taxischild auf sein Auto setzen und Personen befördern. Gleiches gilt für die Fliegerei.«

»Was ist mit diesen Mitflugzentralen, ›Wingly‹, ›Flyt.club‹ oder wie sie alle heißen?«, fragte Peppi.

»Für die gilt das gleiche Selbstkostenprinzip. Die Privatpiloten dürfen die Kosten nur zu gleichen Teilen auf sich und ihre Mitflieger aufteilen. Sie dürfen sich die Flüge nicht voll bezahlen lassen und schon gar nicht irgendwelche Extrakosten berechnen.«

»Okay.« Brander sah zu seiner Kollegin. »Hast du das verstanden?«

Peppi nickte.

»Siehst du, wir sind gar nicht so blöd«, wandte sich Brander wieder an Trisha. »Und nach deinem Herumgedruckse eben könnte ich mir gut vorstellen, dass Björn Leibig genau das aber macht, oder?«

Trisha zuckte die Achseln.

»Jetzt tu doch nicht immer so unwissend.«

»Ich weiß es nicht. Es ist nur eine Vermutung … CD hat es vermutet. Aber wegen einer Vermutung bringt man doch niemanden um!«

»Wusste Björn Leibig von Dreyers Vermutung?«

»Auch das weiß ich nicht. CD hatte mich vor ein paar Wochen mal darauf angesprochen. Er wollte wissen, ob mir etwas aufgefallen sei. Aber ganz ehrlich – mir war das ziemlich egal. Mein Gott, Björn hat jeden sauer verdienten Cent in die Lizenz gesteckt, und das hat er nicht getan, um sich abends vorm Schlafengehen seinen Schein anzuschauen, sondern um zu fliegen, aber das kostet Geld. Und du musst deine Lizenz erhalten. Auch das kostet Geld.«

»Von wie viel Geld sprechen wir denn? Was kostet mich so eine Privatpilotenausbildung?«, fragte Brander.

»Je nach Talent und Flugzeugtyp kannst du acht- bis fünfzehntausend Euro einkalkulieren.«

Das zahlte man nicht mal eben aus der Urlaubskasse. »Und wie geht es dann weiter?«

»Deine Lizenz ist in der Regel zunächst zwei Jahre gültig. Für eine Lizenzverlängerung musst du im zweiten Jahr mindestens zwölf Flugstunden vorweisen, von denen du mindestens sechs Stunden der Pilot in Command warst, mit zwölf Starts und Landungen. Hinzu kommen ein Schulungsflug und natürlich das Medical, das ist die medizinische Untersuchung. Das ist im Moment der Standard. Je nachdem, welches Muster du fliegst, kannst du dir ausrechnen, was da unterm Strich zusammenkommt. Wenn du auf deinen Flügen jemanden mitnimmst, der sich an den Kosten beteiligt, wird das Hobby erschwinglicher. Und es gibt genug Leute, die sich freuen, wenn sie mal eine Runde mitfliegen können.«

»Wir sprechen aber davon, dass sich der Mitflieger nicht nur beteiligt, sondern den Piloten bezahlt hat, oder?«, hakte Brander nach.

»Es ist nur eine Vermutung.«

»Die du aber für sehr wahrscheinlich hältst.«

»CD sagte, dass er einen Zeugen hätte. Das habe ich euch aber alles aufgeschrieben.« Sie deutete auf Peppis Schreibtisch.

»Ich lese so ungern«, erwiderte Brander. »Erzähl es mir einfach.«

»Er sagte, dass einer seiner Kunden anscheinend hin und wieder mit Björn fliegen würde und er seiner Meinung nach verhältnismäßig viel Geld für die Flüge bezahlt.«

»Den Namen des Kunden hat Herr Dreyer nicht zufällig genannt?«

»Nein, hat er nicht.«

»Bist du ganz sicher?«

»Ja, Andi«, erwiderte sie mit Nachdruck.

»Was ist mit Benedict Vogel? Wusste er davon?«

»Natürlich hat CD mit ihm darüber gesprochen.«

»Und?«

»Soweit ich weiß, wollte Ben nichts unternehmen, solange der Vorwurf nicht hundertprozentig belegt werden kann.«

»Warum nicht?«

Trisha hob die Hände. »Frag ihn.«

Das würde er. »Welche Folgen hätte es, wenn so etwas herauskäme?«

»Wenn man Björn tatsächlich das gewerbliche Fliegen nachweisen könnte, würde das für ihn sicher den Verlust der Pilotenlizenz bedeuten. Was es strafrechtlich bedeutet, weißt du besser als ich. Und welche Folgen es für die Flugschule haben könnte, wenn sie so etwas wissentlich ignoriert …« Sie hob die Schultern. »*I haven't the faintest idea.*«

»Nicht nur, dass du deiner Ex-Flamme privat nächtliche Besuche abstattest, du wolltest dich auch noch zum Fliegen mit ihr verabreden?«, fragte Peppi empört, nachdem Trisha gegangen war.

»Es ging dabei nicht um mich.«

»Ach so. Ja dann.«

Brander suchte seine Unterlagen für die Soko-Sitzung zusammen. »Ich hatte an Nathalie gedacht. Ich muss bei ihr was wiedergutmachen.«

»Indem du sie zu einem Rundflug mit deiner Ex-Freundin einlädst?«

»Kannst du mal aufhören, ständig darauf herumzureiten? Vielleicht ist dir ja aufgefallen, dass meine Fragen einen neuen Aspekt in unsere Ermittlungen gebracht haben?«

»Ja, war mal ein interessanter Ansatz.« Für den Moment verdrängte Peppi ihren Ärger. »Wie bist du darauf gekommen?«

»Leibig hat uns gesagt, dass es bei seinem letzten Gespräch mit Dreyer um einen Immobilienkauf gegangen wäre.«

»Was hat das mit der Fliegerei zu tun?«

»Überleg mal: Er ist Angestellter in einem Baustoffhandel. Wie viel wird er da verdienen? Mehr als wir? Sicher nicht. Und wie schnell hast du dir mal eben zehntausend Euro zusammengespart?«

»Wenn ich auf meinen Urlaub verzichte …«

»Auch dann wirst du ordentlich sparen müssen. Leibig hat gerade was weiß ich wie viel tausend Euro für eine Pilotenlizenz ausgegeben. Er fliegt – was hat er gesagt? – zwei-, drei-, viermal im Monat. Selbst wenn er nur zwei Stunden im Monat fliegt, rechne das mal hoch. Und jetzt will er uns weismachen, dass er mit dem Gedanken spielt, sich eine Immobilie zu kaufen. Woher nimmt er das Geld?«

»Vielleicht hat er geerbt? Lottogewinn?«

»Er spart jeden Cent, hat Trisha gesagt.«

»Auf ihre Worte gebe ich nicht so viel.«

»Gib ihr mal eine Chance.«

Peppi nahm ihre Brille ab, rieb sich mit den Fingern über die Nasenwurzel. »Okay, Leibig gehört vielleicht nicht zu den Leuten, die mit Geld um sich schmeißen können. Aber warum sollte er Dreyer umbringen?«

»Hast du doch gerade gehört: weil er seine Fluglizenz verlieren könnte, wenn Dreyer ihn angezeigt hätte. Lass uns mal seine Finanzen checken. Wenn er sich fürs Fliegen bezahlen lässt, müssen ja irgendwo Gelder fließen.«

»Nicht, wenn er das alles immer bar abwickelt.«

Es würde die Recherche nicht erleichtern. Brander griff zum Telefon.

»*Buongiorno*«, grüßte Fabio Esposito ihn gut gelaunt.

»Morgen, Fabio, ich habe einen Auftrag für dich.«

»*Sì*, Don Andreas, ich höre. Wen soll ich erschießen?«

Brander sah in einigermaßen erholte Gesichter, als er den Konferenzraum betrat. Er war froh, dass er seinem Team einen freien Sonntag gegönnt hatte.

»Adam kommt heute Nachmittag«, verkündete Klein. »Heute Vormittag hat er wichtige Vorlesungen, und wir wollen seiner Zukunft ja nicht im Wege stehen.«

»Wieso jetzt der Sütterle?«, fragte Peppi verwirrt.

»Persephone, wir haben dich Samstagabend vermisst«, erwiderte Klein.

Brander berichtete dem Team von den Überlegungen zu den Faserspuren der blauen Softshelljacke auf Dreyers Kleidung.

Jens Schöne tippte auf seinem Laptop herum. »Benedict Vogel hat auch eine blaue Outdoorjacke. Und der hier auch … Wer ist das?« Jens drehte den Bildschirm zu Peppi.

»Ludger Müller, der Flugleiter. Und das ist … zoom mal näher ran. Das ist Eva Dreyer. Gib mal her.« Peppi zog den Laptop zu sich und klickte ein paar Bilder an. Dann hob sie den Blick. »Die Flugschule betreibt anscheinend Merchandising. Es gibt eine dunkelblaue Softshelljacke mit dem Schriftzug der Flugschule auf dem Rücken und vorn links auf der Brusttasche.« Sie sah zu Brander. »Hat Frau Reed nicht behauptet, sie hätte keine blaue Jacke?«

»Was sind das für Bilder?«, fragte Brander.

»Von Elmar Frommers Laptop. Auf seinem Smartphone hatte er die meisten Bilder und Videos gelöscht, aber er hat sie regelmäßig auf seinen Computer rübergezogen. Er war fast jeden Dienstag und an den Wochenenden am Flugplatz und hat Constantin Dreyer beobachtet. Ich an Dreyers Stelle hätte den Kerl längst angezeigt.«

»Einen Platzverweis hatte er ja«, erinnerte sich Brander an das Gespräch mit Benedict Vogel. Dennoch hatte es Frommer nicht davon abgehalten, das Geschehen auf dem Flugplatz von der anderen Seite des Zauns zu beobachten und zu fotografieren. »Gibt es Bilder, die er nicht am Flugplatz gemacht hat?«

»Nein.«

»Also muss das Foto von Dreyer und Jana van Acken zusammen im Auto jemand anders gemacht haben.«

»Da wären wir dann wieder bei Adam«, sagte Klein. »Und Eva, der er das Foto vermutlich geschickt hat und die er in der Nacht angerufen hat. Beide haben offensichtlich eine blaue Outdoorjacke.«

»Schick mir den Link, wo du die Bilder abgelegt hast«, bat Brander. »Ich will sie mir in Ruhe ansehen. Und, Jens, was ist eigentlich mit der Auswertung der Mobilfunkdaten von Adam Sütterle und Eva Dreyer?«

»Warten darauf, bearbeitet zu werden.«

»Kümmert euch bitte darum.«

»Mein Tag hat auch nur vierundzwanzig Stunden.«

Brander scrollte durch unzählige belanglose Bilder. Sie zeigten Constantin Dreyer bei seiner Arbeit auf dem Flugplatz. Im Gespräch mit dem Flugleiter Ludger Müller, mit Flugschülern, mit Benedict Vogel oder Trisha, mit Tochter Eva und immer öfter mit Jana. Er sah, wie Dreyer sein Flugzeug checkte, tankte, es in die Halle oder wieder herauszog, beim Einsteigen, beim Aussteigen. Hinzu kamen Videos von Starts und Landungen.

Brander machte sich Notizen zu den Personen, die auf den Fotos zu sehen waren. Wer besaß eine blaue Outdoorjacke? Trisha war auf zahlreichen Bildern mit Dreyer abgebildet, und ihr vertrauter Umgang miteinander war deutlich zu erkennen. Allerdings trug sie auf keinem der Fotos eine solche Jacke. An kühlen Tagen hatte sie ihre braune Lederjacke an, wenn es winterlich frostig war, einen dicken Armeeparka. Auf einem Bild trug sie eine olivgrüne Jacke. An wärmeren Tagen ihre geliebten Karohemden. Die hatte sie damals schon gern getragen.

Auf einige Bilder hatte Frommer Schriftzüge gesetzt: ›Ich werde dafür sorgen, dass du nie wieder fliegst.‹ – ›Ich hoffe, du verreckst in der Hölle.‹ – ›Du hast meinen Sohn getötet.‹

Warum hatte Dreyer nicht Anzeige gegen Frommer erstattet? Es musste ihn doch belastet haben, wenn er solche Botschaften bekam und wusste, dass jeder seiner Schritte auf dem Flugplatz verfolgt wurde.

»Was dagegen, wenn ich das Licht einschalte?«, fragte Peppi.

Brander sah von seinem Bildschirm auf. Dicke graue Wolken hatten sich am Himmel zusammengezogen und verdunkelten das Büro. Es würde in Kürze regnen.

Er lehnte sich zurück und verschränkte die Finger hinter dem Kopf. »Heute Morgen habe ich gedacht, ich hätte endlich die richtige Spur. Aber wenn ich mir das jetzt angucke … Der Frommer war obsessiv und hasserfüllt.«

»Hab ich doch gleich gesagt.«

Brander seufzte unzufrieden. »Ich weiß nicht, wann wir das letzte Mal so im Dunkeln getappt sind.«

»Ich schon.« Sie strich mit dem Zeigefinger über die Narbe an ihrer linken Augenbraue.

Der Fall lag ein knappes halbes Jahr zurück. Damals ging es um den Tod eines Mädchens aus der rechten Szene. Die Ermittlungen hatten Peppi einiges abverlangt und ihr die Narbe im Gesicht eingebracht.

»Ohne dich wäre ich damals nicht so gut da durchgekommen. Ich mag nicht an die Gerichtsverhandlung denken. Die wurde übrigens schon wieder verschoben.« Peppi nahm die Brille ab, senkte den Blick und verlor sich einen Moment in der Erinnerung. Dann wandte sie sich wieder Brander zu. »Mir gefällt es nicht, wie vertraut du mit Trisha Reed umgehst und wie du sie manchmal ansiehst.«

»Wie sehe ich sie denn an?«

»So fürsorglich, so …« Peppi bewegte die Hände vor und zurück. »Da ist eine Verbindung zwischen euch.«

Eine Verbindung. Ihre Freundschaft war längst nicht so unbeschwert wie einst. Brander erwiderte nichts. Die ersten Regentropfen klatschten an die Fensterscheibe.

»Vielleicht ist das der Grund, warum ich ständig an ihr etwas suche, was nicht stimmt und was sie belasten könnte. Wenn sich durch ihre Aussage eine neue Fährte auftut, unterstelle ich ihr umgehend, dass sie von sich ablenken will.« Peppi deutete auf die Papiere vor sich auf dem Schreibtisch. »Aber wenn ich ihre Aussagen lese, versucht sie eigentlich nie, jemanden zu belasten.«

»Sie weiß, wie es ist, Opfer von Gerüchten und Anfeindungen zu sein. Da ist sie vorsichtig.«

»Mag sein.«

»Und zu welcher Erkenntnis führt dich deine Selbstreflexion jetzt?«

»Wenn wir dem hier«, sie tippte erneut auf die Zettel vor sich, »Gewicht geben wollen, brauchen wir mehr Informationen.«

»Ich habe die Kollegen schon auf Leibig angesetzt.«

»Und was ist mit Benedict Vogel?«

»Wie meinst du das?«

»Vogel ist Geschäftsführer und für die finanzielle Seite der

Flugschule zuständig. Dreyer war – wie nannte sich das?« Peppi suchte in ihren Unterlagen. »Hier: Qualitäts- und Safety-Manager. Vielleicht gab es wegen Leibig einen kleinen Interessenkonflikt zwischen den beiden? Wir wissen nicht, wie es finanziell um die Flugschule steht.«

Ein weiterer Verdächtiger auf ihrer Liste. Draußen zuckte ein Blitz über den Himmel. Ein Donner folgte keine drei Sekunden später.

»Bei dem Wetter macht Herr Vogel heute vermutlich zeitig Feierabend«, überlegte Brander. »Wir könnten ihn noch einmal befragen.«

Peppi sah zum Fenster. »Ich bestelle ihn ein, und du organisierst uns was zu essen.«

Adam Sütterle erschien am Nachmittag in der Polizeidienststelle. Statt seiner blauen Outdoorjacke trug er eine schwarze Winterjacke, stellte Brander mit Bedauern fest, als er ihn in sein Büro führte.

»Herr Sütterle, wir möchten noch einmal über den Dienstagabend mit Ihnen sprechen«, begann er. »Sie haben ausgesagt, dass Sie vor dem Haus Ihrer Ex-Freundin gewartet haben. Wo haben Sie gewartet?«

»Ich saß in meinem Wagen.«

»Und was haben Sie getan, als Herr Dreyer aus dem Haus kam?«

»Hab ich doch schon gesagt: Ich bin ausgestiegen, wollte ihm … wollte ihn schlagen, hab's dann doch nicht getan. Dann hat der seinen blöden Spruch losgelassen, ist in seine Scheißkarre gestiegen und weggefahren. Und dann hab ich Eva angerufen und ihr alles erzählt.«

»Aber sie wusste schon von der Affäre«, ergänzte Brander. Sütterle schlug die Augenlider nieder. »Ja.«

»Woher?«

Als der Student schwieg, öffnete Brander ein Bild auf seinem Monitor und drehte den Bildschirm zu ihm. »Haben Sie das Foto gemacht?«

Schamesröte stieg Sütterle ins Gesicht. Er nickte kaum sichtbar.

»Sie haben es digital an Constantin Dreyer geschickt. Wer hat das Bild noch von Ihnen bekommen?«

Sütterle wand sich auf seinem Stuhl.

»Sie haben es ausgedruckt und per Post verschickt. An wen, Herr Sütterle?«

»Eva«, hauchte der Student heiser.

»An wen noch?« Es war ein Schuss ins Blaue.

Die Röte wurde zu einem Violett. Sütterle hatte nicht den Mut, Brander ins Gesicht zu sehen. »Evas Mutter.«

»Wann war das?«

»Vor vier Wochen …«

»Sie haben die Bilder anonym ohne einen Kommentar versendet?«

»Ja.«

Henriette Dreyer hatte bereits zu Lebzeiten ihres Mannes von seiner Affäre mit Jana van Acken gewusst. Sie hatten es doch geahnt.

»Das hätten Sie uns sagen müssen.«

Sütterle starrte ihn mit großen Augen an. »Das … das konnte ich nicht.«

»Warum haben Sie Eva Dreyer in der Dienstagnacht angerufen?«

»Sie sollte endlich kapieren, was ihr Vater für ein Arschloch ist.«

»Und? Hat sie es kapiert?«

Sütterle zuckte die Achseln.

»Was taten Sie nach dem Gespräch mit Eva?«, fuhr Brander fort.

»Ich hab bei Jana geklingelt. Aber sie hat gesagt, ich soll abhauen. Sie hat nicht mal die Tür aufgemacht.«

»Da hatten Sie doch noch einen Schlüssel. Sie hätten hineingehen können.«

»Ich kann doch nicht einfach in ihre Wohnung gehen, wenn sie sagt, dass ich mich verpissen soll.«

»Was taten Sie stattdessen?«

»Ich hab mich ins Auto gesetzt und geheult. Fragen Sie Jana. Die hat irgendwann mal aus dem Fenster geguckt. Die muss mich gesehen haben.«

»Hat sie vielleicht sonst jemand gesehen?«

»Keine Ahnung.«

Die Straße in dem Oberesslinger Wohnviertel, in dem Jana van Acken wohnte, war gesäumt von zahlreichen Mietshäusern. An dem Abend mussten noch andere Menschen unterwegs gewesen sein, und vielleicht hatte auch jemand die Auseinandersetzung zwischen Sütterle und Dreyer mitbekommen. Sie würden nicht umhinkommen, auch hier die Nachbarschaft zu befragen.

»Ist er wirklich dageblieben, oder hat er Dreyer verfolgt?«, überlegte Peppi, nachdem Sütterle gegangen war. »Vielleicht können wir eine Funkzellenauswertung von seinem Handy bekommen.«

»Jens ist dran, aber ich vermute, dafür kommen wir zu spät. Aber selbst wenn Sütterle Dreyer gefolgt ist – warum ist Dreyer nicht von Rommelsbach nach Hause gefahren? Der fährt doch nicht zum Spaß mitten in der Nacht ins Siebenmühlental. Er muss einen Grund gehabt haben, dorthin zu fahren.«

»Eulen beobachten.«

»Sehr witzig.« Brander ließ grübelnd einen Bleistift durch die Finger kreisen. Zu dem Regen hatte sich mittlerweile ein Wind gesellt, der die Tropfen hart gegen die Scheiben klatschen ließ. »Was ist mit Henriette Dreyer? Sie hat kein Alibi für die Tatzeit. Und sie versucht uns die ganze Zeit auf Trisha anzusetzen, obwohl sie offensichtlich von der Affäre mit Jana wusste. Warum macht sie das?«

»Vielleicht, um ihre Tochter zu schützen? Sie geht ja vermutlich davon aus, dass Eva nichts von der Affäre ihrer besten Freundin ahnt.«

»Ja, aber stell dir doch mal vor, dein Mann hätte dich mit so einem jungen Ding betrogen …«

»Liebster Andi, das muss ich mir nicht vorstellen, ich weiß, wie sich das anfühlt.«

Peppis Scheidung lag inzwischen einige Jahre zurück. Ihr Mann hatte sie mit einer wesentlich jüngeren Frau betrogen, und sie hatte sich daraufhin von ihm getrennt.

»Und hättest du die andere verteidigt, wenn dein Mann getötet worden wäre?«

»Wenn sie ihn umgebracht hätte, hätte sie von mir einen Orden bekommen. Aber Henriette Dreyer verteidigt Jana ja nicht, sie lenkt unsere Aufmerksamkeit lediglich auf eine andere Person.«

»Aber warum?«

»Vielleicht wusste sie schon vorher von dem Testament und ist deswegen so schlecht auf Frau Reed zu sprechen? Die hübsche Trisha nimmt ihrer Tochter immerhin die Hälfte des geerbten Vermögens weg.«

»Ich glaube, da ist das letzte Wort noch nicht gesprochen«, erinnerte sich Brander an Trishas Absicht, das Erbe auszuschlagen. »Die gute Frau Dreyer nehmen wir uns noch mal zur Brust.«

»Aber heute schaffen wir das nicht mehr. Jetzt kommt erst einmal der Herr Vogel eingeflogen. Mal schauen, was der uns so zwitschert.«

»Das hat mir noch gefehlt. Jetzt ist Trisha wieder im Einsatz, und wir mussten trotzdem die Schulungsflüge für den Nachmittag absagen.« Benedict Vogel wirkte deprimiert, als er mit vom Regen feucht glänzenden Haaren in die Dienststelle kam. Er wischte ein paar Tropfen vom Revers seines dunkelgrauen Anzugs.

»Kommen sicher wieder bessere Zeiten«, prophezeite Peppi optimistisch.

»Das hoffe ich. Die letzten vierzehn Tage möchte ich nicht noch einmal erleben.«

»Es war sehr vernünftig von Ihnen, Frau Reed trotz der finanziellen Einbußen ein paar Tage freizustellen.«

»Trisha und vermutlich auch der eine oder andere Flugschüler, dessen Stunden ausgefallen sind, sehen das leider etwas anders, aber danke.«

»Herr Vogel, haben Sie schon mit Ihrem Steuerberater gesprochen?«, fragte Brander.

»Worüber?«

»Die Möglichkeit einer Einsichtnahme in Ihre Firmenunterlagen unsererseits.«

»Nein, tut mir leid, da bin ich noch nicht zu gekommen. Aber ist das denn so wichtig? Was interessiert Sie denn an unseren Finanzen?«

Ob es finanzielle Schwierigkeiten gab. Aber so konkret wollte Brander nicht fragen. »Zum Beispiel Ihre Einnahmen durch Charterkunden.«

Vogel sah ihn verständnislos an. »Was hat das mit CDs Tod zu tun?«

»Das wissen wir noch nicht so genau. Ihre Kunden zahlen per Kreditkarte, Überweisung, Rechnung?«

»Ja.«

»Und bar?«

»Ja, manche auch bar«, bestätigte Vogel.

»Das sind aber keine Kleckerbeträge, oder?«

»Es kommt darauf an. Eine Wochenendcharter überweist man eher, aber einen einstündigen Rundflug zahlen die Kunden auch schon mal bar.«

»Und diese Barbeträge tragen Sie in Ihre Bücher ein?«

»Ja, natürlich!«

»Wenn wir uns Ihre Einnahmen ansehen, würden wir zum Beispiel sehen, dass Björn Leibig jemand ist, der gern bar bezahlt, oder?«

»Ja, aber …« Vogel verschränkte die Arme vor der Brust. »Woher wissen Sie das?«

Brander hob die Schultern. »Das wusste ich nicht, aber Sie haben es mir gerade bestätigt.«

»Ich verstehe nicht, was Ihre Fragen mit CDs Tod zu tun haben.«

»Hat Herr Dreyer mit Ihnen über Björn Leibig gesprochen?«

»Wir haben über alle möglichen Kunden gesprochen.«

»Bleiben wir bei Herrn Leibig.«

Vogels Blick wanderte umher. Er löste die Arme, zupfte am Ärmel seines Anzugs, verschränkte die Arme wieder.

»Herr Vogel«, erlöste Brander ihn aus dem peinlichen Schweigen. »Können wir Ihrem Gedächtnis irgendwie auf die Sprünge helfen?«

»Ich weiß nicht, was Sie von mir hören wollen.«

»Am liebsten die Wahrheit.«

»Aber wieso geht es denn jetzt auf einmal um Björn?«

»Herr Vogel, mich interessiert, was Ihr Kompagnon Ihnen über Herrn Leibig gesagt hat.«

»Was soll er mir schon sagen? Wir sprechen über Flugschüler und Kunden, wann wer fliegt, ob sie die Flugzeuge ordentlich wieder zurückgegeben haben, wer wohin geflogen ist, organisatorische Dinge.«

Das war immer noch keine konkrete Antwort auf seine Frage.

»Wird Buch darüber geführt, welcher Kunde wann wohin mit wem mit welchem Flugzeug geflogen ist?«, schlug Brander einen anderen Weg ein.

»Jeder Pilot hat zum einen sein eigenes Flugbuch, das er pflegen muss, und zum anderen gibt es zu jedem Flugzeug ein Bordbuch, in dem jeder Flug von uns vermerkt wird.«

»Man kann also jeden Flug nachhalten?«

»Ja.«

»Auch, wer mitgeflogen ist?«

»Die Namen der Passagiere werden nicht aufgeführt, lediglich die Anzahl der Mitflieger. Vom Piloten wird der Name oder sein Kürzel ins Bordbuch eingetragen.«

»Und Björn Leibig fliegt in der Regel mit Gästen.«

»Ja, meistens …« Vogel nahm ein Taschentuch aus der Anzugjacke und tupfte sich über die Stirn.

»Ich benötige eine Übersicht über sämtliche Flüge, die Herr

Leibig in den letzten zwölf Monaten bei Ihnen gemacht hat. Ich möchte wissen, wann er wohin geflogen ist, was er dafür bezahlt hat, wie er bezahlt hat und wie viele Passagiere er an Bord hatte.«

»Verstößt das nicht gegen den Datenschutz?«

»Eine richterliche Genehmigung bringen wir bei. Alternativ besteht natürlich die Möglichkeit eines richterlichen Durchsuchungsbeschlusses mit Beschlagnahme der Firmenunterlagen und PCs. Allerdings ist es für unsere Leute vermutlich ungleich zeitaufwendiger, die Informationen aus Ihren Unterlagen zusammenzusuchen, als wenn Sie uns mit diesen Angaben aushelfen würden.«

Auf Vogels Gesicht zeichnete sich Empörung ab. »Das klingt jetzt aber nach Erpressung.«

»Ich zeige Ihnen lediglich die Optionen auf. Sie sind ganz sicher, dass Herr Dreyer sich Ihnen gegenüber nie in irgendeiner Weise über Herrn Leibigs Flüge geäußert hat?«

Vogel bewegte unbehaglich die Schultern. »Nicht anders als über andere Piloten auch.«

»Kam vielleicht mal die Frage auf, wie Herr Leibig sich die Flüge überhaupt leisten kann? Und warum er diese immer bar bezahlt?« Noch deutlicher wollte Brander nicht werden.

»Nein, ich … kann mich nicht erinnern.«

Dann eben nicht.

»Diese blauen Softshelljacken mit dem Emblem Ihrer Flugschule, kann man die bei Ihnen kaufen?«, fragte Peppi.

»Es ist das Emblem des Flugsportvereins Schäferheide, nicht das unserer Flugschule. Die Mitglieder bekommen eine Jacke bei ihrem Eintritt in den Verein, und wir gehören ja mit unserer Flugschule quasi dazu. Auf unseren Jacken haben wir lediglich den Schriftzug unserer Flugschule ergänzt.«

»Hat Frau Reed auch eine Jacke bekommen?«

Vogel schüttelte den Kopf. »Sie wollte keine.«

»Warum nicht?«

»Sie sagte, sie hätte in ihrem Leben lange genug eine Uniform getragen und Blau wäre nicht ihre Farbe.«

Brander hatte Mühe, sich seine Zufriedenheit über Vogels Auskunft nicht anmerken zu lassen.

»Wussten Sie eigentlich von Herrn Dreyers Affäre mit Frau van Acken?«, übernahm er wieder.

Vogel wich seinem Blick aus. »Ja.«

»Wer hat es Ihnen gesagt?«

»Ich habe CD vor ein paar Wochen darauf angesprochen. Ich hatte es mir schon seit Längerem gedacht. Er hatte Jana in den letzten Monaten regelmäßig zum Fliegen mitgenommen, und im Februar war er ein ganzes Wochenende mit ihr unterwegs. Ich wusste, dass es in seiner Ehe nicht gut läuft.«

»Was für Probleme gab es denn in der Ehe?«

»Ich weiß nicht, warum, aber Henriette war fürchterlich eifersüchtig auf Trisha. Sie unterstellte ihnen ein Verhältnis, obwohl zwischen den beiden nie etwas war.«

»Wissen Sie das so genau?«, hakte Peppi nach.

»Es mag sein, dass CD am Anfang, als sie zu uns kam, ein wenig in sie vernarrt war. Er hat in den ersten Monaten sehr viel Zeit investiert, damit Trisha rasch alle Papiere zusammenbekam und bei uns einsteigen konnte, daraus hat sich schnell eine enge Freundschaft entwickelt. Das ist Henriette natürlich nicht entgangen, auch wenn sie selten zum Flugplatz kam. Aber Trisha war nicht an CD oder sonst einem anderen Mann interessiert. Sie war nicht bereit für eine neue Beziehung. Sie war noch in Trauer, als sie zu uns kam.«

»In Trauer?«

»Ihr Lebensgefährte war kurz zuvor gestorben. Er hatte Krebs. Sie hat es mir mal erzählt, nachdem sie erfahren hatte, dass ich meine Frau ebenfalls durch den Krebs verloren habe. Sie spricht nicht gern darüber, deswegen weiß es kaum jemand.« Er strich sich über die kurzen grauen Haare. »Aber ganz ehrlich, mir wäre es lieber gewesen, wenn CD mit Trisha etwas angefangen hätte als mit diesem jungen Mädchen.«

In den gängigen Registern fand man Informationen über Hochzeiten, Scheidungen, Todesfälle, dachte Brander bei sich, aber nichts über Beziehungen ohne Trauschein. Trisha war aufgeschlossen und attraktiv, und natürlich war sie nach ihrer Scheidung nicht für alle Zeit allein geblieben. Es traf ihn unangenehm, dass sie diesen Lebensgefährten ihm gegenüber nicht erwähnt hatte.

Für eine kurze Weile war nur das Klopfen des Regens an die Fensterscheibe zu hören. Wenn es so weiterging, würde er auf dem Heimweg schwimmen müssen.

»Herr Vogel, erlauben Sie mir noch eine Frage«, riss Brander sich aus seinen Gedanken. »Wo waren Sie in der Nacht, als Constantin Dreyer starb?«

»Zu Hause.«

»Kann das jemand bezeugen?«

»Nein, ich lebe allein. Meine Frau starb vor fünf Jahren.«

»Würden Sie mir bitte den Dienstagabend beschreiben? Was haben Sie gemacht? Beginnen Sie … sagen wir, so ab sechs Uhr?«

Vogel überlegte einen Moment. »Wir hatten den Flugbetrieb beendet. Trisha und ich haben die Flugzeuge in den Hangar gebracht und danach den nächsten Tag geplant. Das ist unsere abendliche Routine.«

»Wie lange war Frau Reed bei Ihnen?«

»Ich denke, bis halb oder drei viertel acht. Genau weiß ich es nicht mehr.«

»Was haben Sie gemacht?«

»Ich habe noch ein wenig Papierkram erledigt und bin dann auch nach Hause gefahren.«

»Und da?«

»Ich habe gegessen, ferngesehen, dann bin ich schlafen gegangen. Gegen sechs Uhr am nächsten Morgen rief Henriette an und fragte, ob ich wüsste, wo CD sein könnte. Das wusste ich nicht.«

»Haben Sie sich keine Sorgen gemacht?«

»Nein, ich vermutete, er habe die Nacht bei Jana verbracht. Das habe ich Henriette aber nicht gesagt.«

»Wussten Sie denn, dass er abends mit Jana van Acken verabredet war?«

»Nein, wie gesagt, ich habe es lediglich vermutet.«

»Fällt Ihnen ein Grund ein, warum Herr Dreyer nachts ins Siebenmühlental gefahren ist?«

»Nein, tut mir leid. Darüber denke ich nach, seit ich es erfahren habe.«

»Sag's schon«, knurrte Peppi, nachdem Benedict Vogel gegangen war.

»Was?«

»Trisha hat uns nicht angelogen. Sie besitzt keine blaue Softshelljacke der Flugschule.«

Brander grinste halbherzig.

Peppi nahm die Brille ab und putzte grübelnd die Gläser. »Was halten wir jetzt von seiner Aussage?«

»Ich bin mir nicht sicher. Am Flugplatz wirkt er immer so zuvorkommend und souverän. Aber heute, hier, haben wir ihn ein paarmal kalt erwischt. Ist es nur die Sorge um seine Flugschule, dass wir mit unseren Fragen seine Kunden vergraulen könnten? Oder hat er etwas zu verbergen?«

Brander strich sich über die Glatze. »Kleines Gedankenspiel: Nehmen wir mal an, Leibig lässt sich tatsächlich seine Flüge zu hoch bezahlen. Dreyer kommt ihm auf die Schliche. Er will ihn anzeigen. Das bespricht er mit seinem Partner. Vogel sind die Kunden jedoch heilig. Und was wirft es für ein schlechtes Licht auf die Flugschule, wenn sie ihre Charterkunden bei der Polizei oder Luftfahrtbehörde anzeigt?«

»Und darum lockt er Dreyer nachts ins Siebenmühlental und erschlägt ihn?« Peppi zog skeptisch die Nase kraus.

»Ja, warum ausgerechnet da? Das ist der Knackpunkt.« Brander faltete die Hände, stützte das Kinn darauf und seufzte unschlüssig. »Lass uns noch mal hinfahren.«

»Wohin?«

»Zum Leichenfundort.«

»Andi, es regnet in Strömen. Außerdem ist es dunkel, bis wir da sind.«

»Vielleicht sehen wir im Dunkeln, was man bei Tageslicht nicht sieht.«

Peppi tippte sich an die Stirn. »Ohne mich. Such dir einen anderen Idioten, der sich mit dir in den Wald stellt.«

Brander sah aus dem Fenster. Es war wirklich nicht das beste Wetter. Er nahm das Telefon, wählte eine Nummer. »Stephan, hast du Zeit?«

***

Sie waren mit zwei Wagen gefahren, damit Stephan Klein im Anschluss direkt nach Hause fahren konnte. Sie parkten die Autos auf dem kleinen Schotterplatz, auf dem sie vor zwölf Tagen Dreyers Wagen gefunden hatten. Brander sprang aus seinem Auto und rettete sich vor dem Regen auf Kleins Beifahrersitz. Klein hatte den Motor ausgeschaltet. Sie saßen nebeneinander und schauten in die Dunkelheit.

»Und jetzt?«, fragte Klein.

Brander zuckte die Achseln. »Keine Ahnung.« Was hatte er gehofft zu sehen? Den Täter, den es zufällig genau zu diesem Zeitpunkt an den Ort des Geschehens zurückzog?

»Wär 'n guter Platz für Kleindealer oder verliebte Pärchen«, überlegte Klein.

Die Scheiben beschlugen. Brander wischte mit dem Ärmel darüber. »Könnte mal aufhören zu regnen.«

»Andreas, mein Freund, ich halte dich ja für 'nen guten Mann, aber bei diesem Sauwetter hier rauszufahren war eine ziemlich bescheuerte Idee.«

»Ich würde dir gern widersprechen, aber …« Brander sah aus dem Fenster. »Gibt es hier Eulen?«

»Wie kommst du jetzt darauf?«

»War Peppis Idee. Warum fährt Dreyer mitten in der Nacht hierher?«

»Vielleicht wollte er zur ›Mäulesmühle‹«, schlug Klein vor. »Ist nicht weit von hier.«

»Die macht um zehn Uhr zu. Dreyer war kurz vor Mitternacht hier.«

»Das heißt, die haben jetzt noch offen.«

»Ja, warum?«

»Lass uns was essen.« Klein startete den Motor und lenkte den Wagen zurück auf die Straße.

»Das sind keine zweihundert Meter«, protestierte Brander.

»Und es regnet Katzen und Hunde.«

Klein bog gleich wieder rechts ab und parkte auf dem Privatparkplatz des Restaurants. Sie eilten mit eingezogenen Köpfen über den Hof und sprangen die Treppen zum Gastraum hinauf. Es herrschte reger Betrieb, aber die Bedienung fand für sie einen freien Tisch.

»Lass mal die Karte stecken, Samira«, bremste Klein die Kellnerin. Er kannte sie noch von der ersten Befragung. »Zwei Rostbraten und zwei alkoholfreie Weizen.«

Die junge Frau nickte und ließ die Kommissare allein.

Brander lehnte sich zurück. Die Mühlenstube, in der sich der Gastraum des Bio-Restaurants befand, war mit dunklen Holzmöbeln eingerichtet. Die Wände waren hell gestrichen, sodass trotz der voll besetzten Tische kein Gefühl von Enge aufkam. An einer Seite gewährte eine Fensterfront einen Blick in das Mühlenmuseum. Auf der anderen Seite sah man durch die Fenster die Theaterscheune, in der an diesem Abend jedoch keine Veranstaltung stattfand. Brander wusste, dass dort Szenen von »Hannes und der Bürgermeister« aufgeführt wurden, hatte es aber noch nie geschafft, Karten für das Kultprogramm zu bekommen.

»Was hast du heute eigentlich getrieben?«, wandte sich Brander schließlich an Klein.

»Ich habe versucht herauszufinden, ob der Armin nach seinem Geschäftsessen in der Tatnacht tatsächlich friedlich in seinem Bett geschlummert hat.«

Armin Eichinger, Dreyers Juniorpartner. »Und?«

»Von den Taxifahrern konnte sich keiner daran erinnern, den Armin nach Hause gefahren zu haben. Wenn's allerdings nicht übers Taxameter lief, werden die einen Teufel tun und es einem Bullen erzählen. Aber eine Nachbarin hat Armin morgens um zwei nach Hause kommen hören. Er hatte wohl gut getankt.« Klein verstummte, als die Kellnerin die Biere servierte.

»Eichinger hat um elf das Restaurant in Esslingen verlassen«, erinnerte sich Brander. »In drei Stunden hätte er locker hierher- und anschließend nach Hause fahren können. Hast du ihn dazu schon befragt?«

»Der war heute den ganzen Tag unterwegs. Die Marleen hat ihm einen Termin eingetragen. Er kommt morgen Nachmittag zu uns. Willst du dabei sein?«

»Ja.« Brander hätte lieber etwas mehr Zeit gehabt, vorab noch einige Informationen über Eichinger einzuholen. »Hast du sonst noch etwas über ihn herausgefunden?«

»Er hat in letzter Zeit öfter mal einen über den Durst getrunken. Marleen hat mir verraten, dass er hin und wieder ziemlich verkatert ins Büro gekommen ist.«

Die Kellnerin stellte den Rostbraten auf den Tisch.

»Wunderbar, Mädel«, lobte Klein. »Das sieht gut aus.«

»Aber warum hätten die sich hier treffen sollen?«, überlegte Brander, nachdem die Bedienung sie wieder allein gelassen hatte.

Klein legte den Finger an die Lippen. »Andreas, mein Freund, jetzt wird gegessen.«

Brander schob sich ein Stück des Rostbratens in den Mund. »Warum hier? Das verstehe ich einfach nicht.«

»Andreas, Klappe halten und essen.«

Brander aß ein paar Bissen, während die Gedanken in seinem Kopf weiterarbeiteten. Es musste doch irgendeine Verbindung geben. Er ließ grübelnd das Besteck wieder sinken. Trisha wohnte in Rommelsbach, Jana und Eichinger in Esslingen, Dreyers Familie in Tübingen, die Flugschule lag zwischen Tübingen und Reutlingen. Es gab keine Strecke, die ihn zufällig hier hätte vorbeiführen können.

»Schmeckt's nicht?« Klein hatte seinen Teller leer geputzt.

»Doch.«

»Dann iss, oder wartest du darauf, dass ich dich füttere?«

Branders Blick glitt über die Tische. »Habt ihr die Reservierungen überprüft?«

»Was denn für Reservierungen?«

»Hier. Wer hatte an dem Dienstagabend einen Tisch reserviert?«

»Haben die Kollegen gecheckt.«

»Und?«

»Constantin war nicht hier.«

»Das weiß ich. Aber wer war hier?«

»Was spielt denn das für eine Rolle? Der Armin hatte in Esslingen im ›Wölfles‹ sein Geschäftsessen.«

»Aber es kann doch kein Zufall sein, dass Dreyer mitten in der Nacht keine zweihundert Meter entfernt von diesem Restaurant auf einen Parkplatz fährt.«

Klein stöhnte auf. »Pass auf, du isst jetzt mal deinen Teller leer, und ich lass mir von der Chefin noch mal die Reservierungen zeigen. Und gib der Samira nachher ein anständiges Trinkgeld.«

»Wieso ich?«

»Weil du zahlst.«

Das hatte der Kollege sich ja schön ausgedacht.

Brander verspeiste Rostbraten und Spätzle. Der Tisch war abgeräumt und die Rechnung bezahlt, als Klein wieder zurückkehrte.

»Und?« Brander stand auf und zog seine Jacke an.

Klein hob die massigen Schultern und reichte Brander einen Ausdruck. »Was hast du erwartet? Nichts, keiner von unseren Pappenheimern.«

Das wäre ja auch zu einfach gewesen.

Im Büro brannte Licht, als Brander morgens zur Arbeit kam. Peppi wühlte sich bereits durch die Protokolle.

»Hab ich wieder was verbockt, oder warum bist du so früh hier?«, fragte er.

»Marco hat einen Gerichtstermin in Reutlingen, und sein Wagen sprang nicht an. Also habe ich ihm meinen überlassen, und er hat mich hier abgesetzt.«

Brander musterte seine Kollegin. War das die ganze Wahrheit? »Sonst alles klar?«

Sie zuckte die Achseln. »Der Fall ist zäh.«

»Allerdings«, stimmte Brander zu. »Hattest du schon Kaffee?«

»Ich nehm gern noch eine zweite Tasse.« Sie stand auf und folgte Brander zur Kaffee-Ecke.

Während er ihre Tasse füllte, lehnte sie träge mit der Schulter am Türrahmen. »Die Zeche lustiger Gesellen.«

»Was?«

»›Auerbachs Keller‹. Goethe beschreibt ein Saufgelage von Studenten, und einer der Studenten heißt Brander.«

»War das deine Bettlektüre der letzten Nächte?«

»Nein, Marco musste es mir vorspielen.« Sie fing an zu lachen.

»Was ist daran so lustig?«

»Nichts.« Sie lachte weiter.

»Das hör ich.«

Peppi räusperte sich und bemühte sich, wieder ernst zu werden. »Goethes Brander hat allerdings Champagner getrunken und keinen Whisky.«

»Damals konnte ich mir weder das eine noch das andere leisten. Wir haben Bier getrunken.«

»Ich wette, in der Schule musstest du den Part lesen.«

»Yep.«

»Hast du auch das Lied gesungen?«

Daran dachte Brander lieber nicht. Er reichte seiner Kollegin mit undurchdringlicher Miene ihre Tasse.

»Oh, bitte, bitte, Andi, sing für mich.«

»Ich hab keine Wette verloren.« Er füllte sich seine eigene Tasse und sah Peppi forschend an. »Was ist an einem Vortrag aus Goethes Faust eigentlich nicht jugendfrei?«

Um ihre Mundwinkel zuckte es sogleich wieder. »Das kann ich dir nicht sagen, sonst hast du nie wieder Respekt vor Marco.«

»Was herrscht denn hier am frühen Morgen für ein Frohsinn?« Fabio Esposito gesellte sich mit Stephan Klein zu ihnen.

»Andi hat in der Schule den Brander in Goethes Faust gespielt, und jetzt will er nicht für mich singen.«

»›Den Teufel spürt das Völkchen nie, und wenn er sie beim Kragen hätte‹«, rezitierte Fabio, der verhinderte Theaterschauspieler. »Sagt allerdings Mephisto, Branders Zeilen habe ich spontan nicht parat.«

»Genug von Goethe«, bremste Brander die aufkommende »Faust«-Euphorie. »Jetzt geht's an die Arbeit. Soko-Sitzung in einer halben Stunde.«

»Nicht so schnell, mein Freund.« Klein verstellte ihm grinsend den Weg. »Wenn wir bis Ende der Woche einen Haftbefehl haben, kriegen wir eine Sondervorstellung.«

»Vergiss es.« Brander schob sich an ihm vorbei und flüchtete in sein Büro.

Die Kollegen hatten noch immer ein vergnügtes Grinsen im Gesicht, als Brander sie im Konferenzraum wiedertraf. Er hatte sich eine Checkliste zu allen offenen Punkten angelegt, um nicht den Überblick zu verlieren. Zu viele Fragen waren noch ungeklärt.

»Jens, wie sieht es mit der Auswertung von Eva Dreyers und Adam Sütterles Mobilfunkdaten aus? War einer von beiden gegen Mitternacht im Siebenmühlental?«

»In der Tatnacht?«

»Nein, an Weihnachten.«

»Weihnachten wird schwierig, du weißt ja, das mit der Vorratsdatenspeicherung ist so eine Sache, aber die Daten von der Tatnacht haben wir zum Glück noch rechtzeitig angefragt und bekommen. Demnach war keiner von beiden dort.«

»Ist das sicher?«

»Nein.«

Brander zwang sich zur Geduld. »Was heißt nein?«

»Wenn sie das Handy nicht mitgenommen haben, könnten sie am Tatort gewesen sein, ohne einen digitalen Fingerabdruck zu hinterlassen. Gleiches gilt, wenn sie ihre Handys rechtzeitig ausgeschaltet haben, sodass es sich nicht in neue Funkzellen eingewählt hat und die GPS-Daten nicht aktualisiert wurden. Was übrigens für alle Verdächtigen gilt.«

»Du machst uns die Arbeit nicht leichter.« Brander studierte seine Liste. »Haben wir Dreyers PC noch hier?«

»Den haben wir wieder zurückgegeben Aber wir haben die Festplatte gespiegelt. Die Daten liegen uns also vor.«

Na immerhin. »Schau mal, ob du Dokumente findest, die Dreyers Verdacht gegen Björn Leibig bestätigen könnten, dass er sich für seine Flüge bezahlen ließ. Dreyer hat Trisha erzählt, dass einer seiner Kunden mit Leibig geflogen wäre. Leider hat er keinen Namen genannt.«

»Das lässt sich doch herausfinden«, überlegte Jens. »Wir nehmen die Namen der Passagiere, die mit Leibig geflogen sind, und gleichen sie mit den Kunden der Immobilienfirma ab.«

»Die Namen der Fluggäste werden nirgends notiert«, erwiderte Brander.

»Dann müsste man die Kunden der Immobilienfirma befragen, wer von denen schon mal auf der Schäferheide einen Flug gebucht hat«, schlug Fabio vor.

Die Blicke der Kollegen wanderten zu dem jungen Kriminalkommissar.

»Habe ich das richtig verstanden: Du hast dich gerade freiwillig gemeldet?«, fragte Cory.

»Nein, Fabio kümmert sich um Leibigs Finanzen«, wendete Brander das Unheil von dem Kollegen ab. »Hast du da schon etwas herausgefunden?«

»Nicht allzu viel. Er hat einen monatlichen Verdienst von rund zweieinhalbtausend brutto, keine Kredite, Mietwohnung in Echterdingen. Ich bräuchte einen richterlichen Beschluss, um detaillierte Kontoeinsicht zu bekommen.«

Den würden sie nicht auf einen bloßen Verdacht hin bekommen. »Schau mal, ob du Namen von Leibigs Mitfliegern rausfindest. Wir müssen wissen, wie und wie viel er sich für die Flüge von seinen Passagieren bezahlen ließ. Cory, Hendrik, ihr befragt Ilse Norten. Vielleicht weiß sie, welcher von Dreyers Kunden Leibigs Mitflieger gewesen sein könnte. Und wenn ihr schon dabei seid, sprecht sie mal auf die Beziehung zwischen Dreyer und Eichinger an. Die beiden hatten Streit an dem Morgen, als Dreyer starb. Anscheinend hatte Dreyer ihm mit der Aufkündigung der Geschäftspartnerschaft gedroht. Eichinger hat kein Alibi für die Tatzeit. Er behauptet zwar, er wäre mit dem Taxi nach Hause gefahren, das konnte bisher aber nicht belegt werden.«

»Was ist mit Henriette Dreyer? Mit der wollten wir doch auch noch mal reden«, fiel Peppi ein.

»Die rufe ich gleich an. Wir fahren zu ihr.« Brander ging erneut seine Liste durch. Da war noch etwas, das er klären wollte. Er hob den Blick. »Weiß jemand von euch, was mit Jana van Acken ist?«

»Die ist noch in der Klinik«, antwortete Cory.

»Meinst du, du kannst mit ihr reden?«

»Worüber?«

Er berichtete ihr von Adam Sütterles Aussage. »Ich will wissen, ob sie ihn Dienstagnacht gesehen hat, als er vor ihrem Haus stand.«

»Ich versuch's.«

»Gut, dann an die Arbeit.«

»Eine Sache noch«, meldete sich Jens Schöne zu Wort. »Wir haben gestern die Bilder auf Frommers Rechner weiter ausgewertet. Da waren ein paar interessante Aufnahmen vom 27. Februar. Die solltest du dir mal anschauen. Ich habe dir den Link zu dem Ordner geschickt, wo ich die Bilder abgelegt habe.«

Brander ergänzte seine Liste und schob seine Unterlagen zusammen. »Auf geht's, Leute. Hier muss mal was vorwärtsgehen.«

»Wundert mich, dass du so einen Druck machst.« Peppi grinste in Vorfreude.

Brander erwiderte den Blick grimmig. Nie im Leben würde sie ihn dazu bringen, vor ihr zu singen.

∗∗∗

Die Wolken hingen nicht mehr ganz so tief wie am Morgen, dennoch war der Himmel bedeckt, als Brander und Peppi sich auf den Weg zu Henriette Dreyer machten.

»Wir ermitteln gerade irgendwie in alle Richtungen«, überlegte Peppi laut, während sie den Dienstwagen vom Parkplatz lenkte. »Das bindet viel zu viele Ressourcen.«

»Hör ich da gerade unseren Staatsanwalt aus dir reden?«

»Nein, es ist nur … Natürlich müssen wir alle Möglichkeiten prüfen, aber …«

Dieses Herumgedrucke war eigentlich nicht Peppis Art. Brander warf ihr einen Seitenblick zu. »Peppi, worauf willst du hinaus?«

»Na ja, zum Beispiel die Sache mit Björn Leibig. Wir haben bisher nur die Aussage von Frau Reed, dass Dreyer angeblich vermutet hat, dass Leibig sich die Flüge bezahlen lässt. Benedict Vogel hat das mit keinem Wort erwähnt.«

»Du denkst, Trisha versucht uns gezielt in eine falsche Richtung zu lenken?«

Peppi bremste vor einer roten Ampel. »Grüne Welle wäre mal was Feines. Manche Dinge ändern sich in Tübingen nie.«

»Nicht, wenn man immer zu schnell fährt.«

»Das ist die Tachotoleranz.«

»Natürlich.« Brander grinste. »Unterstellen wir doch mal, dass Trisha die Wahrheit sagt. Könnte es nicht genauso gut sein, dass Benedict Vogel nicht ganz aufrichtig ist? Er hat anfangs behauptet, dass es zwischen Dreyer und Leibig keine Differenzen gab. Das hat er gestern ein Stück weit zurückgenommen.«

»Er will halt nicht, dass seine Kunden in die Geschichte mit reingezogen werden.«

»Sein Kompagnon wurde umgebracht. Da sollte man doch meinen, dass ihm daran gelegen ist, dass wir den Täter finden.«

»Den zieh ich doch gleich aus dem Verkehr! Guck dir das an!« Peppi deutete auf einen Wagen vor ihnen, der auf der mehrspurigen Reutlinger Straße zwischen den Fahrbahnen hin und her wechselte. »Der denkt auch, die Straße gehört ihm allein. Hoffentlich fährt der gleich in den Blitzer.«

»Vorhin hattest du noch bessere Laune.«

»Ich hab Hunger.«

Brander vermutete, dass das nicht alles war. »Ich auch. Bieg da vorn rechts ab, ich spendier dir eine Brezel.«

Peppi bog in die Schweikhardtstraße ab, und wenig später saßen sie hinter der Fensterfront einer Bäckerei vor Kaffee und Butterbrezeln.

»Wenn mein Freund und Kompagnon umgebracht wird, dann lüge ich die Polizei nicht an, nur um meine Kunden zu schützen«, griff Brander das Thema wieder auf. »Dann will ich, dass der Täter gefasst wird.«

»Vielleicht weiß Vogel, dass Leibig es nicht war«, schlug Peppi kauend vor.

»Woher sollte er das wissen?«

»Weil er weiß, dass es Trisha Reed war.«

»Und dann lässt er sie weiterhin für sich fliegen?« Brander schüttelte den Kopf.

»Er braucht seine Fluglehrerin. Allein schafft er das nicht.«

»Peppi, ich bitte dich. So abgezockt ist der nicht.«

»Dem sind seine Kunden heilig.« Sie schluckte den Bissen hinunter, tupfte sich mit einer Serviette über die Mundwinkel. »Alternative: Er weiß es, weil er es war. Motiv: Die Flugschule braucht Geld und kann es sich nicht leisten, Kunden zu vergraulen. Dreyer hat ihm schon genug Scherereien bereitet durch den Ärger mit Frommer. Jetzt will Dreyer auch noch einen guten Kunden anzeigen und hat zudem ein Verhältnis mit einem blutjungen Mädel. Der Dreyer ist nicht gut fürs Geschäft.«

»Vogel hat kein Alibi für die Tatzeit«, ergänzte Brander nachdenklich. »Aber da sind wir wieder bei dem Dilemma: Warum dieses Treffen im Siebenmühlental?«

Peppi sah Brander über den Rand ihrer Tasse hinweg an. »Ich hätte da eine Theorie, aber die wird dir nicht gefallen.«

»Schieß los.«

»Reed und Vogel machen gemeinsame Sache, und der nächtliche Zeuge hat gelogen.«

»Welcher Zeuge?«

»Frau Reeds Nachbar, der nette alte Herr, mit dem sie manchmal Kaffee trinkt. Vielleicht hat deine Trisha ihn um einen kleinen Gefallen gebeten.«

Brander lehnte sich zurück und verschränkte die Arme vor der Brust. Peppis Gedanke war nicht unbedingt abwegig. Georg Genkinger war die erste Person in diesem Fall gewesen, die ausnahmslos gut von Trisha gesprochen hatte. Genkinger und Benedict Vogel, beide schienen große Stücke auf Trisha zu halten. »Und wie wäre deine Theorie?«

»Freddy sagte, der Fahrersitz von Dreyers Auto sei verstellt gewesen. Eine kleinere Person muss demnach hinterm Steuer gesessen haben. Trisha ist kleiner als Dreyer. Dreyer fährt zu ihr nach Rommelsbach. Die beiden haben sich ja öfter getroffen. Trisha steigt zu ihm ins Auto, übernimmt den Platz hinterm Steuer. Vielleicht erzählt sie ihm, sie hätte eine Überraschung und möchte ihm den Ort nicht verraten, was weiß ich. Sie fährt mit ihm ins Siebenmühlental, da wartet Benedict Vogel. Die beiden bringen Dreyer um, und Vogel fährt Trisha wieder nach Hause.«

»Und dieses Szenario ist dir jetzt gerade so ganz spontan in den Sinn gekommen?«

»Nein«, gestand Peppi. »Es ist eines der Szenarien, die ich mit Marco gestern Abend durchgegangen bin.«

Das war es also, was ihr schon am Morgen auf dem Herzen gelegen hatte. Brander stieß die Luft aus den Lungen. Peppi hatte recht gehabt, ihre Theorie gefiel ihm nicht.

Ein Stück seiner Brezel lag noch auf dem Teller. Ihm war der Appetit vergangen. Warum sollte Trisha sich an einem Mord beteiligen? Das Erbe fiel ihm ein. Aber davon hatte sie angeblich nichts gewusst. Dreyer hatte jedoch mit Benedict Vogel darüber gesprochen. Und der könnte es ihr verraten haben.

»Wie machen wir jetzt weiter?«, fragte Peppi.

Brander stellte das Geschirr auf dem Tablett zusammen und stand auf. »Wir fahren wie geplant zu Frau Dreyer.«

Henriette Dreyer hatte Ringe unter den Augen, und man sah ihr an, dass sie geweint hatte. Brander fragte sich, ob es die Trauer um ihren verstorbenen Mann oder der Ärger über sein Testament war. Sie führte die Kommissare in ihr Wohnzimmer und setzte sich auf ihren angestammten Platz auf dem Sofa. Es war still im Haus. Der Geruch eines Räucherstäbchens hing wie bei ihrem ersten Besuch in der Luft.

Brander setzte sich auf den Sessel ihr gegenüber. »Frau Dreyer, wie war das Verhältnis zwischen Ihrem Mann und Benedict Vogel?«

»Haben Sie mich das nicht schon einmal gefragt?«

»Könnten Sie dennoch bitte antworten?«

»Ich habe Kopfschmerzen. Ein dumpfer Schmerz, der einfach nicht weggehen will.« Sie presste die Finger gegen die Stirn. »Am Freitag ist die Beerdigung. Ich weiß nicht, wie ich das überstehen soll. Es macht alles so endgültig.«

»Ich weiß, dass es eine schwere Zeit für Sie ist«, zeigte Brander Verständnis. »Aber bitte versuchen Sie, uns zu helfen.«

»Ben und Constantin waren Freunde. Sie haben sich gut verstanden.«

»Haben die Geschehnisse um den Tod von Jonas Frommer

vielleicht die Freundschaft belastet? Oder gab es in letzter Zeit irgendwelche anderen Differenzen?«

Sie löste die Hand von der Stirn. »Die Sache mit dem Flugzeugabsturz und die Anschuldigungen gegen Constantin waren natürlich belastend, aber Ben hat immer hinter ihm gestanden – soweit ich das beurteilen kann. Ich hatte Ihnen ja gesagt, dass Constantin und ich in den letzten Monaten ein paar Schwierigkeiten hatten. Wir haben nicht besonders viel miteinander geredet.«

»In der Nacht, als Ihr Mann nicht nach Hause kam, haben Sie Freunde und Bekannte angerufen. Sie haben auch mit Benedict Vogel telefoniert.«

»Ja.«

»Was hat er Ihnen gesagt?«

»Es schien, als wäre ihm meine Frage unangenehm, aber dann sagte er, ich solle mir keine Sorgen machen.«

»Warum unangenehm?«

»Mein Mann hat mich betrogen, und Ben wusste das.« In ihre Trauer mischte sich Verdruss. »Aber das wollte er mir nicht so deutlich am Telefon sagen.«

»Jemand hat Ihnen vor einigen Wochen ein Foto geschickt«, erklärte Brander. »Sie wussten, dass Ihr Mann ein Verhältnis mit Jana van Acken hat.«

Sie wandte das Gesicht ab, zog aus ihrem Rockbündchen ein Taschentuch hervor und presste es auf Mund und Nase.

»Sie wussten es, und dennoch haben Sie uns gegenüber Frau Reed beschuldigt, ein Verhältnis mit Ihrem Mann gehabt zu haben. Was haben Sie damit bezweckt?«

Die Kommissare mussten sich gedulden, bis Henriette Dreyer zu einer Antwort bereit war. Sie tupfte sich über die Augenwinkel, bemühte sich um ihre Fassung. »Sie haben sich so gut verstanden. Vielleicht ist er nicht mit ihr ins Bett gegangen, obwohl ich das nicht glaube, aber diese Vertrautheit zwischen den beiden ist auch eine Form von Betrug. Seit sie aufgetaucht war, hatte sich zwischen uns etwas verändert. Ich bin seine Frau. Mit mir hätte er Zeit verbringen sollen!«

Freundschaft. Sie war eifersüchtig auf eine Freundschaft.

»Sie betitelten Frau Reed bei einem unserer Gespräche als falsches Biest.«

»Das ist sie ja auch.«

»Inwiefern?«

»Spielt die Unschuld vom Lande. Sie hätten sie mal beim Fliegerfest erleben sollen. Wie sie auf mich los ist! Dabei habe ich nur gesagt, was ich gesehen hatte. Und Constantin verteidigt sie auch noch.«

»Was haben Sie denn gesehen?«

»Dass Björn es mit ihr auf der Toilette getrieben hat.«

»Haben Sie das so genau gesehen?«

»Was wollen Sie hören? Dass sie ihre Hand zwischen seinen Beinen hatte?«

Das war deutlich. Brander biss die Zähne zusammen. Hatte Trisha ihn doch angelogen? Oder entsprang das Bild der Phantasie dieser Frau?

»Wie stand Ihr Mann zu Björn Leibig?«, fragte Peppi.

»Das weiß ich nicht.«

Damit gab Peppi sich nicht zufrieden. »Bitte denken Sie noch einmal nach. Hat er sich Ihnen gegenüber irgendwann einmal über Herrn Leibig geäußert?«

»Ich glaube, er mochte ihn nicht so sehr. Aber vermutlich hing das auch mit dem Fliegerfest zusammen, wegen der lieben Trisha.«

»Frau Dreyer«, Brander beugte sich ein Stück vor und sah der Frau fest in die Augen, »es ist nicht gut, wegen verletzter Gefühle andere Menschen zu beschuldigen. Es geht hier um Mord.«

Ihre Gesichtszüge verhärteten sich. »Und niemand anders hatte einen Grund, meinen Mann zu töten, außer der Reed.«

»Warum?«

»Sie kennen doch sein Testament.«

Brander lehnte sich wieder zurück. »Warum haben Sie uns nicht gesagt, dass Sie von dem Verhältnis Ihres Mannes mit Jana van Acken wussten?«

»Weil es so demütigend ist.«

»Es wäre dennoch gut gewesen, wenn Sie uns davon erzählt hätten.«

»Herrgott! Sie haben mir gesagt, dass mein Mann tot ist, dass er umgebracht wurde. Was erwarten Sie denn von mir?«

»Dass Sie ehrlich zu uns sind«, erwiderte Brander ruhig. »Was ist mit Armin Eichinger? Gab es Differenzen zwischen Ihrem Mann und seinem Juniorpartner?«

»Ich habe Ihnen doch gesagt, dass ich über Constantins Geschäfte nichts weiß.«

»Kennen Sie Herrn Eichinger?«

»Was heißt kennen? Ich weiß, dass er für meinen Mann arbeitet.«

»Haben Sie mal mit ihm gesprochen?«

»Worüber?«

Übers Wetter, lag Brander auf der Zunge. Aber andererseits – worüber sprach er mit Cecilias Kollegen, wenn er mal einen von ihnen am Telefon hatte? Was wusste er über die zwei Therapeuten, mit denen sie ihre Praxis teilte? Bei den letzten zwei Weihnachtsessen des Praxisteams hatte er nicht dabei sein können, weil er gerade mitten in einer Ermittlung steckte. Oha, war er wirklich nicht besser als Henriette Dreyer?

»Frau Dreyer, wir müssten noch einmal einen Blick auf die persönlichen Unterlagen Ihres Mannes werfen.«

Henriette Dreyer sah erschreckt auf. »Muss das sein?«

»Ja.«

»Ich …« Sie suchte eine Ausrede, fand keine und stand auf.

Sie führte sie durch den Flur und öffnete die Tür zu Dreyers Arbeitszimmer. Aktenordner und Papiere lagen unordentlich im Raum verstreut.

»Das waren doch hoffentlich nicht unsere Leute?«, fragte Brander bestürzt.

Sie schüttelte beschämt den Kopf.

»Wonach haben Sie gesucht?«

»Ich wollte wissen, warum er uns das antut. Warum er dieser Reed so viel Geld vererbt.«

»Und haben Sie etwas Interessantes gefunden?«

»Nein. Ein paar Unterlagen aus der Flugschule, irgendwelche Listen, die ich nicht verstehe.« Sie ging in den Raum, nahm einige Papiere vom Schreibtisch und drückte sie Brander in die Hand. »Vielleicht hilft Ihnen das ja weiter. Und das hier.« Sie reichte ihm einen Umschlag. »Es ist letzte Woche mit der Post gekommen.«

Brander nahm die Papiere aus dem Umschlag und überflog das Dokument. Juristendeutsch. Er gab Peppi den Umschlag. »Das soll Herr Schmid sich mal anschauen.«

***

Im Büro breiteten Brander und Peppi die Unterlagen der Flugschule vor sich aus, die Henriette Dreyer ihnen gegeben hatte. Listen mit Namen, Datum und Uhrzeit.

»Eine Terminübersicht?«, überlegte Peppi.

»Es muss mit Leibigs Fliegerei zu tun haben«, erwiderte Brander. »Wir brauchen die Informationen von der Flugschule. Der Vogel hat noch nichts geschickt, oder?«

»Mir jedenfalls nicht. In deine Mailbox habe ich nicht reingeschaut.«

Brander öffnete sein Mail-Programm. Keine Nachricht von Benedict Vogel. Er griff zum Telefon, wählte die Nummer der Flugschule.

»Flugschule Schäferheide, Trisha Reed.«

Ihre Stimme zu hören überrumpelte Brander. Er hatte Benedict Vogel erwartet. Er verdrängte das Bild, das Henriette Dreyer vor kaum einer Stunde geschickt in seinem Kopf platziert hatte, und räusperte sich. »Andi hier. Gib mir mal den Herrn Vogel.«

»Der ist gerade in der Luft.«

»Wann kommt er wieder?«

»Anderthalb, zwei Stunden. Kann ich dir helfen?«

»Hat Herr Vogel Listen für uns erstellt?«

Trisha lachte trocken. »Geht's ein bisschen konkreter?«

»Er sollte uns eine Übersicht zusammenstellen, wann Björn Leibig geflogen ist, mit wem, was er gezahlt hat –«

»Mit wem, wird schwer«, unterbrach Trisha ihn. »Das notieren wir hier nicht.«

»Ich weiß.«

»Du klingst irgendwie schlecht gelaunt.«

»Ich hab auch mal 'nen schlechten Tag.«

»Sorry, Andi.« Ihre Stimme wurde versöhnlicher. »Wenn Ben mir etwas gesagt hätte, hätte ich mich schon darum kümmern können. Ich setz mich gleich dran. Wie hättet ihr es denn gern? Per Mail, per Fax?«

»Per Mail, heute noch. Wie lange geht der Flugbetrieb heute bei euch?«

»Bis um sechs.«

»Richte Herrn Vogel bitte aus, dass er dann noch einmal zu uns kommen soll. Und du kommst am besten gleich mit.«

»Wenn ich sage, ich habe heute Abend schon etwas vor, wird das deine Laune nicht verbessern, oder?«

»Trisha …«

»Andi, ich habe euch alles gesagt. Und für heute Abend habe ich Theaterkarten.«

»Stimmt, das hebt meine Laune nicht.«

»Kauf dir 'nen Schokomuffin.«

Sie legte auf, bevor er etwas erwidern konnte. Brander starrte auf den Apparat, war hin- und hergerissen zwischen Ärger und Belustigung. Schokomuffins waren ihre Seelentröster.

Peppi bedachte ihn mit einem finsteren Blick. »Die wickelt dich um den Finger.«

Anderthalb Stunden später hatte Brander die Liste mit den angefragten Daten. Doch bevor er sich damit beschäftigen konnte, informierte Stephan Klein ihn, dass Armin Eichinger in seinem Büro saß.

»Ich brauch noch fünf Minuten.« Brander leitete Trishas Mail an Fabio weiter und wählte Marco Schmids Nummer.

»Konnten Sie sich die Unterlagen schon ansehen, die wir Ihnen vorhin geschickt haben?«

»Flüchtig«, erwiderte der Staatsanwalt. »Es ist ein Vertragsentwurf, es geht um die Auflösung einer geschäftlichen Partnerschaft.«

Mehr musste Brander nicht wissen. Er ging in das Büro seines Kollegen. Die Duftwolke eines zu stark aufgetragenen herben Parfüms schlug ihm entgegen. Er ging um Kleins Schreibtisch herum und kippte ein Fenster an.

»Warum bestellen Sie mich ein? Noch dazu über meine Assistentin?« Der Immobilienmakler zog sein Handy aus der Anzugjacke, studierte eine Nachricht. »Ich habe in einer Stunde einen Termin in Waldenbuch.«

»Das könnte eng werden«, prophezeite Klein.

Brander zog sich einen Stuhl heran und setzte sich dem Mann gegenüber. »Herr Eichinger, wo waren Sie in der Nacht, als Constantin Dreyer starb?«

»Das sagte ich Ihrem Kollegen bereits: Ich hatte ein Geschäftsessen. Ich war im ›Wölfles‹. Sie können das Personal befragen, falls Sie das noch nicht gemacht haben.«

»Das haben wir. Sie haben gegen dreiundzwanzig Uhr das Lokal verlassen. Und dann?«

»Dann nahm ich ein Taxi und fuhr nach Hause.«

»Mit welcher Gesellschaft?«

»Wie?«

»Welche Taxigesellschaft? Wir haben die Esslinger Taxiunternehmen befragt, da kann sich niemand an Sie erinnern.«

Eichinger zupfte an seinem Halstuch, schlug ein Bein über, stellte es wieder auf den Boden, schlug das andere Bein über. »An dem Dienstag … Ach ja, ich, ähm, ich hatte getrunken, brauchte etwas frische Luft und bin zu Fuß nach Hause gegangen.«

»Im Kriechschritt, oder was?«, spottete Klein.

»Wie bitte?«

»Sie wurden gesehen, als Sie gegen zwei Uhr morgens nach Hause kamen«, erklärte Brander. »Das sind drei Stunden. So lange braucht man nicht einmal auf allen vieren vom ›Wölfles‹ zu Ihrer Wohnung am Zollberg.«

Eichinger zupfte wieder an seinem Halstuch.

»Sie hatten an dem Morgen einen heftigen Streit mit Herrn Dreyer. Und Herr Dreyer drohte mit ernsthaften Konsequenzen.«

»Das war doch nur aus der Emotion heraus.« Eichingers Blick ging unsicher zwischen den Beamten hin und her. »Verdächtigen Sie mich etwa, dass ich Constantin umgebracht habe?«

»Uns interessiert, wo Sie in den drei Stunden zwischen elf Uhr nachts und zwei Uhr morgens waren.«

»Ich … ich bin auf dem Heimweg noch irgendwo eingekehrt.«

»Allein?«

»Ja.«

»Wo?«

»Das weiß ich nicht mehr.«

Klein verzog zweifelnd das Gesicht. »So viele Möglichkeiten gibt es dienstagnachts um elf nicht.«

Eichinger sah zur Tür, als suche er einen Fluchtweg. »Ich glaube, ich war erst im ›Krokodil‹, dann … Ich weiß nicht mehr, ich hatte ziemlich viel intus.«

»Passiert Ihnen das öfter, dass Sie so viel trinken, dass Sie nicht mehr wissen, wo Sie waren?«, fragte Brander skeptisch.

»Es war ein anstrengender Tag. Und ich stehe unter sehr hohem Druck.«

»Weil Herr Dreyer Ihnen die Partnerschaft aufkündigen wollte?«

Eichinger biss die Zähne zusammen. »Ich habe mit Constantin das Esslinger und auch das Reutlinger Büro aufgebaut. Ich habe monatelang die Wochenenden durchgearbeitet … und dann kommt eine Christa Liebstöckel und versucht, mich auszuspielen.« Er trank einen großen Schluck Wasser. »Constantin wollte auf Dauer kürzertreten, darum hat er sie ins Boot geholt. Sie sollte mit mir zusammenarbeiten und nicht gegen mich.«

»Und jetzt drohte er Ihnen mit der Kündigung der Partnerschaft.«

»Nein. Er war aufgebracht, weil mir dieser Fehler unterlaufen war, aber …« Er wusste nicht weiter.

Brander musterte den Mann vor sich abschätzend. Dreyer hatte keine leere Drohung ausgesprochen, der Vertragsentwurf war Beweis genug. »Vielleicht denken Sie noch einmal in Ruhe darüber nach, wo Sie Dienstagnacht waren. Halten Sie sich bitte bis auf Weiteres zu unserer Verfügung.«

Eichinger riss entsetzt die Augen auf. »Aber ich habe ihn doch nicht umgebracht!«

Brander hatte seine Skizze vor sich liegen. Er hatte das Symbol für Armin Eichinger geändert: eine Flasche statt eines Taschenrechners. Betrank der Mann sich öfter dermaßen, dass er nicht mehr wusste, in welche Kneipen er eingekehrt war? Oder war es tatsächlich der Druck? Wenn Christa Liebstöckel das Problem war, hätte er eher sie als Dreyer von der Brücke stoßen müssen. Andererseits, solange die Partnerschaft noch offiziell bestand … Stephan Klein hatte sich auf den Weg nach Esslingen gemacht, um die Lokale auf Eichingers Heimweg abzuklappern.

Brander wählte Jens Schönes Nummer. »Wir benötigen ein Bewegungsprofil von Armin Eichinger in der Tatnacht.«

»Andi, muss ich dir das mit der Vorratsdatenspeicherung jetzt noch mal erklären? Die Daten sind längst gelöscht.«

»Schau mal, ob du trotzdem noch irgendetwas herausfinden kannst.«

Jens seufzte. »Hast du zwischenzeitlich mal einen Blick auf die Bilder geworfen?«

»Welche Bilder?«

»Die Fotos von Frommer. Ich hatte es dir heute Morgen gesagt und dir eine E-Mail geschickt.«

»Da bin ich noch nicht zu gekommen.«

»Dann schau sie dir bitte an, bevor du mit Benedict Vogel sprichst.«

Brander suchte den Link, den Jens ihm geschickt hatte, und öffnete den Ordner mit den Bildern.

Es war kurz vor acht, als der Kollege vom Empfang Benedict Vogel anmeldete. Der Leiter der Flugschule hatte sich nicht beeilt, in die Dienststelle zu kommen. Peppi fluchte. Sie hatte gehofft, dass er nicht käme und sie Feierabend machen könnte.

»Warum wollen Sie mich schon wieder sprechen?« Vogel war ähnlich verärgert wie Eichinger am Nachmittag.

»Weil wir versuchen, den Tod Ihres Kompagnons aufzuklären, und ich das Gefühl habe, dass Sie uns Informationen vorenthalten«, erwiderte Brander. »Welche Probleme gab es zwischen Ihnen und Constantin Dreyer?«

»Ich verstehe nicht, warum Sie immer wieder darauf herumreiten. Es gab keine Probleme.«

»Welche Auswirkungen hatte der Vorfall mit Jonas Frommer auf Ihre Flugschule?«

»Der Flugzeugabsturz? Das war schrecklich. So etwas möchte man nicht erleben. Der Tod eines Piloten geht einem unweigerlich nahe, insbesondere wenn man den jungen Mann selbst ausgebildet hat. Die Untersuchungen waren langwierig und haben uns alle belastet.«

»Auch finanziell?«

»Natürlich hatten wir auch finanzielle Einbußen, die wir zum Glück durch unsere Rücklagen abfedern konnten. Außerdem sind wir gut versichert. Wollten Sie deswegen Kontoeinsicht haben?«

Brander öffnete eines der Fotos, die Jens ihm geschickt hatte, auf seinem Monitor und zeigte es Vogel. »Das war am 27. Februar. Können Sie mir dazu etwas sagen?«

Eine Lichtreflexion verriet, dass das Bild von außen durch die Fensterscheibe des Flugschulgebäudes aufgenommen worden war. Es zeigte Vogel und Dreyer im Empfangsraum der Flugschule. Es sah nicht nach einem freundlichen Gespräch aus.

»Woher …?«

»Sie hatten offensichtlich einen Streit mit Herrn Dreyer«, sagte Brander.

»Wir …« Vogel schluckte trocken. »Natürlich sind wir uns nicht immer einig. Da diskutiert man auch mal etwas heftiger miteinander.«

»Worum ging es bei diesem Streit?«

»Das weiß ich nicht mehr.«

»Es wurde eine Woche vor Constantin Dreyers Tod aufgenommen. Bitte versuchen Sie, sich zu erinnern.«

Vogel strich sich über das Kinn. »Ich glaube, es ging um einen Flugschüler, der seinen ersten Soloflug machen sollte. CD war damit nicht einverstanden. Seit dem Unglück mit Jonas war er sehr vorsichtig geworden.«

»Aha«, erwiderte Brander wenig überzeugt. »Gehen wir eine Woche weiter. Henriette Dreyer hatte Sie mittwochmorgens angerufen, weil ihr Mann nicht nach Hause gekommen war. Waren Sie nicht besorgt?«

»Das sagte ich Ihnen schon: Ich hatte vermutet, dass er die Nacht bei Jana verbracht hatte.«

»Diese Vermutung haben Sie Frau Dreyer gegenüber aber nicht geäußert.«

»Natürlich nicht.«

»Sie ließen sie lieber im Ungewissen und riskierten es sogar, dass sie zur Polizei ging, um eine Vermisstenmeldung aufzugeben.«

»Ich habe gar nichts riskiert. Ich wusste nicht, wo CD ist!«

»Und Sie haben sich keine Sorgen gemacht?«

»Ich … nein, ehrlich gesagt habe ich mir keine Sorgen gemacht.«

»Wo waren Sie Dienstagnacht?«

Nun zeichnete sich doch Beunruhigung in Vogels Augen ab. »Ich war zu Hause, auch das sagte ich Ihnen bereits.«

»Sie wussten von Herrn Dreyers Testament. Haben Sie mit Frau Reed darüber gesprochen?«

»Nein, nicht vor letztem Samstag. Sie haben Trisha doch

selbst noch in der Flugschule gesehen. CD hatte mich damals gebeten, mit niemandem über sein Testament zu sprechen, und daran habe ich mich gehalten.«

»Sie und Frau Reed haben beide einen geliebten Partner verloren, das verbindet«, stellte Peppi fest.

Vogel wandte sich ihr zu. »Wie meinen Sie das?«

»Vielleicht haben Sie ihr gegenüber ja doch mal über das Testament gesprochen.«

»Wollen Sie etwa behaupten, Trisha hätte CD etwas angetan, um Teilhaberin an der Flugschule zu werden? Entschuldigen Sie, aber das ist Unsinn. Sie steht finanziell sehr gut da, und falls Sie es noch nicht wissen: Sie hat das Erbe ausgeschlagen.«

Das nahm Peppi einen Moment den Wind aus den Segeln.

»Was hat Herr Dreyer Ihnen bezüglich Björn Leibig gesagt?«, übernahm Brander wieder.

»Da gibt es nicht viel zu erzählen: Die beiden waren noch nie so ganz auf einer Wellenlänge. Es verschärfte sich ein wenig nach diesem Vorfall beim Fliegerfest. CD hat es Björn übel genommen, dass er Henriettes Gerücht nicht dementiert hat.«

»Warum?«

»Es war nicht gut für Trishas Ruf und auch schlecht für unsere Flugschule.«

»War denn etwas dran?«

»Nein!«

Wusste er das tatsächlich so genau?

»Wie hat sich diese Antipathie bei Herrn Dreyer geäußert?«, fuhr Brander fort.

»Nun, er hat Björn ein bisschen ins Visier genommen, hat sich seine Flugdaten genau angesehen, seinen Umgang mit unseren Flugzeugen, mit den Fluggästen …«

»Und zu welchem Ergebnis haben diese Beobachtungen geführt? Er hat mit Frau Reed darüber geredet. Jetzt erzählen Sie uns nicht, dass er mit Ihnen nicht gesprochen hat.«

Bei der Erwähnung von Trishas Namen zeichnete sich eine Mischung aus Unglauben und Ärger auf Vogels Gesicht ab. Er gab sich geschlagen. »Anfang des Jahres kam CD mit dem

Verdacht zu mir, dass Björn sich für seine Flüge bezahlen lässt. Ich wusste ja, dass CD nur nach einem Grund suchte, ihn aus unserer Kundendatei streichen zu können. Aber Björn ist ein guter Kunde, und nur auf einen bloßen Verdacht hin wollte ich nicht, dass wir etwas unternehmen. Neben unseren Flugschülern sind Kunden, die regelmäßig bei uns chartern, eine recht zuverlässige Einnahmequelle, auf die ich ungern verzichten möchte.«

»Sie hätten einfach mal mit ein oder zwei Fluggästen sprechen können, um festzustellen, ob da etwas nicht korrekt läuft«, schlug Brander vor.

»Ich kann doch die Fluggäste eines Charterkunden nicht fragen, was sie für ihren Flug bezahlt haben. Was wirft denn das für ein Licht auf uns? Außerdem habe ich ein paarmal mitbekommen, wie die Charterkunden Björn ihren Anteil gezahlt haben.«

»Bar?«

»Ja.«

»Und da konnten Sie sehen, dass es nur ein Anteil des Flugpreises war?«

»Ja.«

Das klang ein wenig nach einer Inszenierung.

»Sie wissen nicht zufällig, welche Kunden das waren?«

»Nein, das habe ich mir doch nicht notiert.«

»Hatte Herr Dreyer vor, ohne Ihr Einverständnis Schritte gegen Björn Leibig in die Wege zu leiten?«

»Ich glaube nicht, dass er das getan hätte. Und außerdem …« Vogel verstummte.

»Ja?«

»Ich hatte CD vorgeschlagen, sofern sich sein Verdacht erhärten sollte, dass wir erst einmal mit Björn reden.« Der Leiter der Flugschule sog angestrengt die Luft ein. Es kostete ihn Überwindung, weiterzusprechen. »Man hätte ihn ja nicht gleich anzeigen müssen. Es gibt auch andere Möglichkeiten.«

Peppi hob interessiert die Augenbrauen. »Was für Möglichkeiten?«

»Nun ja, ihn aufzufordern, zukünftig ordnungsgemäß abzurechnen. Man muss doch nicht immer gleich zum Äußersten greifen.«

»Und was meinte Herr Dreyer zu Ihrem Vorschlag?«, fragte Brander.

»Er wollte darüber nachdenken.«

»Und zu welchem Ergebnis ist er gekommen?«

»Das weiß ich nicht.«

»Ging es darum bei Ihrem Streit?« Brander deutete auf das Foto, das noch immer auf seinem Monitor zu sehen war.

Vogel nickte resigniert.

Brander musterte sein Gegenüber kopfschüttelnd. »Und warum tischen Sie uns erst einmal ein Märchen auf, von wegen Soloflug eines Schülers?«

»Es geht hier um unsere Kunden, um unseren Ruf. Die Piloten kennen sich doch untereinander und tauschen sich aus. Wenn wir jemanden unberechtigt anschwärzen, wirft das kein gutes Licht auf uns. Und so viele Privatpiloten gibt es nicht, dass wir sie auf die Warteliste setzen müssten.«

»Sie sagten, Herr Dreyer hat Ihnen Anfang Januar seinen Verdacht mitgeteilt. Mittlerweile haben wir März. Hat er zwischenzeitlich mit Björn Leibig gesprochen?«

»Ich bin mir nicht sicher. Aber ich kann mir beim besten Willen nicht vorstellen, dass Björn etwas mit CDs Tod zu tun haben könnte.«

Brander erwiderte Vogels Blick streng. »Wissen Sie, Herr Vogel, was Sie sich vorstellen können oder nicht, spielt keine Rolle. Indem sie uns bewusst ermittlungsrelevante Informationen vorenthalten, behindern Sie unsere Arbeit.«

»Das wollte ich nicht. Ich …« Er strich sich erschöpft durch die Haare. »Vielleicht wäre es besser, wenn zukünftig mein Anwalt dabei wäre, wenn Sie mich befragen.«

»Das ist Ihr gutes Recht.«

»Was ist mit Frau Reed?«, fragte Peppi. »Wie steht sie zu der Sache mit Björn Leibig?«

»Das weiß ich nicht.«

»Herr Vogel, jetzt machen Sie es uns doch nicht immer so schwer.«

»Ich denke, sie sieht das ähnlich pragmatisch wie ich.«

»Lieber Geld als Ehrlichkeit? Ihr Kompagnon war kurz bevor er ermordet wurde bei ihr.«

»Was wollen Sie damit sagen? Trisha bringt doch niemanden um!«

Peppi lächelte mitleidig. »Dafür hat sie sogar schon 'nen Orden gekriegt.«

Vogels Gesichtszüge verhärteten sich. »Das kann man ja wohl nicht miteinander vergleichen.«

Vogel hatte das Protokoll unterschrieben und war gegangen. Auch Brander und Peppi räumten ihre Sachen zusammen, um nach Hause zu gehen.

An der Tür blieb Peppi neben Brander stehen. »Wusstest du, dass sie das Erbe ausgeschlagen hat?«

»Sie hat am Samstag auf dem Parkplatz so etwas angedeutet.«

Peppi boxte ihm hart gegen den Arm. »Danke für die Information.«

»Ich wusste nicht, ob sie es tatsächlich tut.« Brander rieb sich über den Arm. Peppi hatte sich nicht zurückgehalten. Das würde einen blauen Fleck geben. »Außerdem hättest du mir eh nur wieder unterstellt, dass ich sie verteidigen will.«

»Ja, hätte ich«, gab Peppi zu. »Vielleicht geht es gar nicht um Geld. Nicht direkt.«

»Wie meinst du das?«

»Der Vogel scheint ihr doch auch irgendwie nahezustehen.«

»Du bist immer noch bei der Idee, dass die zwei gemeinsame Sache gemacht haben, weil Dreyer zu viel Unruhe in die Flugschule gebracht hat?«

»Erscheint mir irgendwie plausibel. Sie haben gemeinsame Interessen, sie haben beide kein einwandfreies Alibi für die Tatzeit …«

»Eichinger hat auch kein einwandfreies Alibi, und er hat

ein Motiv. Den Leibig habe ich auch noch nicht von der Liste gestrichen.«

»Jaja, die Hoffnung stirbt zuletzt …«

***

Cecilia saß am Küchentisch, als Brander nach Hause kam. Sie hatte ihren Laptop vor sich aufgeklappt, Block, Stifte und Bücher waren um den Computer herum verteilt.

»So spät noch bei der Arbeit?«, begrüßte er seine Frau. Es war nach dreiundzwanzig Uhr.

»Vorbereitung auf meine Fortbildung.« Sie speicherte ihre Datei und klappte den Laptop zu.

»Und ich darf das nicht sehen?«

»Davon verstehst du eh nichts.«

»Unterschätz mich nicht.« Er setzte sich neben sie, legte den Arm auf die Rücklehne der Bank. »Ist Nathalie schon im Bett?«

»Schon ist gut.«

Er ließ den Blick über Cecilias Unterlagen schweifen. Es sah nach trockener Fachliteratur aus. »Deine Fortbildung ist Mitte April, das habe ich mir gemerkt.«

»Das will ich hoffen.«

Er wandte sich ihr wieder zu, sah in ihre blauen Augen, die kleinen Fältchen, die sich im Laufe der Jahre in ihr Gesicht geschlichen hatten, die sanft geschwungenen Lippen. Er erinnerte sich an ihre erste Begegnung auf dem Stuttgarter Weihnachtsmarkt. Er war im Einsatz gewesen, es war kalt, ihr Gesicht war von Schal und Pudelmütze halb verdeckt, und dennoch hatte er sich auf der Stelle in sie verliebt. Wann hatte er sie das letzte Mal so genau angesehen? »Du bist wunderschön.«

Sie schenkte ihm ein Lächeln. »Bist du auf Sex aus?«

»Ich hab es dir so lange nicht mehr gesagt, und ich wollte dich gern mal wieder lächeln sehen.« Er beugte sich zu ihr und küsste sie. »Worum geht's eigentlich bei deiner Fortbildung?«

»Interessiert dich das wirklich?«

»Ich bin dein Mann. Ich will wissen, womit du dich beschäftigst.«

»Vereinfacht ausgedrückt geht es um verzerrte Wahrnehmungen. Neue Ansätze für die Verhaltenstherapie von Traumapatienten. Wie interpretiere ich eine Situation, welche Schlüsse ziehe ich daraus, wie kann ich die Situation anders deuten? Was ist in meinem Kopf, was ist meine Spekulation aufgrund von Erfahrungen? Und wie gelingt mir ein realistischer Blick auf die Situation, die mich belastet?«

»Es geht quasi um die Fehlinterpretation einer Situation?«

»Das ist ein Teil davon, ja. Wenn für dich etwas eindeutig scheint, heißt es nicht, dass es für den an der Situation Beteiligten auch so ist. Nehmen wir unseren Streit. Deine Jugendliebe ruft dich nachts an, du sagst mir, der Anruf sei unwichtig. Mir gegenüber bist du in den nächsten Tagen schlecht gelaunt. Du bist angespannt, und zufällig erfahre ich, dass du Trisha wiedergesehen hast. Ich weiß nicht, dass es beruflich ist, da du mir nichts davon gesagt hast. Ich kann also nur spekulieren, was hinter alldem steckt.«

»Aber du bist doch kein Traumapatient.«

»Der Überfall vor einem halben Jahr hat mich natürlich traumatisiert. Körperliche Gewalt gehört nicht zu meinem Leben, und ich habe einen Moment absoluter Hilflosigkeit erfahren. Das verunsichert mich. Nur weil ich Psychotherapeutin bin, heißt das nicht, dass ich mit so einer Situation problemlos umgehen kann und mein Leben nach ein paar Wochen weiterläuft, als hätte es diese Situation nie gegeben.«

Er sah seine Frau betroffen an. Hatte sie sich deswegen für diese Fortbildung entschieden? Dass die Situation, die sie erlebt hatte, zu einem Trauma führen konnte, war ihm eigentlich bewusst. Er hatte in seinem Beruf oft genug mit traumatisierten Menschen zu tun. Und dennoch hatte er nicht realisiert, dass dies auch auf seine eigene Frau zutreffen konnte. »Ich wollte dich nicht damit alleinlassen.«

»Deswegen brauchen wir Zeit. Wir müssen miteinander reden.« Es lag kein Vorwurf in ihrer Stimme. Es war eine Aufforderung an ihn. »Es hilft, Vertrauen und Verständnis aufzubauen, wenn man weiß, was in dem anderen vorgeht. Ich bin im Moment etwas leichter zu verunsichern.«

Vertrauen. Unwillkürlich dachte Brander an Trisha. Sie hatte mit ihm geredet. Aber kannte er sie noch gut genug?

»Woher weiß man, dass man jemandem vertrauen kann?«, fragte er.

»Sprichst du von uns?«

»Nein. Es ist eher dienstlich.«

»Nach all deinen Dienstjahren stellst du mir so eine Frage?« Sie hob erstaunt die Augenbrauen. »Eine Gewissheit gibt es nicht. Es ist eine Entscheidung, die man trifft, bewusst oder unbewusst, und manchmal wird man enttäuscht.«

»Gibt es keinen Trick, woran man es erkennen kann?« Er zwinkerte ihr zu. »Ihr Psychologen habt doch bestimmt so ein, zwei Fragen, mit denen man es herauskitzeln kann.«

»Versuch's mal mit deiner Intuition.«

»Die versagt leider gerade.«

Ein Schatten legte sich auf ihr Gesicht. »Es geht nicht nur um deinen Fall, oder? Es geht um Trisha.«

Sie konnte ihre Unsicherheit nicht verbergen. Die Erkenntnis schmerzte Brander. Er sah ihr eindringlich in die Augen. »Es hat nichts mit uns zu tun. Es ist dienstlich.«

Sie schüttelte den Kopf. »Mach dir und mir nichts vor. Ich sehe, dass es nicht rein dienstlich ist, Andi. Dafür kenne ich dich schon zu lange.«

»Ich mache niemandem etwas vor. Sie bedeutet mir noch immer etwas, ja. Aber es geht darum, dass ich nicht glauben kann, dass ich mich in einem Menschen so getäuscht habe.«

Cecilia nahm seine Hand. »Was soll ich dir raten? Halte dich an die Fakten. Hat sie je etwas getan, was dein Vertrauen zu ihr erschüttert hat?«

Mittwoch

Vögel zwitscherten versteckt in den Bäumen, als Brander sein Fahrrad am frühen Morgen in den Unterstand gegenüber der Polizeidienststelle schob. Auf den kleinen Rasenflächen hatte sich Raureif um die Gräser gelegt, der mit den ersten Sonnenstrahlen verschwinden würde. Es versprach ein schöner Tag zu werden. Er lauschte einen Augenblick dem Vogelkonzert. Das Radfahren würde er schmerzlich vermissen, wenn der Fall abgeschlossen war und er wieder täglich mit dem Auto nach Esslingen fahren musste. Brander schloss sein Fahrrad ab, überquerte die Straße.

Ein Post-it klebte an seinem Monitor im Büro: »Komm bitte zu mir. Jens.«

Dem Computerfachmann standen die blonden Haare in alle Richtungen vom Kopf, unter den Augen lagen dunkle Schatten.

»Du siehst aus, als ob du die Nacht hier verbracht hättest«, stellte Brander fest. Einstein junior, hatte er früher oft gedacht, wenn er Jens morgens so gesehen hatte.

»Yep.« Jens gähnte herzhaft. »Aber ich hatte bis Mitternacht nette Gesellschaft, und ich glaube, es hat sich ein bisschen gelohnt.«

»Ein Date mit deiner Kollegin Anita?«

»Sie ist verheiratet.« Jens öffnete ein Dokument auf seinem Rechner und rollte mit dem Stuhl zur Seite. »Wir haben uns mit Dreyers Daten vergnügt, und das hier könnte interessant sein. Lies selbst.«

Brander beugte sich über den Monitor. Es war der Entwurf eines Briefes an die Luftfahrtbehörde, in dem Dreyer seinen Verdacht gegen Björn Leibig äußerte. »Wo habt ihr den gefunden?«

»Als Anhang bei den versendeten E-Mails. Die Mail hat er jedoch nicht von seinem PC verschickt. Er hatte sich von irgendeinem anderen Rechner auf seinen Mail-Account eingeloggt und von dort versendet. Darum taucht die Nachricht nicht in seinem lokalen Mail-Programm bei den versendeten Nachrichten auf. Er hat die Mail am 27. Februar an Björn Leibig geschickt.«

»Das war der Tag, an dem Frommer den Streit zwischen Dreyer und Vogel fotografiert hat.« Genau eine Woche vor Dreyers Tod.

»Yep. Dreyer gab ihm sieben Tage Zeit, aus dem Flugsportverein auszutreten und alle geplanten Charterflüge bei der Flugschule zu stornieren, ansonsten würde er den Brief Anfang März an die Luftfahrtbehörde schicken und ihn bei der Polizei anzeigen.«

»Ging die Mail ausschließlich an Leibig?«

»Ja.«

»Wäre gut gewesen, wenn ich diese Information gestern schon gehabt hätte. Aber danke, gute Arbeit.«

»Wenn man weiß, wonach man suchen muss, wird man auch fündig. Den Leibig hatten wir anfangs nicht auf dem Schirm.« Jens gähnte erneut.

»Was ist mit Leibigs Telefondaten? Hast du da was erreicht?«

»Wie befürchtet: Telefonverbindungen konnten wir bekommen, Funkzellen- und GPS-Daten Fehlanzeige. Von dem Telefonat am Dienstagabend zwischen Leibig und Dreyer wussten wir ja bereits.«

Das brachte sie nicht weiter. »Kann man herausfinden, von wo die Mail verschickt wurde?«

»Ja.«

Brander legte die Handflächen bittend aneinander. »Könntest du …?«

Jens zog müde eine Grimasse. »Ich hab's geahnt. Anfrage beim Provider läuft. Anita kommt um neun. Sobald sie eine Antwort hat, schickt sie dir die Infos. Ich würde jetzt gern nach Hause und duschen.«

»Etwas Schlaf täte dir vermutlich auch ganz gut.«

Brander hatte seine Zeichnung vor sich auf den Schreibtisch gelegt. War die E-Mail die Verbindung, nach der er gesucht hatte? Ein Ultimatum. Es wäre an dem Mittwoch nach Dreyers Tod ausgelaufen. Hatte Vogel von dem Schreiben gewusst? Der Ablauf des Ultimatums hätte für den Geschäftsführer der Flugschule ein Anlass sein können, Dreyer zu bremsen. Und Trisha? Hatte Dreyer mit ihr darüber gesprochen?

Brander betrachtete sein Blatt. Für wen hätte der Ablauf des Ultimatums noch Folgen gehabt?

»Guten Morgen, Picasso, hast du eine Inspiration?« Peppi rauschte ins Büro und warf über seine Schulter einen Blick auf die Skizze.

Brander berichtete ihr von Jens' Entdeckung.

Die Kollegin blies sich eine Strähne aus der Stirn. »Das heißt, Vogel und Leibig stehen jetzt ganz oben auf unserer Liste.«

»Leibig hat Dienstagabend noch mit Dreyer telefoniert. Und es ging dabei sicher nicht um ein Immobiliengeschäft, wie er behauptet hat. Sie könnten sich durchaus zu einem nächtlichen Treffen verabredet haben.«

»Aber was hätte Dreyer dazu bewegen sollen, sich nachts mit ihm auf einem einsamen Parkplatz zu treffen?«

»Die gleiche Frage stellt sich leider auch, wenn es ein Treffen mit Benedict Vogel war«, erwiderte Brander.

»Und schon wären wir wieder bei meiner Vogel-Reed-Theorie.«

»Was hast du über die Finanzen von Leibig herausgefunden?«, wandte sich Brander wenig später in der morgendlichen Soko-Sitzung an Fabio.

»Ich habe die Liste, die Frau Reed gestern erstellt hat, mit den Listen abgeglichen, die Frau Dreyer euch gegeben hatte. Constantin Dreyer hatte einige Namen notiert, Frau Reed war so nett, mir dazu die passenden Telefonnummern zu geben. Ein paar konnte ich gestern noch erreichen. Es waren Mit-flieger von Leibig. Ich habe sie zu den Zahlungsgepflogenheiten befragt. Es scheint tatsächlich so, dass die Fluggäste einen prozentualen Kostenanteil vorab an Leibig überwiesen haben. Beispiel: Wenn er drei Passagiere hatte, hat jeder fünfundzwanzig Prozent der von der Flugschule berechneten Charterkosten überwiesen.«

»Das wäre ja legitim«, überlegte Brander. »So wie ich es verstanden habe, darf der Pilot die Kosten zu gleichen Teilen auf alle verteilen. Wenn er dann die restlichen fünfundzwanzig Prozent –«

»Eh, Andi, ich habe noch nicht fertig«, unterbrach Fabio ihn. »Mit einem Fluggast habe ich gestern Abend noch persönlich gesprochen. Er heißt Lars Tröger, wohnt in Esslingen. Ich war bei ihm. Er wollte erst nicht so recht mit der Sprache herausrücken, aber schließlich hat er mir verraten, dass er eine Hälfte vorab überwiesen und die zweite Hälfte am Flugtag in bar beglichen hat.«

»Die zweite Hälfte? Das heißt, er hat zweimal fünfundzwanzig Prozent gezahlt?«, fragte Brander.

»Siehst du, wenn du mich ausreden lässt, sieht die Rechnung gleich ganz anders aus. Leibig hatte Tröger gesagt, dass die Kosten für ihn günstiger wären, wenn er eine Hälfte bar zahlen würde. Er solle es aber nicht an die große Glocke hängen.«

»Ich würde sagen, das nennt man Steuerhinterziehung«, befand Peppi. »Leibig betreibt damit unerlaubt ein unangemeldetes Gewerbe. Wenn ich das mal spontan überschlage: Drei Fluggäste zahlen jeweils fünfundzwanzig Prozent per Überweisung und dann den gleichen Betrag noch einmal bar, das sind summa summarum einhundertfünfzig Prozent. Da macht er fünfzig Prozent Gewinn. Cash und steuerfrei.«

»Und das Ganze ohne gültige Lizenz. Ich beantrage einen Beschluss für Kontoeinsicht. Sehr gut, Fabio, mach da weiter.« Brander kam ein Gedanke. »Gibt es Namen, die öfter auftauchen? Personen, die mehrmals mit ihm geflogen sind?«

»Ja.« Fabio sah auf seine Unterlagen. »Ein Friedrich Stieringer taucht mehrfach auf. Tagesflüge meist unter der Woche.«

»Stieringer?«, fragte Brander.

»Ja, wieso?«

»Der Name kommt mir bekannt vor. Könnte das auch ein Kunde von Dreyer gewesen sein?«

»Keine Ahnung.«

»Überprüf das bitte. Frag die Nolten und gleich den Namen mit den Telefonlisten ab, die wir von Dreyer haben.«

Fabio notierte sich den Auftrag.

Brander sah in die Runde, blieb bei Cory hängen. »Warst du noch mal bei Jana van Acken?«

»Ja, sie ist sehr labil. Die Ärzte versuchen, sie medikamentös einzustellen und zu stabilisieren.«

»Hast du mit ihr über Sütterle sprechen können?«

»Sie hat bestätigt, dass er bei ihr geklingelt hat, kurz nachdem Dreyer gegangen war. Und sie hat ihn in seinem Wagen sitzen sehen. Wann genau, konnte sie aber nicht mehr sagen.«

Damit hatte Adam Sütterle ein mehr oder weniger gutes Alibi.

Kriminaloberrat Hans-Ulrich Clewer saß auf Branders Platz, als er mit Peppi von der Sitzung in sein Büro zurückkehrte. Der Inspektionsleiter hatte sich in die Notizen auf Branders Schreibtisch vertieft und sah auf, als die Kommissare hereinkamen.

»Sie haben so gar keine Sehnsucht nach Esslingen, oder?«, fragte Clewer statt einer Begrüßung.

»Wir haben eine Menge zu tun.«

»Das sehe ich.« Er hob Branders Blatt mit der Skizze hoch. »Sie haben ungeahnte Talente.«

»Solche Gedächtnisstützen mache ich zu jedem Fall.«

»Kreative Denkmethode«, ergänzte Peppi.

»Ich wollte eigentlich schon zur Sitzung hier sein, aber ich stand im Stau.« Clewer erhob sich, um Branders Platz freizugeben. »Dann bringen Sie mich mal auf den aktuellen Stand.«

Brander gab seinem Inspektionsleiter eine kurze Zusammenfassung.

»Wusste Vogel von Dreyers Mail an Leibig?«, fragte Clewer.

»Er hat es uns gegenüber nicht erwähnt. Wir werden uns noch einmal mit ihm unterhalten.«

»Der Kreis der mutmaßlichen Täter grenzt sich also langsam ein. Ach, da fällt mir ein …« Clewer sah wieder auf Branders Schreibtisch. »Anita Stern von der IT hat angerufen. Sie hat mir eine Adresse durchgegeben, ich habe sie irgendwo notiert … Hier.« Er tippte auf eine eingekreiste Notiz auf Branders Schreibtischunterlage und grinste. »Wie mache ich mich als Sekretär?«

Brander sah seinen Vorgesetzten verstimmt an. »Herr Clewer, es mag ja gut gemeint sein, aber ehrlich gesagt gefällt es mir nicht, dass Sie sich an meinen Schreibtisch setzen, meine Unterlagen durchsuchen und meine Telefongespräche annehmen.«

Peppi riss überrascht die Augen auf, und auch der sonst immer so korrekte Inspektionsleiter blickte erstaunt drein.

»Und das mir«, seufzte Clewer. »Zu meiner Verteidigung: Ich habe Ihre Unterlagen nicht durchsucht. Die Skizze lag gleich zuoberst, sodass ich gar nicht umhinkam, Ihre durchaus gelungenen Zeichnungen anzusehen. Und das Telefon … da muss ich mich entschuldigen. Das ist ein Automatismus: Wenn es klingelt, geh ich ran. Ich hoffe, Sie nehmen das jetzt nicht zum Anlass, Esslingen gänzlich den Rücken zu kehren?«

»Ich nehme es zum Anlass, meinen Schreibtisch künftig besser aufzuräumen.«

Clewer nickte zufrieden. »Das nächste Mal treffen wir uns wieder in meinem Büro, da ist es auch gemütlicher.«

Brander studierte die Anschrift, die sein Vorgesetzter notiert hatte. »Das ist die Adresse der Flugschule.«

»Also hat Dreyer die Mail an Leibig von der Schäferheide aus verschickt?«, fragte Peppi.

»Scheint so.« Brander ärgerte sich über sich selbst. Er hatte in der Flugschule nach Dreyers Laptop suchen lassen, aber den Computer der Flugschule hatten sie sich nicht genauer angesehen.

»Wir fahren zur Flugschule. Und mit Herrn Leibig unterhalten wir uns auch noch einmal. Versuch bitte, ihn zu erreichen und einen Termin mit ihm zu vereinbaren«, bat er Peppi.

»Was ist mit Georg Genkinger?«, fragte sie. »Dem wollten wir doch auch noch mal auf den Zahn fühlen.«

Clewer horchte auf. »Georg Genkinger?«

»Ja, er wohnt in Rommelsbach ...«

»Der Schorsch.« Clewer lächelte. »Sagen Sie ihm einen Gruß.«

»Sie kennen ihn?«, fragte Brander.

»Vom Alpenverein. Wir sind früher manchmal zusammen geklettert. Der muss jetzt aber auch schon über siebzig sein, oder?«

»Sechsundsiebzig, ja.« Brander sah seinen Vorgesetzten nachdenklich an. »Darf ich Sie um einen Gefallen bitten?«

»Worum geht's?«

Brander suchte Genkingers Aussage in der Datenbank und druckte sie aus. »Diese Aussage haben wir von Herrn Genkinger letzten Samstag bekommen. Er ist ein Nachbar von Frau Reed, und es ist nicht klar, ob sie ihn eventuell um einen Gefallen gebeten hat.«

»Sie denken ... Nein, für so etwas gibt sich der Schorsch nicht her. Und was möchten Sie jetzt von mir?«

»Vielleicht könnten Sie einmal mit ihm reden?«

»Ich soll Ihre Ermittlungsarbeit übernehmen?«

»Nun ... Sie kennen ihn«, druckste Brander herum. »Wenn Sie uns da helfen könnten, sind wir umso schneller wieder in Esslingen.«

Clewer verschränkte die Arme vor der Brust, konnte sich aber ein Grinsen nicht verkneifen. »Herr Brander, wir zwei unterhalten uns noch. Aber gut, ich schaue bei ihm vorbei, wenn ich nachher zurückfahre, das kriege ich unter.«

»Danke.«

Clewer warf einen Blick auf seine Armbanduhr. »Und jetzt verpasse ich gleich meinen nächsten Termin. Sehen Sie zu, dass wir diesen Fall bis zum Ende der Woche abschließen. Ich freue mich, Sie beide nächsten Montag wieder in Esslingen zu sehen.« Er eilte hinaus.

Peppi grinste. »Ob Stephan ihm von deinem Goethe-Auftritt erzählt hat?«

»Vergiss es.«

Brander sah nachdenklich auf seinen Schreibtisch, den sein Vorgesetzter so selbstverständlich in Beschlag genommen hatte. Da war noch etwas. Ein Gedanke, der ihm gekommen war, als Clewer ihm seine Notiz gezeigt hatte.

»Wie blind …« Er griff zum Telefon und hatte kurz darauf Christa Liebstöckel am Apparat. »Frau Liebstöckel, waren Sie an dem Dienstagabend, als Herr Dreyer starb, in Ihrem Büro?«

»Nein, ich bin gegen sechzehn Uhr gegangen. Ich hatte einen Besichtigungstermin und bin im Anschluss direkt nach Hause gefahren.«

»Das heißt, Sie wissen nicht, ob Herr Dreyer noch in Ihrem Büro war?«

Es blieb einen Augenblick still in der Leitung.

»Er hat mir keine Nachricht hinterlassen«, sagte sie schließlich. »Aber er könnte trotzdem hier gewesen sein. Er kam manchmal abends rein, wenn er in der Gegend war und noch geschäftliche Dinge zu erledigen hatte.«

»Wir kommen gleich bei Ihnen vorbei.« Er beendete das Gespräch.

»Was hattest du jetzt für einen Geistesblitz?«, fragte Peppi verwundert.

»Laut Aussage von Jana van Acken war Dreyer in seinem Reutlinger Büro, bevor er zu ihr gefahren ist.«

»Ja, und?«

»Das sehen wir, wenn wir da sind.«

»Och, Andi, sprich doch nicht in Rätseln.«

»Erinnerst du dich an Dreyers Büro in Tübingen?«

»Ja.«

»Denk mal nach«

Sie sah ihn irritiert an, dann hellte sich ihr Gesicht auf. »Ist einen Versuch wert.«

Brander druckte Dreyers Anschreiben an die Luftfahrtbehörde aus. »Und danach fahren wir zum Flugplatz und schauen uns da mal eingehend um.«

Christa Liebstöckel verabschiedete gerade ein älteres Ehepaar, als Brander mit Peppi das Maklerbüro betrat.

»Schauen Sie sich die Unterlagen in Ruhe an, und dann melden Sie sich wieder bei mir. Ich bin mir sicher, dass dieses Objekt zu Ihnen passt.« Sie strahlte die Eheleute an. Ein paar Floskeln wurden ausgetauscht, Hände geschüttelt, die Kunden verschwanden und auch das Lächeln auf dem Gesicht der Beraterin, als sie sich den Beamten zuwandte. Sie strich über den knielangen Rock ihres dunklen Businesskostüms. »Was kann ich für Sie tun?«

»Hatte Herr Dreyer hier ein eigenes Büro?«

»Ja, hinten.«

»Wir müssten kurz einen Blick hineinwerfen.«

Christa Liebstöckel führte die Kommissare durch einen schmalen Flur in das hintere Büro.

Die Einrichtung war ähnlich wie die in Tübingen, allerdings war der Raum kleiner. Ein schmales, vergittertes Fenster ging zum Hinterhof und ließ etwas Tageslicht herein. Auf dem Schreibtisch entdeckte Brander, was er zu finden gehofft hatte. Er trat zielstrebig darauf zu und sah auf die Schreibtischunterlage. Sie war übersät mit Notizen.

»Sind da auch Notizen von Ihnen dabei?«, fragte er Christa Liebstöckel.

»Nein, das ist alles von Herrn Dreyer.«

»Ich würde die Unterlage gern mitnehmen.«

»Oh ...« Sie sah unschlüssig auf das große Blatt. »Können Sie damit denn etwas anfangen?«

»Das weiß ich noch nicht.« Fast das gesamte Blatt war vollgeschrieben. »Können Sie mir etwas dazu sagen?«

»Ich befürchte nicht. Vielleicht ... ich weiß nicht, ob es Ihnen hilft: Er hatte die Angewohnheit, sich von links unten nach rechts oben hochzuarbeiten.« Sie zog mit der Hand eine Linie über das Blatt. »Das hier müssten die letzten Notizen gewesen sein, die er gemacht hat. Ich kann Ihnen aber nicht sagen, ob er die erst an dem Dienstagabend gemacht hat.«

Brander studierte die Vermerke und stieß vernehmlich die Luft aus. Er deutete auf die blaue Schrift, kleine Buchstaben, mit festem Druck. »Da steht der Termin: 23.30 Viadukt – Mäulesmühle.« Neben der Notiz hatte Dreyer vier Bögen gekritzelt und einen Pfeil nach rechts.

Sein Blick wanderte über den Schreibtisch. »Speichert das Telefon die Rufnummern?«

Christa Liebstöckel drückte eine Taste, und auf dem hellgrauen Display erschienen mehrere Telefonnummern. »Die Anrufe sind von mir.« Sie scrollte durch die Liste. »Diese zwei Anrufe hat er anscheinend an dem Dienstagabend getätigt, das muss gegen sieben gewesen sein. Die Uhr ist nicht ganz korrekt.«

»Was sind das für Nummern?«

»Ich vermute, von Kunden.«

Er fotografierte das Display und schickte das Bild an Fabio mit der Bitte, die Nummern zu prüfen. Dann wandte er sich wieder Christa Liebstöckel zu. »Bei unserem letzten Gespräch sagten Sie, dass Herr Dreyer beruflich etwas kürzertreten wollte.«

»Ja.«

»Wollte er das Unternehmen an Sie und Herrn Eichinger übergeben?«

»An Herrn Eichinger?« Die Immobilienmaklerin lachte hell auf. »Wer hat Ihnen denn den Bären aufgebunden?«

»Ist das so unvorstellbar?«

»Allerdings. Armin Eichinger wäre ganz sicher nicht die Person seiner Wahl gewesen, um die Firma weiterzuführen.«

»Warum nicht? Er arbeitete doch schon lange für Herrn Dreyer.«

»Das schon.« Sie haderte einen Moment mit sich. »Herr Eichinger hat ein Alkoholproblem. Diese Fehlkalkulation, die ich vor vierzehn Tagen aufgedeckt hatte, war nicht die erste.

Herr Dreyer ist … war ein sehr fürsorglicher Chef. Er mochte Herrn Eichinger und hat ihn mehrfach ermahnt, dass er seine Sucht in den Griff kriegen müsse.«

»Und wie hat Herr Eichinger darauf reagiert?«

»So, wie viele Suchtkranke reagieren: Er hat geleugnet. Er trinkt nicht immer, deswegen merkt es auch kaum jemand. Ich kenne den Fachbegriff dafür nicht, landläufig nennt man das wohl Quartalssäufer. Er kommt eine ganze Weile ohne Alkohol aus, und dann gibt es plötzlich wieder tagelange Exzesse, an denen er sich bis zur Besinnungslosigkeit besäuft. Er hat sich meistens mit Migräne oder Grippe entschuldigt. Herr Dreyer hat nie eine Krankmeldung von ihm verlangt, bis er vor einem Jahr dahintergekommen ist.«

»Epsilon-Alkoholismus heißt es im Fachjargon«, wusste Peppi. »Was hätte die Beendigung der Partnerschaft für ihn bedeutet?«

»Ich weiß es nicht. Vielleicht hätte es ihn wachgerüttelt, vielleicht wäre er komplett abgestürzt. Außer der Arbeit hat er soweit ich weiß nicht viel, was ihm Halt gibt.« Christa Liebstöckel hob ratlos die Schultern. »Er hat sich übrigens heute wieder krankgemeldet.«

Ein Quartalstrinker. War Eichinger in der Tatnacht tatsächlich so betrunken gewesen, dass er nicht mehr wusste, wo er gewesen war? Oder hatte er sich mit der Aussage nur ein Alibi verschaffen wollen?

Fabio meldete sich, kaum dass sie das Immobilienbüro verlassen hatten. »Beide Nummern, die du mir geschickt hast, gehören zu Dreyers Kunden. Die erste zu einem Klaus Kramer, der hat über ihn ein Häuschen in Gomaringen gekauft. Die zweite ist die Handynummer von Friedrich Stieringer.«

»Den Namen hatten wir heute doch schon.«

»*Sì*, eine der Personen, die hin und wieder einen Rundflug mit Björn Leibig unternommen haben. Er ist gerade auf Geschäftsreise in den Staaten, habe ich erfahren, und erst heute Abend telefonisch zu erreichen.«

»Schick ihm eine Nachricht, dass wir dringend mit ihm sprechen müssen.«

»Wie bist du auf die Schreibtischunterlage gekommen?«, fragte Peppi, nachdem Brander aufgelegt hatte.

»Käpten Hucs Notiz für mich. Ilse Norten hatte uns gesagt, dass es eine Angewohnheit ihres Chefs sei, bei Telefonaten Stichpunkte mitzuschreiben.«

»Hätten wir schon früher dran denken sollen.«

»Viel hilft es uns leider nicht. Wäre schön gewesen, wenn er auch notiert hätte, mit wem er sich treffen wollte.« Es war ein Puzzle mit vielen kleinen Teilchen, die sich nur mühsam zu einem Ganzen zusammenfügen wollten.

»Von Oberesslingen bis zu dem Viadukt hätte Dreyer um die Zeit maximal eine halbe Stunde gebraucht«, grübelte Peppi. »Wenn das Treffen mit Mister X um halb zwölf stattfinden sollte – warum ist er dann schon kurz nach zehn bei Jana van Acken aufgebrochen, um nach Rommelsbach zu fahren? Warum war es so wichtig, vorab mit Trisha Reed zu sprechen?«

***

Benedict Vogel saß wie bei dem ersten Erscheinen der Kommissare vor vierzehn Tagen im Empfangsbüro der Flugschule. Allerdings erweckte er nicht den Anschein, als käme ihm der unangekündigte Besuch gelegen.

»Womit kann ich denn heute helfen?« Er bemühte sich um ein freundliches Lächeln, das ihm leidlich gelang. Die Befragung vom Abend zuvor hing ihm offensichtlich noch nach.

»Sind Sie allein?«, erkundigte sich Peppi.

»Trisha ist mit einer Flugschülerin unterwegs. Ludger ist irgendwo auf dem Platz, und mein Flugschüler kommt erst in zwei Stunden. Also, ja, ich bin mehr oder weniger allein.«

»Wann erwarten Sie Frau Reed zurück?«

Vogel sah auf die Uhr. »Sie sollte spätestens in einer Viertelstunde wieder hier sein.«

Brander zog seinen Ausdruck aus der Tasche. »Haben Sie dieses Schreiben schon einmal gesehen?«

Vogel las den Brief. Als er den Blick wieder hob, hatte er einiges an Gesichtsfarbe verloren. »Woher haben Sie das?«

»Kennen Sie das Schreiben?«

Vogel legte das Blatt auf den Tresen, als befürchte er, sich die Finger daran zu verätzen. »Hat er es verschickt?«

»Wer hat alles Zugriff auf Ihren Rechner?« Brander deutete auf den Computer, der unter Vogels Schreibtisch stand.

»CD, Trisha und ich.«

»Und wer hat Zugriff auf den Rechner in dem Raum zur Flugvorbereitung?«

»Quasi jeder, der bei uns fliegt.«

»Gibt es noch weitere Computer hier am Flugplatz?«

»Die vom Flugsportverein haben einen in ihren Räumlichkeiten, und sie haben einen Laptop zum Einsatz im Tower.«

Die Rechner des Flugsportvereins konnten sie sicherlich ausschließen, überlegte Brander. »Wie lange waren Sie am 27. Februar im Büro?«

Vogel ließ pustend die Lippen vibrieren. »Warten Sie …« Er nahm sein Smartphone und öffnete den Terminkalender. »Das war ein Dienstag. Da hatte ich nachmittags einen Arzttermin. Ich war nur vormittags am Flugplatz. CD und Trisha haben den Nachmittag übernommen. Ich bin nach der Untersuchung nicht mehr hergefahren.«

»Ich fasse das mal zusammen: Sie hatten vormittags den Streit mit Ihrem Kompagnon, sind dann zum Arzt gefahren und danach nicht wieder hierher zurückgekommen.« Brander deutete auf das Blatt, das zwischen ihnen auf der Theke lag. »Ging es bei Ihrem Streit um dieses Schreiben?«

»Ich sehe den Brief heute zum ersten Mal.«

Stimmte das? Vogel hätte zufällig darüber stolpern können, wenn Dreyer die Datei auf dem Firmen-PC gespeichert hatte.

»Unsere Spezialisten müssen sich Ihre Computer einmal genauer ansehen.«

Mittlerweile zeichnete sich deutlich Ärger auf Vogels Gesicht ab. »Nicht ohne einen ordentlichen Durchsuchungsbeschluss.«

Brander wandte sich an Peppi. »Ruf bitte den Staatsanwalt an, wir brauchen einen richterlichen Beschluss für die Beschlagnahme der Computer der Flugschule.«

»Um Gottes willen, was soll denn das jetzt? Sie können doch unsere Rechner nicht mitnehmen! Unsere Piloten brauchen den Computer zur Flugvorbereitung. Und«, er deutete hektisch auf seinen PC, »das ist unser Herzstück. Da ist die gesamte Kunden- und Terminverwaltung drauf, die Buchhaltung, die Flugzeugdaten ...« Er schnappte nach Luft. »Es reicht! Ich rufe jetzt unseren Anwalt an.«

Brander rieb sich nickend über das Kinn. »Ihr Kompagnon wurde umgebracht. Und dieses Schreiben«, er tippte auf das Blatt vor sich, »wurde am 27. Februar von hier, vermutlich von Ihrem Firmenrechner, per E-Mail verschickt. Sie wollen mir jetzt weismachen, dass Sie nichts davon wussten? Es ist zu befürchten, dass Beweismaterial vernichtet wird. Ich denke, das reicht für einen richterlichen Beschluss.« Ohne Vogel aus den Augen zu lassen, bat er seine Kollegin erneut: »Peppi, würdest du bitte Herrn Schmid anrufen?«

»Er hat das Schreiben am 27. Februar verschickt?« Vogels Schultern sackten herab. »Davon hat er mir nichts gesagt.«

»Sie hatten an dem Tag Streit mit Ihrem Kompagnon. Erzählen Sie mir nicht, dass Sie nichts von dem Brief wussten!«

»Aber so ist es! CD sagte, dass wir es melden sollten. Aber ich fand, wir hätten das mit Björn in Ruhe regeln sollen. Ich wusste nicht, dass er schon an die Luftfahrtbehörde geschrieben hatte.«

Das hatte er ja auch nicht. Brander behielt diese Information jedoch erst einmal für sich.

»Was soll ich denn jetzt machen? Wenn an CDs Verdacht etwas dran ist, bringt uns das in Teufels Küche, wenn wir Björn weiter fliegen lassen.«

»Da mach dir mal keine Sorgen«, erklang hinter ihnen eine vertraute Stimme.

Brander fuhr herum. »Wie lange stehst du da schon?«

Trisha hob beschwichtigend ihre Hände. »Ich habe nur Bens letzten Satz mitbekommen. Worum geht's?« Sie trat näher heran. Ihr Blick fiel auf das Schreiben. »Darf ich?«

Brander nickte. Er beobachtete sie, während sie konzentriert die Zeilen las.

»Warum muss ich mir keine Sorgen machen?«, fragte Vogel.

»Weil ich Björn heute Morgen angerufen habe«, erklärte sie, ohne den Blick zu heben.

»Warum?«

Sie sah weiterhin auf das Blatt. »Sagen wir, ich habe ihm mitgeteilt, dass er hier nicht mehr erwünscht ist und –«

»Wie bitte?«

Trisha legte in aller Ruhe den Brief zurück auf die Theke und wandte sich dem Flugschulleiter zu. »Das hier sollte doch reichen, oder?«

Vogels Nerven lagen blank. »Das fällt nicht in deine Kompetenz! Du arbeitest freiberuflich für uns.«

»Darauf wurde ich heute schon hingewiesen.« Sie verzog den Mund zu einem bissigen Lächeln.

»Du kannst nicht einfach unsere Kunden anrufen und Ihnen sagen, dass sie hier nicht mehr fliegen dürfen!«

»Du tust es ja nicht.«

Er wollte etwas erwidern, entsann sich mit einem Mal, dass zwei Kripobeamte den Disput interessiert verfolgten. »Trisha, wir reden später.«

»Da gibt es nichts zu reden. Wenn du Björn noch einmal fliegen lässt, bist du mich los. Das bin ich CD schuldig.« Sie wandte sich ab.

»Frau Reed, nicht so schnell«, bremste Peppi sie. »Wir möchten uns noch mit Ihnen unterhalten.«

»Ich warte draußen.«

Trisha saß auf der hölzernen Bank der Sitzgruppe vor dem Gebäude und hielt das Gesicht in die Sonne. Brander und Peppi setzen sich zu ihr.

»Das Wetter soll morgen schon wieder schlechter werden. Kein guter Monat für uns. Zu viele Ausfälle.«

»Warum hast du Leibig angerufen?«, ignorierte Brander den Small Talk.

»Ich hätte es schon früher machen sollen.«

»Das ist keine Antwort auf meine Frage.«

»Er hatte das Schreiben noch nicht abgeschickt, oder?«

Brander antwortete nicht. Sie war verärgert, das las er deutlich in ihrem Gesicht. Und der Ärger rührte nicht allein von dem Streit mit Vogel, er saß tiefer.

»Wenn er das Schreiben abgeschickt hätte«, sinnierte Trisha weiter, »hätte sich die Luftfahrtbehörde längst bei uns gemeldet.«

»Wie hat Leibig auf deinen Anruf reagiert?«

»Gar nicht. Ich habe ihn nicht erreicht und ihm die frohe Botschaft auf seinen Anrufbeantworter gesprochen.«

Peppi hatte Leibig ebenfalls nicht erreicht, als sie ihn zur erneuten Befragung einladen wollte. Wo steckte der Kerl?

»Wo waren Sie am 27. Februar?«, fragte Peppi. »Das war ein Dienstag.«

»Da war ich hier. CD und Ben ebenfalls. Ben ist mittags gegangen. CD und ich hatten Flugschüler. Nachmittags kam auch Jana van Acken für eine Stunde. CD ist mit ihr geflogen.«

»Das wissen Sie gleich alles so genau?«

»Ja.« Trisha deutete mit dem Kinn auf Brander. »Vielleicht erinnern Sie sich daran, dass Ihr Kollege mich vergangenes Wochenende gebeten hatte, alles aufzuschreiben, was mir zu CD einfällt. Ich habe Ihnen am Montag meine Notizen gegeben.«

»Da stand aber nichts von dem Dienstag.«

»Sie hatten mich nicht gebeten, meine Arbeitstage mit CD minutiös zu dokumentieren. Aber wenn Sie das auch noch möchten – wie gesagt, das Wetter wird schlechter, in den nächsten Tagen habe ich vermutlich Zeit.«

»Trisha«, mahnte Brander.

»Ist doch so!«, fuhr sie ihn an. »Was wollt ihr denn noch alles von mir?«

Brander musterte sie mit Besorgnis. Was war am Vormittag vorgefallen? Unwillkürlich sah er Jana van Acken mit der Waffe vor seinem inneren Auge.

»Wie war die Stimmung zwischen Herrn Vogel und Herrn Dreyer an dem Dienstag?«, fuhr Peppi fort.

»Ben hatte an dem Tag eine Vorsorgeuntersuchung und war deswegen etwas angespannt. Er ist familiär vorbelastet.«

»Das war nicht der einzige Grund«, erwiderte Brander.

Sie zuckte die Achseln. »Ein anderer Grund ist mir nicht bekannt.«

»An dem Abend, als Dreyer starb, war er in Rommelsbach. Er wollte mit dir reden. Worüber?«

»Ich weiß es doch nicht! Ich kann nur vermuten, dass er vielleicht wegen der Sache mit Björn mit mir sprechen wollte. Ben und er waren sich nicht einig, wie sie vorgehen sollten. Aber das ist reine Spekulation.« Sie fixierte Brander. »Warum verhaftet ihr Björn nicht?«

»Hätten wir einen Grund dazu?«

»Ich habe ihm gesagt, dass ich ihn anzeigen werde.«

Brander engleisten die Gesichtszüge. »Das hast du nicht.«

»Doch. Heute Abend geht das Schreiben raus.« Sie deutete ein zynisches Lächeln an. »Jetzt habe ich ja eine gute Vorlage.«

»Sag mal, bist du noch bei Trost? Was soll das?«

»Ich bringe nur zu Ende, was CD begonnen hat.«

Brander schüttelte wutschnaubend den Kopf. »Du kapierst es nicht, oder? Dreyer hat ihm gedroht, und er ist tot.«

Peppi trat ihm unterm Tisch kräftig auf den Fuß.

»Ein Grund mehr, dass Björn hier nichts mehr zu suchen hat.« Trisha sah an den Kommissaren vorbei zum Flugschulgebäude. »Mein nächster Flugschüler kommt gerade. Entschuldigt mich.«

Sie stand auf und ging einem Mann entgegen, der über den geschotterten Weg kam.

»Und wir gehen jetzt, bevor du noch mehr aus dem Näh-kästchen plauderst«, knurrte Peppi.

»Ist dir nicht klar, was es bedeutet, wenn Leibig tatsächlich unser Mann ist?«

»Sie ist eine erwachsene Frau und wird hoffentlich nicht so dumm sein, sich auf ein nächtliches Treffen auf einem einsamen Waldparkplatz einzulassen.« Peppi stieß entnervt die Luft aus den Lungen. »Du merkst gar nicht, wie sie dich manipuliert. Mann!«

Brander steckte die Hände in die Taschen seiner Jeans, während er innerlich fluchend neben Peppi zurück zum Parkplatz ging. Wenn Leibig oder Vogel tatsächlich mit Dreyers Tod zu tun hatten, hatte Trisha sich mit ihrem unbedachten Vorgehen in Gefahr gebracht. Oder hatte sie die Männer mit Absicht provozieren wollen? Aber zu welchem Zweck? Und hatte Trisha ihn tatsächlich ausgetrickst? Zumindest hatte er ihr mehr Informationen gegeben, als er wollte.

Aus den Augenwinkeln nahm er eine Bewegung wahr. Er sah sich um, entdeckte eine Person, die abseits am Zaun stand. »Na, da schau her.«

Peppi blieb stehen und folgte seinem Blick. »Was macht denn der hier?«

»Fragen wir ihn.« Brander änderte die Richtung und marschierte auf den Mann zu. »Herr Frommer, was führt Sie hier-her?«

Der Mann drehte sich ihnen zu und nestelte verlegen an der Kamera herum. Er hatte den Blick zu Boden gesenkt. »Manche Gewohnheiten lassen sich nur schwer ablegen.«

»Herr Dreyer war aber immer dienstags hier. Heute ist Mittwoch.«

»Ja.«

Brander meinte fast so etwas wie Bedauern in der Stimme mitschwingen zu hören. »Wen fotografieren Sie denn jetzt?«

Frommer zog den Kopf schuldbewusst zwischen die Schultern. »Heute Vormittag war seine Frau hier.«

»Fangen Sie jetzt nicht an, ihr nachzustellen«, warnte Peppi ihn eindringlich.

»Nein, ich war nicht wegen ihr hier.« Er hob den Blick. »Zu Hause fällt mir die Decke auf den Kopf. Und hier ... hier ist Jonas gestorben.«

»Haben Sie mitbekommen, warum Frau Dreyer in der Flugschule war?«, erkundigte sich Brander.

»Nein, aber es sah so aus, als hätte sie Streit mit Benedict Vogel gehabt.«

»Ach?«

Frommer nahm seine Kamera, suchte auf dem Display nach den richtigen Bildern. »Hier.« Er reichte ihm die Kamera.

Henriette Dreyer und Benedict Vogel standen vor der Flugschule. Es war deutlich an Gestik und Mimik zu erkennen, dass dies kein Gespräch in aller Freundschaft war.

»Und Sie haben nichts von dem Streit gehört?«

»Nein, ich stand zu weit weg. Ich habe ein gutes Teleobjektiv.«

»Die Bilder hätte ich gern.«

Frommer nahm ihm die Kamera wieder ab und zog den Speicherchip heraus. »Den hätte ich aber gern zurück.«

Brander musterte den Mann. Frommer sah älter aus, als er war, gebeugt, müde, zermürbt. »Sie sollten sich nicht länger hier herumtreiben. Das wird Ihnen nicht helfen, über den Tod Ihres Sohnes hinwegzukommen.«

Frommer wandte den Blick wieder zum Flugplatz. »Als Dreyer noch lebte, habe ich ihm den Tod gewünscht, aber jetzt ... Jetzt ist nichts mehr da, gegen das ich meine Wut richten könnte.«

Brander betrat erneut das Gebäude der Flugschule. Sie fanden Vogel mit einem Schüler im Flugvorbereitungsraum. Er sah genervt auf. »Ich habe jetzt wirklich keine Zeit mehr für Sie.«

»Was wollte Henriette Dreyer heute Morgen von Ihnen?«, fragte Brander.

»Hen...« Vogel erhob sich. »Bin gleich zurück.«

Er ging den Kommissaren voraus in den Empfangsraum und schloss die Tür. »Trisha hat ihr Erbe ausgeschlagen, und somit ist Henriette gesetzliche Erbin. Und ich werde jetzt meinen Anwalt –«

»Warum war sie hier?«, unterbrach Brander ihn.

Vogel schnaufte ärgerlich. »Sie hat verlangt, dass ich die Zusammenarbeit mit Trisha beende.«

»Und?«

Der Mann hob ratlos die Schultern.

»Mit ihrem Anteil hat Frau Dreyer nicht die Mehrheit«, stellte Peppi fest.

»Sie vergessen Evas Anteil. Zusammen besitzen sie fünfzig Prozent. Aber die beiden haben keine Ahnung von dem Betrieb einer Flugschule, und ich brauche einen verlässlichen Partner, der etwas von der Fliegerei versteht.«

»Also eine Partnerin, die einem Ihrer treuesten Charterkunden ohne Rücksprache mit Ihnen einfach kündigt?«, fragte Peppi süffisant.

»Da ist das letzte Wort noch nicht gesprochen.«

»Mit den Informationen, die wir mittlerweile über Herrn Leibig haben, werden wir Ermittlungen einleiten müssen«, erklärte Brander. »Da nützt es auch nichts, wenn Trisha ihn nicht anzeigt.«

Vogels Kiefer malmte. Er deutete ausladend zur Tür. »Ich muss mich um meine Kunden kümmern.«

***

»Leibig und Dreyer waren nicht besonders gut aufeinander zu sprechen, und Leibig drohte der Verlust seiner Fluglizenz, in die er jeden Cent gesteckt hat, hinzu käme eine Anzeige, Geldstrafe …« Brander überlegte, was wohl noch auf den Piloten zukommen konnte. Er war mit Peppi ins Büro zurückgekehrt und ging mit ihr die Gespräche noch einmal durch.

»Und Vogel«, ergänzte Peppi, »hat kein Alibi für die Tatzeit. Er hatte Streit mit Dreyer wegen der Sache mit Leibig. Er gibt zwar vor, nichts von dem Schreiben gewusst zu haben, aber stimmt das? Die Flugschule ist Vogels Leben, er hat sein ganzes Geld darin investiert, und Dreyer hat in den letzten Monaten für jede Menge Ärger gesorgt.«

Und jetzt trat Trisha in Dreyers Fußstapfen und machte Vogel das Leben schwer. Warum hatte sie so eigenmächtig gehandelt? Da war eine Abneigung gegen Björn Leibig gewesen, das hatte Brander ihr bei ihrem Disput mit Vogel deutlich angesehen. Aber war es Leibig oder Vogel, den sie hatte provozieren wollen? *Ein Grund mehr, dass Björn hier nichts mehr zu suchen hat.* Was genau hatte sie damit gemeint?

Die Sorge um Trisha zermürbte ihn. Er sah auf seine Notizen. »Der Eichinger hätte auch ein starkes Motiv: Alkoholiker, die drohende Beendigung der Partnerschaft, damit vermutlich auch der Verlust des Jobs …«

»Der Armin hat sich erledigt«, schallte es vom Flur herein. Stephan Klein kam zu ihnen ins Büro.

»Wo kommst du jetzt her?«, wunderte sich Brander. Klein hatte morgens nicht an der Soko-Sitzung teilgenommen.

»Andreas, mein Freund, hab gestern 'ne Nachtschicht eingelegt und spät gefrühstückt. Eine Aushilfe im ›Krokodil‹ hat bestätigt, dass Armin in der Dienstagnacht dort war und ordentlich gepichelt hat. Er wäre schon stark angetrunken zu ihnen gekommen, und sie hat ein Auge auf ihn gehabt, weil sie befürchtet hat, dass er ihnen auf den Boden kotzen könnte. Schriftliche Aussage liegt vor.«

»Danke, gute Arbeit, Stephan.«

»Bin ja auch ein guter Bulle.«

Kneipenrecherchen waren genau nach Kleins Geschmack. Brander kam ein Gedanke. »Bestell doch mal die Damen von der ›Mäulesmühle‹ ein.«

»Wozu?«

»Zeig ihnen Fotos von all unseren Kandidaten und frag, ob irgendeiner von denen an dem Dienstagabend bei ihnen zu Gast war.«

»Wozu soll das denn gut sein?«, fragte Peppi.

Das Klingeln seines Telefons enthob Brander einer Antwort. Fabio.

»Ich habe Herrn Stieringer in der Leitung.«

»Stell durch.« Brander stellte den Lautsprecher an. »Herr Stieringer? Hier ist Andreas Brander von der Kriminalpolizei Esslingen.«

»Guten Morgen. Ihr Kollege sagte, Sie hätten Fragen zu Constantin Dreyer?«

Guten Morgen war gut – es war vier Uhr nachmittags. Aber in den Staaten hatte der Tag vermutlich gerade erst begonnen.

»Herr Dreyer hat Sie am Dienstagabend vor vierzehn Tagen angerufen. Worum ging es bei dem Gespräch?«

»Vor vierzehn Tagen … Er wollte sich vergewissern, dass ich weiterhin zu einer Aussage bereit wäre, was meine Kostenbeteiligung an den Flügen betraf, die ich mit einem Piloten unternommen habe.«

»Wie heißt dieser Pilot?«

»Björn Leibig.«

»Und Sie waren zu einer Aussage bereit?«

»Das bin ich immer noch. Ich dachte, deswegen rufen Sie an?«

»Nein, dazu werden sich meine Kollegen bei Ihnen melden. Hat Herr Dreyer sonst noch etwas gesagt?«

»Oje, das ist schon so lange her. Warum fragen Sie ihn nicht selbst?«

»Herr Dreyer ist verstorben.«

»Oh, mein Gott! Das wusste ich nicht. Wann, wie …?«

»Was hat Herr Dreyer Ihnen bei Ihrem letzten Gespräch gesagt?«

Stieringer brauchte einen Moment, um sich zu sammeln. »Er sagte, dass meine Aussage vielleicht nicht notwendig sei, aber wenn doch, dann müsste er sich auf mich verlassen können. Herr Dreyer war ja kein Unmensch, und jeder macht mal 'nen Fehler, nicht wahr? So, wie ich es verstanden habe, wollte er sich mit Björn treffen und mit ihm reden.«

»Wann?«

»An dem Dienstagabend, als er mich anrief, aber wann genau, weiß ich leider nicht.«

Brander beendete das Gespräch. »Wir sollten uns ganz dringend mit Herrn Leibig unterhalten.«

»Ich konnte ihn heute noch nicht erreichen«, erwiderte Peppi.

Brander klopfte unruhig mit den Fingern auf seine Schreibtischunterlage. Er nahm erneut das Telefon zur Hand. »Fabio, das Gespräch zwischen Dreyer und Stieringer, war das bevor oder nachdem er mit Leibig telefoniert hat?«

»Es muss ein paar Minuten später gewesen sein.«

»Das heißt, er telefoniert mit Leibig, erzählt dann Stieringer, dass er sich zu einem Gespräch mit ihm trifft, und wir haben die Notiz mit Ort und Zeit des Treffens auf der Schreibtischunterlage aus Dreyers Büro.«

»Na, wenn das keine wasserdichte Beweislage ist«, kommentierte Peppi.

»Wir beantragen eine richterliche Vorladung für Leibig inklusive Durchsuchungsbeschluss für seinen Wagen. Wenn er Dreyer in seinem Auto transportiert hat, wird Freddy etwas finden.«

Doch zunächst fanden sie weder Björn Leibig noch sein Auto. Von seinem Arbeitgeber erfuhren sie, dass er bei einer Fortbildung in Mannheim sei und erst am nächsten Tag wieder ins Geschäft komme.

»Was machen wir? Seine Wohnung observieren, bis er nach Hause kommt?«, schlug Klein vor.

Das Soko-Team hatte sich zu einer späten Sitzung im Konferenzraum eingefunden.

»Übernimmst du die erste Schicht?«, fragte Brander.

»Wenn die Persephone mir Gesellschaft leistet?« Klein lächelte die Kollegin einladend an.

»Können wir drüber verhandeln«, erbarmte sich diese.

Branders Handymelodie erklang. Oft genug tadelte er seine Leute wegen dieser Störungen. Er drückte das Gespräch eilig weg. »Stephan, Peppi, ihr übernehmt die erste Schicht. Wer löst ab?«

Erneut ertönte sein Handy und verkündete den Eingang einer Nachricht.

»Man kann das Ding auch auf stumm stellen«, monierte Peppi.

Brander warf einen flüchtigen Blick auf das Display: »B. hat angerufen. Will mich treffen.«

Sein Puls schoss in die Höhe. »Da muss ich kurz reagieren.« Er nahm sein Telefon, verließ den Raum und drückte die Rückruftaste.

»Nein!«, bellte er ins Telefon, kaum dass Trisha am Apparat war.

»Hoppla, bist ja doch erreichbar.«

»Du wirst dich nicht mit ihm treffen.«

»Er ist auf dem Weg.«

»Trisha, hörst du, was ich sage? Du triffst dich nicht mit ihm, basta.«

»Warum kommt ihr nicht her, du und deine Kollegin?«

Er hatte eine Vorladung für Leibig und einen Durchsuchungsbeschluss für seinen Wagen. Es war eine ideale Gelegenheit, ihn abzupassen.

»Wo bist du?«

»Zu Hause.«

»Wann will er bei dir sein?«

»Ich denke, so in zwanzig Minuten.«

»Du lässt ihn nicht in deine Wohnung.«

»Soll ich zu ihm rausgehen?«

»Nein, verflucht!«

»Schlüssel liegt unter der Fußmatte.« Sie legte auf.

Brander starrte auf den Apparat. Wie dickköpfig konnte man sein! Er riss die Tür zum Sitzungsraum auf. »Ich weiß, wo Leibig ist. Peppi, Stephan, Hendrik, ihr kommt mit mir. Fabio, schick Verstärkung nach Rommelsbach, Zivilstreife, keine Signalfahrt.«

Leibigs Auto parkte am Straßenrand. Ein ziviler Wagen der Reutlinger Kollegen stand daneben und parkte ihn zu. Brander ging zu den beiden Beamten.

»Der Wagen stand schon hier, als wir kamen«, erklärte der ältere der beiden. »Kann aber noch nicht so lange da sein, Motorhaube ist noch warm.«

Brander sah zu dem Haus, in dem Trisha wohnte. In ihrer Wohnung brannte Licht. Er sah eine Silhouette am Fenster. Sie liefen zum Hauseingang. Der Türschnapper war so eingestellt, dass er die Tür aufdrücken konnte. Sie stiegen die Stufen hinauf. Unter der Fußmatte fand Brander den Schlüssel zu Trishas Wohnungstür. Sein Herz schlug im Akkord.

Er horchte ins Innere, hörte Stimmen, verstand jedoch kein Wort. Klingeln oder einfach hineingehen? Er wusste nicht, zum wievielten Mal in der letzten halben Stunde er Trisha verfluchte.

»Brauchst 'ne Einladung?« Kleins Augen wanderten ungeduldig zur Tür.

Brander steckte den Schlüssel ins Schloss und öffnete leise die Tür.

»Du packst mich nicht ungestraft –«

Die Beamten stürmten ins Wohnzimmer.

Leibig sah erschreckt zu ihnen auf. »Was soll das jetzt?«

Er saß auf dem Stuhl am Esstisch, auf dem Brander vor zwei Wochen gesessen hatte. Trisha stand mit dem Rücken an die Theke gelehnt vor ihm. Die Stimmung war angespannt. Brander scannte den Mann. Er trug einen Anzug, die Krawatte hatte er gelockert. Keine Waffe.

»Sie haben wir schon gesucht«, erklärte Brander. »Wir haben eine richterliche Vorladung für Sie. Wenn Sie uns bitte begleiten würden.«

Leibig sah fassungslos zu Trisha. »Du mieses –«

»Jetzt mal nicht ausfällig werden.« Klein packte ihn am Arm und zog ihn hoch. »Wenn ich bitten darf.«

»Geht schon mal vor«, bat Brander.

Die Kollegen verließen die Wohnung, nur Peppi machte keine Anstalten, ihn mit Trisha allein zu lassen.

»Bist du okay?«, fragte er Trisha.

»Ja.«

Es war faszinierend, wie beherrscht sie ihnen gegenüberstand. Konnte sie tatsächlich diese Distanz zum Geschehen wahren? Brander ertappte sich bei dem Gedanken, dass aus ihr eine gute Ermittlerin geworden wäre.

»So eine Aktion machst du bitte nie wieder.«

Sie verschränkte die Arme vor der Brust. »*Yes, sir.*«

»Das ist kein Kinderzirkus!«, donnerte Brander los. Die Anspannung, die Sorgen der letzten Stunden suchten ein Ventil. »Das war absoluter Schwachsinn, was du hier veranstaltet hast!«

»Also hat er CD tatsächlich umgebracht.«

»Frau Reed, das ist nicht erwiesen«, erwiderte Peppi mahnend. »Überlassen Sie die Ermittlungen bitte uns.«

»Ich wollte nur, dass er nicht mehr bei uns fliegt.«

Brander musterte sie aufmerksam. »Warum?«

»Wegen seiner irregulären Abrechnungsmethoden.« Sie biss die Zähne zusammen und schluckte. »Und außerdem hat er mich sexuell belästigt.«

»Er hat was? Wann?«

»Beim Fliegerfest. Er wollte mir an die Wäsche, als er versehentlich«, sie setzte das Wort mit den Fingern in Anführungszeichen, »die Damentoilette aufsuchte. Ich weiß zum Glück, wie ich mich wehren muss.«

»Momentchen«, unterbrach Peppi sie. »Die Geschichte haben wir etwas anders gehört.«

»Ach ja?«

»Eine Zeugin sagte aus, sie habe gesehen, dass Sie Herrn Leibig zwischen die Beine gefasst haben.«

»Ja, das habe ich auch, nachdem er es bei mir versucht hatte.«

Peppi zog verständnislos die Stirn in Falten.

»Er öffnete die Tür. Ich sagte: Du bist falsch hier. Er sagte: Ich bin goldrichtig. Er kam herein und fasste mir an den Hintern. Für ihn war das vielleicht nur ein Spaß, aber ich lass mich nicht einfach anfassen. Ich stieß ihn weg und ...« Sie sah zu Brander. »Stell dich mal bitte mit dem Rücken an die Wand.

Brander folgte ihrer Bitte.

»Ich stand mit dem Rücken zu Björn. Der Vorraum der Damentoilette ist klein. Er war betrunken und hat wohl nicht damit gerechnet, dass ich ihn so heftig wegstoßen würde. Er stolperte zurück, prallte gegen die Wand. Ich drehte mich zu ihm und ...« Sie wandte sich zu Brander um, drückte ihren Unterarm gegen seine Kehle und hielt ihre andere Hand vor seinen Schritt.

»Frau Reed!«

Zu Branders Erleichterung packte Trisha nicht zu.

»Das ist es, was Henriette gesehen hat. Bei Björn habe ich allerdings zugedrückt.« Sie deutete mit dem Kopf auf Branders Schritt und trat zurück. »Mich fasst kein Kerl ungestraft an. Wäre Henriette nicht dazugekommen, hätte ich ihm richtig wehgetan. Ich habe ihn losgelassen und rausgeschubst, und sie hat das alles nur zu gern missverstanden.«

Peppi musterte Trisha grübelnd. Hin- und hergerissen zwischen Solidarität und Misstrauen.

»Ich habe es Ben erzählt. Er hat es auf den Alkohol geschoben und mich gebeten, keine große Sache daraus zu machen. Björn war betrunken und habe das sicherlich nicht so gemeint. Die üblichen Ausreden. Henriette hatte da bereits erfolgreich dieses nette Gerücht in die Welt gesetzt. Da habe ich mir bei einer Anzeige keine großen Chancen ausgerechnet, sondern nur jede Menge dummes Geschwätz. Ben hat später mit Björn geredet. Er ist mir seither aus dem Weg gegangen.«

»Warum hast du uns nichts gesagt?«, fragte Brander.

»Weil es demütigend ist, zu solchen Situationen befragt zu werden. Entweder man wird in eine Opferrolle gedrängt, oder man ist selbst schuld. Zudem habe ich keine Zeugen. Im Gegenteil.« Ihr Blick wurde hart. »Und ihr zweifelt doch sowieso jedes Wort an, das ich sage.«

»Das stimmt nicht, Trisha.«

»Warum haben Sie ihn in Ihre Wohnung gelassen?«, fragte Peppi. »Er hätte wieder zudringlich werden können.«

»Ich habe Andi angerufen. Ich wusste, dass Sie unterwegs sind.«

Brander bedachte sie mit einem verständnislosen Kopfschütteln.

»Hat er Sie bedroht, als er jetzt bei Ihnen war?«, fragte Peppi.

»Dazu fehlte ihm die Zeit. Er war gerade erst gekommen.«

Peppi sah der Pilotin prüfend in die Augen. Ihre Stimme wurde sanfter. »Benötigen Sie jetzt noch unsere Hilfe? Einen Arzt oder Psychologen?«

»Nein.«

»Wir werden uns in den nächsten Tagen noch einmal bei Ihnen melden. Wir brauchen Ihre schriftliche Aussage.«

»Zu was?«

»Zu allem, was vorgefallen ist.« Peppi wandte sich an Brander. »Wir sollten dann los.«

»Trisha, bist du sicher …?«

Sie winkte ab. »*I'm fine.*«

Peppi stieß Brander gegen den Arm. Er bedeutete Trisha, dass er sie anrufen würde, und folgte seiner Kollegin.

***

»Herr Leibig, wo fangen wir an?« Brander hatte ihn in ein Vernehmungszimmer bringen lassen. Peppi saß neben ihm. Das Aufnahmegerät war eingeschaltet.

Björn Leibig saß ihnen mit der Pflichtverteidigerin Viola Storm gegenüber. »Was genau wird meinem Mandanten überhaupt vorgeworfen?«, fragte die Anwältin.

»Ihm wird vorgeworfen, in der Nacht vom 6. auf den 7. März Constantin Dreyer auf dem Schotterplatz am Wiesleshauweg im Siebenmühlental niedergeschlagen und anschließend über das Geländer eines Viadukts in die Tiefe gestürzt zu haben, was den Tod des Mannes zur Folge hatte.«

Leibig riss die Augen auf. »Was?«

Storm hob bremsend eine Hand. »Lassen Sie bitte mich reden.«

Brander wandte sich Leibig zu. »Herr Dreyer war nicht tot, als Sie ihn über das Geländer gestoßen haben.«

»Es ist nicht erwiesen, dass mein Mandant in irgendeiner Weise an der Tat beteiligt war.«

»Der Schlag, der Herrn Dreyer versetzt wurde, verbunden mit dem Sturz, bei dem er mit dem Hinterkopf gegen die Schranke prallte, führte lediglich zur Bewusstlosigkeit.«

Leibig erblasste. »Er war nicht tot?«

»Nein, der Tod wurde erst durch den Sturz von der Brücke herbeigeführt.«

Leibigs Blick hastete durch den Raum. Er sprang auf.

»Herr –« Weiter kam Brander nicht. Leibig strauchelte, fiel auf die Knie und vergrub zitternd das Gesicht in den Händen.

»Ich verlange eine sofortige Unterbrechung der Vernehmung. Mein Mandant benötigt einen Arzt. Er ist nicht vernehmungsfähig.«

»Peppi, hol bitte einen Arzt.« Brander wandte sich der Anwältin zu. »Wenn Herr Leibig haftfähig ist, bleibt er über Nacht hier in Gewahrsam, und wir führen die Befragung morgen fort. Es besteht Fluchtgefahr.«

Sie halfen Leibig zurück auf den Stuhl. Schweiß stand auf seiner Stirn. Er rang keuchend nach Atem.

Donnerstag

Björn Leibig blieb nach einer ärztlichen Untersuchung in Haft. Die Rechtsanwältin hatte vehement protestiert, jedoch keine rechtliche Handhabe gefunden, es zu verhindern.

Bereits um halb sieben saß Brander am nächsten Morgen in seinem Büro. Nach kurzem Zögern wählte er Trishas Nummer. Sie klang atemlos, als sie an den Apparat kam.

»Hab ich dich geweckt?«

»Nein, ich komme gerade vom Joggen.«

»Wie geht es dir?«

»Ich bin okay.«

Das hieß nicht, dass es ihr gut ging.

»Trisha, es tut mir leid, wenn ich so misstrauisch war.«

»Es ist dein Job.«

Am Abend zuvor hatte sie es nicht ganz so nüchtern gesehen.

»Warum hast du mir nicht gesagt, dass er dich belästigt hat?«

»Das habe ich versucht, euch gestern Abend zu erklären. Können wir das Thema bitte abhaken?«

»Nein, ich will dazu deine Aussage.«

Trisha stöhnte auf. »Aber nicht heute.«

»Trish, das war verdammt gefährlich, was du gemacht hast. Was hättest du getan, wenn du mich nicht erreicht hättest?«

»Erstens bist du nicht der einzige Polizist auf dieser Welt, und zweitens hätte ich die Tür nicht öffnen müssen. Ich habe eine Gegensprechanlage und hätte ihm sagen können, dass ich nicht mit ihm sprechen möchte. Andi, ich bin nicht blöd.«

»Du hast mich ganz schön unter Zugzwang gesetzt.«

»Manchmal muss man den Druck erhöhen, damit etwas geschieht.«

Er hörte das Mahlwerk einer Kaffeemühle im Hintergrund. Ihre Stimme verlor die Distanz, die sie versucht hatte, gegen ihn aufzubauen. »Es ist schade, dass wir uns unter diesen Umständen wiedergesehen haben.«

»Ja.«

»Vielleicht hast du ja irgendwann mal Lust, mit mir zu fliegen. Gern auch mit deiner Tochter.«

»Das würde ihr gefallen.«

»Dir nicht?«

»Ich weiß nicht, was du inzwischen für Kunststücke draufhast.«

Sie lachte. »Lass dich überraschen.«

Es tat ihm gut, sie lachen zu hören. »Wenn ich mal ganz mutig bin, melde ich uns an.«

Nach dem Gespräch wählte Brander Troppers Nummer. »Freddy, was macht die Untersuchung von Leibigs Wagen?«

»Die Kollegen aus Stuttgart sind gerade gekommen.«

»Das heißt, du hast noch nichts für mich?«

»Andi, du bisch a Käppsele. Ich melde mich.«

Zwei Stunden später hatte Brander erste Informationen vorliegen.

Leibig war blass, als er Brander und Peppi am späten Vormittag gegenübersaß. Dunkle Ringe unter den Augen zeugten von einer durchwachten Nacht. Seine Anwältin sah nicht viel munterer aus. Anscheinend hatte sie sich den Rest der Nacht mit ihrem neuen Fall beschäftigt.

»Herr Leibig, was wollten Sie gestern Abend bei Frau Reed?«

Leibig reagierte nicht.

»Ist es nicht so, dass Sie Frau Reed davon überzeugen wollten, von einer Anzeige gegen Sie abzusehen?«

Der Mann starrte weiter mit stumpfem Blick auf die Tischplatte zwischen ihnen. Brander fragte sich, ob er ihm überhaupt zuhörte.

»Mein Mandant muss sich nicht äußern, wenn er sich damit selbst belasten würde«, erklärte die Anwältin.

»Da haben Sie recht«, pflichtete Brander ihr bei. »Unsere Kriminaltechniker haben Herrn Leibigs Wagen untersucht.« Er richtete seine Aufmerksamkeit wieder auf den Piloten. »Im Kofferraum wurden Blutspuren gefunden. Sie sind gerade auf dem Weg zum KTI nach Stuttgart. Erste Ergebnisse sollten wir spätestens morgen vorliegen haben.«

»Dann warten wir die Ergebnisse doch erst einmal ab«, schlug Viola Storm vor.

»Constantin Dreyer hatte eine Kopfverletzung, die er sich bei dem Aufprall an der Schranke zugezogen hatte. Er hat geblutet. Ich bin mir sicher, dass ein Abgleich der Blutspuren aus dem Kofferraum mit der DNA des Opfers eine Übereinstimmung ergeben wird.«

»Wie gesagt, warten wir ab.«

»Soweit bekannt, war Ihr Mandant am Abend des 6. März gegen halb zwölf nachts auf dem Parkplatz verabredet.«

»Bekannt? Wer sagt das?«

»Es gab ein Telefongespräch zwischen Herrn Dreyer und Herrn Leibig am Abend. Herr Dreyer notierte sich den Termin auf seiner Schreibtischunterlage inklusive einer kleinen Skizze zum Treffpunkt. Außerdem hat er einen Zeugen über das Treffen informiert.«

»Das ist alles viel zu vage.«

»Herr Leibig war nachweislich an dem Abend in der Nähe des Tatortes.«

Stephan Klein hatte Brander vor der Vernehmung mitgeteilt, dass die Bedienung aus der »Mäulesmühle« ihn auf einem Foto als einen Gast erkannt hatte, der an dem Dienstagabend mit zwei weiteren Männern bei ihnen gegessen hätte.

»Er war bis zweiundzwanzig Uhr in der ›Mäulesmühle‹. Danach fuhr er nach Hause«, erwiderte die Anwältin.

»Kann das jemand bezeugen?«

Viola Storm biss die Zähne zusammen. »Mein Mandant lebt allein. Vielleicht hat ein Nachbar ihn nach Hause kommen sehen.«

»Was nicht heißt, dass er danach nicht noch einmal weggefahren ist. Unsere Kriminaltechniker haben Kratzer am Unterboden des Wagens festgestellt. Diese Kratzer sind nicht alt. Wenn man den schmalen Pfad von dem Waldplatz am Fuß des Viadukts hinauffährt, muss man oben eine relativ hohe Kante bewältigen. Sofern man keinen Geländewagen fährt, kann es leicht passieren, dass der Wagen mit dem Unterboden auf der Kante aufsetzt.«

»Das ist doch nicht haltbar!«, protestierte Storm. »Man kann immer mal irgendwo mit dem Wagen aufsetzen.«

»Sind Sie sicher, dass er nicht schon vorher tot war?«, fragte Leibig unvermittelt.

Brander wandte sich ihm zu. »Vorher? Vor was?«

Leibig hatte die Hände auf den Tisch gelegt, die Finger fest ineinander verhakt. »Er war so wütend. Ich hab das gar nicht verstanden.«

»Herr Leibig«, versuchte die Anwältin ihren Mandanten zu bremsen.

»Warum ich seine Tochter angerufen hätte. Ich hab das gar nicht verstanden.« Er hob den Blick zu Brander, als könne er es ihm erklären.

»Haben Sie Eva Dreyer angerufen?«, fragte Brander.

»Nein.«

»Aber Herr Dreyer dachte, Sie hätten es getan.«

»Er stieg aus dem Auto und ging gleich auf mich los. Ich wusste gar nicht, was los war.«

»Und dann?«

»Ich weiß nicht …« Leibig hob die Schultern. »Er war wütend. Er schimpfte. Ich war auch wütend. Ich hatte gewartet, er kommt viel zu spät, und dann geht er auf mich los. Ich hab zugeschlagen. Da war die Schranke. Es war dunkel. Ich hab sie nicht gesehen.« Leibig presste die Fäuste gegen die Stirn. »Ich wollte das doch nicht.« Wieder sah er zu Brander. »Er war gar nicht tot?«

»Nein, Herr Dreyer starb an den Folgen des Sturzes von der Brücke.«

Wieder kämpfte Leibig mit Atemnot. Die plötzliche Erkenntnis über die grausame Realität erfasste ihn mit ihrer ganzen Wucht.

»Warum war er denn so wütend? Ich will doch nur fliegen. Ich wollte nicht –«

»Herr Leibig!«, fuhr die Anwältin ihrem Mandaten über den Mund. Sie sah zu Brander. »Ich verlange eine Unterbrechung der Befragung.«

Björn Leibig wollte aussagen. Er legte ein umfassendes Geständnis ab. Es war eine Erfahrung, die Brander in seinen vielen Dienstjahren immer wieder gemacht hatte. Der Täter war am Ende erleichtert, wenn er endlich mit jemandem über das Geschehen sprechen konnte. Ob er allerdings auch vor Gericht zu seiner Tat stehen würde, stand auf einem anderen Blatt.

Dreyer hatte Leibig ein Ultimatum gestellt, resümierte Brander, als er abends in seinem Büro saß. Leibig hatte versucht, mit ihm zu reden, aber Dreyer hatte jedes Gespräch abgeblockt. Schließlich hatte Leibig ihn am Dienstagabend angerufen und ihm gedroht, dass er Dreyers Frau von seiner Affäre mit Jana van Acken erzählen würde, wenn er ihn anzeigen sollte. Er bat Dreyer um ein Vier-Augen-Gespräch. Es musste noch an dem Dienstag stattfinden, da das Ultimatum am Mittwoch ablief. Aber Dreyer sagte, er hätte den ganzen Abend zu tun. Da Leibig an dem Abend in der »Mäulesmühle« zum Essen verabredet gewesen war, hatte er vorgeschlagen, sich später bei dem Viadukt zu treffen. Er hatte dabei jedoch nicht bedacht, dass das Lokal bereits um zweiundzwanzig Uhr schloss.

Leibig war nach Hause gefahren und um halb zwölf zum vereinbarten Treffpunkt zurückgekehrt. Er hatte eine Viertelstunde gewartet, es sei stockfinster gewesen. Gerade als er beschlossen hatte, wieder zu fahren, sei der Mercedes doch noch aufgetaucht. Dreyer war fuchsteufelswild. Er war gleich auf ihn losgegangen, und es war zu einem Handgemenge gekommen. Dreyer hatte vermutet, dass es Leibig gewesen war, der seine Tochter angerufen und über seine Affäre mit Jana informiert habe. Dem Ex-Freund Adam Sütterle hatte Dreyer so einen Verrat anscheinend nicht zugetraut.

Leibig beteuerte, er habe in Notwehr zugeschlagen. Dreyer sei zurückgestolpert, gestürzt und im Fallen mit dem Kopf gegen die Schranke gestoßen. Er sei zu Boden gegangen, habe seltsam gezuckt und dann ganz still gelegen.

Leibig hatte Dreyer für tot gehalten und war in Panik geraten. Er hatte Dreyer in seinen Kofferraum gezerrt, war den schmalen Weg zum Viadukt hinaufgefahren und hatte ihn über das Brückengeländer gestoßen. Der Ablauf, den Leibig beschrieb, stimmte mit der Rekonstruktion der Kriminaltechniker überein.

»Warum haben Sie den Fahrersitz in Dreyers Mercedes verstellt?«, hatte Brander am Ende der Vernehmung gefragt.

»Sein Laptop lag hinter dem Fahrersitz, die Tasche hatte sich verhakt, und ich bekam sie nicht heraus.«

»Sie haben den Laptop an sich genommen?«

Leibig hatte genickt. »Ich dachte, dass er die ganzen Daten gegen mich darauf hatte.«

»Was haben Sie mit dem Laptop gemacht?«

»Ich habe ihn zertrümmert und in den Neckar geworfen.«

***

Der Staatsanwalt erließ Haftbefehl. Leibig wurde dem Haftrichter vorgeführt und in Untersuchungshaft gesetzt. Es war dunkel, bis die Protokolle geschrieben waren. Marco Schmid kam zu ihnen ins Büro, um Peppi abzuholen.

»›Auerbachs Keller‹. Morgen bist du dran, Andi«, erinnerte ihn Peppi. »Die Kollegen freuen sich schon.«

Schmid sah seine Freundin entsetzt an. »Wie bitte?«

»Nicht so, wie du denkst.« Sie küsste ihn grinsend auf die Wange. »Andi wird uns nur ein Liedchen singen.«

»Den Teufel werd ich«, knurrte Brander.

Peppi winkte zuversichtlich und hakte sich bei Schmid unter.

Brander sah ihnen hinterher. Er sollte sich auch auf den Heimweg machen. Er war müde, sehnte sich danach, Cecilia in den Arm zu nehmen und Nathalie durch ihre kurzen Haare zu wuseln. Er schloss die Datei und schaltete den Computer aus.

Es war das Ende der Osterferien. Brander hatte den Termin von Cecilias Fortbildung nicht vergessen. Er hatte sich am Freitag freigenommen und seine Frau morgens zum Bahnhof gebracht. Den Tag hatte er mit Nathalie verbracht, vormittags auf dem Verkehrsübungsplatz und am Nachmittag hatte er eine Überraschung für sie gehabt, die allerdings anders verlaufen war, als er erwartet hatte.

Karsten Beckmann kam abends zu Besuch. Sie kochten und aßen gemeinsam. Nach dem Essen verabschiedete sich Nathalie eilig. »Muss noch recherchieren.«

Beckmann sah ihr grinsend nach und wandte sich dann an Brander: »Jetzt hätte ich gern deine Version der Geschichte.«

»Nachher, draußen.«

Sie räumten die Küche auf und setzten sich auf die Bank vor dem Haus.

Seine Eltern hatten Brander einen Whisky ins Osternest gelegt: Wolfburn Northland. Ein Highland-Whisky von der Nordküste Schottlands. Beckmann studierte die schwarze Verpackung, die die Zeichnung eines Wolfes zierte, während Brander die Gläser füllte.

»Ist noch eine junge Brennerei«, stellte Beckmann fest. »2012 gegründet. Ungetorftes Gerstenmalz, langsame Fermentation, in kleinen Quarter-Cask-Ex-Islay-Fässern gelagert. Klingt vielversprechend.« Er nahm das Glas mit der hellgoldenen Flüssigkeit, das Brander ihm entgegenhielt. »Da bin ich mal gespannt. Sowohl auf den Whisky als auch auf deine Story.«

Brander schnupperte an dem Malt, erhaschte den Hauch eines salzigen und auch etwas fruchtigen Aromas. Im Geschmack war der Brand leicht nussig. Brander genoss den Schluck, schmeckte im Nachklang eine feine Torfnote durch die Lagerung in den wiederbelebten Islay-Fässern. Vielleicht noch nicht perfekt, aber der Whisky hatte Potenzial. Brander lehnte sich zurück und begann zu erzählen.

Trisha hatte ihm am Morgen eine Nachricht geschickt, dass sie nachmittags Zeit hätte. Das Wetter war perfekt: blauer Himmel mit wenigen Schleierwolken. Brander war mit Nathalie nach den Runden auf dem Verkehrsübungsplatz zum Flugplatz gefahren. Eine Überraschung, die ihm durchaus gelungen war. So ungläubig hatte er seine Pflegetochter selten gesehen.

Trisha gab Nathalie eine ausführliche Einführung in die Flugzeugtechnik und beantwortete all ihre Fragen geduldig. Und Nathalie hatte viele Fragen. Als sie endlich in die Cessna einstiegen, überließ Brander seiner Pflegetochter den Platz auf dem Co-Piloten-Sitz und zwängte sich in die hintere Reihe. Trisha startete mit ihnen von der Schäferheide zu einem zweistündigen Rundflug.

Sie drehten eine Runde über Tübingen, dann flogen sie zur Burg Hohenzollern, umkreisten das neugotische Bauwerk mit seinen vielen Türmchen und nahmen schließlich Kurs Richtung Süden. Unter ihnen breitete sich die hügelige Landschaft der Schwäbischen Alb aus. Kaum eine halbe Stunde später waren sie am Bodensee.

»Da vorn ist die Insel Mainau.« Trisha deutete auf die Konstanz vorgelagerte Blumeninsel. »Da fliegen wir jetzt dran vorbei und dann einmal über den Bodensee Richtung Lindau.«

Brander sah aus dem Fenster. Zahlreiche Boote tummelten sich unter ihnen auf dem großen See, kleine weiße Punkte auf dem türkisblauen Wasser. Obwohl es etwas diesig war, entdeckte er in der Ferne das Alpenpanorama, das sich südlich des Bodensees erhob. Auf den Gipfeln lag Schnee.

»Hey, Co-Pilot, wie sieht's aus? Willst du es mal probieren?«, fragte Trisha.

»Echt jetzt?«

»Trisha, ich bin auch noch an Bord«, meldete sich Brander nervös.

»Tut mir leid, von dahinten geht das nicht.«

»Das habe ich nicht gemeint.«

Trisha lachte unbekümmert. »Also, Nathalie, stell mal deine Füße auf die Pedale und leg deine Hände auf das Steuerhorn. Sonst machst du gar nichts.«

Nathalie griff zaghaft nach dem Steuerhorn.

»Okay, wir fliegen jetzt eine kleine Kurve, spür einfach mal, wie sich das anfühlt, wenn ich die Ruder bewege.« Trisha flog eine sanfte Linkskurve, dann wieder nach rechts. »Da, siehst du den Hafen vor uns? Das ist Lindau. Versuch mal, Kurs zu halten.«

»Ey, Andi, wie geil, ich fliege!«

Brander wusste, dass Trisha Nathalie nicht wirklich fliegen ließ, dennoch klammerte er sich an seinen Sitz. Als wenn das etwas nutzen würde, wenn sie aus sechstausend Metern Höhe in die Tiefe stürzen würden.

»Okay, gut so. Jetzt drehen wir eine sanfte Kurve, und dann fliegen wir zurück über den See Richtung Friedrichshafen.«

Trisha nahm Kontakt zum Bodensee-Airport in Friedrichshafen auf, in der Ferne sahen sie einen Zeppelin im Landeanflug. Dann flogen sie weiter über die Alb. Felder verteilten sich über das Plateau, während die baumbestandenen Hänge sich ins Tal ergossen. Dazwischen zogen die Orte unter ihnen hinweg.

»Das sieht alles so geordnet aus von hier oben«, stellte Nathalie fest. »Als ob die Welt in Ordnung wär.«

»Ja«, stimmte Trisha aus tiefster Seele zu.

Brander ahnte, dass dieser Blick aus der Distanz auf alle Widrigkeiten des Lebens mit ein Grund für Trishas Flugleidenschaft war. Er entspannte sich auf dem Rücksitz und genoss es, Trisha dabei zuzusehen, wie sie routiniert die Instrumente bediente. Dennoch war er froh, als er nach erfolgreicher Landung wieder festen Boden unter den Füßen hatte.

Nathalie strahlte über das ganze Gesicht. »Ey, Andi, scheiß was auf Mechatroniker, ich werd Pilotin.«

»Da hast du dir aber den falschen Pflegepapa ausgesucht. Das kann ich mir nicht leisten.« Brander streckte ihr die leeren Handflächen entgegen.

»Musst du doch gar nicht.« Trisha wandte sich an Nathalie: »Geh zur Bundeswehr. Die suchen Leute.«

Brander gefror das Blut in den Adern. Er warf Trisha einen Blick zu, dass es ein Wunder war, dass sie nicht auf der Stelle im Boden versank. »Nur über meine Leiche.«

Nathalie sah stirnrunzelnd von einem zur anderen. »Ey, Leute, versaut mir jetzt nicht diesen Tag.«

»Du hast technisches Verständnis, gute Orientierung und eine ruhige Hand. Das sind ideale Voraussetzungen für eine Pilotin«, ignorierte Trisha Branders Einwand. »Hol mal Eimer und Wasser. Das Schätzchen muss geputzt werden.« Sie tätschelte den Flügel der Cessna.

»Setz ihr nicht solche Flöhe ins Ohr«, bat Brander, als Nathalie außer Hörweite war.

»Ich halte sie wirklich für talentiert.« Sie lächelte versöhnlich. »Wenn sie mag, kann sie gern hin und wieder mit mir fliegen.«

»Du bleibst auf der Schäferheide?«

»Ja, Ben will mich behalten. Er hat mit Henriette gesprochen. Sie wird ihren Anteil verkaufen. Wir suchen einen Käufer.«

»Guck mich nicht an.«

Sie grinste. »Bleiben wir trotzdem in Kontakt?«

Brander nippte an seinem Glas, ließ den Whisky einen Moment im Mund verweilen und genoss den würzigen Nachklang.

»Andi, jetzt mal unter uns Laienvätern«, ergriff Beckmann das Wort, während Brander die Gläser ein zweites Mal füllte. »Nathalie will, seit ich sie kenne, Lkw-Fahrerin werden. Sie ist bei der Jugendfeuerwehr. Sie ist technikaffin. Was hast du denn erwartet, wenn du sie in ein kleines einmotoriges Flugzeug setzt?«

»Dass sie Spaß hat.«

Beckmann lachte auf. »Den hatte sie mit Sicherheit.«

»Was mach ich denn jetzt? Ceci dreht mir den Hals um, wenn Nathalie sich bei der Bundeswehr bewirbt.«

»Was ist so schlimm daran?«

»Dass wir in der ständigen Sorge leben werden, dass Nathalie zu irgendeinem gefährlichen Einsatz in ein Kriegsgebiet muss.«

Es ist Schuld, die man auf sich lädt, wenn man einen Menschen tötet, echoten Trishas Worte in seinem Kopf. Trisha war psychisch stabil, sie kam mit den Situationen, die sie erlebt hatte, zurecht. Aber Nathalie? Brander seufzte abgrundtief. Er würde nicht nur bis zum Ende des Jahres im Heizungskeller übernachten, sondern den Rest seines Lebens.

»Jetzt mach mal halblang«, bremste Beckmann ihn. »Sie hat ja noch nicht einmal den Eignungstest bestanden, geschweige denn eine Bewerbung losgeschickt.«

»Vielleicht sollte ich mir einen gut bezahlten Nebenjob suchen«, überlegte Brander, »damit ich ihr eine Privatpilotenlizenz finanzieren kann.«

»Aber wenn du noch seltener zu Hause bist, bekommst du auch Ärger mit Ceci.« Beckmann lehnte sich zurück. »Warum habt ihr euch damals getrennt? Du und Trisha? Du bist 'n netter Typ, den schickt man nicht einfach so in die Wüste.«

Brander suchte nach der richtigen Antwort. »Sagen wir: unüberbrückbare Differenzen bei der Lebensplanung.«

»Was heißt das?«

»Für mich stand immer fest, dass ich zur Polizei gehe. Sie wollte Pilotin werden. Ich bin davon ausgegangen, dass sie sich bei einer privaten Airline bewirbt. Sie hat sich für die US Air Force entschieden.«

Was sie Brander jedoch erst gesagt hatte, nachdem sie die Zusage in der Tasche hatte. Trisha hatte befürchtet, dass er sie zum Bleiben überreden könnte, und ihn vor vollendete Tatsachen gestellt. Sie hatte ihre Entscheidung getroffen und war nach dem Abitur in die Staaten gegangen.

»Du hättest mit ihr gehen können.«

»Dann hätte ich meinen Traum von der Polizei vergessen müssen. Das wollte ich nicht. Ich wollte auch nicht so weit weg von meiner Familie.«

»Hätte sie nicht zur Bundeswehr gehen können?«

»Sie ist amerikanische Staatsbürgerin.« Brander leerte sein Glas. »Außerdem waren Frauen damals bei der Bundeswehr noch nicht zugelassen.«

Beckmann warf ihm einen Seitenblick zu. »Ich vergesse immer, wie alt du bist.«

»So viel jünger bist du auch nicht.«

Die Haustür wurde von innen geöffnet, und Nathalie hielt Brander das Telefon entgegen. »Ceci will dich sprechen.«

Beckmann feixte. »Viel Glück, mein Freund.«

Folgende Whiskys begleiteten Kommissar Andreas Brander bei seinem achten Fall:

Balvenie Caribbean Cask
Single Malt Scotch Whisky
Alter: 14 Jahre, 43 % vol
The Balvenie Distillery, Dufftown (Speyside-Whisky)

Bro's High
Single Malt Whisky
Ohne Altersangabe, 42 % vol
Schwarzstoff, Tübingen (schwäbischer Whisky)

Talisker Port Ruighe
Single Malt Scotch Whisky
Ohne Altersangabe, 45,8 % vol
The Talisker Distillery, Carbost, Isle of Skye (Island-Whisky)

Wolfburn Northland
Single Malt Scotch Whisky
Ohne Altersangabe, 46 % vol
Wolfburn Distillery, Thurso (Highland-Whisky)

Whisky ist ein Genussmittel.
Bitte trinken Sie verantwortungsvoll.

Ein herzliches Dankeschön!

Wieder einmal konnten Kommissar Brander, Peppi und ich gemeinsam an einem Fall arbeiten. Und wir bekamen wieder großartige Unterstützung, für die ich mich an dieser Stelle von Herzen bei allen bedanken möchte.

Tipps, Anregungen, Informationen und Nachhilfe zur Polizeiarbeit bekam ich von den Kriminalhauptkommissaren Claus-Dieter Sitter und Hans Georg Pohl von der Kripo Esslingen sowie Josef Hönes vom Polizeipräsidium Reutlingen. Es ist ein großartiges Geschenk, dass ihr mich nun schon so viele Jahre begleitet!

Ebenfalls großartig ist die medizinische Beratung von Dr. Frank Wehner vom Institut für gerichtliche Medizin der Universität Tübingen. Ich bin so dankbar, dass Sie nicht müde werden, mir immer wieder rechtsmedizinisch zur Seite zu stehen.

Die Juristerei ist jedes Mal ein Fallstrick für Brander und mich, und so danke ich Oberstaatsanwalt a. D. Robert Bechthold für ausführliche Erläuterungen bei rechtlichen Fragen, mit deren Hilfe schlimmere Fauxpas Branders verhindert werden konnten.

Anregung zu diesem Krimi und intensive Einblicke in die private Fliegerei gab mir Privatpilot Michael Steffens. Vielen, vielen Dank! Ohne dich wäre dieses Buch so nicht möglich gewesen. Ebenso gilt mein Dank dem Team der Flugschule Hahnweide sowie Felix Michnacs von der Air Colleg Consulting GmbH für interessante Gespräche und Einblicke in die Fliegerei und die Arbeit einer Flugschule.

Für Anregungen, konstruktive Kritik und Rückmeldungen danke ich zudem Ulrike Ascheberg und Philip Laubach-Kiani sowie Lukas Heberle und all den vielen lieben Menschen, die mir schnell, unbürokratisch und fachkundig halfen, Wissenslücken zu schließen und Branders Ermittlungen voranzutreiben.

Nicht zu vergessen: Ein ganz herzlicher Dank an Dr. Christel Steinmetz und das Team des Emons Verlags, die Brander und mir wieder eine literarische Heimat gegeben haben.

Und aus tiefstem Herzen danke ich meinem Mann Frank – einfach für alles!

Eine Information zum Schluss: Den Flugplatz Schäferheide werden Sie vergeblich auf der Karte suchen. Ich habe ihn frei erfunden, damit die Gegebenheiten zu Branders Fall passen.

Sybille Baecker
EISBLUME
Broschur, 256 Seiten
ISBN 978-3-89705-782-1

»Mit scharfem Blick und feinem Gespür beleuchtet die Autorin die Abgründe des zwischenmenschlichen Miteinanders, die Distanz zwischen den einzelnen Mitgliedern der Gesellschaft. ›Eisblume‹ ist ebenso sehr Gesellschaftsroman wie Krimi.« Gäubote

www.emons-verlag.de

Sybille Baecker
NECKARTREIBEN
Broschur, 320 Seiten
ISBN 978-3-89705-947-4

»Mit einem überzeugend konstruierten Plot und authentischen Charakteren lässt Sybille Baecker in Branders viertem Mordfall ein berührendes und bisweilen bedrückendes Gesellschaftsporträt entstehen.«   Schönes Schwaben

www.emons-verlag.de